À PROPOS DE L'AUTRICE

Rebecca Winters vit à Salt Lake City, dans l'Utah. Avec ses canyons et ses prairies de fleurs sauvages, la région est propice aux promenades et nourrit l'inspiration de Rebecca, qui voue une véritable passion à l'écriture. Ces paysages forment souvent le décor de ses romans d'amour, et offrent un refuge à sa famille adorée.

La conquête d’une princesse

*

Royale attirance

*

Le secret d’un roi

Collection : SAGAS

Titre original :
THE PRINCESS'S NEW YEAR WEDDING

Ce roman a déjà été publié en 2021

HARPERCOLLINS FRANCE
83-85, boulevard Vincent-Auriol, 75646 PARIS CEDEX 13
Service Clients — https://www.harlequin.fr/contenu/contactez-nous
ISBN 978-2-2805-1792-8 — ISSN 2426-993X

Édité par HarperCollins France.
Composition et mise en pages Nord Compo.
Imprimé en avril 2025 par CPI Black Print (Barcelone)
en utilisant 100% d'électricité renouvelable.
Dépôt légal : mai 2025.

FSC
www.fsc.org
MIXTE
Papier issu de sources responsables
FSC® C159065

Pour limiter l'empreinte environnementale de ses livres, HarperCollins France s'engage à n'utiliser que du papier fabriqué à partir de bois provenant de forêts gérées durablement et de manière responsable.

REBECCA WINTERS

La conquête d'une princesse

INTÉGRALE
PRINCESSES ET MARIÉES

Traduction française de
ERWAN LARHER

SAGAS

HARLEQUIN

1

Stefano sursauta et ouvrit les yeux dans l'obscurité de sa chambre. Sur la table de chevet, son téléphone vibrait. Les chiffres lumineux du réveil indiquaient 5 h 30. Il se saisit de l'appareil. Un appel de son père…

— *Mio figlio ?* Je sais qu'il est encore tôt, mais il y a des choses dont je dois te parler. Viens.

— Maintenant ? demanda-t-il en s'asseyant, adossé à la tête de lit.

— S'il te plaît.

— Je serai là dès que possible.

La requête de son père, surtout à une heure aussi matinale, était préoccupante. Sans doute le chagrin l'empêchait-il de dormir, mais Stefano doutait que quelqu'un au palais ait connu une seconde de répit depuis la mort d'Alberto la semaine précédente. Son jeune frère adoré, héritier du trône, avait été inhumé la veille à l'âge de vingt-huit ans. Il n'y avait pas d'antidote au chagrin.

Du haut de ses trente ans, Stefano était l'aîné de la fratrie ; et pourtant, il ne régnerait jamais sur le royaume d'Umbriano. Il avait en effet persuadé ses parents de l'exempter de ses obligations de prince héritier, et le Parlement avait avalisé cette décision. Selon la règle en vigueur dans leur minuscule pays, sa sœur Carla, vingt-sept ans, était désormais au premier rang dans l'ordre de succession.

Stefano était au Canada, où il inspectait l'une des mines d'or dont sa famille était propriétaire, quand il avait appris la mort tragique d'Alberto dans un accident de voiture. Il dirigeait la compagnie minière Casale, qui possédait des exploitations sur toute la planète. À peine avait-il atterri au milieu des Alpes que son père l'avait emmené identifier la dépouille d'Alberto.

Depuis une semaine, toute la famille était rassemblée au palais. Sa mère avait vieilli de vingt ans, et Stefano admirait le courage et la dignité dont elle faisait preuve. Tout comme le roi Basilio, dont il était désormais le seul fils vivant. Celui-ci avait besoin de son réconfort, Stefano le sentait. Sans doute était-ce pour cette raison qu'il lui avait demandé de venir à l'aube dans ses appartements...

Stefano sortit de son lit et gagna la salle de bains. Il prit une douche rapide, assailli tandis que l'eau chaude ruisselait sur son corps par des images des funérailles nationales qui avaient eu lieu la veille. Dans la grande basilique d'Umbriano, le cardinal avait prononcé l'éloge funèbre, d'Alberto, un prince vénéré par son peuple. Des dignitaires de nombreux pays avaient assisté à la cérémonie, dont la famille royale du royaume voisin de Domodossola, limitrophe de la France, de la Suisse et de l'Italie. Stefano n'oublierait jamais le regard vide et l'expression perdue de la fiancée d'Alberto, la princesse Lanza.

Stefano, qui était rarement à Umbriano à cause de ses activités professionnelles, n'avait pas croisé le roi Victor Emmanuel de Domodossola et sa famille depuis son adolescence. Il avait été surpris de constater à quel point les trois princesses étaient devenues de superbes jeunes femmes. Tout comme lui, elles n'avaient pas semblé comprendre que c'était bien Alberto qui reposait dans le cercueil au pied de l'autel.

Une fois habillé, Stefano se rendit dans l'aile nord du palais et entra dans les appartements privés du roi et de la reine. Son père était debout face à l'immense cheminée, dans laquelle crépitait un feu de bois. Il se retourna vers lui.

— Merci d'être venu, Stefano. Ta mère est encore au lit, accablée de chagrin.

— Nous le sommes tous, papa.

Il étreignit affectueusement son père.

— Assieds-toi, mon fils. Nous devons discuter d'un sujet crucial.

Stefano se doutait que son père allait lui demander de rester à Umbriano un certain temps. Or cela serait impossible, car il devait se rendre au Kenya le surlendemain afin de superviser une invention susceptible de révolutionner l'extraction de l'or. Si elle faisait ses preuves, toutes ses autres mines d'or à travers le monde en profiteraient.

— Le mariage avec la princesse Lanza doit se tenir comme prévu. Il est impératif que tu prennes la place d'Alberto.

Stefano était sonné, incrédule. Il s'était attendu à tout sauf à cela.

— Je... je n'ai sûrement pas bien entendu, dit-il d'une voix hésitante.

— Je me doute que ça te fait un choc.

Il se leva d'un bond.

— « Choc » est un euphémisme !

Il se dirigea vers les fenêtres à meneaux qui donnaient sur les jardins du palais, avec au loin les sommets enneigés des Alpes. Un frisson glacé traversa son corps tendu.

— Nos deux royaumes doivent consolider les liens qui les unissent afin d'exploiter au mieux leurs ressources. Ce nécessaire rapprochement ne peut se faire que par ton mariage avec la princesse Lanza.

Stefano se mit à arpenter la pièce, nerveux comme un tigre en cage.

— Il y a des années, tu m'as donné ma liberté, ce qui a été confirmé par décret parlementaire. Je ne suis plus membre de la famille royale.

— Ce décret peut être annulé par un édit parlementaire d'urgence.

— Quoi ? s'exclama Stefano.

Son père confirma l'information d'un signe de tête.

— En raison de l'énormité de cette tragédie, de ses conséquences et de l'empressement du Parlement à voir se réaliser un mariage entre nos deux pays, tu peux retrouver tes prérogatives de prince héritier.

— Même si c'était possible, tu ne me demandes pas sérieusement d'épouser la princesse Lanza, n'est-ce pas ? Je ne la connais pas. Et j'ai sept ans de plus qu'elle !

— Ce n'est pas une si grande différence d'âge…

Stefano essaya de se calmer.

— C'est Alberto qui était attiré par elle. Je ne peux pas faire ça ! En ce moment, je développe des mines d'or et j'investis les revenus dans l'économie de notre pays. Nous n'avons pas besoin du bois produit par Domodossola !

— Mon ambition va bien plus loin qu'un partenariat économique. Victor et moi avons ce rêve d'unir nos deux familles par le mariage depuis le moment où nous sommes tous deux devenus pères de futurs rois et reines.

— Mais ce n'est pas *mon* rêve, papa ! Et ça ne le sera jamais ! rétorqua Stefano en jugulant sa colère. Je suis désolé, mais je ne peux pas faire ce que tu me demandes.

— Même pas pour honorer la mémoire de ton frère ? fit soudain la voix de sa mère derrière lui.

Il se retourna. Il n'avait pas réalisé que sa mère s'était jointe à eux, en robe de chambre.

— Comment ça ?

— Il s'agit de respecter une promesse sacrée que ton frère a faite à la princesse Lanza l'année dernière. Elle a été préparée à devenir l'épouse d'Alberto. Depuis un an, sa vie est mise entre parenthèses parce qu'elle porte la bague de fiançailles de notre famille. Pendant tout ce temps, elle a été fidèle à leur promesse et s'est préparée pour le jour de leur mariage.

— Personne ne pouvait prévoir ce drame. Ça change tout.

— Il y a une chose qui ne change pas. Ton père et moi ne t'en avons jamais parlé, et nous n'avons jamais pensé avoir un jour à le faire.

Craignant ce qu'il allait entendre, Stefano se raidit, la gorge serrée.

— Explique-toi, tu m'inquiètes...

— Le matin de tes dix-huit ans, ton frère est venu nous voir. Il voulait t'offrir le cadeau que tu désirais plus que tout au monde.

— Qu'est-ce que c'était ? demanda-t-il en fronçant les sourcils.

— Ta liberté.

— Je ne comprends pas...

— Alors, laisse-moi t'expliquer. Tu n'as jamais voulu être roi. Tu l'as dit clairement dès que tu as eu l'âge d'exprimer tes sentiments. Alberto t'adorait et te vénérait. Quand tu as eu dix-huit ans, il a eu peur que tu ne sois jamais heureux. Il nous a littéralement suppliés de te laisser vivre ta vie. Il t'aimait tellement qu'il a promis de prendre ta place d'héritier et d'accomplir toutes les tâches et tous les sacrifices que cela demande. Pour que tu puisses avoir la liberté de vivre une vie sans le poids des obligations royales. Voilà le marché qu'il a passé avec nous.

— Un marché ? C'est pour cette raison que tu m'as soudainement cédé, à l'époque ? s'exclama Stefano en se tournant vers son père.

Son père fit un signe de tête solennel.

— La seule raison, *figlio mio*. Vous étiez si proches tous les deux qu'Alberto t'a fait passer avant ses propres désirs. Il nous a convaincus que tu devais t'échapper, sinon tu mourrais comme un animal en cage.

L'émotion pétrifiait Stefano. Il était incapable de prononcer un mot.

— Tout ce qu'il a demandé, poursuivit son père, c'est que nous soyons d'accord. En vérité, il voulait le bonheur de son frère aîné par-dessus tout, et il nous a fait cette demande par pur amour. Il a consenti à se fiancer à la princesse Lanza à la date que nous choisirions. Il savait à quel point nous aimions cette gamine.

Ses parents ne lui avaient jamais menti, il n'avait aucune raison de penser qu'il en allait autrement. Grâce à l'amour de son frère – et non à la compréhension de ses parents –, il avait réussi à s'échapper pendant tout ce temps du monde dans lequel il était né.

Sa mère s'approcha de lui et posa les mains sur ses épaules. Cela lui fit mal de voir comme les rides du deuil marquaient son visage délicat.

— Son seul désir était que tu n'apprennes jamais qu'il avait plaidé ta cause. Il craignait que, si tu découvrais la vérité, tu te sentes redevable envers lui. Or son cadeau était désintéressé. Altruiste.

Altruiste ? Le mot est faible ! songea Stefano. Ce que son frère avait fait pour assurer son bonheur était un cadeau inouï, d'une pure générosité. Il avait toujours aimé son jeune frère, qui était aussi son meilleur ami durant leur enfance. Tout le monde aimait Alberto car son caractère noble l'élevait au-dessus du commun des mortels. On disait que les meilleurs partaient les premiers ; son cadet était le meilleur des meilleurs, et la mort l'avait arraché bien trop tôt.

Submergé par les émotions qui l'assaillaient, Stefano étreignit sa mère. Il découvrait que ses parents avaient tant d'amour pour leurs fils qu'ils les avaient soutenus tous les deux dans leurs envies – de liberté chez lui et d'abnégation chez son frère. Cette leçon d'humilité lui ouvrait les yeux.

— Serais-tu prêt à faire ton devoir et épouser la princesse Lanza, maintenant qu'Alberto n'est plus là ?

Il prit une grande inspiration.

— Pensez-vous qu'elle y consentirait alors qu'elle avait prévu d'épouser Alberto ?

— Le roi Victor dit que sa fille sera d'accord, annonça son père. Lanza et toi vous êtes rencontrés dans votre jeunesse, et vous avez une année entière pour faire connaissance avant le mariage.

— Mais ce sera presque impossible ! Mon emploi du temps prévoit des visites successives de toutes les mines au cours des dix-huit prochains mois. Avec le nouveau processus d'extraction que j'ai développé, je dois rencontrer chaque directeur de site.

Ses arguments n'ébranlèrent pas son père, qui semblait avoir réponse à tout.

— Après que nous aurons informé Lanza et ses parents de ta demande officielle, tu pourras sûrement trouver un moyen de lui rendre visite une fois, puis de rester en contact avec elle le reste du temps. Le roi Victor et moi avons déjà parlé au cardinal, qui a donné sa bénédiction à ce mariage.

Stefano comprit alors que les dés avaient été jetés sans son accord. Il allait protester quand sa mère prit la parole, les yeux humides :

— Nos deux pays attendent ce jour avec impatience depuis des années. Notre peuple sait que les affaires que tu fais prospérer dans le monde entier contribuent à l'économie de notre royaume. Il acclamera ta réintégration dans la famille royale et te sera reconnaissant d'avoir pris la place de ton frère, crois-moi.

La proposition de sa mère ne lui paraissait pas réaliste. Il n'avait pas le temps de faire connaissance avec la princesse Lanza ; il avait trop de dossiers à régler tout autour du globe.

Le roi s'approcha d'eux.

— Je ne t'ai jamais rien demandé avant, Stefano. Je t'ai permis de t'épanouir loin des responsabilités qui incombaient à ton rang. Mais le destin est intervenu et a emporté Alberto. C'est le moment où tes parents et ceux de Lanza te demandent d'agir pour le bien de nos deux pays.

— Alberto nous a dit qu'il espérait fonder une famille, intervint sa mère avec nostalgie. Ce rêve a disparu, mais vous pourriez en faire naître un nouveau. Tu ne nous as jamais présenté de petite amie. S'il y a une femme dans ta vie, tu n'en as jamais rien dit.

Stefano leva les yeux au ciel. Toute cette conversation était irréelle. Quant aux femmes… Il avait eu des relations, des maîtresses, mais l'idée de s'installer avec l'une d'entre elles ne lui était pas venue à l'esprit. Il aimait trop sa liberté.

— Et quelqu'un s'est-il préoccupé de ce que Lanza pensait de toute cette histoire ? demanda-t-il d'une voix grinçante.

— Victor et moi en avons parlé avant l'enterrement, avoua

son père. Il est aussi désireux que moi que cette union se concrétise et il en a probablement déjà discuté avec sa fille. Il m'a assuré qu'il est dans la nature de Lanza de faire ce qui est bon pour son pays.

Aucune femme qui se respecte n'accepterait un tel mariage sans amour ; mais une princesse soucieuse de son devoir n'était pas une femme normale… Quelques mois auparavant, Alberto lui avait dit au téléphone que la princesse Lanza avait un tempérament doux et avenant.

C'était peut-être vrai, même si les nombreuses aristocrates qu'il avait rencontrées à l'adolescence étaient des enfants gâtées, imbues d'elles-mêmes, capricieuses, caractérielles, et pensaient voir tous les droits. Dans son souvenir, Lanza était gentille, en effet, mais elle était si jeune, à l'époque ! Et gentil comme il l'était, son frère cherchait toujours le meilleur en chacun. Il avait probablement « décidé » d'aimer Lanza. Alberto avait le sens du sacrifice. Même s'il avait détesté sa promise, il aurait prétendu le contraire par loyauté envers son pays et ses parents.

Stefano secoua la tête. Il n'était pas né avec ce genre de grandeur dans l'âme. Humilié par ce qu'il avait appris, torturé par la décision que ses parents lui demandaient de prendre, il gagna la porte.

— J'ai besoin d'être seul pour réfléchir. Je reviendrai plus tard.

Une fois dehors, il monta dans sa Lancia et se dirigea vers les bureaux de son meilleur ami, Enzo. Il le trouva au téléphone.

À la seconde où Enzo le vit dans l'embrasure de la porte, il lui fit signe d'entrer. Après avoir raccroché, il se leva de sa chaise pour le serrer dans ses bras.

— Je suis vraiment désolé pour Alberto. Toutes mes condoléances.

— Merci, Enzo.

— Chiara et moi n'avons pas pu nous approcher de toi à l'enterrement. Il y avait trop de monde.

D'un battement de cils et d'un demi-sourire, Stefano lui fit savoir qu'il comprenait. Enzo et lui étaient amis depuis l'enfance et avaient tout fait ensemble, y compris leur service militaire. Stefano avait été son témoin de mariage, trois mois auparavant.

— J'ai besoin d'aide, annonça-t-il.

— Oh ! ça a l'air sérieux... Je t'écoute.

Stefano expliqua la situation à son ami, qui l'écouta avec attention et gravité, les mains jointes sous le menton.

— Ce mariage ferait de moi l'héritier du trône de Domodossola puisque le roi Victor n'a ni fils ni gendre. Selon leurs règles de succession, une femme ne peut pas devenir reine.

Son ami siffla et bascula légèrement en arrière dans son grand fauteuil en cuir.

— Je savais que cela se passait ainsi au Moyen Âge, mais pas aujourd'hui. Que feras-tu de tes sociétés minières ?

— J'ai toujours l'intention de les diriger, bien sûr.

— Beaucoup de travail en perspective..., commenta Enzo, l'air dubitatif. Je pensais que c'était trop beau pour être vrai quand ton père t'a donné ta liberté le jour de tes dix-huit ans. Nous aurions dû savoir que tout cela se terminerait tôt ou tard.

— Je n'ai pas dit à mes parents ce que j'allais faire. Pas encore.

Toutefois, il avait réfléchi. En fouillant son âme, une chose était devenue claire : il pouvait aider ses parents et son pays en prenant la place d'Alberto, qui lui-même avait pris la sienne douze ans auparavant...

— Je sais combien tu aimais Alberto, murmura Enzo. Tu ne laisserais jamais tomber tes parents maintenant que tu as connaissance du sacrifice de ton frère.

— Que me conseilles-tu de faire ?

Ils se regardèrent longuement, puis son ami rompit le silence :

— Je ne vois qu'une seule façon de procéder. Tu as besoin de ta liberté, et vous avez un an avant le mariage. Le mieux pour vous deux, c'est que tu continues à être toi-même, à t'occuper de tes mines d'or, tout en aidant le roi Victor à gouverner. Vous serez souvent séparés, mais ainsi la princesse Lanza aura le temps de s'habituer à ton mode de vie.

2

L'état de choc durait depuis quatre jours maintenant, depuis son retour d'Umbriano, où Lanza avait assisté aux funérailles d'Alberto. Elle n'était pas profondément affligée ni souffrante mais plutôt sidérée. Et triste, aussi, bien sûr. Son fiancé avait toujours été gentil avec elle. Elle ne s'était jamais sentie mal à l'aise en sa compagnie. Le fils cadet du meilleur ami de son père, le roi Basilio, était un homme doux. Au fil des ans et des rencontres, les deux familles avaient estimé que tous deux allaient très bien ensemble. Elles les avaient fiancés le jour de son vingt et unième anniversaire.

À partir de ce moment, Lanza avait passé plusieurs week-ends par mois avec Alberto, à Domodossola et à Umbriano. Ils avaient développé une amitié qui l'avait aidée à préparer son mariage. Elle aimait quand il l'embrassait, mais ils n'avaient pas été amants.

La beauté d'Alberto lui avait permis d'imaginer plus facilement l'intimité dans leur mariage. Elle avait cru qu'ils pourraient être heureux. Or, maintenant qu'il était parti, une vérité se détachait de tout le reste : elle n'avait pas perdu l'amour de sa vie.

De plus, la mort de son fiancé lui avait ouvert les yeux. Depuis les fiançailles, son avenir était tout tracé ; il ne lui appartenait plus. Elle avait obéi à ses parents et accepté de faire son devoir de princesse de Domodossola. Et en une seconde, ce futur était mort avec Alberto, quand il avait fait une embardée sur une étroite route verglacée de montagne pour éviter un camion.

L'accident l'avait soustraite à un destin qu'elle n'avait pas choisi, qu'on avait écrit pour elle. Et aussi désolée qu'elle fût pour Alberto et sa famille, une partie d'elle avait compris qu'elle était désormais libre.

Elle n'avait jamais ressenti cet exaltant sentiment de liberté. Tellement exaltant qu'elle était assaillie par la culpabilité puisque l'heure était au deuil et qu'elle pleurait vraiment la mort d'Alberto, qu'elle était vraiment triste. En fait, les émotions négatives et positives se disputaient la place dans son cœur.

Le prêtre du palais, le père Mario, était venu la voir pour l'aider à surmonter la perte d'Alberto. Elle lui en avait été reconnaissante, mais personne ne pouvait comprendre ce qui se passait en elle. Il n'y avait pas d'autre avenir que celui qu'elle allait se construire à partir de maintenant. Elle pouvait prendre ses propres décisions, tout comme Fausta et Donetta, ses sœurs. Cette pensée était tout simplement excitante en diable !

Forte de ce nouveau sentiment de liberté, elle avait prévu de rendre visite à sa tante préférée, Ottavia, qui vivait à Rome avec son mari, le comte Salvatore Verrini. Ensemble, elles pouvaient parler de tout, et Lanza l'adorait.

Trois coups frappés à la porte de ses appartements la tirèrent de ses pensées.

— Lanza ? fit la voix de sa mère. Ton père et moi pouvons entrer ?

Elle se précipita à travers la pièce et ouvrit la porte. Elle étreignit longuement ses parents.

— Venez vous asseoir devant le feu.

Ils prirent place sur le canapé. Elle s'assit face à eux dans son fauteuil préféré, celui dans lequel elle s'installait pour lire – elle était un vrai petit rat de bibliothèque depuis son plus jeune âge.

Lanza pouvait constater que ses parents étaient plus anxieux que jamais. Ils semblaient avoir du mal à se remettre de la mort d'Alberto, et de tout ce que cela signifiait pour Domodossola.

— Nous ne pensons pas qu'il soit bon pour toi de rester cloîtrée dans tes appartements. J'ai demandé au chef de préparer ton repas préféré, et tes sœurs vont nous rejoindre dans la salle à manger pour dîner.

Son père hocha la tête, toujours aussi distingué malgré les tourments qui l'affectaient.

— Tu as besoin d'être entourée de ta famille. Il n'est pas sain pour toi de rester seule.

— En fait, j'ai eu besoin de ce temps pour moi afin de réfléchir. Ne soyez pas offensés si je vous dis que je n'ai pas faim.

— Mais, si tu continues comme ça, tu vas dépérir ! protesta sa mère.

— Je te promets que ça n'arrivera pas, maman. En ce moment, j'ai des choses importantes en tête.

— Nous aussi, intervint son père. Il est temps que nous parlions sérieusement.

Il se leva et déposa une bûche dans l'âtre.

— J'ai parlé au téléphone avec Basilio des heures chaque jour depuis notre retour.

— Je suis sûre que la mort d'Alberto vous a encore plus rapprochés, dit Lanza. La reine et lui doivent vraiment avoir besoin de réconfort.

— Pas toi ? demanda son père.

— Moi ? demanda-t-elle, étonnée.

Ses parents s'attendaient-ils à ce qu'elle soit effondrée au fond de son lit ?

— J'ai pleuré Alberto. Maintenant, je dois me ressaisir et faire face. Honnêtement, je vais bien. Je pense aller à Rome pour voir tante Ottavia. Elle m'a téléphoné hier soir et m'a demandé de l'accompagner pendant le long voyage qu'elle a prévu de faire aux États-Unis. Sans Salvatore, qui doit rester à Rome pour ses affaires. Je lui ai dit que je viendrais après vous en avoir parlé.

Son père secoua la tête.

— J'ai peur que ce ne soit pas possible…

— Quoi ? s'exclama Lanza, avant de se pencher en avant. Je ne comprends pas…

Le roi s'éclaircit la gorge.

— Le frère d'Alberto, Stefano, a demandé ta main et souhaite t'épouser le jour de l'an, dans un an.

Lanza se leva, prise entre fureur et incrédulité. Peut-être faisait-elle un mauvais rêve...

— Stefano ? C'est une plaisanterie ? Et puis c'est impossible ! Il a été exempté de ses obligations royales il y a des années.

À l'époque, quand Lanza avait appris la nouvelle, elle l'avait presque pris comme un affront. Elle n'avait pourtant que onze ans, mais elle avait toujours admiré Stefano, qu'elle trouvait séduisant et majestueux – bien plus que son frère.

— Son rang vient de lui être rendu par une loi d'urgence du parlement. Et il t'a officiellement demandé en mariage.

Lanza ne put retenir un cri. *Mon Dieu...* Mais comment Stefano pouvait-il vouloir l'épouser alors qu'il l'avait à peine remarquée lorsque leurs deux familles se rencontraient ?

— Est-il si important que nos deux pays s'unissent économiquement au point que Stefano ait été envoyé pour sauver la situation ? Il ne voulait rien avoir à faire avec la vie royale !

Elle savait qu'elle choquait ses parents avec cet accès de fureur qui ne lui ressemblait pas. Jamais elle n'avait osé leur dire ce qu'elle pensait de cette manière. Mais elle se sentait frustrée et en colère.

Sa mère se leva et s'approcha d'elle.

— Nous comprenons ta réaction, ma chérie, mais s'il te plaît, écoute-moi. Ces jours ont été sombres pour nous tous. Or Stefano veut prendre la place de son frère et honorer l'engagement de celui-ci envers toi. C'est ce que veulent nos deux familles.

— Mais ce n'est pas ce que, moi, je veux !

Lanza regarda alternativement son père et sa mère. Ce qu'ils lui demandaient était insensé.

— Stefano a abandonné ses prétentions à la couronne d'Umbriano il y a des années parce qu'il détestait cette existence.

— C'est du passé, murmura son père.

— Papa, il est ingénieur, il possède des mines d'or sur toute la planète et, selon Alberto, il a des maîtresses partout dans le monde. Et tu me demandes de l'épouser ? Tu es sérieux ?

Lanza s'en voulait d'avoir élevé la voix, mais tout cela était tellement absurde !

— Nous te demandons d'y réfléchir, dit sa mère, implorante. De penser à ce que cela signifie pour nos deux pays, pour l'avenir des deux lignées royales.

— Je ne rajeunis pas, enchaîna son père d'une petite voix. Pire, je suis en proie à une fatigue qui s'aggrave de jour en jour. J'ai besoin d'un gendre sur lequel m'appuyer. Le prince Stefano fera un excellent mari pour toi.

— Un coureur de jupons ?

— Ce qu'il a fait quand il n'était plus prince héritier ne compte pas. Après tout, c'est ainsi que se comportent la plupart des hommes avant de trouver la femme de leur vie. Il n'a jamais rien fait de scandaleux ni de honteux, jamais fait la une des magazines people. Bien au contraire, même. Son brillant sens des affaires est respecté dans le monde entier et a contribué à enrichir son pays. Et puis c'est le fils de Basilio.

— Comment sais-tu qu'il n'a pas d'enfants quelque part ? argumenta Lanza. Je n'essaie pas d'être cruelle en disant cela, seulement réaliste.

L'expression de son père se durcit.

— Je vais oublier que tu as dit cela. Il est prêt à devenir ton mari.

Lanza était trop abasourdie pour continuer à discuter. Elle étudia son père, inquiète à l'idée qu'il pourrait être malade. Personne n'avait abordé ce sujet avec elle. Elle avait remarqué qu'il se déplaçait un peu plus lentement, ces derniers temps, mais elle l'avait attribué à l'âge.

— Pourquoi n'ai-je pas entendu parler de ta santé avant aujourd'hui, papa ?

Sa mère lui posa la main sur le bras.

— Parce que nous ne voulions pas que tu te fasses du souci alors que tu préparais ton mariage. Nous pensions que tu n'aurais pas à t'inquiéter mais, avec la mort d'Alberto, tout a changé. Maintenant, nous allons partir pour te donner le temps de réfléchir. Allez, Victor, viens, dit-elle en se tournant vers son mari.

Au moment où ses parents sortaient, les deux sœurs de Lanza firent leur apparition sur le seuil. Elles entrèrent et fermèrent la porte derrière elles. Lanza poussa un soupir.

— C'est vrai que papa est malade ? demanda-t-elle, une boule d'angoisse dans la gorge.

— Je sais seulement ce que maman m'a dit, commença Donetta. Le médecin de papa s'inquiète pour sa santé et lui a demandé de lever un peu le pied.

— J'ai le sentiment que c'est son cœur, compléta Fausta, mais ils ne nous le diront pas.

Lanza frissonna et se dirigea vers la cheminée.

— Pourquoi ne pas m'en avoir parlé ?

Donetta s'approcha d'elle et lui posa la main sur l'épaule.

— Désolée, petite sœur, on nous a ordonné de garder le silence.

— En d'autres termes, s'agaça Lanza, je suis le bébé qui ne peut pas supporter d'entendre les mauvaises nouvelles !

— Non, dit Fausta. Papa et maman vivaient dans l'attente de ton mariage et ne voulaient pas qu'il soit gâché.

Elle ferma les yeux, prise de regrets.

— Ce qu'ils me demandent maintenant est impossible, mais je n'aurais pas dû m'énerver autant contre eux.

— Non, tu as bien fait ! laissa échapper Fausta comme un cri du cœur. Je suis fière de toi. Tu n'as pas vu le prince Stefano depuis des années. Naturellement, nous sommes toutes inquiètes pour la santé de papa, mais cela ne doit pas t'influencer. Tu ne dois pas laisser cette nouvelle te pousser à faire quelque chose que tu ne veux pas faire.

Donetta approuva d'un hochement de tête volontaire.

— Je déteste te dire ça, Lanza, mais tu as toujours été un peu comme Cendrillon. Peut-être parce que c'était ton conte de fées préféré… Elle aussi était douce et croyait que tout finirait par s'arranger. Mais tu n'as pas de marraine fée pour te sauver.

Sinon, Alberto ne serait pas mort. Tu dois te réveiller avant qu'il ne soit trop tard.

— Elle a raison ! s'écria Fausta, ajoutant à l'incertitude de Lanza. Cendrillon était une idiote. Elle aurait dû aller dans le monde pour trouver un homme du peuple, pas un prince de pacotille, et profiter d'une vie loin de la Cour. C'est ce que j'ai l'intention de faire.

Lanza ne comprenait que trop bien ses sœurs. À vingt-cinq ans, Donetta n'avait pas l'intention de se marier, et leurs parents le savaient. Pourtant, le jour viendrait où ils lui demanderaient d'épouser un prince qu'ils approuveraient. Elle avait grandi en désirant chaque jour un peu plus devenir reine, mais ce sans qu'aucun homme ne lui dicte sa conduite ; or cette ambition était irréalisable, car la loi successorale de Domodossola excluait les femmes de l'exercice du pouvoir.

Quant à Fausta, leur sœur de vingt-quatre ans, elle rêvait d'épouser un roturier et de mener une vie simple, comme tous ses amis en ville. Fausta se croyait en sécurité, mais leurs parents veillaient au grain et elle finirait par épouser elle aussi le prince qu'ils choisiraient pour elle.

Il ne restait donc que Lanza de disponible tout de suite pour combler les attentes de leurs parents, à la recherche du gendre royal parfait. Elle avait cru que la mort d'Alberto lui ôterait ce poids des épaules, pour peut-être le faire passer sur celles d'une de ses sœurs. Comme elle s'était trompée...

— Nous savons à quel point tu es bouleversée, dit Donetta. Tu as besoin d'être un peu seule ?

— Si ça ne vous dérange pas, je veux bien. Je dois réfléchir à plein de choses.

— Je suppose que tu ne descends pas manger un morceau avec nous..., hasarda Fausta.

— Non. Cette discussion avec papa et maman m'a coupé le peu d'appétit que j'avais.

— Nous pourrons discuter à nouveau après, si tu veux. Tu sais que nous sommes là si tu as besoin de quoi que ce soit.

Lanza embrassa ses sœurs, qui quittèrent le grand salon de sa suite.

Lanza posa les mains sur le dossier du canapé, tête baissée. Les pensées tourbillonnaient dans sa tête. Elle se sentait perdue.

Qu'allait-elle faire… ?

Elle aimait ses parents plus que tout au monde. Les décevoir était la dernière chose qu'elle souhaitait. Et ce serait terrible de se dire qu'elle avait, par sa décision, aggravé l'état de santé de son père.

Mais être demandée en mariage à Stefano, un homme qui avait tourné le dos à tout pour être libre…

Lanza se souvint d'un week-end d'août où Alberto était venu la voir. Elle lui avait demandé pourquoi il semblait parfois triste. Elle voulait connaître la vérité pour mieux le comprendre.

Alberto lui avait dit que son frère aîné, qui ne vivait plus au palais, lui manquait terriblement ; qu'ils avaient été très proches et que l'éloignement géographique distendait les liens. Quelques jours plus tard, Alberto lui avait envoyé une lettre. Il y avait joint une photo de Stefano, magnifique en chemise de safari. Il avait vingt-deux ans sur la photo, prise des années auparavant, alors qu'il travaillait au Kenya. Alberto avait écrit ces mots, qu'elle connaissait par cœur : « J'adore son sourire, Lanza. Il est mon idole et l'a toujours été. Il y a des moments où il me manque comme un fou. Après notre mariage, j'espère qu'il viendra plus souvent. Je donnerais n'importe quoi pour le voir davantage. »

Lanza bougea pour aller alimenter le feu, touchée encore aujourd'hui par les mots d'Alberto, qui venaient droit du cœur. Son vœu s'était réalisé, mais hélas pas de la manière dont il l'aurait souhaité. Stefano était de retour. Et il l'avait demandée en mariage.

Stefano était un homme du monde, influent et sophistiqué. S'il n'avait jamais défrayé la chronique, toujours discret à propos de sa vie privée, les médias people lui avaient tout de même prêté de nombreuses conquêtes. Il n'était donc pas interdit de penser qu'il était un amant expérimenté.

En revanche, Lanza ignorait ce qu'il en avait été d'Alberto. Ils n'avaient pas abordé le sujet, mais elle supposait qu'il avait eu quelques petites amies avant d'accepter de se fiancer avec elle pour raison d'État.

Épouser Stefano signifierait avoir des relations intimes avec lui, bien sûr, qui leur permettraient de fonder une famille si tout se passait bien. Un frisson la traversa. Son attirance pour Stefano n'avait jamais disparu, même s'ils ne s'étaient pas vus depuis longtemps. L'idée de faire l'amour avec lui la rendait nerveuse. La perspective de perdre sa virginité avec lui l'emplissait d'un mélange détonant d'excitation et d'angoisse.

Serait-elle une épouse décevante ?

Pouvait-elle se résoudre à accepter une autre proposition de mariage royal ?

Si elle le faisait, cela pourrait donner du sursis à son père en lui apportant l'aide dont il avait besoin pour gouverner. Elle aimait son père. Il serait horrible qu'il meure prématurément parce qu'elle avait refusé de se marier. Comment serait-elle capable de supporter un tel fardeau, une telle culpabilité ?

Lanza était dans tous ses états, incapable d'ordonner ses pensées et ses émotions.

Ses sœurs avaient raison : son conte de fées préféré était *Cendrillon*. Celle-ci avait rencontré l'amour de sa vie lors d'un bal et avait vécu heureuse toute sa vie avec son prince. Ce qui ne lui arriverait jamais, à elle. Si elle ne voulait pas finir aigrie et déprimée, elle avait intérêt à ne plus fantasmer sur Cendrillon à partir de maintenant...

Quand Lanza s'écarta de l'âtre, elle avait accepté l'idée qu'elle avait été une oie blanche toute sa vie ; une idiote romantique. Elle devait se faire une raison : elle ne connaîtrait jamais l'amour et ne serait jamais amoureuse.

Le cœur un peu lourd, mais déterminée à faire face à son destin, elle se dirigea vers la porte. Elle allait retrouver ses parents et leur dire qu'elle avait pris sa décision.

Elle acceptait la proposition de Stefano.

Elle fut arrêtée en sortant par l'arrivée de sa caméariste, qui lui tendit une enveloppe.

— Ceci est arrivé pour vous par coursier depuis le palais royal d'Umbriano, Votre Altesse.

— Merci, Serena.

Sa domestique sortit, et Lanza retourna dans le salon pour ouvrir le pli. Sa curiosité aiguisée, elle s'assit sur le canapé. Des lettres de condoléances avaient été envoyées au palais pendant des jours, mais toujours par la poste. Étrange... Qui lui ferait porter une lettre ? Il n'y avait rien d'écrit sur l'enveloppe. Elle la décacheta et en sortit une feuille de papier couverte d'une écriture manuscrite élégante.

Chère Lanza,

Ce que nous allons faire, vous et moi, est sans précédent. J'ai déjà dû quitter Umbriano pour le Kenya, où je vais probablement travailler pendant au moins six semaines. Après cela, je dois prendre un vol direct pour l'Australie, et de là je m'envolerai pour la Bulgarie.

J'essaierai de caser dans mon emploi du temps un voyage à Domodossola afin de vous voir. Si je ne peux pas, je vous enverrai un e-mail et nous pourrons discuter régulièrement pour préparer le mariage. Les appels téléphoniques sont difficiles parce que les mines où je travaille sont souvent perdues en pleine nature, loin de tout réseau de téléphonie mobile.

J'ai bien peur que notre vie commune ne commence qu'après notre rencontre au pied de l'autel.

Ne vous inquiétez pas pour notre nuit de noces. Nous la passerons loin de tout le monde et en profiterons pour mettre au point les règles de notre union.

Stefano

Lanza resta bouche bée, clouée par la surprise. Avant même qu'elle ait donné sa réponse à ses parents ou à lui, Stefano avait déjà envoyé ce message ! Il supposait donc que, en jeune princesse obéissante et docile, elle s'était pliée au souhait de leurs parents. Cela l'agaça.

Et que voulait-il dire par « les règles de notre union » ? Laissait-il entendre qu'il avait une solution qui leur permettrait de cohabiter en bonne intelligence pendant leur mariage ?

Lanza se laissa aller en arrière, confuse et déstabilisée. Elle relut la missive. Le travail de Stefano l'amenait vraiment à faire le tour du monde. Quand aurait-il le temps d'aider son père ? Peut-être n'était-ce pas une si bonne idée de l'épouser, après tout.

— Lanza ? fit la voix de Fausta derrière la porte, accompagnée de deux petits coups.

— Une minute !

Elle cacha la lettre sous un coussin et se précipita pour ouvrir à ses sœurs.

— Entrez.

— Nous avons pensé que tu voudrais de la compagnie ! annonça Donetta.

Lanza ne répondit pas. Elle ne savait pas ce qu'elle voulait. Elle ne savait plus.

— As-tu décidé ce que tu allais faire ? enchaîna Fausta.

— Pas encore. Papa m'a annoncé que ce mariage avait la bénédiction du cardinal. Il dit que les citoyens des deux pays vont l'accepter. Mais je pense que ça ressemble à une imposture et je me sens coupable. Pensez-vous qu'il soit digne et convenable que Stefano prenne la place d'Alberto ?

Ses deux sœurs semblèrent réfléchir à sa question. Ce fut Fausta qui répondit la première :

— C'est dans un an, la période de deuil sera terminée. Et les deux frères étaient très proches.

— Mais je ne l'aime pas !

— Aimais-tu Alberto ?

Lanza baissa la tête.

— Non, mais je l'appréciais beaucoup. Si je dis oui et que j'épouse Stefano, ce sera parce que papa a besoin d'un gendre sur lequel s'appuyer pour gouverner.

— Tu parles ! lança Donetta avec un sourire complice. Ce ne sera pas la raison. Tu ne peux pas nous tromper, Fausta et moi.

— Que veux-tu dire ?

— Nous savons tous les deux que tu as toujours eu le béguin pour Stefano. Qui pourrait t'en vouloir ? Pour beaucoup, il est le célibataire le plus sexy de la planète !

3

Un an plus tard.

Malgré le froid en ce premier jour de la nouvelle année, des milliers de personnes se pressaient derrière les barrières de sécurité dans les rues de la capitale de Domodossola pour le mariage royal. Des visiteurs étaient venus de toute l'Europe, et même du monde entier. La journée avait été déclarée fériée, mais tous les commerces étaient ouverts pour les accueillir.

Le royaume se préparait à cet événement depuis les fiançailles de Lanza avec Alberto, deux ans auparavant. Ce jour était enfin arrivé, mais ce serait avec un autre prince qu'elle remonterait l'allée à la fin de la cérémonie.

Tandis que toutes les cloches de la ville sonnaient, Lanza, assise en face de son père dans le carrosse doré à la feuille d'or qui les emmenait vers la cathédrale, s'efforçait de dompter son appréhension. À chaque pas des chevaux blancs caparaçonnés de rouge et de doré, les acclamations enthousiastes de la foule s'élevaient pour célébrer ce jour unique. L'excitation remplissait l'air. Le peuple était heureux de voir le roi accompagner sa fille à la cérémonie de mariage tant attendue.

Au cours de l'année écoulée, Lanza avait reçu de la part de Stefano des dizaines de longs courriels, souvent accompagnés de photos. Ils avaient échangé à propos de l'organisation du mariage dans la cathédrale et des festivités qui suivraient au palais. Elle lui avait aussi posé des questions sur son travail et sur les lieux où il se rendait. Elle avait apprécié qu'il lui explique des choses techniques au sujet de l'exploitation minière. Ses descriptions des gens et des montagnes les lui avaient rendus réels, avaient fait naître des images fortes en elle. Elle ne s'était pas attendue à ce qu'il soit aussi à l'aise à l'écrit et avait hâte de lire ses messages quand ils arrivaient.

Cependant, ils n'avaient pas encore évoqué le versant intime de leur relation... Lanza était angoissée à la perspective de discuter avec lui des « règles de leur union ». Cette expression qu'il lui avait écrite dans sa première lettre avait dansé dans sa tête pendant presque une année.

Qu'avait voulu dire Stefano ? Si seulement il s'était expliqué, cela aurait pu l'aider à traverser cette épreuve sans trop d'angoisse. Ces mots lui avaient semblé froids et insensibles venant d'un homme du monde qui avait réussi jusqu'alors à rester en marge de sa royale destinée.

Ce qu'elle aurait donné pour descendre du carrosse et courir vivre sa propre vie ! Elle jeta un regard à son père et lut l'amour dans ses yeux et la fierté dans son sourire. Depuis des années, il ne vivait que pour ce jour, et le fait qu'elle ait accepté d'épouser le fils de son meilleur ami pourrait avoir une incidence positive sur sa santé. Car même s'il avait toujours autant de prestance, avec son maintien aristocratique et ses cheveux poivre et sel, il se déplaçait plus lentement ces derniers temps.

— Tu es si belle dans ce tourbillon de soie et de dentelle, ma petite chérie.

— Merci, papa. On dirait que je ne suis plus ta petite chérie pour longtemps, ajouta-t-elle avec un brin d'ironie.

Comme si un peu d'humour pouvait suffire à chasser l'anxiété qui lui nouait l'estomac...

— Tu vas me manquer pendant ta lune de miel. Le palais me paraîtra bien vide sans toi.

Grâce à sa mère, qui parlait constamment avec celle de Stefano, Lanza avait appris que son futur mari avait prévu de l'emmener pour une lune de miel de deux semaines aux

Caraïbes. En prévision, elle s'était constitué une garde-robe de vêtements de plage.

Deux semaines au paradis, seule avec Stefano...

— Toi aussi, tu vas me manquer. Je te trouve superbe, aujourd'hui. Plus royal que jamais ! dit-elle en lui souriant. Tu sais, papa, je t'aime. Je suis désolée d'avoir réagi...

— Ne parlons plus de ce jour-là, l'interrompit-il. Nous étions tous encore bouleversés, à fleur de peau. C'est du passé. Depuis que tu es née, tu m'as apporté de la joie. Oublions ces moments de fâcherie, d'accord ?

— D'accord !

Mais elle n'oublierait jamais. En acceptant d'épouser Stefano, tout espoir de bonheur personnel s'était éteint.

Lorsque le carrosse s'arrêta au pied des marches de la cathédrale du XIVe siècle, les vivats de la foule gagnèrent en intensité et en enthousiasme. Intimidée, Lanza ferma un instant les yeux et prit une grande inspiration.

Voilà, ça y est, ta vie va changer. À jamais.

L'un des valets de pied ouvrit la porte et aida Lanza à sortir. Elle tenait à la main son bouquet de roses blanches et de stéphanotis. Elle resta un instant debout sur le marchepied et salua la foule. Les photographes s'en donnèrent à cœur joie : pendant un instant, le cliquetis des appareils et le crépitement des flashs couvrirent presque les acclamations. Dans le public, les téléphones étaient sortis pour immortaliser cet instant historique. D'ici quelques heures, les photos de sa tenue auraient fait le tour du monde.

Ses cheveux châtains avaient été balayés vers l'arrière et tombaient en cascade sur ses épaules. Lanza arborait le voile de fine dentelle et le diadème de perles que portait son arrière-arrière-grand-mère à son mariage. Le voile, d'une délicatesse extrême, lui descendait devant jusqu'au menton et derrière le long de son dos pour rejoindre la longue traîne de sa robe.

Le roi sortit derrière elle et salua son peuple, qui lui offrit une ovation en retour. Il offrit son bras à Lanza ; elle y posa la main. Ils grimpèrent les marches jusqu'au porche imposant de la cathédrale. Les deux familles, les dignitaires des deux royaumes et les prestigieux invités venus de toute la planète étaient déjà installés à l'intérieur.

Le secrétaire particulier de son père était posté près de l'entrée. Il fit un bref signe de la main et, aussitôt, les premières notes de la marche nuptiale retentirent, jouées à l'orgue. Lanza savait comment allait se dérouler la cérémonie, toutefois elle fut prise au dépourvu. Elle inspira profondément. Elle réalisa que le moment était venu : elle allait se promettre à un homme qui avait perdu un frère, prenait la place de celui-ci, n'avait aucune envie de devenir roi et était aussi malheureux qu'elle d'être privé de sa liberté à cause de cette union arrangée.

Son père se retourna pour la regarder.

— Prête ?

Non !

Elle resserra sa prise sur le bras de son père et, comme un automate, elle franchit le seuil. La nef romane était pleine à craquer. Les invités, dont les têtes se tournaient vers elle, le plus souvent avec des murmures d'approbation émerveillée, rivalisaient d'élégance.

À chaque pas qui la rapprochait de l'autel, devant lequel se tenait le cardinal qui allait les marier, impressionnant dans sa tenue rouge et dorée, ses jambes la portaient un peu moins. Puis elle vit Stefano, debout, le regard rivé sur elle, sublime dans son costume d'apparat rehaussé de galons et, du côté droit, de tresses d'or. En travers du torse, il portait une large écharpe aux couleurs du royaume d'Umbriano.

À l'enterrement, elle l'avait à peine remarqué tant il y avait de monde autour de lui. De plus, tous étaient en deuil. Lanza avait été si profondément choquée qu'elle n'avait pas compris qu'il était devenu plus grand qu'Alberto. Il mesurait au moins un mètre quatre-vingt-cinq et semblait bâti comme un athlète.

En approchant de lui, elle nota son teint hâlé d'homme habitué à voyager et à travailler dans des pays chauds. Elle percevait son aura virile, son charme puissant. Envoûtée par son magnétisme, elle ne pouvait détacher les yeux de ses traits ciselés. L'adolescent qu'elle avait connu était devenu un homme d'une beauté à couper le souffle. Il était bien plus beau que le plus beau des princes charmants de ses rêves d'enfant accro aux contes de fées.

Son cœur manqua un battement. Stefano allait devenir son mari. L'homme avec qui elle allait coucher et dont elle allait porter les enfants... Elle serra plus fort le bras de son père et essaya de calmer son pouls.

— Venez vous placer près de moi, dit le cardinal à voix basse lorsqu'elle arriva près de lui.

Elle lâcha le bras de son père et tendit les fleurs à Donetta. Stefano se déplaça à côté d'elle. Lanza tourna la tête puis rencontra ses yeux sombres et pénétrants. Un éclair qui aurait traversé son corps n'aurait pu être plus électrisant. Secouée par des émotions nouvelles pour elle, Lanza posa le regard sur le cardinal, qui commençait la cérémonie.

Voilà, les dés étaient jetés...

— Stefano Amadeo Piero Casale, voulez-vous prendre cette femme pour épouse, pour vivre ensemble selon la loi de Dieu dans le saint état de mariage ? Voulez-vous l'aimer, la consoler, l'honorer et la chérir, dans la santé et la maladie, dans le bonheur et dans les épreuves, et, renonçant à toutes les autres, ne vous attacher qu'à elle tout au long de votre vie ?

— Oui, je le veux, dit Stefano d'une voix grave, qui résonna dans chaque cellule du corps de Lanza.

— Lanza Vittoria Immaculata Rossiano, voulez-vous prendre cet homme pour époux, pour vivre ensemble selon la loi de Dieu dans le saint état de mariage ? Voulez-vous l'aimer, le consoler, l'honorer et le chérir, dans la santé et la maladie, dans le bonheur et dans les épreuves, et, renonçant à tous les autres, ne vous attacher qu'à lui tout au long de votre vie ?

— Oui, je le veux.

— Que le Seigneur bénisse les alliances que vous allez vous donner l'un à l'autre en signe d'amour et de fidélité.

Stefano attrapa la main gauche de Lanza et glissa une bague avec les armoiries royales d'Umbriano à son annulaire. À son tour, elle lui passa au doigt la bague en or avec les armoiries de Rossiano. Elle était tendue et se demandait si Stefano le percevait.

— Ce consentement que vous venez d'exprimer en présence de l'Église que le Seigneur le confirme, qu'il vous comble de sa bénédiction. Ce que Dieu a uni, que l'homme ne le sépare pas. Je vous déclare unis par les liens sacrés du mariage, au nom du Père, du Fils et du Saint-Esprit. Amen.

Jamais Lanza n'aurait imaginé être aussi émue. Elle tremblait. Son cœur faillit s'arrêter de battre lorsque le cardinal ajouta à l'intention de Stefano :

— Vous pouvez embrasser la mariée, Votre Altesse.

Cela faisait un peu plus d'un an que Stefano imaginait ce moment.

Quand Lanza était entrée dans la cathédrale au bras de son père, il avait été impressionné par son maintien altier, par la grâce de cette apparition en soie blanche. Puis, lorsqu'ils avaient été réunis près de l'autel, il avait deviné sous son voile de fine dentelle blanche ses traits délicats et ses yeux d'un bleu profond. À présent, alors qu'il soulevait le voile, il découvrait le dessin voluptueux de sa bouche et la beauté de son visage à la carnation parfaite. Il n'avait pas anticipé que ce simple geste lui ferait un effet aussi dévastateur.

Son cœur battait fort lorsqu'il baissa la tête pour l'embrasser. Il aurait voulu l'embrasser vraiment, mais se retint et se contenta de lui effleurer les lèvres. Leur infinie douceur lui envoya une décharge électrique à travers le corps. La princesse qu'il avait rencontrée quand elle n'était qu'une jeune fille s'était métamorphosée en une femme époustouflante. *Sa* femme…

— Nous discuterons dans le carrosse, chuchota-t-il contre la peau soyeuse et parfumée de sa joue, avant de lever la tête.

Le son de l'orgue emplissait de nouveau la cathédrale. Il prit la main de Lanza. Donetta s'avança vers celle-ci pour lui rendre son bouquet de fleurs. Alors, ils commencèrent à remonter l'allée. Il était désormais un homme marié, qui avait fait des promesses à son épouse, qui marchait à ses côtés.

Une fois sur le parvis, le timbre des cloches qui sonnaient à la volée dans toute la ville avait remplacé la musique de l'orgue. La foule, tenue à distance, les acclamait. Stefano avait l'impression d'évoluer dans un rêve, d'être le héros d'un film.

Après avoir posé pour les photographes et salué la foule en compagnie de Lanza, il l'aida à s'installer dans le carrosse. Puis il la rejoignit et s'assit face à elle.

— C'est parti pour une longue séance de salutations tout au long du parcours. Je pense que, ce soir, nous aurons des tendinites et des crampes aux zygomatiques à force de sourire, annonça-t-il avec légèreté.

— Si la température continue de baisser, peut-être que tout le monde rentrera chez soi, ajouta-t-elle à son tour pour plaisanter.

— Si ce mariage n'était pas prévu depuis deux ans, peut-être...

— Nous faisons partie du conte de fées. C'est excitant pour eux, mais à minuit tout sera fini et notre vie commencera. Une nouvelle vie...

— Ces mots ressemblent à ceux que je t'ai écrits lorsque nous nous sommes fiancés. Je suppose donc que tu as reçu ma lettre. Tu n'en as parlé dans aucun de tes messages.

— J'en suis désolée, s'excusa Lanza tout en continuant à faire des signes de la main à la foule. Si tu veux savoir la vérité, cette lettre a été pour moi comme une bouffée d'air frais.

— Pourquoi ? demanda-t-il, surpris.

— Tu y indiquais qu'il y avait des moyens de négocier notre situation. Cela m'a donné l'espoir que tu avais quelque chose en tête, une idée brillante. Alberto m'a toujours affirmé que tu étais le cerveau de la famille.

Lanza se tourna vers l'autre vitre pour saluer la foule de l'autre côté du carrosse.

— N'arrêtez pas de saluer, *signor* Casale ! lui conseilla-t-elle. Encore quelques minutes d'efforts. Ces gens attendent depuis des heures dans le froid, vous ne voudriez tout de même pas les décevoir !

Stefano dut reconnaître *in petto* qu'elle avait raison, même s'il aurait préféré continuer à discuter avec elle. Il se dit qu'ils n'allaient pas vraiment avoir l'occasion de le faire aujourd'hui ; ils allaient devoir attendre leur lune de miel. Il était impatient : il ne voulait pas que leur mariage commence dans la tension et le ressentiment. Où était passée la femme qui lui avait envoyé des messages enchanteurs qu'il avait tant appréciés ?

Heureusement, le carrosse arriva bientôt au palais royal de Domodossola. Lorsqu'il stoppa, Lanza lui sourit.

— Il ne nous reste plus qu'à supporter un peu plus longtemps cette journée interminable...

Le valet de pied ouvrit la portière. Stefano sortit le premier du carrosse, bien décidé à aider Lanza. Quels que soient les sentiments de sa belle princesse à son égard, il était déterminé à se comporter en tout point comme un époux modèle. Dès qu'elle fut descendue, il arrangea son voile et sa traîne, puis la prit par la main. Ils montèrent les marches du palais, devant le personnel qui s'était réuni pour les accueillir et les féliciter.

Il l'accompagna le grand salon d'apparat où leurs familles les attendaient. Ils reçurent leurs félicitations et embrassades, puis Lanza se tourna vers lui.

— Je vais aller me rafraîchir. Je ne serai pas longue.

— Veux-tu que je t'accompagne ?

— Merci, ça ira.

— Alors je t'attends ici.

— Tu n'as pas besoin de m'attendre.

Stefano plongea le regard dans le sien.

— Sans doute pas, mais j'en ai envie.

4

« J'en ai envie... »

Stefano avait eu l'air sincère en disant cela, songea Lanza en revenant vers le salon d'apparat. Et cela la rendait plus confuse que jamais sur ses propres sentiments.

Quand il la vit arriver, Stefano se dirigea vers elle.

— Est-ce que ça va ?

— Bien sûr. Pourquoi demandes-tu ça ?

— Tu es un peu pâle.

— Je n'ai rien avalé de la journée. Cela ira mieux dès que j'aurai mangé quelque chose.

Il la prit par le coude, et ils rejoignirent les invités dans l'immense salle de bal, somptueusement décorée pour le dîner et la fête qui suivrait. Selon sa mère, aucune dépense n'avait été épargnée pour faire de cet événement le plus fastueux depuis le couronnement de son père.

Ils s'assirent à la table d'honneur. Les deux couples royaux les encadraient. Durant tout le dîner, Stefano fut aux petits soins avec elle, veillant à ce qu'elle ne manque de rien. Son comportement, empreint de noblesse, de prestance et de galanterie, fut irréprochable.

Devant tant d'attentions, elle avait l'impression qu'il avait convaincu tout le monde de la perfection de leur relation. Elle était déconcertée, car elle savait qu'il n'avait pas plus voulu qu'elle de ce mariage.

Juste avant le dessert, son père porta le premier toast.

— À mon nouveau gendre, Stefano, qui a fait de mon épouse et de moi les personnes les plus heureuses de Domodossola. À l'exception de notre fille, peut-être, si j'en crois son visage radieux. Alors, trinquons aux mariés et souhaitons-leur une longue vie de bonheur !

Tout le monde but une gorgée de champagne. Stefano fit tinter sa flûte contre celle de Lanza avec un sourire.

— Je suis soulagé de voir que tu as repris quelques couleurs, lui murmura-t-il.

— Je n'avais pas réalisé à quel point j'avais faim.

— As-tu besoin d'autre chose ?

— Non, merci.

La nuit à venir aurait dû être la plus excitante et la plus palpitante de sa vie ; or Stefano ne l'aimait pas, et elle n'était pas assez bête pour faire semblant de croire le contraire.

À ce moment-là, le père de Stefano, le roi Basilio, se leva à son tour.

— Victor m'a enlevé les mots de la bouche. Ma femme et moi sommes très heureux. Au fil des ans, notre impatience a grandi en attendant le jour où la princesse Lanza deviendrait notre belle-fille. Désormais, elle l'est. Je lève mon verre à Stefano et Lanza. Nous ne pouvions pas espérer un plus grand bonheur.

Une fois de plus, Stefano trinqua avec elle et ils burent du champagne. Puis, à la grande surprise de Lanza, il se leva, puis la regarda droit dans les yeux.

— Lanza ? Tu veux bien te lever avec moi ?

Elle obéit. Il glissa le bras sous sa traîne et le passa autour de sa taille, puis il tira Lanza contre lui.

— Je suis le plus chanceux des hommes aujourd'hui. Il n'y a pas de mariée comparable à Lanza, vous ne croyez pas ?

Sa question provoqua des acclamations et des applaudissements. Lanza en profita pour réfléchir à ce qu'elle pourrait bien dire : tous les invités attendaient qu'elle prenne la parole. Elle avait l'impression d'être écarlate. Lorsque son regard se posa sur ses sœurs assises à côté de sa mère et de son père, elle eut une idée.

— Mes chers parents ont longtemps attendu un fils, et ils ont eu trois filles. Quel meilleur choix pour combler ce manque que le fils du roi Basilio, le meilleur ami de mon père, qu'il révère tant pour ses qualités humaines que pour ses qualités de souverain ?

Le père de Stefano lui offrit un sourire qui semblait venir droit du cœur. Le sien prit de nouveau la parole :

— Inutile de vous rasseoir, chers amis ! Le feu d'artifice va commencer. Je vous invite tous à prendre place sur les balcons et devant les portes-fenêtres. Rassurez-vous, nous ne les laisserons pas ouvertes trop longtemps, pas question qu'un seul de nos invités attrape un rhume !

Sa boutade fit rire l'assistance. Il proposa à Stefano et à Lanza de se placer sur le grand balcon central, afin que la foule rassemblée pour contempler le feu d'artifice puisse les saluer.

Stefano, toujours aussi gentleman, aida Lanza à se lever. En marchant à son côté vers l'air froid de la nuit, il l'attira plus près de lui.

— Ce que tu viens de dire a rendu mon père très heureux.

— Ils sont tous heureux, murmura-t-elle en retour.

Puis, sans attendre de réponse, elle le devança jusqu'à la balustrade du balcon. La vue qu'embrassait son regard était magique : montagnes en arrière-plan, ville médiévale illuminée et pavoisée, jardins du palais. Ceux-ci, ouverts au public, étaient remplis. Une ovation monta lorsque Lanza parut au balcon. Elle en eut la chair de poule. Encore un moment d'une rare intensité émotionnelle, comme son arrivée dans la cathédrale, quand elle avait entendu l'orgue et les chœurs. Quel dommage que leur mariage ne soit qu'une parodie !

Stefano la rejoignit et lui prit la main, avec suffisamment de force pour qu'elle ne puisse se défaire de sa poigne – ce qu'elle n'aurait de toute façon pas fait...

Le feu d'artifice émerveilla tout le monde. Lanza fut tellement subjuguée qu'elle en oublia le froid. Ensuite, chacun reprit sa place et on apporta une incroyable pièce montée à huit étages. Lanza avait une conscience de plus en plus aiguë de la présence de Stefano. Il la troublait tant qu'elle avait du mal à manger sa part de gâteau. Cet accès de faiblesse, cette vulnérabilité l'agaçait au plus haut point. Elle s'en voulait terriblement.

— Nos bagages sont déjà dans la limousine, lui chuchota-t-il un peu plus tard. Nous devons partir bientôt pour prendre notre vol. Rendez-vous dans le grand hall dans une demi-heure.

— Il est évident que tu n'as jamais eu à te sortir d'une robe de mariée fermée par des dizaines de petits boutons. Donetta et Fausta feront de leur mieux.

Lanza et ses sœurs montèrent jusqu'à ses appartements, au deuxième étage du palais. Sur le lit, Serena avait posé le tailleur de créateur, un deux-pièces couleur coquille d'œuf avec de la dentelle sur les ourlets des manches, que Lanza porterait durant le voyage.

Après l'avoir aidée à enlever le voile et le diadème, ses sœurs commencèrent à défaire les boutons qui fermaient la robe dans le dos.

— Comment te sens-tu maintenant ? demanda Fausta, qui ôtait les boutons du bas.

Donetta se tenait de l'autre côté pour défaire les boutons du haut.

— Je suis tellement épuisée que je n'ai aucune idée de ce que je ressens. Demain, quand je serai allongée sur une plage, je pourrai te répondre.

— Bon sang, Stefano est divinement beau ! s'exclama Donetta.

— Les femmes doivent être folles de lui, ajouta Fausta.

— Mais il n'est plus disponible, maintenant, hélas, dit Donetta, faussement chagrinée.

— On peut toujours espérer...

— Oh ! Fausta, ce ne sont pas des choses à dire, même pour plaisanter ! rétorqua Lanza, offusquée.

Elle ôta sa robe, mal à l'aise, même si elle savait que ses sœurs ne faisaient que la taquiner. Stefano était son mari, désormais.

— Merci de m'avoir aidée, ajouta-t-elle.

Elle prit les sous-vêtements posés à côté du tailleur et gagna la salle de bains pour une douche rapide. Une fois séchée, elle ramena ses cheveux sur sa tête en un chignon lâche et les fixa avec un peigne en perles. Il était assorti à ses boucles d'oreilles, et à la perle unique montée sur une chaîne en or que Stefano lui avait envoyée comme cadeau de mariage. Elle l'attacha autour de son cou, retoucha son rouge à lèvres, puis revint dans la chambre revêtir son ensemble. Après avoir mis des talons hauts, elle enfila son nouveau manteau en cachemire beige, puis en noua la ceinture.

Lorsqu'elle jeta un œil sur le réveil posé sur sa table de nuit, elle constata qu'elle avait déjà trente minutes de retard. Elle attrapa son sac à main en cuir crème et embrassa ses sœurs.

— Tu es très belle, dirent-elles à l'unisson.

— Merci. On se revoit dans deux semaines.

Donetta la regarda avec inquiétude. Fausta avait l'air tout aussi anxieuse.

— Est-ce que ça va, petite sœur ? demanda Donetta.

Lanza décida d'être honnête.

— Non, et je ne suis pas sûre que cela ira en s'améliorant ! Mais vous le savez déjà, n'est-ce pas ? Et vous savez aussi pourquoi je ne vais pas vous lancer le bouquet de la mariée.

Donetta ne voulait pas se marier, et Fausta attendait de trouver le roturier de ses rêves. Mais tellement de choses pouvaient se passer dans la vie d'une princesse...

Toutes trois s'embrassèrent de nouveau, puis Lanza se dépêcha de sortir et de descendre les escaliers. Ses sœurs la suivirent, inhabituellement calmes.

Stefano s'était changé, lui aussi. Il portait un élégant costume, une chemise et une cravate gris foncé. Il ressemblait à présent à un homme d'affaires sophistiqué et prospère. Il portait un pardessus assorti au manteau de son épouse. Leurs deux familles étaient là pour les saluer avant leur départ.

— La voilà ! s'écria la mère de Lanza.

Ses parents se précipitèrent vers elle et l'étreignirent.

— Tu es magnifique, ma chérie !

— Merci, maman.

— Tu ne sauras jamais à quel point nous sommes heureux pour toi, murmura son père.

Il avait tort. Lanza savait exactement ce qu'ils ressentaient, mais son père avait l'air fatigué. La journée avait été si longue ! Lanza priait pour que, si une bonne chose devait résulter de ce mariage, ce soit quelques années de vie supplémentaires au roi Victor. Elle le serra très fort dans ses bras.

— Détends-toi et profite de ce moment, maintenant que la cérémonie est terminée. On sera de retour avant que tu te sois rendu compte que nous étions partis !

— Lanza ? fit la voix de Stefano derrière elle.

Elle lâcha son père et s'approcha de son mari.

— Oui, *signor* Casale ?

Quand elle constata qu'il grimaçait légèrement, cela la fit sourire.

Stefano passa le bras sous le sien, et ils sortirent du palais. Le froid était mordant. La limousine les attendait en bas des marches. Le chauffeur leur ouvrit la portière arrière, et ils s'installèrent à l'intérieur. Dès qu'ils se furent éloignés du palais, Stefano se tourna vers elle :

— Je suis curieux de connaître la raison pour laquelle tu insistes pour m'appeler « *signor* Casale ».

— Je suis désolée, je ne recommencerai pas. Un de mes romans préférés est *Orgueil et Préjugés*. Dans l'histoire, la mère des quatre filles Bennett appelle son mari « M. Bennett ». Elle n'utilise jamais son prénom, ne l'appelle jamais « chéri », « très cher », « mon cœur » ou « chaton ». Elle est absolument hilarante, et je ris à chaque fois.

— Tu le lis souvent ? demanda-t-il, visiblement surpris.

— Je l'ai beaucoup lu dans ma vie. Es-tu un lecteur assidu ?

— Quand j'ai le temps.

— Quels sont tes romans préférés ?

— Il faudra que j'y réfléchisse.

Lanza croisa les jambes.

— Au fait, dit-elle soudain, passant du coq à l'âne, je voulais te remercier pour le joli collier que tu m'as envoyé.

— J'ai remarqué que tu le portais. Il est fait avec l'or d'une de nos mines d'Umbriano.

— C'était une attention très délicate. Il sera toujours en lieu sûr dans ma boîte à bijoux, et souvent autour de mon cou. Et la perle, d'où vient-elle ?

— Je l'ai achetée au Japon il y a longtemps. Je peux toujours la remplacer par quelque chose d'autre, si tu préfères. Un diamant, peut-être ?

— Pas question ! Je suis sûre qu'il n'y a pas deux perles comme celle-ci au monde.

Elle la toucha du bout des doigts. Elle aimait sa forme unique. Elle ressemblait à une poire dodue. Elle aussi avait un cadeau pour lui, mais il était dans ses bagages. Elle le lui donnerait dès qu'ils seraient arrivés à destination. Dès qu'ils seraient seuls sur une plage des Caraïbes pour leur lune de miel… À cette pensée, son estomac se noua.

La limousine s'arrêta sur le tarmac au pied du jet royal aux armes d'Umbriano. Un steward descendit de l'appareil et chargea leurs bagages. Stefano grimpa avec son épouse dans le luxueux jet. Il la présenta à Corso, le steward, puis lui montra son siège et l'aida à retirer son manteau. Tandis qu'elle s'asseyait et attachait sa ceinture de sécurité, elle sentit le regard pénétrant de son mari posé sur elle.

— Tu es superbe dans cet ensemble, lui dit-il.

Lanza se demanda à combien de femmes il avait dit cela par le passé, mais elle devait arrêter de penser ainsi. Pas question d'agir comme une épouse jalouse !

— Si tu veux quelque chose à manger ou à boire, il suffit de demander à Corso.

Lanza hocha la tête. Épuisée après cette éprouvante journée, elle ferma les yeux, impatiente de s'endormir. Elle voulait éviter la gêne d'une conversation forcée et artificielle, et elle ne doutait pas que Stefano aussi. Elle ne pouvait rien imaginer de plus angoissant que de se retrouver sur une plage avec lui. Elle le connaissait à peine, et une part d'elle-même souhaitait que ce soit un mauvais rêve et qu'elle se réveille seule. Hélas, quand elle se réveillerait, ils auraient atterri quelque part dans les Caraïbes...

Il lui semblait qu'elle venait à peine de fermer les yeux quand la sensation que le jet descendait au milieu de turbulences la réveilla. En regardant par le hublot, elle devina des montagnes enneigées – rien qui n'aurait pu ressembler aux Caraïbes...

— Nous devons nous poser ? demanda-t-elle à Stefano, tranquillement assis face à elle.

— À l'insu de nos familles, j'ai changé la destination de notre lune de miel. Nous atterrissons à Umbriano.

— Les hivers rigoureux de ton royaume ne sont pas une légende, on dirait. C'est à cause de cette tempête que tu m'as demandé de me dépêcher ?

— Oui.

— Je suppose que tu n'avais pas plus envie que moi d'une lune de miel sur la plage, mais pas envie non plus de briser le fantasme de familles. C'est *leur* mariage, après tout, celui dont ils rêvent depuis notre enfance.

Le jet se posa. Lanza détacha sa ceinture de sécurité. Avant qu'elle ait eu le temps de se lever, Corso arriva et lui tendit une paire de bottes en cuir fourrées. Elle nota alors que Stefano avait déjà changé de chaussures.

— Tu devrais enlever tes talons hauts. Ce n'est pas très pratique dans la neige.

— Merci. Tu as pensé à tout.

En sortant de l'avion, Lanza fut frappée par les gros flocons qui tourbillonnaient dans un vent glacé. Un homme séduisant, aux yeux bleus et aux cheveux blond foncé, se tenait devant un gros 4x4, emmitouflé dans une parka.

— Tu te souviens de mon meilleur ami, Enzo Perino ? demanda Stefano.

Elle acquiesça. Son mari le lui avait présenté lors de la réception, un peu plus tôt dans la journée, et elle l'avait reconnu bien sûr.

— Je suis honoré, Votre Altesse. Vous voir marcher jusqu'à l'autel au bras de votre père était un spectacle magnifique. Stefano est le plus chanceux des hommes.

Cela reste à prouver…, se dit-elle.

— Merci, Enzo. Appelez-moi Lanza, s'il vous plaît.

Ils prirent place à bord du 4x4. Lanza frissonna. De froid ? Elle songea qu'elle n'avait pas mis de vêtements d'hiver dans sa valise. Mais peut-être était-ce dû à la puissante aura de virilité de Stefano, à laquelle elle était de plus en plus sensible.

— Où allons-nous ? demanda-t-elle quand Enzo eut quitté l'aéroport.

— Dans mon chalet. Nous y serons dans quarante-cinq minutes.

— Ainsi tu avais donc un pied-à-terre ici quand tu rentrais de tes différents voyages ?

— Ces dix dernières années, oui. C'est ma retraite secrète. Je l'ai achetée avec mes premiers gains. Alberto adorait cet endroit autant que moi. J'avais prévu d'organiser votre lune de miel là-bas. Ce devait être aussi un secret…

Son aveu était si inattendu et touchant que la gorge de Lanza se serra. Déstabilisée, elle se pencha en avant, décidée à changer de sujet de conversation :

— Et vous, Enzo ? Avez-vous passé du temps au chalet avec Stefano ?

— Tout le temps, quand nous étions plus jeunes. Nous faisions du ski, de l'alpinisme, de la pêche, du camping… et des fêtes !

— Je me doute, dit Lanza en riant. On dirait le paradis !

— Mais, depuis quelques années, nous avons moins de temps à cause de nos carrières respectives.

— Quel genre de travail faites-vous ?

— J'ai un diplôme en finance. Depuis, je travaille dans la banque de mon père. Dernièrement, j'ai repris une bonne partie de ses attributions, car sa santé décline.

— Il doit être fier d'avoir un fils comme vous.

Elle se dit que Stefano faisait la même chose pour son père à elle, mais pas pour son propre père... Même si elle savait que sa sœur serait un jour reine, elle se demandait ce que le roi Basilio ressentait vraiment à l'idée de voir son fils s'écarter de la voie royale.

— Et c'est très généreux de votre part de nous conduire au chalet à cette heure-ci, Enzo, reprit-elle.

— Avec tout ce que Stefano a fait pour moi, je ne pourrai jamais lui rendre la pareille.

Lanza nota une vraie affection dans sa voix. Stefano resta silencieux.

La neige continuait implacablement à tomber tandis que la route s'élevait. Enzo conduisait très prudemment. La route de montagne était traîtresse. Alberto avait dû perdre la vie dans ce genre de décor. Cette pensée l'attrista, et sa tristesse se mêla à son anxiété de se retrouver bientôt seule dans un chalet isolé avec Stefano.

Enzo quitta bientôt la route principale et emprunta ce qui semblait être un chemin bordé de pins enneigés. Il serpenta pendant plusieurs kilomètres, puis s'arrêta finalement devant un énorme portail. Celui-ci commença à coulisser. Ensuite, Enzo avança jusqu'à un chalet dont le toit et les abords étaient recouverts par au moins soixante centimètres de neige, si bien que Lanza ne pouvait en deviner le dessin exact.

Une seconde, elle se demanda si, finalement, elle n'aurait pas préféré les Caraïbes...

Lorsqu'ils entrèrent dans le domaine secret de Stefano, une lumière s'alluma automatiquement. L'immense espace du rez-de-chaussée, impeccablement rangé et ordonné, abritait tout ce qu'il fallait pour vivre de façon autonome loin de la civilisation : des pelles, des paires de skis, des raquettes, du matériel de camping, des snowboards, un générateur, un congélateur, une machine à laver et même une petite déneigeuse.

Au premier étage, elle fut immédiatement frappée par les planchers en bois clair et les poutres imposantes. Une grande cheminée donnait à la salle une élégance à la fois chic et rustique. Stefano l'alluma, et des flammes jaillirent, apportant une touche chaleureuse.

De jolis canapés jumeaux de couleur bordeaux se faisaient face devant une grande table basse carrée. Contre l'un des murs se trouvait un imposant buffet à deux corps, dont deux des étagères supportaient des livres. Il y avait de nombreuses petites photos de la famille de Stefano sur une troisième étagère. De larges baies vitrées devaient offrir en plein jour une vue spectaculaire sur les montagnes.

Enzo, qui avait disparu dans un couloir avec leurs bagages, revint dans la pièce principale.

— Je vous souhaite à tous les deux beaucoup de bonheur et une merveilleuse lune de miel. Maintenant, je dois retourner auprès de ma femme.

— Merci pour tout, Enzo, dit-elle.

— Tout le plaisir est pour moi.

— Je te raccompagne à la voiture, dit Stefano.

Avant de quitter la pièce, il se tourna vers Lanza :

— Je suis sûr que tu dois être épuisée. Ta chambre est au fond du couloir à gauche. J'ai demandé à ma sœur Carla d'acheter des vêtements d'hiver pour toi. Ils sont dans ton placard.

— C'est très gentil. Merci.

— On se verra demain matin. Bonne nuit, Lanza.

Lanza examina les livres. Elle se saisit des *Trente-Neuf Marches* de John Buchan en se demandant si Stefano l'avait lu. Elle le prit avec elle et se dirigea vers sa chambre.

À peine la porte poussée, elle se rendit compte qu'elle s'était trompée : c'était la chambre de Stefano. Ses sacs avaient été placés au bout du lit king-size. Sur le grand bureau, un ordinateur et une imprimante derniers modèles, des registres, des livres sur les mines. Au mur, une carte indiquait l'emplacement des mines d'or Casale.

Craignant d'être prise en flagrant délit, Lanza s'empressa de refermer la porte et d'ouvrir celle d'en face. Ses bagages étaient là. Elle commença par ranger ses affaires de toilette dans la salle de bains attenante, puis s'occupa de ses vêtements.

Comme c'était bizarre d'être seule ici avec un homme étrange qui n'était son mari que depuis quelques heures…

Dans la lettre que Stefano lui avait envoyée un an auparavant, il l'avait prévenue qu'il n'y aurait pas de nuit de noces. Elle l'avait pris au mot et, ensuite, il n'en avait pas été fait mention dans leurs échanges de messages. Toutefois, elle ne pouvait s'empêcher d'y penser.

Après avoir posé son cadeau pour Stefano sur la commode afin de ne pas oublier de le lui donner le lendemain, Lanza prit une douche, puis se brossa les cheveux. Elle se mit au lit et décida de lire le roman pris dans la bibliothèque plutôt qu'un de ceux qu'elle avait apportés.

Elle avait du mal à se concentrer, car elle ne pouvait s'empêcher de tendre l'oreille pour essayer de savoir si Stefano était dans sa chambre. Mais il n'y avait aucun bruit dans le chalet. Dehors, le vent gémissait et les arbres craquaient.

Lanza éteignit la lampe et se blottit sous les couvertures. Elle ne s'était jamais sentie aussi isolée et seule, mais elle devait bien se rendre à l'évidence : elle aimait cela. Sa vie avait toujours été planifiée. Ses parents avaient tout pensé pour elle. Le mariage qui avait été organisé pendant une année entière était terminé et, désormais, elle était une femme mariée.

Au mauvais prince.

Mais ses parents étaient heureux. Ceux de Stefano aussi. Alors elle ferait contre mauvaise fortune bon cœur, se dit-elle en fermant les yeux.

En ouvrant les paupières, Lanza se sentait merveilleusement reposée. Elle vérifia l'heure : 9 h 40. Quelle surprise ! Elle ne se réveillait jamais aussi tard.

Elle se leva, s'approcha de la fenêtre et se retrouva face à un monde immaculé. La neige tombait toujours.

Après une rapide toilette, elle se glissa dans un nouveau

pantalon de laine noir et un pull rouge, qui lui allaient à la perfection. Elle prit le petit cadeau de Stefano et quitta la chambre.

Aussitôt, une délicieuse odeur de café lui titilla les narines. Elle se dirigea vers la cuisine et y trouva Stefano en train de préparer un vrai petit déjeuner américain : des œufs, du bacon, des toasts. Il était vêtu d'un sweat à capuche bleu marine et d'un jean qui moulait ses jambes musclées. Sa barbe d'un jour et ses cheveux ébouriffés ajoutaient à sa troublante virilité. L'attirance instinctive que Lanza éprouvait pour lui ne faisait que croître.

— Bonjour, Stefano.

5

Stefano ne pouvait pas empêcher ses yeux de rester fixés sur le beau visage de Lanza et sur les courbes harmonieuses de son corps sublime. Même le contraste entre ses longs cheveux châtains et le chandail rouge était érotique…

— *Buon giorno, sposa mia.*

Elle sourit.

— On dirait que tu as bien dormi, toi aussi. Que puis-je faire pour t'aider ?

— Rien, tout est prêt. Passons à table, si tu es d'accord !

Lanza s'installa et posa son cadeau à côté de l'assiette de Stefano, qui prit place en face d'elle.

Il le regarda d'un air curieux.

— Dois-je l'ouvrir maintenant ?

— Quand tu voudras, mais j'ai peur qu'il soit bien ridicule, comparé à ton cadeau. Le mien n'a aucune valeur financière.

— Tu m'intrigues. Je pense que je vais attendre.

Elle se servit deux tranches supplémentaires de bacon, ce qui ravit Stefano, heureux de constater qu'elle avait bon appétit.

— Ce petit déjeuner est délicieux. Je pourrais facilement m'y habituer. Tu peux cuisiner autant que tu veux tant que nous sommes ici.

Stefano reposa le toast qu'il était en train de manger.

— Nous partons demain.

La surprise se peignit sur l'adorable visage de Lanza.

— Pourquoi ?

— Parce que je me suis dit hier soir que tu n'aimerais peut-être pas rester ici. Alberto n'en était pas tout à fait sûr non plus, quand nous en avons parlé pour vous deux. Alors, j'ai prévu de faire le tour de quelques-uns des pays méditerranéens dont tu m'as parlé dans tes messages. Ceux que tu n'as pas encore visités.

— C'est très prévenant de ta part.

Elle termina son assiette en silence puis se recula sur sa chaise.

— Tu es un jeune marié parfait, jusqu'ici. Tu prépares un excellent petit déjeuner à ton épouse au saut du lit. Mais, avant de discuter de la façon dont nous allons passer notre lune de miel, j'aimerais t'entendre énoncer les règles de notre union.

Stefano sourit. Ainsi, elle n'avait pas oublié le message qu'il lui avait envoyé un an auparavant. Mais il était dans une position complètement différente, à présent.

— Je n'ai peut-être pas bien choisi mes mots, à l'époque. J'aurais dû le formuler autrement. Aucun de nous deux n'avait prévu cette situation. Pour commencer, et à défaut d'une meilleure expression, je crois que nous pouvons considérer notre mariage comme un mariage de convenance.

Le bleu de ses yeux devint plus profond.

— Cette expression pittoresque n'a-t-elle pas été bannie il y a des décennies ? dit-elle avec une pointe d'ironie.

— Peut-être, murmura-t-il embarrassé.

Il s'en voulait d'être aussi maladroit. L'avait-il froissée ?

— Continue et explique-moi les détails. Cette expression me convient si elle signifie que nous pouvons faire ce que nous voulons et ouvrir la porte de notre cage sur de nouvelles possibilités.

Stefano hocha la tête et prit une gorgée de café pour se laisser le temps de la réflexion.

— Pas tout le temps, finit-il par répondre. Nous aurons des obligations liées à notre rang, des apparitions publiques, nous devrons parfois faire des choses ensemble.

— Bien sûr. Mais c'est sur toi que mon père va s'appuyer, pas sur moi, souligna-t-elle. Il ne croit pas qu'une femme devrait gouverner. J'ai bien peur que tu n'aies hérité du fardeau !

Stefano se frotta la nuque en grimaçant.

— Je devrai parfois m'absenter pendant de longues périodes...

— Oui, tu partageras ton temps entre ton métier d'ingénieur et ton devoir de prince. Quand tu ne seras pas là, je pourrai vivre ma vie sans que personne ne me dise ce que je dois faire. Cela pourrait marcher...

— Voilà. Et, pour l'instant, nous allons faire chambre à part.

— J'ai considéré cela comme acquis dès que j'ai lu ta missive, il y a un an. En fait, c'était bien mon intention lorsque j'ai dit à mes parents que j'acceptais ta proposition. Combien de temps penses-tu que cela durera ?

Si seulement elle savait qu'il ne voulait pas faire chambre à part ! Il désirait déjà Lanza, un désir primal, instinctif, presque animal.

— Jusqu'à ce que nous soyons à l'aise l'un avec l'autre ? proposa-t-il.

— Cela me semble raisonnable. Je dois admettre que t'avoir épousé me donne déjà une liberté que je ne pensais pas avoir un jour.

— Qu'est-ce que tu veux dire ?

— Alberto et moi avions été pris au piège et nous comprenions où était notre devoir. Mais avec toi, avec tes règles, cela signifie que nous pourrons tous deux faire ce que nous voulons, n'est-ce pas ?

Stefano était stupéfait. Lanza avait-elle honnêtement ressenti cela quand elle avait été fiancée à son frère ? Son discours le gênait aux entournures, sans qu'il soit capable de dire pourquoi.

— À un moment, nous devrons évoquer notre descendance, avança-t-il prudemment.

Il nota que Lanza s'était très légèrement crispée. Avait-elle omis de réfléchir à ce point si important ?

— C'est vrai. Mais, comme tu l'as dit, nous avons besoin de temps pour être à l'aise avec l'un l'autre.

— La mort d'Alberto a changé beaucoup de choses pour moi. Je me réjouis d'avoir des enfants avec toi.

— Même si tu as renoncé à la voie royale à dix-huit ans ?

Stefano pencha la tête sur le côté.

— Mais je suis à nouveau sur cette voie puisque je t'ai épousée. Parfois, les gens et les circonstances changent.

Elle le fixa par-dessus sa tasse de café.

— Si nous nous faisons bien les choses, cela nous permettra d'avoir les coudées franches, si tu vois ce que je veux dire.

— Je n'en suis pas sûr... Y a-t-il eu un autre homme dans ta vie ? Ce serait compréhensible, bien sûr. Je veux juste que nous soyons clairs.

— Seulement Alberto. Je fais partie d'une race en voie d'extinction. Je suis aussi pure que la neige qui est en train de nous ensevelir vivants pendant que nous discutons. Il a été mon fiancé pendant un an et les seules fois où il faisait vraiment preuve de passion, c'est quand il me parlait de toi. Il t'adorait.

Avant qu'il ait pu lui répondre, Lanza se leva de table. Après avoir apporté ses plats sur le comptoir de la cuisine, elle retourna dans la salle à manger.

— Je reviens dans quelques minutes. C'est peut-être le moment d'ouvrir ton cadeau de mariage. Pendant les douze mois où nous avons été fiancés, c'est la seule chose qu'Alberto m'ait jamais envoyée.

Stefano était déconcerté. Le cadeau de mariage que Lanza lui faisait avait un lien avec Alberto ? C'était troublant. Évoquer son frère touchait une région secrète de son âme. Et Lanza le troublait, s'avoua-t-il, le regard braqué sur sa silhouette qui s'éloignait vers le couloir.

Il n'avait jamais passé une heure aussi inconfortable avec une femme, et c'était *sa* femme ! Le fait qu'elle lui plaise ne faisait qu'aggraver son malaise et sa frustration. Agacé, il se leva, débarrassa la table puis nettoya la cuisine.

Un peu apaisé, il entreprit de défaire le papier d'or autour la boîte plate d'environ six centimètres par dix. En soulevant le couvercle, il vit son propre visage qui le regardait droit dans les yeux. La photo en noir et blanc le ramena aussitôt dans le passé. Il se souvenait de l'avoir envoyée à Alberto, qui insistait sans relâche pour en recevoir. C'était un de ses amis qui l'avait prise au Kenya. Il la sortit de la boîte. Un papier était plié en dessous, qu'il déplia.

Chère Lanza,

J'ai décidé de t'envoyer cette photo de Stefano à vingt-deux ans, car tu m'as dit vouloir mieux me connaître et demandé ce que je chérissais le plus.

Comme je te l'ai dit, mon frère me manque. Je souhaiterais tellement qu'il soit là ! Il est le meilleur frère qu'on puisse rêver.

Je ne cesserai jamais de l'aimer et j'espère que cela t'aidera à comprendre la tristesse que tu décèles parfois chez moi. J'ai toujours considéré Stefano comme mon autre moitié. La vie n'a plus jamais été la même depuis qu'il s'est éloigné d'Umbriano.

Alberto

Stefano ferma les yeux, serrant le papier dans sa main. Submergé par les émotions, il resta prostré durant de longues minutes. Soudain, il bondit et descendit les escaliers. Il enfila une tenue de ski, des après-skis, des gants et un bonnet, puis il sortit dans la tempête de neige, qui ne s'était pas calmée.

La neige épaisse rendait la marche difficile, mais il était si bouleversé que rien d'autre n'avait d'importance. Il n'aurait jamais imaginé Lanza assez sensible pour lui donner le trésor inestimable qui se trouvait dans la boîte. Il avait cru ses parents quand ceux-ci lui avaient raconté comment Alberto avait voulu prendre sa place de prince héritier, mais cette lettre était une preuve tangible.

Une douleur lancinante lui brûlait la poitrine en songeant au sacrifice de son jeune frère. Celui-ci apprenait son métier de roi tandis que Stefano parcourait le monde, libre. Il s'était lui aussi beaucoup ennuyé de son frère, au point de se demander parfois si sa liberté en valait la peine.

Il éprouvait aussi des remords pour avoir insinué que Lanza aurait pu être infidèle à Alberto. Qu'est-ce qui l'avait poussé à utiliser des mots qui avaient donné à Lanza l'impression qu'il la traitait comme une ennemie ? Elle était autant une victime que lui. Oui, il avait fait beaucoup de dégâts...

Les flocons glacés lui fouettaient le visage. Stefano avait l'impression d'expier. Il se sentait coupable de son comportement envers sa femme. Il lui avait fait sentir qu'elle était prisonnière d'un mariage sans amour et sans sexe, et qu'elle ne pourrait jamais avoir son cœur parce qu'il n'avait pas voulu être un roi.

Il était sincère lorsqu'il lui avait dit qu'il se réjouissait d'avoir des enfants avec elle. Lanza n'avait pas paru enthousiasmée par cette perspective, mais sans doute se protégeait-elle – à juste titre. Si elle voulait être libre, ils trouveraient un arrangement, décida-t-il.

Mais qui était la vraie Lanza ?

La femme qui avait échangé ses vœux avec lui la veille avait le visage d'un ange et des yeux bleus de la couleur d'un fjord. Mais, après la conversation qu'ils avaient eue au petit déjeuner ce matin et qui l'avait bouleversé, il n'arrivait pas à la chasser de son esprit.

Lanza était-elle anéantie à l'enterrement de son frère ou avait-elle fait semblant ? Stefano aurait donné n'importe quoi pour savoir si la femme avec laquelle il n'était marié que depuis vingt-quatre heures était la même que celle avec laquelle Alberto avait échangé pendant leurs fiançailles.

À sa grande surprise, l'après-midi était déjà bien entamée lorsque Stefano rentra au chalet. Il était parti depuis des heures et s'imaginait ressembler à l'abominable homme des neiges. Lanza n'avait pas dû s'inquiéter car, si elle l'avait entendu entrer, elle ne s'était pas précipitée en bas à sa rencontre.

Lorsqu'il monta, il la vit sur l'un des canapés face à la cheminée, plongée dans un livre. Elle était si séduisante qu'il mourait d'envie de s'allonger près d'elle et de la prendre dans ses bras.

Il gagna discrètement sa chambre pour prendre une bonne douche chaude. L'image de Lanza devant l'autel revint le hanter. Il l'avait trouvée exquise avec ce voile de dentelle qui tombait sur son visage. Il songea qu'Alberto avait sans doute été attiré par elle depuis le début. Cela expliquerait pourquoi il n'avait pas été difficile de se mettre d'accord au sujet des fiançailles. Et Lanza, avait-elle été physiquement attirée par son frère ?

Il sortit de la salle de bains, irrité d'avoir laissé ses pensées dériver autour d'Alberto et Lanza. Une fois habillé, il rejoignit sa femme au salon.

— C'est un livre que tu as apporté ?

Elle leva les yeux sur lui, le regard neutre.

— Non, je l'ai pris ici. C'est un bon roman d'espionnage.

— Je... je suis désolé d'être parti si longtemps. Ce n'était pas mon intention.

Un petit sourire illumina son visage.

— C'est ton monde, ici. Au cours du dernier mois, tu n'as fait que te préparer pour notre mariage. C'est enfin derrière toi, il est donc normal que tu te détendes un peu et fasses des choses qui te plaisent vraiment. J'aime la liberté, et pas seulement la mienne.

Encore ce mot, « liberté »... Ce mot qui l'avait éloigné de sa famille. À présent, il l'éloignerait de sa nouvelle épouse s'il ne prenait pas des mesures pour que leur mariage fonctionne.

— Je voulais te remercier pour le cadeau. Le petit mot qu'Alberto t'a écrit n'a pas de prix pour moi.

— Toi et ton frère aviez clairement une relation exceptionnelle. Que tu aies pris sa place et m'épouses, c'est plus qu'extraordinaire. Incroyable !

Lanza avait tort. Alberto avait donné sa vie pour lui, qui avait été gâté et n'avait pensé à personne d'autre qu'à lui-même.

— Ce qui est extraordinaire pour moi, c'est que tu aies accepté ma demande en mariage. Pour ce que ça vaut, tu m'as rendu très heureux, Lanza.

Elle détourna le regard, mais Stefano avait eu le temps de voir ses prunelles s'illuminer. Avec un peu de chance, elle l'avait cru.

— Demain matin, Enzo sera là pour nous emmener en ville. De là, nous partirons et commencerons notre voyage. Dans dix jours, nous reviendrons à Domodossola.

— J'ai une meilleure idée, dit-elle en se redressant sur le canapé. Pourquoi ne prévoyez-vous pas d'aller où vous voulez pendant que je rends visite à ma tante Ottavia à Rome ? Je promets que je ne le dirai à personne.

Cela dit, elle replongea dans son roman. Stefano n'avait jamais été congédié de la sorte. Il se sentait humilié. Mais il ne pouvait s'en prendre qu'à lui-même : c'était lui qui avait fixé les règles. Des règles qu'il allait changer, jusqu'à ce que Lanza l'accueille dans ses bras et dans son lit.

Après s'être préparé des sandwichs et du café, il s'enferma dans sa chambre. Une tonne de travail s'était accumulée pendant qu'il se préparait pour son mariage. Il réorganisa le planning de ses prochains voyages professionnels pour y inclure un séjour en Amérique du Sud.

Mais, à son grand dam, il avait le plus grand mal à se concentrer sur son travail. Les remarques de Lanza, certaines tout à fait inattendues, n'arrêtaient pas de résonner dans sa tête. D'ailleurs, ce n'était pas tant ce qu'elle disait que le ton de ses paroles qui l'avait intrigué. Son instinct lui soufflait que quelque part derrière sa belle façade vivait la vraie Lanza. Et il était convaincu que ni Alberto ni lui ne l'avaient jamais rencontrée.

Lanza se réveilla pour découvrir que le soleil avait rempli sa chambre, dispensant une lumière magnifique. Elle sauta à bas de son lit et gagna la fenêtre. Un beau ciel bleu avait remplacé le blizzard.

Une neige éblouissante, comme faite de milliards de petits diamants, recouvrait les alentours du chalet. Elle aimait décidément beaucoup la cachette de Stefano. Ce splendide isolement, loin des obligations liées à sa naissance, ressemblait à son rêve d'enfant devenu réalité. Ici, il n'y avait personne pour lui dire ce qu'elle pouvait et ne pouvait pas faire.

Elle mourait d'envie de sortir jouer dans cette neige immaculée qu'aucun humain n'avait encore touchée. Elle aurait donné n'importe quoi pour rester plus longtemps. Si seulement Enzo ne venait pas... Rien ne lui semblait pire que de devoir partir en voiture alors que le paradis était ici.

Sachant qu'Enzo pouvait arriver à tout moment, elle se doucha et enfila un pull et un pantalon. Une fois coiffée et maquillée, elle fit son lit et ses valises. Puis elle porta ses valises jusqu'au salon. Il n'y avait aucun signe de Stefano, mais elle remarqua que ses valises étaient près des escaliers. Elle posa les siennes à côté.

Lanza entra dans la cuisine impeccablement rangée. Elle prit une pomme dans un bol sur le comptoir. Tout en la mangeant, elle se dirigea vers les fenêtres du salon. Une fois de plus, elle eut le souffle coupé face à la beauté des Alpes recouvertes de leur manteau d'hiver. Un bruit de pas la fit se retourner. Son mari entra dans la pièce, l'air préoccupé.

— *Buon giorno*, Stefano.

Son regard intense, comme s'il lisait en elle, la perturba.

— *Buon giorno*, Lanza.

— Je suis prête à partir. Est-ce qu'Enzo est arrivé ?

Il secoua la tête, la mine sombre.

— Il est en retard et mon téléphone ne passe pas. Et il n'y a plus ni Internet ni électricité. La tempête, sans doute...

La nouvelle n'aurait pas pu la rendre plus heureuse, mais Lanza n'en montra rien.

— Tu l'as attendu dehors ?

— J'ai marché jusqu'au portail, au cas où Enzo aurait été bloqué devant, et je l'ai déneigé. Je n'ai pas vu une seule voiture passer sur la route, ni dans une direction ni dans l'autre.

— As-tu déjà mangé ?

— Non. J'avais prévu de t'emmener prendre un brunch en ville.

— Comme nous ne savons pas combien de temps nous devons attendre Enzo, je te propose de nous préparer une frittata. Tu as un générateur, non ?

— Tu as remarqué...

— Alors, frittata ? lança-t-elle, enjouée.

Elle vit un vrai beau sourire s'afficher sur son visage ; le premier...

— Je vais descendre allumer le générateur.

Lanza enleva son manteau et retourna dans la cuisine. Elle jeta son trognon de pomme dans la poubelle et prépara du café. Elle sortit les ustensiles dont elle avait besoin, les ingrédients du réfrigérateur, et commença à cuisiner. Quelques minutes plus tard, elle avait préparé deux grandes frittatas, garnies de champignons, de poivrons rouges, de ciboulette, de jambon et de fromage. Elle avait respecté le mode de cuisson particulier de ces sortes d'omelettes italiennes : à la poêle dans du beurre puis au four.

Stefano, qui avait dressé la table, parut impressionné.

— Elles ont l'air délicieuses !

— Les cuisiniers du palais nous ont appris, à mes sœurs et à moi, à cuisiner dès notre plus jeune âge.

Ils dévorèrent leurs assiettes de bon cœur. Stefano était gai, et ils réussirent à parler de tout et de rien avec légèreté et dans la bonne humeur. Il éclata même de rire quand elle rattrapa acrobatiquement son verre, qu'elle avait laissé échapper de sa main. Elle nota que ses beaux yeux noirs s'attachaient à chacun de ses gestes, à la moindre de ses expressions. Elle frémit. Soudain, elle avait envie qu'il l'embrasse. Elle voulait sentir sa bouche sur la sienne.

Mon Dieu, que m'arrive-t-il ?

Leur repas terminé, il sortit son téléphone portable. Lanza se leva pour débarrasser la table. Il la suivit dans la cuisine.

— Il n'y a toujours pas de réseau.

— Il y a souvent des coupures de courant, ici, en hiver ?

— Non. C'est très inhabituel.

Il mit le reste des ingrédients dans le réfrigérateur pendant qu'elle chargeait le lave-vaisselle.

— Je vais voir si Enzo m'a envoyé un e-mail. Internet devrait être rétabli puisque nous avons du courant.

— Bonne idée.

Stefano revint dans la cuisine quelques minutes plus tard.

— Pas de message. Quelque chose me dit qu'Enzo ne viendra pas aujourd'hui...

6

Lanza exultait intérieurement. Elle appréciait de passer du temps seule avec Stefano et ne voulait pas quitter son chalet.

— Il fait si beau dehors ! As-tu des vêtements d'hiver que je pourrais emprunter ?

Sa question sembla prendre Stefano par surprise.

— Les vêtements de ski de ma sœur Carla sont rangés dans un placard en bas. Elle est un peu plus grande que toi, mais ça devrait aller. Viens, je vais te montrer.

Stefano avait vu juste : Lanza put se vêtir de pied en cap avec des affaires de Carla – pantalon de ski noir, parka blanche, chaussettes, gants, bonnet et chaussures.

— Tu es parfaite, affirma-t-il.

Puis il lui effleura les lèvres des siennes, et Lanza crut que son cœur allait bondir hors de sa poitrine. Il entreprit ensuite d'enfiler ses vêtements de ski. Il dut lui trouver un air perplexe, car il déclara :

— Je viens avec toi, bien sûr !

Chaque atome du corps de Lanza s'embrasa à ces mots. Elle avait espéré qu'il l'accompagne sans oser le lui demander.

— As-tu déjà fait de la raquette ? demanda-t-il.

— Jamais.

— C'est le type de neige parfait pour ça.

Stefano prit deux paires de raquettes, et ils sortirent dans le monde blanc et étincelant de Stefano. Qui venait juste de l'embrasser ! Finalement, peut-être que certains rêves se réalisaient.

Son pouls s'accéléra quand Stefano s'agenouilla pour fixer les raquettes à ses pieds. Elle s'appuya sur sa large épaule. Il lui expliqua comment se déplacer avec cet équipement et, pendant qu'elle s'exerçait, il chaussa les siennes.

— Le plus important, déclara-t-il en se redressant, c'est de trouver un rythme.

Son mari était vraiment un homme magnifique. À sa grande surprise, Lanza était sauvagement attirée par lui. Cette inattendue et magnétique attirance la choquait. Incapable soudain de soutenir son regard, elle s'élança vers les pins enveloppés de blanc, au loin.

— Il y a le feu ? lui demanda Stefano en se portant à sa hauteur.

La dernière chose qu'elle voulait avouer était que son baiser avait déclenché un brasier en elle. Elle voulait plus. Tellement plus...

— Je suis vraiment excitée d'être ici et de laisser mes empreintes dans la neige fraîche. J'ai l'impression d'être une exploratrice, d'ouvrir une voie. C'est un sentiment surréaliste, comme si nous étions sur le toit du monde.

— J'aime ça aussi, assura Stefano.

Ils atteignirent la petite forêt de pins. Lanza n'avait cessé de s'émerveiller devant le paysage, les sculptures de neige créées par la tempête. Ils s'engagèrent entre les arbres. Tout à coup, elle se figea et se retourna vers son mari.

— Tu as entendu ça ? On aurait dit un jappement, non ?

— Si. Ne va pas plus loin, lui ordonna-t-il en lui attrapant le bras, protecteur.

— On aurait dit un chien.

Stefano secoua la tête.

— Ce n'était pas un chien.

— Quelque animal que ce soit, il est blessé.

— Attends ici pendant que je vais voir, décréta-t-il.

Elle fut touchée qu'il prenne autant soin de sa sécurité. Toutefois, à la seconde où il lâcha son bras et reprit sa marche, elle se hâta derrière lui. Les jappements se poursuivaient. Une soixantaine de mètres plus loin, Stefano s'approcha d'un petit animal dont elle apercevait seulement le museau émerger de la neige, sous les branches d'un gros pin couché par la tempête. Elle le rejoignit.

— Oh ! c'est un petit renard !

Elle constata qu'il ne devait pas peser plus de trois ou quatre kilos.

— Reste en arrière, Lanza.

— Les renards ne sont pas dangereux, et celui-là est un bébé qui souffre.

Elle ôta ses gants et enleva sa parka.

— Enveloppe-le là-dedans pour le garder au chaud le temps que nous rentrions au chalet.

— Lanza ! marmonna-t-il avec exaspération en levant les yeux au ciel.

— S'il te plaît ! Nous devons l'aider avant qu'il soit trop tard. Il est si mignon !

À son grand soulagement, il l'emmaillota comme un bébé et se leva. Le renard gémissait, à présent. Elle remit ses gants, et ils retournèrent au chalet aussi vite qu'ils le purent.

Quand ils arrivèrent, ce fut au tour de Lanza d'aider Stefano, qui avait les mains prises par son précieux chargement. Elle le libéra de ses raquettes afin qu'il puisse emporter le renardeau près de la cheminée. Ensuite, elle ôta les siennes et se dépêcha de monter à l'étage.

Stefano avait couché l'animal sur une couverture devant la cheminée et posé la parka sur lui pour qu'il reste au chaud. Elle s'agenouilla à côté de lui.

— Le pauvre... Il est effrayé et il doit mourir de faim. Je vais faire chauffer du lait. Je pourrais y tremper un linge et le laisser goutter dans sa bouche, qu'en penses-tu ?

— Je pense que tu es la femme la plus étonnante que j'ai jamais connue.

Ce compliment inattendu lui fit monter le rouge aux joues.

— Pourquoi dis-tu cela ? bafouilla-t-elle.

— Tu es gentille, tu n'as pas peur, tu te soucies d'un animal sauvage...

— Je pourrais dire exactement la même chose de toi, lança-t-elle.

Puis elle se hâta d'aller à la cuisine faire chauffer une casserole de lait. Après avoir trouvé un gant de toilette propre, elle revint dans le salon.

— Si tu lui maintiens la gueule ouverte, dit-elle, j'y ferai glisser du lait.

Pendant un long moment, ils œuvrèrent de concert à nourrir le renardeau, qui avait fini par arrêter de geindre.

— Il te doit la vie, Lanza, lui dit finalement Stefano avec un grand sourire. Tu as vraiment réagi très vite, bravo ! Je vais trouver une boîte dans laquelle il pourra dormir. Il se sentira plus en sécurité et plus à l'aise s'il est enfermé.

— Tu penses qu'il est blessé ?

— On ne dirait pas.

Il descendit. Lanza vérifia sous la parka. Le petit renard semblait se réchauffer et remua au contact de sa main. Stefano revint avec un carton. Il souleva délicatement la couverture et l'animal et les plaça à l'intérieur.

— Son terrier ne doit pas être très loin du chalet. Si nous lui redonnons des forces, nous pourrons le libérer.

— Je ne savais pas que tu avais fait l'école vétérinaire, dit-il d'une voix traînante, avec un sourire en coin.

Lanza sourit, elle aussi.

— Rien d'aussi admirable. Quand nous étions jeunes, mes sœurs et moi trouvions souvent des animaux blessés dans le parc et nous les soignions. Cela devait rester un secret, car notre mère craignait qu'on attrape des maladies à leur contact. Nos parents étaient vraiment trop protecteurs !

— Ne savent-ils pas que tu n'as jamais peur ?

— Tu devrais voir Donetta en action ! C'est une vraie guerrière, une battante. À la façon dont elle monte, on pourrait croire qu'elle est née sur un cheval. Elle a gagné tous les concours internationaux auxquels elle a participé. Ma sœur ferait un grand roi.

— Roi ? demanda Stefano avec une moue amusée.

— Oui. Le mot « reine » a une connotation trop douce pour une femme comme elle !

Stefano éclata d'un rire profond.

— D'aussi loin que je me souvienne, elle a toujours voulu régner. Mais pas avec un mari. C'est sans doute la raison pour laquelle elle n'a pas été choisie comme fiancée d'Alberto. Quant à Fausta, elle a toujours refusé l'idée d'épouser un prince. Elle a l'intention de trouver un homme du peuple. Il ne restait donc que moi. Si mon père changeait cette règle absurde qui proclame que seul un homme peut régner sur Domodossola, Donetta ferait une parfaite souveraine. Elle est brillante, créative. Ce serait vraiment une chance pour toi, d'ailleurs, puisque tu n'aurais plus à gouverner notre royaume et pourrais te consacrer pleinement à tes… trucs.

Stefano l'écoutait avec attention, et cela aussi séduisait Lanza. Elle lui avait dit qu'elle aimerait aller chez sa tante seulement parce qu'elle avait peur de passer trop de temps avec lui. Parce qu'elle avait peur de l'attirance croissante – et dangereuse – qu'elle éprouvait pour cet homme. Elle serait folle de continuer à profiter de sa présence alors qu'elle était certaine qu'il ne tomberait jamais amoureux d'elle.

Or, c'était ce qu'elle désirait désormais.

Plus que tout.

7

Se consacrer à ses trucs ?

Stefano se sentait à l'aise avec Lanza pour la première fois depuis leur mariage, et soudain une fausse note venait troubler cette harmonie. Avait-elle voulu évoquer ses affaires ou autre chose ? Ses relations avec d'autres femmes ? Lui-même l'avait questionnée à propos d'une éventuelle liaison...

— Une chance que tu aies stocké du lait ! s'exclama-t-elle. Tu en bois beaucoup ?

— Oui. Avec mon müesli. Parfois, c'est tout ce que je mange dans une journée quand j'ai trop de travail. Comme je ne savais pas si tu en buvais, j'ai pris mes précautions.

— Fausto t'en sait gré, déclara-t-elle, malicieuse.

— Fausto ? répéta-t-il en levant un sourcil interrogateur.

— Je l'ai appelé ainsi parce que ça signifie « chanceux ». Notre petit renard a eu de la chance qu'Enzo ne vienne pas et que nous l'ayons trouvé.

Elle se leva et lui annonça qu'elle allait dans la cuisine faire chauffer un peu plus de lait.

Stefano fixa les flammes. Quelque chose d'inédit lui arrivait depuis le jour de son mariage : il commençait à aimer une femme. Et il la désirait... Son charme irrésistible l'avait pris par surprise.

Dieu merci, quelque chose avait empêché Enzo de venir les chercher. Ce contretemps lui avait permis de passer plus de temps avec Lanza dans son endroit préféré sur terre. Il devinait qu'elle aimait elle aussi ce lieu, et il était grand temps que leur lune de miel débute pour de bon. Comme Enzo n'arriverait sans doute pas avant le lendemain, Stefano se réjouissait à l'idée de partager encore quelques moments seul avec Lanza.

Lorsqu'elle revint, ils nourrirent à nouveau le renardeau, selon la même méthode : Stefano lui tenait la gueule ouverte et elle y faisait tomber du lait goutte à goutte.

— Il y prend goût ! exulta Lanza. À ce rythme, je pense qu'il voudra bientôt un peu de nourriture solide.

En effet, nota Stefano, le petit mammifère revenait à la vie. La sollicitude et la tendresse de Lanza l'émouvaient.

Elle leva vers lui ses yeux bleu saphir.

— C'est presque l'heure du dîner. Je vais préparer des sandwichs au jambon et donner à Fausto une partie du mien. Tu... Tu penses qu'il peut manger du jambon ? s'enquit-elle tout à coup.

— On va vite le savoir.

En l'absence de Lanza, Stefano resta perdu dans ses pensées, incapable de se concentrer. Tout ce qu'il était capable de voir avec clarté, c'était que sa situation actuelle, avec Lanza et Fausto, le rendait heureux.

— Tes sandwichs sont sur le comptoir, annonça-t-elle en refermant derrière elle la porte de la cuisine.

— Merci, mais je vais d'abord t'aider.

Elle appâta le renardeau en faisant pendre un petit morceau de jambon devant son museau. L'animal sortit la langue, et Lanza y déposa la viande, qu'il avala. Ils poursuivirent de la sorte jusqu'à ce que tout le jambon de son sandwich ait disparu.

— Ça marche ! se réjouit Stefano. Il aime !

— Maintenant, c'est moi qui meurs de faim, plaisanta Lanza.

Elle prépara d'autres sandwichs, et ils les mangèrent en surveillant leur petit invité. Stefano eut l'idée de lui apporter un bol d'eau qu'il plaça devant son museau. Le renardeau lapa goulûment. Alors Lanza proposa de lui préparer un petit bol de müesli qu'elle déposa à l'écart du carton. Une heure plus tard, l'animal avait réussi à se lever et à manger par lui-même.

— Au matin, nous pourrons peut-être le déposer à l'extérieur du chalet avec plus de nourriture et d'eau afin de voir ce qu'il fait. S'il semble en forme, je le ramènerai où nous l'avons trouvé.

— Je sais que c'est le bon choix, pourtant j'aimerais tellement le garder comme animal de compagnie ! J'espère qu'Enzo ne viendra pas avant longtemps. Je voudrais être certaine qu'il est sauvé avant de partir.

Stefano consulta sa montre. Il se faisait tard. Enzo ne viendrait pas ce soir.

— Si tu veux aller te coucher, je tiendrai compagnie à Fausto.

— J'allais te proposer la même chose. Je sais que tu dois gérer tes affaires. Je vais rester ici près du feu avec lui pour qu'il sache qu'il n'est pas seul.

Ils échangèrent un long regard. Le silence devint presque sensuel entre eux. Stefano eut le sentiment qu'elle avait deviné à quel point elle l'attirait et combien il voulait l'embrasser. Il était sur le point de se décider à franchir le pas lorsqu'elle le ramena sur terre :

— Bonne nuit, Stefano. On se voit demain matin.

Il se pencha pour l'embrasser, mais sur la joue.

— *Buona notte*, Lanza.

Stefano prit une douche froide afin de faire baisser sa température. Bon sang ! La femme si désirable assise devant sa cheminée lui faisait bouillir le sang ! Ensuite, il alluma son ordinateur, histoire de se perdre dans le travail.

Il découvrit qu'Enzo venait de lui envoyer un courriel :

Stefano,

Un blizzard particulièrement virulent a frappé la région, et des milliers de personnes sont sans électricité. J'en fais partie, mais je peux compter sur notre générateur. Pire encore, une avalanche a coupé la route à trois kilomètres de chez toi. Cela pourrait prendre une semaine avant qu'elle soit rouverte parce que les secours sont concentrés sur des zones qui ont plus besoin d'aide. Je viendrai dès que possible. Si nécessaire, je peux demander à ton père de vous envoyer un hélicoptère. Tiens-moi informé.

Enzo

Stefano prit une grande inspiration avant de répondre. Il savait au fond de lui que Lanza ne voulait pas être sauvée, et ce n'était pas seulement à cause du renard...

Merci, Enzo, mais il n'y a pas d'urgence. Ne dis à personne où nous sommes. Fais-moi savoir dès que tu en sais plus.

S.

Il quitta sa chambre pour annoncer la nouvelle à Lanza, mais s'arrêta net devant le spectacle qui s'offrait à lui. Elle était couchée sur le côté près du carton, endormie. Ses traits apaisés lui donnaient un air angélique tandis que les flammes chatoyantes illuminaient ses cheveux d'or et de cuivre. Stefano fut pris d'une envie impérieuse d'y passer les doigts et de s'allonger à côté d'elle, mais il n'osa pas. Les nouvelles communiquées par Enzo pourraient attendre jusqu'au matin.

Il alla chercher une couverture. Lorsqu'il s'approcha de Lanza pour la poser sur elle, le renardeau leva aussitôt la tête. *Qui surveille qui, à présent ?* songea-t-il, amusé.

Avec Lanza et son petit protégé dans le salon, Stefano n'avait dormi que d'un œil, la porte de sa chambre entrouverte. Lorsqu'il gagna le salon, après s'être douché et rasé, il trouva Lanza à genoux en train de nourrir Fausto avec des morceaux de pomme. Elle semblait aussi joyeuse qu'une enfant au zoo.

— Je pensais que tu dormirais plus longtemps, lui dit-elle, tout sourire.

— J'avais besoin de savoir comment tu t'en sortais. J'ai eu des nouvelles d'Enzo, tard hier soir. La tempête a coupé l'électricité et a déclenché une avalanche. Beaucoup d'endroits ont besoin d'une aide d'urgence, dans les environs. Il faudra peut-être une semaine avant que la route ne soit dégagée. Il viendra nous chercher dès qu'il le pourra.

Le sourire de Lanza s'élargit, lui révélant tout ce qu'il voulait savoir.

— Merci pour la couverture. J'ai très bien dormi grâce à toi.

— Et maintenant, c'est l'heure de *notre* petit déjeuner !

Dans la cuisine, Stefano prépara des œufs brouillés et du bacon. Lanza vint préparer le café et des toasts. Puis ils s'installèrent à la table du salon.

— J'avoue que je suis contente à la perspective de passer plus de temps ici, déclara Lanza.

— Moi aussi, murmura-t-il.

Tu n'as pas idée à quel point..., se retint-il d'ajouter. Il se resservit une tasse de café et regarda longuement sa femme, qui croquait à belles dents dans un toast.

— Nous avons beaucoup de choses à nous dire, reprit-il. Je voudrais t'expliquer pourquoi je ne suis pas venu te rendre visite l'année dernière.

Elle leva sur lui un regard grave.

— Je t'écoute.

— Je savais que tu devais te remettre de la mort d'Alberto. Moi aussi. Bien que nous ayons convenu de nous marier pour faire plaisir à nos parents, j'ai eu l'intuition que toi et moi avions besoin de temps chacun de son côté pour mettre de l'ordre dans nos sentiments avant de nous rencontrer à nouveau. J'avais à moitié peur que me voir avant le mariage te fasse fuir en courant.

Lanza s'esclaffa.

— Maintenant, tu sais que cela ne se serait pas produit.

— J'ai eu tort. Ce n'était pas la bonne décision.

— Non, répliqua-t-elle. Tu m'as laissée dans le flou, c'est vrai, mais tes messages m'ont vraiment aidée à me faire une idée de ta vie.

— C'est la même chose pour moi, Lanza.

— Je suis contente que les choses se soient passées ainsi.

Il lui couvrit la main de la sienne et la serra.

— Tu le penses vraiment ?

— Oui.

— Alors, descendons et préparons-nous à profiter de cette journée, proposa-t-il, enthousiaste.

Ils descendirent et revêtirent des tenues de ski. Même dans une de celles de sa sœur, la délicieuse silhouette de Lanza attirait son regard. En fait, Stefano se retrouvait incapable de quitter sa femme des yeux.

Il sortit la boîte et la déposa dans la neige.

— Mettons nos raquettes et traversons la propriété jusqu'au pin déraciné sous lequel nous avons trouvé Fausto. Peut-être qu'il nous suivra. Je vais mettre un sac de nourriture dans ma parka, au cas où.

Ils se mirent en chemin, suivant leurs traces de la veille, encore bien visibles. De temps en temps, ils se retournaient, mais le renardeau était resté dans sa boîte. Lorsqu'ils atteignirent le pin, Lanza jeta à Stefano un regard coupable.

— Je n'aurais peut-être pas dû le nourrir. Maintenant, il ne veut plus quitter le chalet.

— Non, tu as fait ce qu'il fallait.

Elle se mordit la lèvre et s'éloigna. Stefano admira la manière dont elle se déplaçait sur les raquettes : on aurait dit qu'elle avait fait cela toute sa vie. Il l'avait perdue de vue lorsqu'il l'entendit crier :

— Stefano !

Il partit sur ses traces, en direction de la partie la plus ancienne de la forêt. Quelques arbres avaient été jetés à terre par la tempête.

— Tout va bien ? lança-t-il.

— J'ai besoin de ton aide.

Alarmé, il suivit le son de sa voix. Lanza se tenait au sommet d'un arbre couché au sol.

— Regarde ! Cette cime ferait un parfait sapin de Noël. Si nous arrivions à la casser, nous pourrions la rapporter au chalet et faire comme si c'était la veille de Noël. Les pommes de pin feront de parfaites décorations. À cause du mariage, je suis passée à côté de Noël, cette année.

Il la dévisagea, incrédule.

— Tu n'as pas fêté Noël ? s'exclama-t-il.

— Nous avions un sapin au palais, mais la préparation du mariage a pris le dessus sur tout. Depuis l'enfance, je rêve de trouver mon propre petit arbre dans les bois près du palais et de le mettre dans ma chambre. Mais cela n'a jamais été autorisé, lui confia-t-elle en baissant le regard, avant de reprendre d'un ton décidé : S'il te plaît, oublie ce que j'ai dit. C'était une idée stupide.

Elle fit demi-tour et le planta là.

Stefano observa attentivement le grand arbre déraciné. Après avoir calé sa botte contre le tronc, il saisit la partie morte près de la cime et tira fort. À sa grande surprise, il sentit que cela venait. Il continua à tirer jusqu'à ce que les deux parties de l'arbre se séparent.

Le nouveau petit sapin ne devait pas faire plus d'un mètre cinquante de haut ; léger, il serait assez facile à tirer derrière lui jusqu'au chalet. Cela semblait être important pour sa femme, et il voulait lui faire plaisir.

Toutes ces années, il avait repoussé l'idée de se marier parce qu'il tenait à sa liberté. Il n'avait donc vécu aucune relation durable. À présent, il commençait à penser que n'était pas la véritable raison qui l'avait empêché de se fixer. Peut-être était-il resté célibataire aussi longtemps parce qu'il n'avait jamais rencontré la femme idéale.

Jusqu'à Lanza...

8

Tout en marchant avec ses raquettes en direction du chalet, Lanza se sentait comme une idiote. Un arbre de Noël ! Stefano devait la trouver ridicule. Alors qu'elle était tombée amoureuse de lui, elle ne pouvait plus se mentir.

En s'approchant de la porte, elle se demanda si Fausto s'était enfui pendant leur absence. Ce serait une bonne chose qu'il soit retourné à la nature. Mais quand elle atteignit le chalet, elle vit le renardeau sortir de la boîte, presque comme s'il était venu la saluer.

— Fausto, je te croyais parti !

Il se déplaça en gardant ses distances.

— Tu n'es pas encore prêt à rentrer chez toi, on dirait, et je suppose que tu as faim. Ne t'inquiète pas, je te donne à manger dans une minute.

Elle enleva ses raquettes et les rangea. Quand elle ressortit, elle eut la surprise de constater que Stefano arrivait avec son petit sapin de Noël ! Le mal qu'il s'était donné pour la rendre heureuse lui chauffa le cœur.

— Tu n'étais pas obligé de faire ça.

— Je n'ai jamais eu d'arbre de Noël dans le chalet. Ce sera une première pour moi. J'aime l'idée que nous faisons tout cela pour établir une tradition. Comment va notre renard ?

— Il a attendu notre retour. Je suis sûr qu'il a faim.

— Je te laisse le nourrir pendant que j'installe le sapin,

proposa Stefano en lui tendant le sac de nourriture qu'il avait dans la poche de sa parka.

Sitôt remplie la boîte en plastique qui lui servait de gamelle, le renardeau se précipita pour manger. Lanza ôta ses vêtements de ski, puis monta à l'étage, un peu étourdie. Le geste de Stefano, et surtout le fait qu'il ait envie d'« établir une tradition » avec elle, la touchait plus profondément qu'elle n'aurait pensé.

Après s'être douchée, Lanza se pomponna, puis enfila un pantalon kaki et une blouse en soie bleue. Elle se brossa les cheveux, puis mit un soupçon de rouge à lèvres rose un peu pailleté.

En quittant sa chambre, elle faillit heurter Stefano, qui sortait de la sienne. Il s'était rasé et était incroyablement séduisant avec sa chemise et son pantalon noirs. Elle eut immédiatement la bouche sèche lorsque son regard se posa sur la fine toison qui dépassait de l'encolure. Ses prunelles sombres dardées sur elle envoyèrent une vague de chaleur dans tout son corps.

— Je me demandais où était passée la cuisinière. Quelque chose sent merveilleusement bon.

Elle avait préparé des boulettes de fromage, avec des pommes de terre, des oignons et une salade. Pendant qu'elle cuisinait, Stefano avait installé le sapin dans un coin du salon et posé la boîte de Fausto au pied de l'arbre. Ensuite, Lanza avait dressé la table, sur laquelle elle avait posé deux bougies et une bouteille de vin rouge trouvée dans un placard de la cuisine. Elle avait voulu quelque chose de spécial pour fêter *leur* Noël – à moins que ce ne soit un prétexte et qu'elle ait seulement cherché à mettre en scène son désir charnel...

Comment croire qu'elle était la même femme qui, avant de venir au chalet, considérait sa vie comme une zone sinistrée ?

Stefano mit de l'eau dans un bol pour Fausto pendant qu'elle préparait leurs assiettes et les apportait à table.

— À table !

Stefano dévora ses boulettes, sous le regard amusé de Lanza. Lorsqu'il reposa sa fourchette, il la fixa droit dans les yeux.

— Je n'ai jamais mangé des boulettes aussi bonnes !

— C'est la spécialité de Bianca, la chef du palais.

— Mais c'est toi qui as cuisiné ce soir, lui rétorqua-t-il en resservant du vin.

Il leva son verre et porta un toast :

— *Felice anno nuovo, signora Casale.*

Il venait de l'appeler « Mme Casale », lui rappelant qu'elle était sa femme. Ces mots envoyèrent un délicieux frisson le long de sa colonne vertébrale. Elle trinqua avec lui.

— Notre nouvelle année a débuté par une tempête dans nos vies et une tempête météorologique. Et nous voilà avec une créature sauvage et une cime d'arbre brisée ! Merci de t'être donné cette peine. L'arbre rend la pièce plus festive.

Il y avait une lueur dans ses yeux qui la faisait fondre.

— Tout comme les bougies et le vin, répliqua-t-il.

Lanza se demanda si ces paroles signifiaient qu'il voulait se rapprocher d'elle. Cela lui plairait, à elle aussi. Mais elle ne pouvait pas s'empêcher d'être anxieuse face à l'avenir. Il était agréable d'être ensemble, coupés du monde à cause de la neige. Une fois de retour à Domodossola, Stefano serait libre de faire des projets et ils perdraient cette proximité.

Elle avait besoin de réponses.

— Stefano, pouvons-nous parler franchement, ce soir ?

Il lui décocha un regard étonné.

— N'est-ce pas ce que nous avons déjà fait ? répondit-il pour l'encourager.

— Avant qu'Alberto nous quitte, quelle était ta situation ? Je ne parle pas de tes affaires. J'imagine que tu étais dans une relation, avec une femme que tu aimais peut-être...

Il prit un air grave.

— Dis-moi quelque chose, d'abord : je sais que courent quelques ragots à mon sujet, mais qu'est-ce qui te fait penser qu'il y avait quelqu'un dans ma vie ?

— C'est une hypothèse. Tu l'as revue avant le mariage ?

enchaîna-t-elle sans lui laisser le temps de nier. Si cette femme existe, vous devez avoir eu besoin de discuter au sujet de ce grand changement dans ta vie : assumer ton devoir de prince héritier en m'épousant, ce n'est pas rien...

— « Devoir » ? Je n'aime pas ce mot !

— Moi non plus, mais c'est la réalité, riposta-t-elle. Nous savions tous les deux ce qui nous attendait, et maintenant notre vie commune a débuté. Si je me permets de te poser des questions sur ta vie amoureuse, c'est parce que je suis concernée, désormais. Quatre jours après l'enterrement, mon père m'a appris que tu avais demandé ma main. S'il y avait une maîtresse ou une compagne, est-il possible qu'elle essaie de te faire du mal d'une manière ou d'une autre ? Si toi et moi devons passer notre vie ensemble, j'aimerais savoir à quoi m'attendre.

— Tu as peur d'un scandale public ?

— Je ne veux pas en avoir peur.

Stefano remplit leurs verres et but une gorgée de vin.

— J'ai eu mon content de femmes belles et excitantes, commença-t-il, mais je n'ai jamais vécu avec une seule. Si j'avais trouvé celle que tu évoques, celle dont je n'aurais pu me passer, je serais marié avec elle à l'heure actuelle. Crois-moi, personne ne va nous causer de problèmes.

— Merci pour ces paroles réconfortantes.

Lanza but à son tour un peu de vin.

— Mon cas est différent, reprit-elle. Il n'y a eu aucun autre homme à partir du moment où j'ai été fiancée.

— Et avant ?

— Non plus.

— Alors pouvons-nous parler de mon frère une minute ? Qu'as-tu ressenti en perdant Alberto ? demanda-t-il après qu'elle eut consenti d'un signe de la tête.

Sa question, qui exigeait une réponse honnête, les avait amenés au cœur du problème.

— Sa mort m'a causé un choc. Mais, comme je n'étais pas amoureuse, c'était comme perdre un ami que j'appréciais beaucoup et admirais. Je me suis sentie coupable de ne pas être folle de chagrin, et cela a également contrarié mes parents, qui auraient voulu me voir effondrée.

— Personne ne peut t'en vouloir pour cela, Lanza. Mon frère et toi n'étiez pas intimes, si j'ai bien compris.

— Je suis heureuse et soulagée que tu me comprennes. Nos situations sont différentes cependant, parce que tu profitais d'une existence libre et exaltante, et qu'il semble dans l'ordre des choses que tu aies eu une maîtresse au moment de la mort d'Alberto. D'ailleurs, que pensais-tu du fait que ton petit frère doive m'épouser ?

Stefano porta son verre à ses lèvres. Il avait l'air de réfléchir à sa réponse, de peser ses mots. Il le reposa sur la table.

— Je n'y pensais pas, jusqu'à ce que je tombe amoureux d'une fille, juste avant mon service militaire. Depuis, je n'ai plus cessé de me sentir désolé pour lui, qui n'aurait pas la possibilité de tomber amoureux, pas le choix.

Sa franchise fit sourire Lanza.

— Tu le lui as dit ?

— Oui, je le lui répétais dès que j'en avais l'occasion. Mais mes remarques ne l'ont jamais ébranlé, alors j'ai fini par arrêter et j'ai essayé de ne plus y penser. À mon tour, maintenant : comment tes sœurs ont-elles réagi en apprenant que tu étais la victime expiatoire ?

Elle rit pour cacher sa douleur.

— Donetta était ravie de ne pas être à ma place. Fausta avait pitié de moi parce que j'étais le bébé. Elle se moquait de moi parce que je me préoccupais toujours de nos parents.

— Pourquoi te préoccuper d'eux ?

Stefano ignorait que son père était malade. Si elle lui disait que c'était pour cette raison qu'elle avait accepté ce mariage, cela pouvait changer les choses. Stefano avait besoin de liberté pour ses voyages professionnels partout dans le monde. Elle aussi voulait sa liberté, donc elle ne dirait rien à son mari...

— Donetta dit que c'est parce que je n'ai pas de cran.

Il plissa les yeux, comme s'il était fâché soudain.

— Elle n'a pas la moindre idée de qui tu es !

Lanza ne savait pas non plus exactement qui elle était, mais son mariage avec Stefano l'avait propulsée dans un autre monde. Elle priait pour que ce mariage fonctionne. Pour le moment, elle appréciait la franchise de Stefano.

Un petit glapissement la tira de ses réflexions. Pendant un moment, elle avait oublié Fausto. Elle se leva de table et s'approcha de lui.

— On dirait qu'il veut de l'attention. Oh ! il n'a plus rien à manger.

— Je vais lui préparer un peu plus de müesli et de morceaux de pommes, annonça Stefano en se levant à son tour. Demain, je l'emmènerai près de l'arbre et je le laisserai. Il est déjà trop dépendant de nous.

— J'espère qu'il retrouvera sa famille. Que deviendra-t-il, sinon ?

— Il survivra, comme ses congénères.

— J'aimerais te croire, dit-elle, soudain triste.

Le tremblement dans la voix de Lanza fendit le cœur de Stefano, déjà ébréché par les inquiétudes qu'elle avait exprimées sur sa peur d'un scandale médiatique. Il devait faire en sorte de la rassurer, de l'aider à comprendre qu'il désirait un mariage harmonieux.

Ils débarrassèrent la table pendant que Fausto dévorait sa gamelle de müesli, puis rangèrent et nettoyèrent la cuisine. La nuit les enveloppait de son calme moelleux. Lanza étendit une couverture sur le sol à côté du carton de Fausto et s'assit. Stefano prit un jeu de cartes dans le vaisselier.

— Que dirais-tu d'une petite partie ? demanda-t-il en s'installant à côté d'elle.

Lanza regarda les cartes.

— À en juger par la façon dont elles sont usées, je ne sais pas si je devrais jouer avec toi…

— Quelques tours de *scopa* ?

Elle lui retourna un sourire malicieux.

— OK. Tu l'auras voulu.

Il distribua trois cartes et la partie commença. Il ne fallut que quelques minutes à Stefano pour comprendre qu'il avait affaire à une experte. Une heure durant, ils s'affrontèrent, passionnés. Malgré sa défaite, Stefano ne s'était jamais autant amusé de sa vie.

— Tu joues comme un vieux briscard. Qui t'a appris ?

— Le père du jardinier en chef, Duccio. Il était dans la marine marchande puis était devenu invalide. Après le décès de sa femme, j'allais souvent le voir dans sa petite maison avec des gâteaux donnés par les cuisines du palais ou une bouteille de vin, et il m'apprenait à jouer à toutes sortes de jeux de cartes. Fréquenter un peu Duccio m'a ouvert les yeux sur le sort des accidentés du travail et des invalides.

— Je ne sais pas si l'élève a dépassé le maître, mais je serais heureux de le rencontrer !

Le beau visage de sa femme s'assombrit.

— Duccio est mort l'année dernière.

— Je suis désolé, répondit Stefano avec sincérité.

— C'était un bon ami. Il pouvait raconter les histoires les plus incroyables, qui m'hypnotisaient littéralement.

Il songea que Lanza avait dû apporter un peu de soleil dans la vie du vieil homme. *Comme elle apporte du soleil dans la tienne...*

En notant qu'elle couvait Fausto du regard, il se leva et prit le carton dans ses mains.

— Demain, nous essaierons de le relâcher. Pour l'instant, je vais l'emmener en bas, comme une première étape. Je reviens tout de suite.

Après avoir déposé le renardeau, Stefano remonta s'asseoir près de Lanza.

— Je veux une revanche à la *scopa*, déclara-t-il. Je dois panser les plaies de mon ego meurtri.

Lanza accepta et, à l'issue d'une nouvelle partie acharnée, Stefano l'emporta.

— C'était une sacrée bataille ! Maintenant, je réclame mon prix.

Comme elle s'était couchée sur le ventre pour jouer, il s'allongea à côté d'elle et la fit rouler dans ses bras.

— J'ai attendu ça toute la soirée, murmura-t-il contre ses lèvres entrouvertes.

Alors, il l'embrassa comme il rêvait de le faire depuis leur chaste baiser, devant l'autel. Elle avait une bouche sensuelle dont il ne pouvait se rassasier. Il était brûlant de désir, excité comme jamais par la sensation de son corps souple contre le sien, d'autant qu'elle réagissait avec fièvre à son baiser.

— Lanza, murmura-t-il en s'écartant, tu es délicieuse.

Il lui prit de nouveau la bouche, mêlant ses jambes aux siennes. Elle ne pouvait pas ignorer l'effet qu'elle avait sur lui : son érection était si dure qu'elle en était presque douloureuse.

— Stefano..., murmura-t-elle.

— Je vais trop vite, *bellissima* ?

S'écarter d'elle et ne pas lui faire l'amour fut l'exploit le plus difficile qu'il ait jamais accompli. Mais il pressentait qu'elle n'était pas tout à fait prête, et il n'était pas question de la brusquer.

Elle se leva et vacilla légèrement, l'air troublé, le regard flou, les lèvres gonflées par le plaisir.

— *Dormi bene*, Stefano, dit-elle d'une voix rauque.

Puis elle sortit du salon, le laissant seul.

Stefano poussa un long soupir et se mit debout. Se retrouver isolé de tout avec Lanza avait déclenché en lui un feu qui s'était répandu dans tout son être et l'avait ramené à la vie – ou plutôt qui l'avait éveillé en quelque sorte à une autre forme de vie possible. Et il n'avait pas l'intention de s'arrêter là. Ils étaient déjà très proches, très complices, et il n'aurait jamais imaginé que cela puisse survenir si tôt.

Troublé, il rangea les cartes à jouer, plia la couverture et la posa sur une chaise, avant d'éteindre le feu. Puis il se dirigea vers sa chambre, tout en sachant qu'il ne pourrait pas dormir avant un long moment.

Il s'assit à son bureau et entreprit de lire ses courriels et de répondre aux plus urgents. Enzo lui avait écrit que la route n'était pas encore dégagée. Il lui répondit de ne pas s'en faire, que tout allait bien de son côté.

Quand il vit qu'il avait également reçu un message d'Alicia, il se raidit.

Alicia Montoya travaillait pour sa compagnie minière près de Zacatecas au Mexique, où il n'était pas allé depuis quatre mois. C'était la seule femme avec laquelle il avait eu une relation de plus de quelques jours au cours des trois années écoulées. Dès qu'il avait appris qu'elle avait un mari, ce qu'elle s'était bien gardée de lui avouer, il avait mis fin à leur aventure. Certes, son mari et elle vivaient séparément et ne pouvaient pas divorcer pour des raisons religieuses, mais, pour Stefano, elle restait une femme mariée.

Que diable lui voulait-elle ? Il espérait, sans vraiment y croire, que c'était un message professionnel...

Stefano, il faut que je te voie. Nous devons parler. Mon prêtre pense qu'un divorce pourrait être possible parce que Julio et moi ne vivons plus sous le même toit depuis plus d'un an, sans aucun espoir de réconciliation. Réponds-moi et dis-moi que tu veux toujours de moi. Je ne peux pas supporter cette séparation plus longtemps. Alicia.

Oh non ! Stefano se frotta la nuque en tâchant de rassembler ses pensées. Il avait apprécié la compagnie d'Alicia mais, en dehors de toute considération sur leurs situations matrimoniales respectives, il n'avait jamais été amoureux d'elle et avait toujours su que leur liaison ne durerait pas. Aussi la réponse ne fut-elle pas difficile à écrire :

Alicia, j'espère sincèrement que tu pourras divorcer si c'est ce que tu désires et ce qui te rendra heureuse. De mon côté, la situation a changé. Je suis maintenant un homme marié et heureux de l'être. Crois-moi quand je te souhaite le meilleur pour l'avenir. Stefano.

Il avait promis à Lanza qu'aucun scandale n'éclabousserait jamais leur mariage, et il était sincère en faisant cette promesse.

Son prochain voyage au Mexique était prévu dans quelques mois, après une visite en Bulgarie : Alicia avait le temps de l'oublier.

Lorsqu'il se mit finalement au lit, son esprit était tourné vers Lanza. Il était impatient de passer la journée du lendemain avec elle. Il lui avait découvert de nombreuses qualités et, de plus, elle l'intriguait. Aucune des femmes qu'il avait connues n'avait éveillé ainsi sa curiosité...

Des coups frappés à sa porte tirèrent Stefano du sommeil.

Lanza !

— Stefano ? Tu es réveillé ? demanda-t-elle d'une voix paniquée.

D'un bond, il sauta à bas de son lit. Il enfila sa robe de chambre avant de courir ouvrir la porte. Lanza se tenait face à lui, dans une superbe robe couleur pêche.

— Qu'est-ce qui se passe ?

— Je ne trouve plus Fausto. Quand je suis descendue ce matin pour voir s'il avait besoin d'eau, j'ai trouvé son carton renversé et vide.

— Il ne doit pas être bien loin.

— J'ai cherché partout.

— On va le trouver. Il n'a pas pu quitter le chalet.

Ses magnifiques cheveux châtains volèrent autour de ses épaules tandis qu'ils se précipitaient en bas. À la seconde où Stefano alluma, il entendit un glapissement.

— Fausto ? appela la voix inquiète de Lanza.

Stefano se dirigea vers la porte de sa réserve de bois. Lorsqu'il l'ouvrit, le renardeau sortit, puis il monta les escaliers.

— Il est probablement parti à la recherche de nourriture, et la porte s'est refermée sur lui, dit-il.

— Je vais remplir ses bols, annonça Lanza en grimpant les marches.

Stefano la suivit. Il mourait d'envie de la prendre dans ses bras et de l'attirer à lui, mais il se contint. Il pressentait que cette envie n'allait pas disparaître de sitôt... Il se dit que la meilleure chose à faire pour canaliser son désir était d'entreprendre une activité physique.

Pendant qu'ils préparaient le petit déjeuner, il eut une idée.

— As-tu déjà skié ? demanda-t-il à Lanza.

— Oui, de temps en temps.

— Puisque le beau temps se maintient, que dirais-tu d'une sortie de ski de fond avec moi ?

— Je n'ai jamais essayé, mais j'adorerais !

Elle avait répondu sans réfléchir. Il aimait sa spontanéité. Avec elle, tout semblait facile et cela l'excitait.

— Nous allons emmener Fausto sous le pin avec de la nourriture et le laisser là pendant que nous nous baladons.

— J'ai vu un sac à dos, en bas. Je vais nous préparer des sandwichs pour qu'on puisse partir aussi longtemps qu'on le voudra.

Elle semblait infatigable, un autre trait de caractère qui lui plaisait beaucoup. Mais, plus important encore, elle voulait être avec lui...

Une demi-heure plus tard, ils étaient prêts à partir. Lanza avait toujours l'air aussi sexy en fuseau de ski, avec ses cheveux noués sur la nuque et son bonnet de laine blanche. Stefano avait enveloppé Fausto dans une vieille couverture. Ils se dirigèrent vers la forêt.

Lorsqu'ils atteignirent le grand pin déraciné, il étendit la couverture sur le sol contre le tronc et posa Fausto dessus avec un tas de nourriture.

— Cela devrait lui permettre de tenir un bon moment.

Lanza leva ses yeux bleus inquiets vers lui.

— J'ai presque peur de le quitter, mais je sais que c'est pour son bien.

— Ne t'inquiète pas. Et s'il ne veut pas nous quitter, nous l'emmènerons dans un refuge pour animaux sauvages dès notre retour en ville.

— D'accord, murmura-t-elle en hochant la tête.

— Pour l'instant, arrêtons de nous inquiéter pour lui et traçons une nouvelle route. On ne sait jamais sur quoi on peut tomber, n'est-ce pas ? Peut-être aurons-nous une autre surprise aujourd'hui...

9

Pour Lanza, pas besoin de nouvelle surprise. Il lui suffisait d'être avec Stefano dans son monde blanc et ensoleillé. Son amour pour lui remontait à la surface et prenait de plus en plus de place. C'était le genre d'amour dont on ne se remettait jamais.

Dès l'instant où elle avait prononcé ses vœux dans la cathédrale, elle avait senti une agitation intérieure, qui s'était transformée en une chaleur brûlante. Le fabuleux chalet de son mari, perdu dans un paysage de montagne idyllique, ressemblait à l'idée qu'elle se faisait du paradis. Et lui était beau comme un dieu. Elle ne pouvait s'empêcher de le regarder. Quand il lui souriait, Lanza en avait le souffle coupé. Quand il l'embrassait, elle avait l'impression de mourir et de renaître dans la même seconde.

Grâce à lui, avec lui, elle avait poussé les portes d'un nouveau royaume. Incroyable de penser qu'elle était si heureuse aujourd'hui alors que, le matin de son mariage, elle avait eu l'impression de vivre la fin du monde.

Chaque jour avec Stefano se transformait en aventure. Lanza n'avait pas de frères et n'avait jamais vécu avec un homme. Jusqu'ici, elle avait mené la vie protégée d'une princesse de sang royal, avec deux sœurs, une mère aimante et un père trop occupé à gouverner le royaume pour lui accorder beaucoup de temps.

Elle était si excitée qu'elle aurait voulu le crier au monde entier – mais cela aurait risqué de déclencher une nouvelle avalanche... Ici, elle pouvait mettre la princesse de côté et être seulement la femme de Stefano, et bientôt… sa maîtresse ! Elle bouillait d'impatience.

Stefano mit ses lunettes de ski, et ils partirent, dans une autre direction que la veille. Elle s'efforça de suivre son mari, qui skiait avec grâce, le regard rivé à ses longues jambes puissantes. C'était amusant.

— Merci de ne pas nous avoir emmenés aux Caraïbes. Ici, ce sont des vacances de rêve, pour moi. J'adore le fait que personne ne sache où nous sommes.

— Je ne voulais pas traverser le monde en avion après le marathon de notre mariage.

— Avec tous les voyages que tu fais, je ne suis pas surprise que tu aies eu peur d'un long vol qui n'aurait rien eu à voir avec tes affaires. Moi, je le craignais comme la peste.

— Tu n'aimes pas les vacances à la plage ? demanda-t-il, un sourire dans la voix.

— Pour moi, on ne profite de ce genre de voyage qu'avec son âme sœur.

— Tu es une vraie romantique, ma parole !

— C'est sans doute parce que je lis des romans sentimentaux depuis mon plus jeune âge.

— Comme *Orgueil et Préjugés* ?

— Entre autres.

— Je suppose que je vais devoir le lire.

— Ça pourrait te plaire, dit-elle en riant, un peu essoufflée cependant.

Stefano dut voir qu'elle commençait à peiner, car il ralentit le rythme. Durant quelques instants, ils skièrent en silence. Puis Stefano reprit la parole d'un ton grave :

— Tu sais, j'ai été vraiment désolé pour toi quand tu as accepté de devenir ma femme. Je ne suis que le triste remplaçant de mon frère exceptionnel, qui était préparé à devenir un mari dévoué.

Cependant elle n'avait jamais aimé Alberto, ne l'avait jamais désiré et n'avait jamais rêvé de sentir sa bouche sur la sienne. Stefano ne pouvait pas savoir à quel point elle désirait passer la nuit couchée près de lui, à jouir de ses baisers et de ses caresses. Le simple fait de penser à être dans ses bras la faisait frissonner d'excitation. Peut-être ce soir...

— Il ne sert à rien de revenir sur le passé ni de nous apitoyer. Et puis, en abandonnant ta liberté, tu m'as donné la mienne. Étrange, non ? Je reste un membre de la famille royale mais, pour la première fois, je me sens libre. C'est grâce à toi. J'aime que tu nous laisses le temps de faire connaissance.

Lanza songea soudain que, bientôt, il partirait en voyage d'affaires sans elle. Elle ne supportait pas cette perspective. Du jour au lendemain, elle était tombée amoureuse de Stefano, et elle voulait qu'il l'aime en retour.

— Je regrette la sécheresse du message que je t'avais envoyé.

— Oublions cela aussi. Mon père avait raison quand il disait que je ne regretterais pas de t'avoir épousé.

Elle accéléra pour tâcher d'arriver avant lui sur la crête bordée d'arbres qu'elle voyait au loin. Stefano aurait pu la rattraper et la dépasser en quelques secondes, mais curieusement il prit son temps. Il atteignit la crête bien après elle, alors qu'elle admirait la vue époustouflante sur les cimes enneigées.

— Tu es une vraie athlète, dis donc ! s'exclama-t-il.

— J'avais besoin d'un peu d'exercice. Maintenant, j'ai un petit creux !

Ils retirèrent leurs skis et s'installèrent sur une grande pierre plate au soleil. Ils pique-niquèrent dans ce cadre somptueux. Lanza savoura chaque seconde de ces instants magiques. Ils parlaient peu mais se souriaient, complices.

— Nous avons fait une longue balade, dit Stefano après avoir remis le sac à dos sur ses épaules, et le vent de l'après-midi se lève. Il serait peut-être judicieux de rentrer.

— Tu ne serais pas inquiet pour Fausto, par hasard ? s'enquit-elle pour le taquiner.

— Tu serais surprise si j'admettais que je l'étais ?

— Non, et c'est l'une des raisons pour lesquelles je ne regrette pas de t'avoir épousé.

— Je vais prendre ça pour un compliment.

— C'en est un, répliqua Lanza en chaussant ses skis. Allons-y, je suis prête.

— D'abord, je veux ça..., dit-il en se penchant vers elle.

Il la prit dans ses bras et lui donna un long baiser fougueux qui lui coupa le souffle.

Puis il la relâcha. Lanza s'écarta, pantelante.

— En route ! s'exclama-t-il avec un sourire malicieux.

Durant leur périple vers le pin sous lequel ils avaient déposé Fausto, ils aperçurent des chamois et suivirent du regard les arabesques d'un aigle royal. Mais la féerie cessa subitement lorsque Lanza découvrit que le renardeau n'était plus sur la couverture.

— Il semble que notre plan ait fonctionné, murmura-t-elle en essayant d'évacuer la déception de sa voix.

— Laissons la couverture au cas où, proposa Stefano.

Lanza sentit des larmes lui piquer les paupières.

— Il ne reviendra pas, et c'est normal.

Elle planta ses bâtons dans la neige et se mit en route vers le chalet. Elle avança sans regarder en arrière. Elle détestait que cette journée touche à sa fin. La joie de skier avec Stefano, de le regarder et de l'aimer en secret dans ce monde à part, c'était presque trop pour elle. Elle n'oublierait jamais ces moments, même si elle savait que ses muscles se rappelleraient à son bon souvenir le lendemain – le prix à payer pour avoir essayé de suivre le rythme de Stefano.

Une fois au chalet, Lanza se débarrassa de ses skis et des vêtements de Carla, puis monta dans sa chambre sans attendre Stefano. Elle était à fleur de peau, chamboulée. Stefano, Fausto, l'effort physique, la magie de la journée et des paysages, c'était beaucoup pour elle. Une douche chaude était exactement ce dont elle avait besoin.

En sortant de la salle de bains, elle s'habilla d'un pantalon de laine noir et d'un pull beige. Puis elle sortit avec l'intention de préparer un bon dîner pour son mari et elle. Elle trouva Stefano dans le salon, devant la cheminée et…

Mon Dieu, il est en train de nourrir Fausto !

Elle se précipita vers la boîte en carton et s'agenouilla à côté de Stefano.

— Mais… Qu'est-ce que… ?

— Notre petit renard nous a suivis jusqu'à la maison. Je rentrais dans le chalet quand j'ai entendu des gémissements. Je l'ai vu courir vers moi. Je l'ai laissé entrer et j'ai remonté la boîte.

Des larmes roulèrent sur les joues de Lanza. Stefano glissa un bras autour de ses épaules et la regarda dans les yeux avec une expression qu'elle n'avait jamais vue auparavant et qui l'inonda de chaleur.

— Il sait qu'il est aimé.

Avant qu'elle ne réalise ce qui se passait, la bouche de Stefano s'empara de la sienne – ce dont elle avait rêvé toute la journée. Au plus profond de son être, elle sentit que ce baiser la transformait. Il devint plus profond, plus intense. Lanza était incapable de réfléchir. Elle se laissait emporter, et il pouvait bien l'emmener où il le souhaitait pourvu qu'il ne s'arrête jamais…

Alberto l'avait embrassée à chaque fois qu'ils étaient ensemble, mais cela n'avait jamais ressemblé à ce baiser. Ses lectures, les films qu'elle avait vus, les récits qu'elle avait entendus de ses amies : rien ne l'avait préparée à une telle expérience sensuelle.

Il ne savait pas qu'il changeait son monde en la serrant ainsi contre lui. Elle ne pouvait pas combattre le plaisir qui l'envahissait. Elle glissa les mains contre son torse jusqu'à les joindre contre sa nuque. Stefano lui caressait le dos, les hanches, allumant un brasier en elle. C'était réel, elle ne rêvait pas. Un désir sauvage prenait possession de son corps au contact de celui de son mari, de son odeur, son érection plaquée contre son ventre.

Certes, Lanza était gênée de se sentir aussi vulnérable, une proie facile, mais c'était si bon… Elle ne pouvait se contrôler, et Stefano ne pouvait ignorer l'effet qu'il lui faisait. Pourtant, il mit fin à leur baiser et s'écarta d'elle en douceur. Elle poussa un gémissement de protestation.

— Je suis désolé d'avoir franchi une limite avec toi, Lanza, murmura-t-il en se levant.

— Tu n'as rien franchi, dit-elle en se mettant debout à son tour. J'aurais pu tout arrêter, et tu le sais.

— J'ai promis de t'aider à te sentir à l'aise avec moi.

— Tu ne vois pas que c'est exactement ce qui arrive ?

— Je ne veux pas que tu penses que je profite de toi, ni commettre d'autres erreurs avec toi.

Quelle ironie, juste au moment où elle commençait à apprendre à vivre comme lui dans l'instant ! C'était du moins ainsi qu'elle avait l'intention d'agir jusqu'à ce qu'ils quittent le chalet. Pour l'instant, il lui était possible d'imaginer que Stefano pouvait l'aimer comme elle l'aimait. Une fois qu'ils seraient de retour dans le monde réel, tout serait différent...

Sans répondre à Stefano, Lanza gagna la cuisine pour préparer le dîner. Son mari réinstalla Fausto en bas, puis informa Lanza qu'il allait se doucher et se changer. Tandis qu'elle cuisinait, elle tâcha de ne pas penser à son grand corps viril et musclé nu dans la salle de bains...

— Tu pourrais ouvrir un restaurant, Lanza, tu sais ? déclara Stefano après avoir reposé sa fourchette.

Son assiette était vide, et il n'avait cessé, presque à chaque bouchée, de la complimenter, sur sa bruschetta d'abord, puis sur ses fettuccines au saumon. Elle servit le café. Son compagnon était incroyablement séduisant avec son pantalon bleu marine et son pull blanc. Aucun homme de Domodossola ou d'Umbriano ne lui arrivait à la cheville en termes de charisme et de pure beauté.

— Un restaurant... C'est un de mes rêves depuis quelque temps, mais d'un genre un peu particulier.

— C'est-à-dire ?

— Récemment, j'ai poussé mon père à faire construire une

soupe populaire dans l'ouest de la ville, à côté des nouveaux logements sociaux. Il pense que c'est une bonne idée, mais il y a d'autres besoins qui sont prioritaires. En tant que nouveau gendre, tu pourrais peut-être essayer de l'influencer, non ? J'aimerais au moins le lancer et le faire fonctionner jusqu'à ce que je forme une équipe pour prendre le relais.

Il la dévisagea d'un air surpris.

— Tu aimerais vraiment prendre ce genre de responsabilité ?

— Oui, tout comme j'aimerais m'occuper de ceux qui ont travaillé toute leur vie mais se retrouvent démunis à la retraite, ou ont eu un accident du travail, comme Duccio ; tu sais, l'ami invalide qui m'a appris à jouer aux cartes.

— Alberto ne m'a jamais dit que tu étais un philanthrope dans l'âme.

— On ne peut pas vivre dans ce monde sans voir ce qui ne va pas. Et être membre de la famille royale, née avec une cuillère en argent dans la bouche, me donne des devoirs.

— De quoi parliez-vous, mon frère et toi ? De ce genre de sujets ?

— Oui, mais aussi d'éducation, de politique... Tu savais qu'il aurait voulu devenir astrophysicien ?

Sa question amena une expression triste sur le visage de Stefano.

— Il avait reçu un télescope à un anniversaire. Il l'avait installé dans sa chambre et regardait tout le temps le ciel. C'était sa passion. Il aurait dû être autorisé à poursuivre ses études scientifiques.

— Maintenant, il est au paradis, où il apprend des choses étonnantes.

— J'aimerais le croire.

Lanza le fixa en fronçant les sourcils.

— Tu ne crois pas en une vie après la mort ?

— Toi, oui ?

— Bien sûr ! Ce monde magnifique n'aurait pas été créé pour que tout s'arrête une fois vécue notre vie ici-bas. Ce que nous y avons appris, nous le transmettons à l'autre monde.

Une nouvelle fois, Stefano se dit que Lanza était la femme la plus intrigante qu'il ait jamais rencontrée. Elle était riche, complexe, profonde, et il n'en avait même pas effleuré la surface.

Il avait également découvert qu'elle était la femme la plus désirable qu'il avait croisée – et il en avait croisé beaucoup au fil des ans... La manière fougueuse, animale et sensuelle avec laquelle elle avait répondu à ses baisers l'avait secoué au plus profond de son corps, bouleversé au plus profond de son cœur.

Cet élan de passion bien réel avait été partagé ; toutefois, il n'aurait pas dû lâcher ainsi la bride à son désir alors qu'il avait promis du temps à Lanza avant d'envisager la moindre forme d'intimité. À sa décharge, l'alchimie entre eux était si forte que rompre leur étreinte lui avait demandé un effort surhumain.

Après avoir rangé, ils jouèrent de nouveau aux cartes, dans une ambiance gaie et détendue. Lanza gagna la première manche, lui les deux suivantes. Il lui proposa une dernière manche, ce qu'elle accepta de bon cœur.

— Tu joues beaucoup lors de tes tournées dans les mines d'or ? lui demanda-t-elle.

— Presque jamais. Je mange et je dors après avoir travaillé vingt heures par jour.

— Est-ce que les épouses viennent avec leur mari quand les managers et les dirigeants font la tournée des exploitations ?

— Non. Une mine d'or n'est pas un cadre très glamour, et il n'y a en général rien autour.

— Donc tu ne m'emmèneras jamais ?

Cela le touchait que Lanza ait envie de venir avec lui, mais le monde de l'exploitation minière était rude, masculin et offrait peu de distractions.

— Tu ne serais pas heureuse, répondit-il en secouant la tête. Une mine n'est pas un endroit intéressant si tu n'y travailles pas.

— Alors, trouve-moi un emploi ! Ton travail est si important pour toi que j'aimerais être impliquée, si c'est possible. Le temps passerait plus vite si nous étions ensemble lors de tes voyages professionnels. Qu'en dis-tu ?

Stefano ne pouvait pas croire ce qu'il entendait. Lanza était décidément une femme surprenante !

— Et si tu tombais enceinte ?

— Alors je voyagerais avec toi jusqu'à ce que je ne puisse plus.

— Ta famille ne serait pas d'accord.

— Tu es mon mari, répondit-elle avec malice. C'est toi que j'ai juré d'honorer.

Il se dit qu'après tout c'était possible. Lanza tenait beaucoup à sa liberté, et Stefano pourrait sans doute influencer son beau-père pour qu'il accepte que sa femme voyage avec lui de temps en temps. Il adorerait cela !

Il était tellement excité à la perspective d'emmener Lanza avec lui autour du monde qu'il avait relâché sa concentration : il se fit écraser aux cartes.

— Puisque j'ai gagné, tu dois me trouver un job lors de ta prochaine visite dans l'une de tes mines ! s'exclama-t-elle d'un ton enjoué.

— Ce sera en Argentine.

— Je n'y suis jamais allée, mais j'ai étudié l'espagnol.

— Je te promets de voir ce que je peux faire.

Elle se leva du sol.

— Ça a été une journée merveilleuse. Bonne nuit, Stefano.

Il ne voulait pas qu'elle aille déjà se coucher mais, après avoir mis fin à leur langoureux baiser, juste avant le dîner, il ne pouvait s'en prendre qu'à lui-même. Il ne protesta pas lorsqu'elle quitta le salon.

Elle n'avait pas protesté non plus lorsqu'il avait évoqué la perspective d'avoir un enfant. C'était certes dans l'ordre naturel des choses : les deux royaumes attendaient désormais un héritier ou une héritière. Toutefois, elle aurait pu lui faire remarquer qu'elle avait besoin de temps. L'idée d'avoir un bébé avec elle l'excitait.

Avant Lanza, il repoussait toute possibilité de mariage et de paternité. Leur union l'avait fait changer. En profondeur. Plus il y pensait, plus il admettait qu'il avait été lâche. Pour la première fois de sa vie, il se sentait honteux de s'être enfui. Il avait laissé à Alberto et à sa sœur le poids des responsabilités. À son grand regret, son attitude avait eu de tristes conséquences.

Lanza croyait sans doute qu'il ne voulait pas d'enfants. C'était sa faute : il avait clairement indiqué qu'ils vivraient des vies séparées quand il n'aiderait pas son beau-père à gérer le royaume de Domodossola. Quel égoïste il avait été ! Il avait heurté ses sentiments, et il devait se rattraper.

Alors qu'il se préparait à se mettre au lit, Stefano comprit qu'il lui faudrait du temps pour réparer les dégâts qu'il avait occasionnés par son attitude. Or il n'avait qu'une envie : la prendre de nouveau dans ses bras et l'embrasser à perdre haleine...

Après une nuit agitée, Stefano se leva tôt. Il emmena Fausto dehors, où le renardeau put manger et jouer, puis il prépara un copieux petit déjeuner. Ne voulant pas frapper à la porte de Lanza pour la réveiller, il retourna dans sa chambre et lut ses messages sur son ordinateur. Enzo lui avait écrit :

Salut, Stefano. L'électricité sera rétablie d'ici la fin de la journée. Pas encore de nouvelles concernant la réouverture de la route. J'espère que vous allez bien.

Stefano sourit. Ils allaient plus que bien. Mais il savait ce que son ami lui demandait entre les lignes. La dernière fois qu'ils avaient eu une discussion sérieuse, Enzo avait compris que Stefano était en train de mourir de l'intérieur parce qu'il devait épouser la fiancée de son défunt frère. Il était désespéré d'avoir à affronter des vacances au soleil avec une femme qu'il ne pourrait jamais aimer. Comme Lanza, il avait toujours été d'avis qu'un séjour idyllique sur une île paradisiaque ne se concevait que si l'on était amoureux.

Il l'avait amenée au chalet parce que c'était le cadeau de mariage qu'il avait prévu pour Alberto, mais il n'aurait jamais imaginé que Lanza aurait aimé être ici. Il avait même craint de s'ennuyer. C'était incroyable de voir à quel point il s'était trompé sur toute la ligne ! Rien ne se déroulait comme il l'avait imaginé.

Tu es un ami formidable ! C'est une bonne nouvelle. Tiens-moi au courant. Merci. S.

Il ne faisait aucun doute qu'Enzo serait surpris en recevant ce courriel. Un jour, Stefano se confierait à lui sur ses sentiments réels quant à son mariage.

Il continua à faire défiler ses messages, jusqu'à ce qu'il constate qu'Alicia lui avait répondu :

Dis-moi que ce n'est pas vrai que tu es marié, Stefano ! J'ai demandé au directeur, et il m'a confirmé la nouvelle, sans m'en dire plus. Je ne comprends pas.

Toutes ces années, Stefano avait gardé secrète son identité, sauf pour ses directeurs de sites. Malheureusement, Alicia semblait ne pas vouloir lâcher prise.

Alicia, je suis marié à une femme que j'ai rencontrée très récemment. C'était soudain et je suis heureux. J'espère qu'avec le temps tu seras heureuse, toi aussi.

Il décida que c'était le dernier message qu'il lui envoyait : si elle lui écrivait de nouveau, il ne lui répondrait pas.

Stefano retourna dans le salon. Lanza était là, lumineuse dans son pantalon beige et sa blouse imprimée. Il ne pouvait pas détacher les yeux de sa silhouette, de sa magnifique chevelure. Elle l'avait arrangée en une natte floue, ce qui lui donnait l'air plus jeune que ses vingt-trois ans.

— Bonjour. Bien dormi ?

— Super !

Il sortit du four les deux assiettes garnies qu'il y avait laissées au chaud.

— Le petit déjeuner est servi ! lança-t-il en posant les assiettes sur la table, avant d'apporter le café.

— Je me suis réveillée avec les muscles comme du bois, raconta Lanza en s'asseyant. Raquettes, ski de fond, mon corps crie grâce ! Aujourd'hui, je vais m'allonger près du feu et lire.

— Bonne idée. Je dois faire quelques réparations au chalet. Le vent a abîmé certains volets et une fenêtre du sous-sol.

Ils mangèrent les œufs brouillés et la saucisse que Stefano

avait préparés. Il était heureux de voir que l'appétit de Lanza était intact.

— Où est Fausto ? demanda-t-elle.

— Dehors, quelque part. Je crois qu'il va bien. Et Enzo m'a écrit. Nous sommes censés avoir de l'électricité d'ici ce soir.

— J'ai entendu ça à la radio. Mais ils n'ont toujours pas dégagé la route ensevelie sous cette avalanche.

— Si tu as hâte de partir, Enzo fera venir un hélicoptère pour nous.

— Oh ! non ! s'écria-t-elle aussitôt. Je veux dire... C'est-à-dire... À moins que tu ne supportes plus ta captivité.

Cette protestation de Lanza, venue du fond du cœur, puis l'embarras qui avait suivi étaient significatifs selon Stefano – même si elle avait essayé d'atténuer tout cela par une petite plaisanterie. Encore une preuve qu'elle aimait cet endroit autant que lui. Cela lui révélait une autre vérité : il avait tellement apprécié les moments d'intimité et de complicité passés avec sa si séduisante épouse qu'il ne voulait plus bouger de son endroit préféré.

10

Même si Lanza ne voulait pas quitter le chalet, elle était gênée d'avoir réagi si viscéralement. Mais plus ils resteraient à l'écart de tout le monde, plus elle serait heureuse. Une fois de retour au palais, les pesanteurs du monde s'abattraient sur eux. Ici, elle avait Stefano pour elle seule.

Elle craignait qu'il ne puisse jamais l'aimer comme elle l'aimait, cependant elle chérissait le fait que ce serait probablement le seul moment de sa vie où ils auraient cette sorte d'intimité, cette proximité. Il était incroyable que personne ne sache où ils étaient à part Enzo. S'ils étaient piégés ici encore un mois, elle adorerait cela.

Après avoir débarrassé la table avec Stefano, elle retourna dans sa chambre pour prendre son roman d'espionnage. Stefano sorti pour vaquer à ses occupations, elle s'allongea sur le canapé pour lire. Hélas ! Elle était incapable de se concentrer. Des bribes de ses conversations avec Stefano lui trottaient dans la tête, chacune lui donnant un aperçu de sa personnalité.

Du coin de l'œil, Lanza voyait leur arbre de Noël, celui que Stefano avait rapporté à la maison pour elle alors que rien ne l'y obligeait. La couverture était toujours posée devant la cheminée. C'était là qu'il l'avait embrassée. Son corps palpitait encore des divines sensations qu'elle avait ressenties. Comme dans les contes de fées de son enfance, elle avait vécu le premier « baiser de l'amour » et ne s'en remettrait jamais. Elle avait été transformée. Grâce à Stefano.

Au milieu de l'après-midi, Lanza se leva du canapé. Elle finirait son roman une autre fois. Le vacherin et le gruyère qu'elle avait vus dans le réfrigérateur l'appelaient. Elle allait préparer une fondue au fromage qu'ils pourraient manger avec le pain qu'elle avait repéré dans le congélateur.

Stefano était dehors depuis longtemps et nul doute qu'il rentrerait affamé. Sa réserve de vin comprenait du kirsch, parfait pour ajouter de la saveur à la fondue.

Lanza avait toujours aimé cuisiner, mais ne l'avait jamais fait jusqu'à présent. Bien sûr, Stefano savait se préparer à manger et s'était débrouillé seul pendant des années. Mais cela la rendait heureuse de pouvoir faire sa part de travail domestique alors qu'ils étaient coupés du monde.

Lorsqu'il la rejoignit dans la cuisine, il découvrit ce qu'elle avait préparé.

— Miam ! De la fondue ! J'adore ça.

— Tu as fait tout ce que tu avais à faire ?

— Oui. Et l'électricité est revenue, j'ai éteint le générateur. Je vais me laver et je reviens.

Lanza dressa la table. Quand Stefano revint, ils s'installèrent devant la cocotte odorante, qu'un petit feu maintenait au chaud.

— Un festin de roi ! s'exclama joyeusement Stefano.

— C'est ce que tu seras un de ces jours, tu ne l'as pas oublié, j'espère ?

— J'essaie, murmura-t-il.

Quelle idiote ! Il s'était battu pour ne pas avoir à honorer ses fonctions royales, il avait été obligé de renoncer à sa liberté, et elle remuait le couteau dans la plaie !

— Je suis désolée, Stefano. Je n'aurais pas dû dire cela.

— Et moi, je n'aurais pas dû réagir ainsi. Dis-moi, reprit-il d'un ton plus gai, comment as-tu su que la fondue était mon plat préféré après une journée dehors dans la neige ?

— C'est aussi le mien ! Qui garnit tes placards et ton congélateur, ici ?

— J'ai une femme de ménage, Angelina, qui vit en ville. Elle travaille pour moi depuis cinq ans. Quand je lui ai demandé de faire quelques courses pour moi parce que j'amenais ma femme au chalet pour notre lune de miel, elle m'a dit de la laisser s'en occuper.

— Tu as déniché une vraie pépite ! J'espère que tu lui donneras une grosse prime pour avoir prévu autant de bonnes choses.

— Elle voulait que ce soit spécial pour toi.

— C'est réussi !

Le regard de Stefano tint le sien prisonnier pendant un long moment.

— Je vais lui dire ce que tu as dit. Elle sera très touchée.

Ils terminèrent la casserole de fondue en un rien de temps. Lanza proposa d'aller en préparer une autre, mais Stefano insista pour le faire, même s'il affirma que sa fondue ne serait pas aussi bonne que la sienne.

— Pendant ce temps, je vais aller voir si Fausto est de retour.

Elle descendit et se dirigea vers la porte. Quand elle l'ouvrit, elle n'eut même pas le temps d'appeler le petit renard que celui-ci bondissait déjà à l'intérieur. Il rampa dans sa boîte. Quel changement par rapport au jour où ils l'avaient trouvé à moitié mort !

— Où qu'il soit allé, il était prêt à revenir à la maison ! annonça-t-elle à Stefano en haut des escaliers.

— Enzo va en faire une tête en le voyant ! s'exclama-t-il.

Lanza eut la gorge serrée à l'évocation d'Enzo. Parce que Stefano avait été forcé de l'épouser, il ne pourrait pas voir son meilleur ami aussi souvent qu'avant. Non seulement ses devoirs royaux allaient le limiter dans son activité professionnelle, mais il allait aussi vivre à Domodossola.

Ils ne pouvaient disposer de leur vie égoïstement.

Après la mort d'Alberto, Lanza avait cru à la liberté. Ses parents auraient pu choisir de marier l'une de ses sœurs avec un des princes qu'ils avaient sélectionnés, mais ils avaient insisté pour qu'elle épouse le frère de son défunt fiancé.

Personne à part sa tante Ottavia n'avait jamais su ce qu'elle avait vraiment ressenti à propos de ses fiançailles avec Alberto, ni à quel point elle avait été proche de s'enfuir pour ne jamais revenir. Seule Ottavia, en lui promettant qu'un jour elle trouverait un homme qu'elle pourrait aimer, l'avait aidée à surmonter son vague à l'âme.

Ironiquement, les paroles de sa tante avaient été prophétiques : Lanza était tombée profondément amoureuse de l'homme qu'elle avait épousé. Ses yeux se remplirent de larmes. Et s'il ne pouvait jamais lui rendre son amour ? Tant pis pour ses fantasmes de princesse coupée du monde avec son prince ; si elle continuait à jouer à ce jeu dangereux, ce serait à son propre détriment.

Quand elle annonça à Stefano qu'elle allait se coucher, après qu'ils eurent rangé la cuisine, il tourna vers elle une expression interloquée.

— Tu ne peux pas partir ! Je comptais faire un Scrabble avec toi.

En constatant qu'il avait encore envie de passer du temps avec elle, son moral remonta en flèche.

— Alors gare à toi ! Je suis forte en orthographe.

Ils jouèrent longtemps. À la fin de la dernière partie, Stefano se leva, fit le tour de la table et posa les mains sur ses épaules.

— J'aime être avec toi, quoi qu'on fasse, murmura-t-il en se penchant vers son oreille.

Elle se leva et se lova dans ses bras. Il l'embrassa, mais ce fut un court baiser, presque chaste. Trop en tout cas pour Lanza, qui était en feu. Stefano avait dit qu'il voulait aller lentement, mais c'était ridicule alors que, de toute évidence, elle était en demande de plus. Plus de sensualité. Plus de caresses. Elle se dit qu'elle devrait trouver un moyen d'accélérer les choses.

— Dors bien, Stefano, dit-elle avec un sourire, avant de se diriger vers sa chambre.

À partir de maintenant, elle ferait tout pour le charmer, jusqu'à lui faire comprendre qu'elle était tellement à l'aise avec lui qu'elle était prête à entrer dans son lit et à y rester...

Pendant la semaine qui suivit, ils passèrent leurs journées ensemble, se préparant des petits plats, s'occupant de Fausto, faisant de longues promenades à ski. Lanza aimait chaque minute partagée avec Stefano. Ils virent toutes sortes d'animaux sauvages, dont un élan, firent la course (son mari gagna à chaque fois), s'embrassèrent dans des décors somptueux.

Quand ils revenaient au chalet, ils dînaient et s'étendaient devant la cheminée pour jouer à un jeu de cartes ou de société. Ils s'embrassaient de nouveau, mais jamais cela n'alla plus loin.

Ce matin-là, lorsque Lanza arriva dans la cuisine, Stefano l'attendait, toujours aussi craquant. Il était d'une beauté et d'une élégance à se damner ! Mais il semblait un peu différent, et elle comprit vite pourquoi :

— Enzo m'a appelé. La route a été suffisamment déneigée pour qu'il puisse arriver jusqu'ici avec ma voiture.

Stefano semblait si heureux que le cœur de Lanza sombra dans sa poitrine. Elle saisit une pomme et la croqua pour masquer sa déception.

— Quand doit-il venir, que je sache quand je dois commencer à faire mes valises ?

— Je voulais en parler avec toi. Tu veux faire le tour en voiture au bord de la Méditerranée que j'avais prévu pour nous ?

Lanza réprima un gémissement de contrariété. Elle ne supportait pas qu'il ait envie de partir.

— Je ferai tout ce que tu veux.

Il plissa les yeux, mais ne releva pas la note amère dans sa voix.

— Nous déposerons Enzo à son bureau et Fausto au refuge pour animaux sauvages. Ensuite, je t'emmènerai dans un de mes restaurants préférés et nous parlerons de notre avenir proche.

— Cela signifie-t-il que nous allons de nouveau avoir des gardes du corps ? Parce que les gens vont nous reconnaître et notre secret sera éventé.

Elle détestait cette idée. Ils avaient été si bien seuls ici, loin du monde !

— Pas si nous portons nos tenues de ski et nos lunettes de soleil. On aura l'air de touristes. En sortant de la ville, nous allons laisser notre petit renard au refuge. Je vais faire un don pour qu'ils s'occupent de lui.

Lanza se sentait affreusement mal. C'était la fin de son idylle, de la période la plus heureuse de sa vie. La réouverture de la route marquait la fin de ces quelques jours au paradis.

— Rappelle Enzo, je vais commencer à faire mes valises.

Le cœur si lourd qu'elle aurait préféré mourir, Lanza se précipita dans sa chambre et commença à jeter des affaires dans sa valise. Elle termina en un rien de temps puisqu'elle n'avait emporté que des vêtements pour un voyage dans les Caraïbes.

Après avoir fait le lit, elle natta ses cheveux, de manière à être encore moins reconnaissable. Elle enfila une tenue de ski de Carla et porta ses affaires jusqu'à l'escalier. Stefano était dans la cuisine. Il avait fait du café. Il remplit une tasse et la lui tendit.

— Enzo sera là d'une seconde à l'autre. Bois ton café pendant que je descends tes affaires. Les miennes sont déjà en bas, avec la maison de Fausto, ajouta-t-il avec un clin d'œil.

Il disparut dans les escaliers. Lanza poussa un long soupir. Son regard tomba sur l'arbre de Noël dans le coin du salon. Son cœur se serra. Des images de tous les moments excitants qu'ils avaient partagés dans cette grande pièce chaleureuse l'assaillirent. Si elle ne voulait pas sombrer dans la mélancolie, elle devait trouver un moyen d'oublier.

Lorsqu'elle fut en bas des marches, elle perçut la voix d'Enzo, puis celle de Stefano. À les entendre, les deux hommes semblaient ravis de se voir. Elle ouvrit la porte d'entrée et se félicita aussitôt d'avoir pensé à mettre ses lunettes de soleil : la lumière réverbérée par la neige était éblouissante.

— *Buon giorno*, Enzo !

Il était en costume cravate, sa tenue de travail, songea-t-elle.

— Bonjour, Lanza. Je dois admettre que, si je n'avais pas su que c'était vous, je ne vous aurais pas reconnue dans cette tenue.

— C'est à cause de mes nattes, plaisanta-t-elle.

— Peut-être, dit-il avec un sourire. Je suis désolé que vous ayez dû attendre si longtemps pour être secourus.

— Comme vous avez séjourné dans ce chalet de nombreuses

fois, vous imaginez bien que notre séjour n'a pas été une épreuve trop pénible.

Stefano mit le carton de Fausto sur la banquette arrière du 4x4. Aucun homme sur la planète n'était aussi séduisant dans des vêtements de ski que son mari.

— Allez, en route ! lança-t-il en fermant à clé la porte d'entrée.

Lanza s'assit à l'arrière. Stefano s'approcha d'elle.

— Tu ne viens pas devant avec moi ?

Elle boucla sa ceinture de sécurité.

— Si ça ne te dérange pas, j'aimerais être près de Fausto jusqu'à ce que nous devions lui dire au revoir.

— Bien sûr.

Il ferma la porte puis se glissa derrière le volant. Enzo s'installa sur le siège passager. Stefano mit le contact et appuya sur une petite télécommande pour ouvrir le portail.

Voilà, c'est fini...

Lanza puisa dans ses réserves de courage, de dignité et de pudeur pour ne pas s'effondrer en sanglots. Elle jeta un œil à l'intérieur de la boîte de Fausto, qu'elle imaginait anxieux.

— Nous t'emmenons dans un endroit où tu seras en sécurité et où l'on prendra soin de toi, mais tu vas me manquer.

Enzo lui posa des questions à propos du renardeau, auxquelles elle répondit de bon cœur tandis que Stefano manœuvrait avec brio sa puissante voiture dans la neige.

Elle ouvrit de grands yeux quand ils atteignirent la zone de l'avalanche. La coulée était impressionnante. Une douzaine d'hommes équipés de véhicules spécialisés travaillaient à dégager complètement la route. Une fois passé ce tronçon, beaucoup moins de neige recouvrait la route, voire plus du tout à l'approche d'Umbriano, capitale du royaume éponyme, où la circulation était plus importante.

Stefano s'arrêta devant la banque où Enzo travaillait, en centre-ville. Avant de descendre, celui-ci se pencha vers Lanza et posa la main sur la sienne.

— Ma femme et moi espérons vous voir bientôt.

Puis il se tourna vers Stefano, et les deux amis s'embrassèrent.

Enzo leur sourit avant de sortir, puis se dirigea vers son lieu de travail avec un grand geste de la main.

— Et maintenant, au tour de Fausto, déclara Stefano. Ensuite, on pourra prendre tout le temps qu'on voudra pour manger et discuter de la suite.

— *Bene*, put seulement répondre Lanza, le cœur lourd.

Le grand bâtiment moderne, construit à l'orée du bois, portait un panneau indiquant « *Rifugio Faunistico di Umbriano* ». Stefano se gara sur le parking réservé aux visiteurs et descendit. Lorsqu'il ouvrit la portière arrière pour prendre la boîte, Lanza lut de l'anxiété sur ses traits et un peu de tristesse dans son regard. Elle se sentait en deuil, mais moins à cause de Fausto que de la fin de son intimité féerique avec Stefano.

Si seulement il savait à quel point elle l'aimait...

Lanza sortit à son tour et le précéda pour lui ouvrir la porte – il avait les deux mains prises. Il posa la boîte sur le long comptoir d'accueil, derrière lequel se tenait un homme d'une soixantaine d'années qui portait des lunettes et une blouse de laboratoire. Stefano lui expliqua la raison de leur présence.

— Charmant petit bonhomme. Où l'avez-vous trouvé ?

De toute évidence, l'homme ne les avait pas reconnus, sinon il se serait adressé à Stefano en l'appelant « Votre Altesse ». C'était bon signe.

— Sur le Monte Viso, au-dessus de la zone avalanche, juste après la tempête.

— Il était mourant, renchérit Lanza. Nous l'avons nourri, il a repris des forces et nous l'avons ramené à l'endroit exact où nous l'avions trouvé, mais il est revenu vers nous.

— Il a goûté à votre nourriture. C'est normal.

— Pouvez-vous le réintroduire dans son milieu naturel ? demanda Lanza.

Le vieil homme fit un signe de tête.

— C'est notre travail. Nous ferons tout notre possible.

Stefano fit glisser quelques billets sur le comptoir.

— Ma femme et moi aimerions contribuer à l'œuvre de votre fondation. Et nous souhaiterions prendre de ses nouvelles de temps à autre.

— Bien sûr.

— Il s'appelle Fausto, annonça Lanza.

Le renardeau leva la tête en entendant son nom, ce qui fit rire l'homme derrière le comptoir.

— Il a déjà été baptisé ?

— Ma femme est très attachée à lui, intervint Stefano.

— Je le vois bien, mais ce ne serait pas l'animal de compagnie idéal, vous savez ! Quoi qu'il en soit, vous l'avez amené au bon endroit.

— C'est mon vœu le plus cher, murmura Lanza, avant de s'excuser et de prendre congé.

Elle regagna la voiture, bientôt suivie par Stefano. Le temps qu'il arrive, elle était en larmes, le visage enfoui dans les mains. Elle sentit le bras de Stefano l'entourer et la tirer contre lui. Il lui embrassa les cheveux.

— Je sais exactement ce que tu ressens. On appellera dans quelques jours pour savoir comment Fausto s'en sort.

— Merci.

Bouleversée par la tendresse de Stefano, elle essuya ses larmes et quitta l'abri de ses bras, même si son désir le plus cher était d'y rester pour toujours. Il démarra et, au bout de quelques kilomètres, prit un petit chemin et s'arrêta dans la cour d'une ferme.

— Nous n'allons pas au restaurant ? demanda Lanza, étonnée.

— J'ai pensé que tu aimerais peut-être faire une promenade en traîneau avant de manger, alors je me suis permis de tout organiser.

Lanza battit des mains, heureusement surprise.

— Comme c'est excitant !

— Je savais que nous serions tous les deux bouleversés de quitter Fausto, et j'ai pensé que nous apprécierions une petite distraction pour ne plus penser à lui.

Un homme âgé sortit de la grange. Il les fit monter dans un

traîneau, auquel étaient attelés deux chevaux. Il leur fournit des couvertures et ils partirent dans les bois.

— C'est une merveilleuse surprise, Stefano, murmura Lanza, le cœur battant. Merci.

Chaque minute passée avec son mari la rapprochait de lui. Après une demi-heure traîneau, Lanza avait les joues rouges et des étoiles dans les yeux. Ils remercièrent le vieux fermier, puis Stefano les conduisit au Ristorante Alasso, un élégant établissement où elle mangea le meilleur antipasti à la burrata de sa vie, de délicieux raviolis et d'exquis cannolis.

Lorsqu'elle eut avalé la dernière bouchée de son dessert, Stefano lui demanda, souriant :

— Tu te sens mieux ?

— Quelle question ! C'était succulent !

— Mais ça n'a pas enlevé la tristesse de ton regard.

Il se pencha en avant et la regarda intensément.

— Je vais être honnête avec toi. Si Fausto n'avait pas eu besoin d'attention, et si j'avais été certain que c'était aussi ton souhait, j'aurais dit à Enzo de ne pas venir nous chercher avant la fin des deux semaines. J'adore être au chalet, et encore plus y être avec toi.

— Tu es sérieux ? s'écria-t-elle, si heureuse qu'elle ne trouvait pas ses mots.

— Oui ! Nous ne sommes même pas encore allés skier sur les pistes, et la station de Monte Viso n'est qu'à vingt minutes de chez moi. Mais peut-être que tu en as marre de la neige...

Elle percevait dans chaque cellule de son corps la sincérité et l'envie de Stefano. Et elle était déjà folle d'excitation à la perspective d'être isolée avec lui pendant une semaine supplémentaire.

— Je préfère de loin le ski à la Méditerranée, déclara-t-elle. Allons faire des provisions !

Les étincelles qui crépitèrent alors dans les prunelles sombres de Stefano firent voler dans le ventre de Lanza des milliers de papillons.

Lanza s'était toujours demandé ce que cela ferait de vivre quelque chose d'aussi ordinaire que se promener dans un magasin avec l'homme qu'on aime.

Être avec Stefano était une aventure qui la ravissait sans relâche. Ils rirent et plaisantèrent en planifiant leurs repas pour la semaine. Ils finirent par acheter plus de nourriture que nécessaire, mais Stefano affirma qu'il valait mieux avoir trop que pas assez.

À sa grande surprise, il acheta une douzaine de bouteilles d'une bière locale et artisanale. Sa préférée, lui avoua-t-il, la mettant au défi de la goûter. Euphorique comme elle l'était, Lanza ne pouvait rien lui refuser.

— J'en boirai ce soir.

— Pendant qu'on joue au Scrabble, d'accord ? Tu n'iras pas te coucher trop tôt ?

Elle n'en avait pas l'intention, mais sa requête la toucha d'une manière qu'il n'aurait pas crue possible.

— Promis.

— Je vais t'y obliger, dit-il d'une voix rauque, qui s'infiltra dans chaque pore de sa peau et lui donna la chair de poule.

Ils chargèrent la voiture et reprirent la route en direction du chalet. Au bout de quelques minutes, arrêté à un feu rouge, Stefano se tourna vers elle :

— Que dirais-tu d'aller voir si Fausto va bien ?

— Rien ne me ferait plus plaisir, répondit Lanza, touchée qu'il lui ait fait cette suggestion. Mais je pense que nous devons couper le cordon.

— Ainsi parle aussi mon moi rationnel, répliqua-t-il avec humour. Oh ! tant que j'y pense, jette un coup d'œil à la dernière photo dans mon téléphone.

Il lui tendit l'appareil. Lanza trouva une adorable photo de Fausto, qui regardait par-dessus le bord de sa maison en carton. Elle en eut les larmes aux yeux.

Stefano… Je t'aime, je t'aime.

11

Ce soir-là, Stefano dressa la table sur une couverture près de la cheminée avec toutes sortes de friandises. Ils avaient acheté une pizza qu'ils pourraient réchauffer. Il ouvrit deux bouteilles de bière et installa le plateau de Scrabble pour jouer pendant qu'ils grignotaient.

Après une belle après-midi de ski, ils étaient fatigués. Lanza portait ses cheveux lâchés, et c'était ainsi qu'il les préférait. Il était heureux d'une manière difficile à exprimer. Il était dans son endroit préféré sur terre et ne pouvait rêver meilleure compagnie féminine que celle de Lanza. Jour après jour, son désir pour elle s'était accru. Il avait déjà été sexuellement attiré par d'autres femmes, mais jamais de cette manière. Tout avec Lanza était différent. Elle l'excitait intellectuellement autant que physiquement, et il s'inquiétait de savoir quels étaient véritablement ses sentiments pour lui.

Il ne pouvait pas dire si elle était prête à être aimée jusqu'à l'extase mais, avant la fin de la semaine, il avait l'intention de lui montrer et de lui dire à quel point il la désirait. La question n'était plus d'être à l'aise l'un avec l'autre, ils étaient bien au-delà de ce cap, désormais. S'il apprenait qu'elle ne faisait que le « tolérer » – et avec lui les relations sexuelles inhérentes au mariage –, alors les choses devraient changer. Ils auraient une longue discussion sur la meilleure façon de la rendre heureuse. Lanza ne méritait pas de vivre en cage, si c'était encore ce qu'elle ressentait par rapport à leur mariage.

— Comment trouves-tu cette bière ? lui demanda-t-il tandis qu'elle reposait sa bouteille après en avoir bu une gorgée.

— Délicieuse. Sincèrement. Moi qui pensais ne pas aimer la bière, c'est une surprise.

Stefano la dévisagea en plissant les yeux. *Elle* était la surprise. La voir skier aujourd'hui et constater à quelle vitesse elle s'était améliorée après quelques conseils avait été une autre révélation pour lui. Il avait compris que sa femme pouvait tout faire, et que sa compagnie était... vivifiante !

— Tu es fatiguée ?

— C'est de la bonne fatigue, due au ski. D'ailleurs, tu es très impressionnant. Tu as surpassé tout le monde sur la piste, aujourd'hui. Tu es sûr que tu n'étais pas dans l'équipe de ski d'Umbriano, dans une autre vie ? ajouta Lanza avec une petite moue amusée.

Il rit.

— Non, mais cela a été le cas d'Alberto pendant une saison.

— Je l'ignorais. Mais toi... Je vais te préparer pour les prochains Jeux olympiques, plaisanta-t-elle en se mettant debout.

Elle commença à ranger. Stefano s'assombrit : il n'était pas prêt à voir la soirée se terminer déjà.

— La vaisselle peut bien attendre, protesta-t-il.

— Toi aussi, tu es fatigué. Il vaut mieux nous débarrasser maintenant de la corvée. Après la bière, je n'aurai plus le courage.

— Esclavagiste ! grommela-t-il dans sa barbe.

Stefano la suivit dans la cuisine avec les denrées qui devaient aller au frigo. Alors qu'elle se tenait devant l'évier pour charger le lave-vaisselle, il ne put résister à l'envie de lui glisser les bras autour de la taille. En une seconde, son projet de la courtiser lentement pendant quelques jours était parti en fumée. Il tira Lanza contre lui.

— J'ai eu envie de faire ça toute la journée.

Il la fit pivoter face à lui. Son regard bleu azur le happait.

— J'ai besoin de t'embrasser avant de devenir fou.

Sans lui laisser le temps de répondre, il posa la bouche sur la sienne. Il avait tellement faim d'elle qu'il mourait d'envie de la dévorer. Quand Lanza s'agrippa à lui comme si sa vie en dépendait, il comprit qu'elle le désirait aussi fort que lui la désirait.

Incapable de mettre fin à ce qui se passait entre eux, il la prit dans ses bras et la porta jusqu'à l'un des canapés. Il s'y allongea contre elle. Elle tremblait. Ses mains et sa bouche sur son corps le rendaient fou. Leurs caresses devenaient de plus en plus osées, de plus en plus excitantes. Stefano se rendit compte qu'il n'allait pas pouvoir s'en contenter longtemps.

Mais soudain, à son grand dam, Lanza s'écarta de lui et se leva, haletante.

Il s'assit.

— Je t'ai blessée ? demanda-t-il.

— Non, ce n'est pas ça.

— Si, je crois. Je vais trop vite ?

— Non, répéta-t-elle en secouant la tête. J'ai adoré ce moment bien plus que je ne l'aurais cru. Mais je suppose que j'ai encore besoin d'un peu plus de temps.

— C'est ce dont j'avais peur.

— Ce n'est pas que je ne veux pas faire l'amour, Stefano, mais tout cela va si vite.

— C'est vrai. Mais il m'a semblé que les choses avaient changé.

— Tu sais bien qu'elles ont changé, mais… Nous ne sommes pas pressés, n'est-ce pas ?

— Bien sûr que non.

Stefano soupira. Ils étaient dans cette situation à cause de son stupide message, un an auparavant. Or l'homme qui avait écrit ces mots avait disparu. Maintenant, il voulait repartir de zéro. Une lance qui lui aurait percé le corps n'aurait pas pu faire plus de dégâts – et c'était sa faute.

— Nous avons la vie entière pour tout arranger, reprit-il en se levant du canapé. Et il y a une chose que je sais déjà sur toi, c'est que je pourrai toujours compter sur ton honnêteté.

Même si cela devait prendre du temps, Stefano était déterminé à gagner le cœur de sa femme. Elle était un prix au-delà de tous les autres. Le temps était tout ce qui lui restait maintenant qu'il était son mari. Il fallait espérer que leur mariage durerait toute leur vie.

— J'ai confiance en toi, moi aussi, lui retourna-t-elle avec un charmant sourire. Et maintenant, si tu veux bien m'excuser, je vais me coucher. Bonne nuit, Stefano.

— Bonne nuit, Lanza.

Il la suivit des yeux tandis qu'elle disparaissait au fond du couloir. Quelle femme étonnante ! Et ils s'entendaient et se complétaient à merveille, que ce soit pour faire la cuisine, s'occuper de Fausto, jouer aux cartes ou simplement discuter. Il aimait qu'elle soit sportive mais aussi passionnée et brûlante lorsqu'elle était entre ses bras. Elle n'avait pas beaucoup d'expérience, sans doute devrait-il trouver un moyen de lui faciliter les choses. Bon sang, il avait tellement envie de faire l'amour avec elle !

Le lendemain, après une journée de ski, ils iraient dîner dans leurs tenues de vacanciers. Ensuite, il l'emmènerait danser, ce qui lui donnerait l'occasion de la prendre dans ses bras et de serrer contre le sien son corps si désirable.

Quand il se glissa dans son lit, après une douche rapide, il se dit que, la prochaine fois, ce ne serait peut-être pas seul...

Lanza se jeta en travers de son lit et fondit en larmes la tête dans son oreiller.

Se retrouver allongée dans les bras de Stefano l'avait conduite aux portes du paradis. Mais elle s'était brusquement souvenue que Stefano ne l'aimait pas, que son cœur n'était pas impliqué dans le plaisir qu'il lui dispensait. Son corps s'était raidi, glacé, et elle avait rompu l'étreinte. Elle avait été incapable de supporter l'idée qu'il lui fasse l'amour alors qu'il n'était pas amoureux d'elle. Il serait préférable qu'elle garde ses distances avec lui, et surtout qu'elle ne succombe pas à ses propres désirs. Il ne l'emmènerait jamais dans une de ses mines, et elle passerait une partie de sa vie dans la douleur chaque fois qu'il partirait en voyage d'affaires.

Les choses seraient plus faciles une fois de retour au palais, se dit-elle. Le problème, c'était la perspective de passer le reste de la semaine seule avec Stefano ; et, paradoxalement, il n'y avait rien qu'elle voulait plus au monde que rester indéfiniment ici avec lui.

Tu es folle, ma pauvre fille !

Donetta lui répéterait que l'amour n'existait pas, l'inciterait à profiter de l'instant, à se faire plaisir, surtout avec un mari aussi sublime que Stefano.

Fausta aurait un point de vue différent. Elle lui dirait qu'il n'y avait aucune raison de ne pas prendre un amant, qu'il n'était pas naturel d'être obligée de croupir dans un mariage sans joie. Elle avait raison, mais Lanza ne se voyait pas être infidèle. Comment tromper un homme comme Stefano ? Elle ne pourrait être que déçue.

À 4 heures du matin, Lanza se réveilla en sursaut. Elle s'était endormie tout habillée. Dehors, le vent s'était levé. Il gémissait autour du chalet et faisait craquer les arbres. Elle se précipita dans la salle de bains pour se déshabiller et enfiler sa chemise de nuit, puis elle se brossa les dents et se recoucha.

Lorsqu'elle ouvrit un œil, Lanza entendit que le vent avait forci. L'écran de son téléphone lui apprit qu'il était 10 heures du matin. Elle gagna la fenêtre. Le ciel s'était assombri. Cela signifiait qu'une autre tempête était en route, donc que leur journée de ski tombait à l'eau : les remontées mécaniques ne pouvaient pas fonctionner avec de telles rafales.

Elle se prépara et se dirigea vers la cuisine, avide d'une pâtisserie et d'un jus de fruits. Lorsqu'elle ouvrit le réfrigérateur, elle constata que les restes de pizza avaient disparu – sans doute le petit déjeuner de Stefano, probablement sorti après avoir mangé.

Lanza s'installa dans le salon avec sa nourriture. Leur sapin de Noël n'avait pas l'air en forme, nota-t-elle. Elle marcha jusqu'à la baie vitrée tout en grignotant sa brioche. Elle ne se lassait pas de la vue spectaculaire sur les montagnes, surtout avec les nuages qui s'accrochaient au relief comme pour les effacer du décor.

Peut-être que, si Stefano n'avait pas d'autres plans pour la journée, elle pourrait lui demander de lui montrer l'immense carte sur laquelle étaient répertoriées ses mines et de lui parler de chacune. Elle l'admirait d'avoir développé cette activité et d'avoir ainsi enrichi son royaume.

Alors qu'elle se retournait, il entra dans le salon, vêtu d'un jean et d'un pull. Il avait un regard tourmenté.

— Bonjour, Lanza. Je suis content que tu sois debout, lui dit-il d'une voix grave qui prouvait que quelque chose n'allait pas. J'étais sur le point de te réveiller.

— Que se passe-t-il ? demanda-t-elle, le cœur battant la chamade.

Sa bouche se crispa, et deux rides apparurent de chaque côté.

— Je travaillais sur mon ordinateur ce matin quand j'ai reçu un message d'alerte du directeur de ma mine à Zacatecas, au Mexique. Un effondrement s'est produit dans un couloir et a piégé quelques mineurs. Je dois partir. J'ai fait préparer mon jet.

Non ! Son pouls s'emballa.

— Mon Dieu, c'est terrible ! Ces hommes, leurs familles... Comment puis-je t'aider ?

— J'ai contacté Enzo. Il sera là dans deux heures pour t'aider à fermer le chalet et te conduire à l'aéroport pour que tu rentres à Domodossola.

— Ne t'inquiète pas pour moi, je vais me débrouiller.

Il poussa un long soupir.

— Ce n'est pas comme ça que j'avais imaginé le reste de la semaine...

— C'est un accident, Stefano. Ce genre de choses arrive, Stefano. Je comprends, ne t'en fais pas.

— Oui, je sais. Et je t'en remercie. Prends ton téléphone, je vais te donner le numéro d'Enzo et celui du bureau principal de la mine, au cas où tu ne pourrais pas me joindre sur mon portable.

Cela fait, il alla chercher sa valise. Lanza descendit avec lui.

Quand il ouvrit la porte d'entrée, une bourrasque s'engouffra à l'intérieur, et elle chancela sous sa violence. Ils se précipitèrent vers la voiture.

— Tu crois que tu vas pouvoir décoller ? demanda-t-elle, anxieuse.

Il posa sa valise sur le siège arrière, puis se tourna vers elle.

— Oui, ça ira. Ne t'inquiète pas. Je t'appellerai dès mon arrivée pour te donner des nouvelles.

— Sois prudent.

— Tu m'enlèves les mots de la bouche, *signora* Casale.

Il lui donna un long baiser gourmand, puis il s'installa au volant et ferma la porte. Elle le regarda partir à travers ses larmes, et rentra dans le chalet où elle avait connu les plus grands bonheurs de sa vie.

Le baiser de Stefano l'avait réduite à la femme malade d'amour qu'elle s'efforçait à tout prix de ne pas devenir. Une partie d'elle avait espéré qu'il lui demande de l'accompagner au Mexique – c'était ridicule, n'est-ce pas… ? Maintenant, son mari était parti avec son cœur ; dans cet état, pas question de retourner au palais.

Installée devant la cheminée, Lanza appela sa tante Ottavia. Tout le monde croyait que Stefano et elle étaient en lune de miel dans les Caraïbes jusqu'à la fin de la semaine. Si elle passait du temps avec sa tante à Rome, personne n'en saurait donc rien. Avec un peu de chance, Stefano serait de retour dans quelques jours et ils pourraient rentrer ensemble à Domodossola.

La sœur aînée de sa mère, qui était aussi la meilleure amie de Lanza, répondit à la deuxième sonnerie.

— *Pronto* ?

— *Zia* Ottavia ? C'est Lanza.

— Lanza ! Tu m'appelles des tropiques ?

— Non. C'est une longue histoire, mais il ne faut pas en dire un mot. Tu accepterais de recevoir une visite ?

— Quand ?

— Aujourd'hui. Je t'expliquerai plus tard.

— Tu sais bien que tu viens quand tu veux, ma chérie.

— Merci d'être aussi merveilleuse, répondit Lanza, au bord des larmes. Je ne serai pas chez toi avant le soir. Je t'embrasse, *zia*.

En cherchant sur Internet, elle trouva un avion pour Rome à 16 h 30 et fit la réservation – chaque membre de la famille royale avait une identité pour voyager incognito en cas de besoin. Si Enzo n'avait pas de retard, elle aurait son vol.

Elle prépara ses affaires, rangea le chalet et fit un peu de ménage. Lorsque Enzo arriva, à l'heure, il fit un tour du chalet pour vérifier que tout était fermé et en ordre, puis il chargea les affaires de Lanza dans sa voiture.

— Stefano a beaucoup de chance d'avoir un ami comme vous, lui dit-elle en bouclant sa ceinture de sécurité. J'apprécie vraiment votre aide.

— Je suis ravi de pouvoir être là pour lui. Il était très inquiet à l'idée de vous laisser seule ici.

— C'est moi qui suis inquiète : un accident dans une mine, c'est dramatique en général. Si quelqu'un devait y perdre la vie, il serait dévasté.

— J'ai découvert au fil des années que Stefano pouvait faire face à n'importe quelle situation.

À l'aéroport, Enzo l'accompagna jusqu'au comptoir d'enregistrement. Galant, il portait ses bagages.

— Vous en avez fait assez pour moi, Enzo. Vous n'avez pas à rester davantage.

— J'ai promis à Stefano d'attendre que vous ayez embarqué. Je lui ai dit que je m'arrangerais pour que quelqu'un du palais vienne vous chercher.

— Non, Enzo ! s'écria-t-elle. Ce ne sera pas nécessaire, merci. En fait, je m'envole pour Rome où je vais voir ma tante.

Les yeux d'Enzo s'écarquillèrent.

— S'il vous plaît, ne vendez pas la mèche, supplia-t-elle. Quand Stefano m'appellera, je lui dirai que je suis à Rome. J'espère qu'il sera de retour à temps pour que nous arrivions tous les deux au palais ensemble.

— Je vois. Vos désirs sont des ordres, Votre Altesse.

Lanza éclata de rire.

— Je croyais avoir été claire : pas de « Votre Altesse » ! Depuis mon mariage, j'ai oublié ce que recouvrait mon titre. Si j'avais eu le courage de dire à mon père que je ne voulais pas vivre cette vie de princesse, je serais partie depuis longtemps, comme Stefano.

Enzo semblait perplexe tout à coup, comme s'il venait de comprendre quelque chose à son sujet. Tandis qu'ils marchaient vers les portes d'embarquement, Lanza décida qu'elle pouvait se confier un peu plus à lui.

— Stefano et moi avons dû renoncer à nos rêves quand nous avons été forcés de nous marier, mais nous avons élaboré une solution qui donne autant de liberté que possible à chacun pour vivre sa vie. Cette union aurait pu signifier la fin du bonheur pour nous, mais nous avons trouvé le moyen parfait de nous en arranger, et je ne pourrais pas être plus heureuse.

Elle s'interrompit et sourit à l'ami de Stefano.

— Je crois qu'il est heureux, lui aussi. Bien sûr, je peux me tromper. Vous êtes son ami depuis toujours, vous serez meilleur juge que moi.

Au moment où elle termina sa tirade, les haut-parleurs annoncèrent que l'embarquement pour Rome était ouvert. Elle embrassa Enzo sur la joue.

— Merci d'être un ami aussi précieux pour Stefano. Il vous aime comme un frère. Moi, je n'oublierai jamais votre gentillesse.

Il était plus de 8 heures du soir lorsqu'un des employés de la mine récupéra Stefano à l'aéroport. Il le conduisit directement sur le site d'exploitation, qui se trouvait sur un haut plateau, à près de deux mille cinq cents mètres d'altitude. La température était proche de zéro. Des dizaines de mineurs et de membres de leurs familles patientaient à l'extérieur des bureaux de la compagnie minière Casale quand il entra. Il se rendit dans la salle de réunion, où l'attendaient les responsables.

José Ortega, l'ingénieur en chef, l'informa de la situation. Des équipes d'ouvriers étaient à pied d'œuvre depuis la catastrophe, se relayant pour tenter de rejoindre les trois victimes coincées dans un tunnel. Ils devraient sans doute travailler toute la nuit. Les responsables de la sécurité essayaient toujours de comprendre pourquoi la structure s'était effondrée.

Stefano était déterminé à découvrir pourquoi toutes leurs précautions pour éviter un tel accident avaient échoué. Jusqu'à présent, cela ne s'était jamais produit dans aucune de ses mines. Il était fier de cela et ne pouvait imaginer sa réaction s'il devait y avoir des pertes humaines.

Il s'installa dans le bureau directorial, où il pourrait éventuellement dormir sur un lit de camp dans la pièce du fond. À son grand soulagement, Alicia n'était pas là. Il se mit au travail.

Il examina les plans de la partie de la mine où l'effondrement s'était produit. De nombreux facteurs entraient en jeu, notamment la résistance et le poids du sol, sa porosité, le taux d'humidité… Il vérifia également les facteurs environnementaux, comme les conditions météorologiques. Il découvrit que, deux mois plus tôt, des mouvements tectoniques avaient affecté la fosse d'Acapulco et la dorsale de Tehuantepec. Sa mine aurait pu être impactée. Dans ce cas, la responsabilité de son entreprise n'était pas en cause. Mais ce qui le préoccupait pour l'instant, c'était le sort des trois mineurs coincés sous terre.

À 23 heures, un responsable entra pour lui faire un point sur la situation, stable. Quand il ressortit, Stefano téléphona à Enzo : il voulait savoir comment cela s'était passé avec Lanza avant d'appeler celle-ci.

— Désolé, Enzo, je sais qu'il est tard, je lève à peine les yeux de mon ordinateur.

— Comment vas-tu ? Les mineurs sont sauvés ?

— Pas encore, on y travaille. Tout s'est bien passé avec Lanza.

— Oui, elle va bien. Elle n'est pas du tout la personne que je croyais…

Stefano se raidit, soudain inquiet.

— C'est une bonne ou une mauvaise nouvelle ?

Enzo éclata de rire.

— Qu'est-ce que tu crois ? Elle est vraiment très chouette, Stefano. Simple, drôle, rien à voir avec ce que j'avais imaginé.

Il ferma les yeux et sourit en imaginant Lanza plaisanter avec son ami.

— Je te suis redevable, *amico.*

— Bonne chance, et rentre sain et sauf à la maison. *Ciao.*

Après avoir raccroché, soulagé par les paroles d'Enzo, il appela Lanza. Elle décrocha immédiatement.

— Stefano ? Est-ce que ça va ? Et les mineurs ? le mitrailla-t-elle d'une voix anxieuse.

— Oui, c'est Stefano et, oui, je vais bien. Quant aux mineurs, ils sont trois et il est difficile de les atteindre. Cela pourrait prendre plus de temps que je ne l'avais espéré.

— Tu sais ce qui s'est passé ?

— Oui, des mouvements de terrain autour de la plaque d'Amérique centrale il y a quelques mois, rien qu'on aurait pu prévoir.

— Dieu merci, tu n'es pas responsable !

— On dira quand même que c'est ma faute, mais ce n'est pas ce qui m'inquiète le plus. Je veux que mes mineurs s'en sortent sains et saufs.

— Je comprends, murmura Lanza.

— Tes parents ont dû être surpris de te voir arriver plus tôt que prévu et sans moi. Tu veux que j'envoie un message à ton père pour lui expliquer ?

— Surtout pas ! s'écria-t-elle, d'une voix suppliante.

Stefano fronça les sourcils.

— Pourquoi pas ?

— Je ne suis pas rentrée chez moi. J'ai pris l'avion pour Rome. Je suis dans la villa de ma tante Ottavia. Je l'adore. Elle est merveilleuse avec moi. J'ai l'intention de rester ici jusqu'à ton retour. Je t'attendrai à l'aéroport de Domodossola et nous reviendrons ensemble au palais.

Elle avait déjà évoqué avec lui la possibilité d'aller chez sa tante. Enzo n'avait pas dû pouvoir, ou vouloir, l'en dissuader. Sa femme avait décidément une sacrée personnalité !

— Je suis content de te savoir en sécurité et heureuse. J'essaierai de revenir aussi vite que possible.

— Merci d'avoir appelé. Je vais prier pour que ces hommes en sortent vivants.

Ces paroles lui mirent les larmes aux yeux.

— Merci beaucoup, Lanza. J'espère te voir bientôt. *Buona notte, sposa mia.*

Les journées qui suivirent furent longues et angoissantes, et les nuits courtes et agitées. Mais, juste avant de s'endormir sur son petit lit de camp, Stefano repensait à ces moments passés dans les bras de Lanza, sur le canapé du chalet. Pendant ces instants magiques, suspendus, elle avait été toute sa vie. Et peut-être devrait-il commencer à envisager qu'elle le soit *tout le temps.*

12

Même si Lanza adorait passer du temps avec sa tante, elle avait Stefano à l'esprit chaque seconde. À part deux SMS disant qu'ils étaient toujours à la recherche des mineurs ensevelis, elle n'avait pas eu d'autres nouvelles.

Le cinquième jour, elle n'en pouvait plus. Elle devait lui parler ! Elle appela d'abord Enzo, qui n'avait pas non plus de nouvelles fraîches.

Lanza craignait que Stefano ne décide de descendre dans la mine. Elle savait pertinemment qu'il n'avait pas peur du danger. L'idée de le perdre était trop horrible pour être envisagée. Si seulement elle pouvait entendre sa voix...

Après avoir dîné avec Ottavia, elle lui téléphona depuis sa chambre. Elle tomba sur sa boîte vocale. Lanza raccrocha. Ne rien savoir lui était de plus en plus insupportable.

Sur un coup de tête, elle composa le numéro qu'il lui avait donné en cas d'urgence, celui du bureau de la mine. Après plusieurs sonneries, une voix féminine lui répondit :

— *Bueno* ?

— *Buenos dias, señora*. Y a-t-il quelqu'un dans votre bureau qui parle anglais ? J'ai besoin d'informations.

— *Sí.*

— Je dois parler au *señor* Casale, s'il vous plaît.

— *No disponible*, dit la femme d'une voix sèche.

Les notions d'espagnol de Lanza lui permirent de comprendre que Stefano n'était pas là. Elle serra son téléphone plus fort.

— Je suis la *señora* Casale. Pouvez-vous lui demander de m'appeler quand il le pourra ?

Elle aurait pu jurer qu'une bonne demi-minute s'était écoulée avant qu'elle n'entende la femme lui répondre :

— *Sí.*

Puis son interlocutrice lui raccrocha au nez.

Furieuse et frustrée de n'avoir toujours aucune information, Lanza reposa son portable. La situation était peut-être aussi désespérée qu'elle le craignait...

Elle ne dormit pratiquement pas cette nuit-là. Si elle n'avait pas de nouvelles de lui le lendemain, songea-t-elle, elle verrait si son père pouvait obtenir des réponses. Peu importait que le secret de leur voyage de noces soit éventé, elle devait savoir.

Stefano se dit que les prières de Lanza avaient peut-être porté leurs fruits. Six jours après l'effondrement, les trois hommes avaient été ramenés vivants à la surface, sous les acclamations et au milieu des larmes de joie.

À peine les hommes conduits à l'hôpital, où ils resteraient quelques jours en observation, Stefano commença à préparer son départ. Enfin, il allait pouvoir s'envoler pour Rome et retrouver sa femme. Six jours loin d'elle, c'était trop long. Il s'était habitué à sa présence joyeuse, à sa vivifiante compagnie.

En route vers l'aéroport, il lui téléphona.

— Stefano ! s'écria-t-elle en décrochant. J'étais folle d'inquiétude. Dieu merci, cette femme à ton bureau t'a transmis mon message !

— Que veux-tu dire ? s'étonna-t-il. Quelle femme ?

— J'ai téléphoné hier soir et une femme m'a répondu. Elle m'a dit que tu n'étais pas disponible. Je lui ai dit que j'étais ta femme et demandé de te dire de me rappeler.

Alicia...

Il savait qu'elle était dans les parages, mais il l'avait soigneusement évitée. Elle s'était vengée en ne lui donnant pas le message de Lanza.

— J'étais difficile à coincer, je n'ai fait que courir à droite et à gauche. L'important, c'est que les hommes sont tous sains et saufs. Je suis en route pour Rome.

Elle ne répondit pas tout de suite, et il se demanda si elle était contente qu'il la retrouve en Italie.

— Quand penses-tu atterrir ? demanda-t-elle après une éternité.

— Vers 18 heures d'après le plan de vol du pilote de mon jet. Tu me rejoins à l'aéroport ?

— Bien sûr !

Stefano avait un nœud dans le ventre. Lanza ne semblait pas enthousiaste, sur la réserve. Était-elle nerveuse parce qu'ils allaient devoir retourner au palais pour commencer leur vie royale ensemble ? Il aurait adoré qu'ils puissent profiter encore de deux semaines de liberté seuls dans son chalet !

— Comment va ta tante ?

— Elle se porte à merveille. Nous avons toujours été proches.

— Tu l'inviteras au palais pour qu'on passe du temps tous les trois.

— Avec joie ! Au fait, ajouta-t-elle, d'une voix soudain plus animée, j'ai appelé le refuge. L'homme qui a accueilli Fausto m'a expliqué qu'il s'était bien adapté. Hier, il l'a emmené dans les bois. Ce matin, il n'était pas revenu.

— Cela signifie qu'il va vivre sa vie, maintenant. Comment te sens-tu ?

— Fausto est de retour chez lui. Que demander de plus ?

Stefano décela une pointe de tristesse sous le soulagement de Lanza. Il la comprenait. Lui aussi s'était attaché au renardeau.

— J'arrive au pied de mon jet, annonça-t-il tandis que le chauffeur engageait le véhicule sur le tarmac. Je vais devoir raccrocher.

— Tu as un long vol qui t'attend.

— Je crois que je vais rattraper mon sommeil en retard ! Ensuite, nous dînerons ensemble dans le jet entre Rome et Domodossola. À ce soir, *cara mia*.

Il raccrocha, sortit du véhicule puis, après avoir salué et

remercié le chauffeur, grimpa dans son jet. Il s'entretint quelques instants avec ses pilotes et son steward avant de s'installer dans un siège pour le décollage. Dès qu'ils eurent atteint leur altitude de croisière, il gagna la chambre installée au fond de l'appareil.

Lorsque le steward toqua à sa porte, Stefano dormait profondément. Et il avait dormi durant tout le vol, car l'appareil entamerait bientôt sa descente sur Rome. Il se rasa, se rafraîchit et enfila un costume gris. Puis il se prépara pour l'atterrissage.

À la seconde où l'appareil s'immobilisa, Stefano bondit de son siège. Lorsque le steward ouvrit la porte, il se précipita au-dehors.

Comme par magie, Lanza sortit au même moment du taxi garé à proximité. Elle était suprêmement élégante dans son tailleur à revers et ourlet en dentelle. Elle portait une barrette de perles et le collier qu'il lui avait offert. La princesse Lanza Rossiano était de retour, songea-t-il. Elle était encore plus belle que dans ses souvenirs. Son regard bleu s'accrocha au sien, et il en eut le souffle coupé.

Stefano aurait voulu la serrer dans ses bras à lui faire perdre haleine, mais la pudeur l'en empêcha. Il se contenta de l'embrasser sur la joue et de lui prendre le coude pour la guider vers la passerelle.

— Viens. Notre dîner nous attend.

Il l'aida à monter les marches et à s'installer. Le steward lui apporta son manteau et ses bagages. Dès qu'ils purent détacher leurs ceintures, comme le vol entre Rome et Domodossola n'était pas très long, le steward leur servit un dîner à base de pâtes et de crevettes.

— Ma tante m'a dit que, pendant notre absence, mes parents ont fait rafraîchir le deuxième étage de l'aile est du palais pour nous. Il y a trois chambres, une cuisine, un salon, un bureau, une terrasse, et deux salles de bains. C'est leur cadeau de mariage.

— C'est très généreux de leur part.

— D'après ce que sait Ottavia, le résultat est superbe !

— Je…, commença Stefano, mal à l'aise. J'ai besoin de ton avis.

— Je t'écoute, répondit Lanza, l'air intrigué.

— Je dois aller en Argentine après-demain. Le timing est terrible, puisque je viens de rentrer du Mexique, mais cette rencontre avec mes ingénieurs à Puerto San Julian, dans le nord-ouest du pays, était prévue avant la mort d'Alberto et ne peut être décalée.

Il attendit la réaction de Lanza, anxieux. Il savait que c'était une surprise qu'il reparte si tôt.

— Mon père ne voudrait pas que tu changes tes plans.

Et toi, Lanza ? avait-il envie de lui demander.

— Nous avons mis en place un nouveau procédé, qui augmente la pureté de l'or par électrolyse, expliqua-t-il. Je ne vais pas t'ennuyer avec les détails techniques mais, en utilisant un courant électrique, il est possible de séparer le métal de ses impuretés.

— Ça a l'air compliqué.

— Il faut surtout du temps, des calculs, des expériences pour s'assurer que le procédé donne entière satisfaction. Des ingénieurs du Chili, de Bolivie et des États-Unis ont participé à ce projet. C'est la phase finale et je dois être là pour superviser le tout. Je sais que ton père veut me voir pour discuter des responsabilités qu'il attend que je commence à assumer. Je crains qu'il ne soit offensé lorsque je lui dirai que j'ai un engagement et que je ne pourrai pas tout de suite lui consacrer ni consacrer à Domodossola beaucoup de temps.

Elle finit son café avant de répondre :

— Il comprendra. Combien de temps seras-tu parti ? Quatre ou cinq semaines ?

— Ça pourrait être aussi long, en effet.

— Alors, dis-lui la vérité. De cette façon, il n'aura pas d'attentes auxquelles tu ne pourras répondre.

Stefano hocha la tête.

— C'est un excellent conseil. Je suis désolé d'avoir à te quitter si tôt après nos retrouvailles.

Elle le fixa avec intensité, sans qu'il réussisse à savoir ce qu'elle pensait.

— Nous savions que telle serait notre vie.

Oui, il le savait, mais il n'avait pas prévu d'être fou de sa femme...

— Que feras-tu pendant mon absence ?

— Ce que je fais depuis des années : organiser des événements caritatifs pour récolter des fonds. Actuellement, mes efforts se portent sur des foyers pour les sans-abri. Comme je te l'ai déjà dit, je travaille aussi sur des projets de logements sociaux, dont un est presque terminé, et je souhaite faire construire un bâtiment pour distribuer de l'aide alimentaire. J'essaie de me faire donner un terrain, je noue des contacts avec des gens désireux de soutenir ces causes.

Stefano avait le sentiment que ce n'était pas la même femme que celle avec laquelle il était au chalet. C'était comme si elle avait levé entre eux une barrière qu'il ne pouvait pas franchir.

Plusieurs fois, Lanza lui avait dit que sa sœur Donetta, qui voulait régner, ferait un grand souverain. Or Stefano n'avait aucun doute que le fait que Lanza serait une reine formidable.

— Tout à l'heure, j'ai téléphoné au secrétaire particulier de ton père, Marcello, pour lui dire que nous arrivions sous peu.

— J'aurais adoré arriver à l'improviste, mais tu as bien fait. Ce geste te mettra dans les bonnes grâces de mon père, qui déteste les surprises.

— Le mien aussi. D'autres conseils à me donner ?

— Tu n'en as pas besoin. Tu sais ce qu'il m'a dit quand il m'a appris que tu avais demandé ma main ? « Le prince Stefano fera un excellent mari pour toi. Son brillant sens des affaires est respecté dans le monde entier et a contribué à enrichir son pays. Et puis c'est le fils de Basilio. » Dans sa bouche, il ne peut y avoir plus grand éloge.

Mais Stefano savait que si Lanza avait cru son père, ce qui n'était pas certain, elle avait changé d'avis dès qu'il lui avait envoyé ce stupide et froid message, qui l'avait profondément blessée. En repensant à ce qu'il lui avait écrit, il était écrasé par la honte. Quel manque de tact et de délicatesse !

Le panneau « Attachez vos ceintures » se mit à clignoter. Lanza lui sourit.

— Nous sommes presque à la maison. Bonne année, Stefano.

Le serveur apporta un café à Lanza. Elle terminait un dîner de travail avec Matteo Fontana, le jeune et beau businessman qui supervisait pour sa fondation la construction des logements sociaux. Plus tôt dans la journée, elle avait visité en sa compagnie un tout nouveau centre d'hébergement de trois étages pour personnes à faibles revenus. Elle appréciait beaucoup de travailler avec lui.

— C'est vraiment fabuleux, s'exclama-t-elle à nouveau en repensant au bâtiment. Vous avez tout accompli en laps de temps tellement court ! Je suis stupéfaite. Quand avez-vous dit qu'il serait opérationnel ?

— Dans une semaine, Altesse. Je suis content que vous soyez satisfaite. Nous sommes heureux de nous impliquer dans de telles réalisations.

— Avez-vous eu l'occasion de jeter un coup d'œil à mes projets de bâtiments pour accueillir les soupes populaires ? Je travaille encore pour boucler le financement, mais qu'en pensez-vous ?

— Je les ai passés en revue avec mon architecte. Ils sont parfaits, en plus de répondre à de réels besoins. Si vous me donnez le feu vert, ils pourront être sortis de terre dans un délai de six mois.

— Ce serait merveilleux ! Je vais organiser une autre collecte de fonds dans les deux prochaines semaines. J'espère que les dons nous permettront d'aller plus loin et que je pourrai vous annoncer très vite une bonne nouvelle.

À sa grande surprise, Matteo se leva tout à coup, le regard fixe, le corps raide.

— Votre Altesse !

Lanza plissa le front, déconcertée. À qui s'adressait-il ainsi ? Elle se retourna sur sa chaise et faillit pousser un cri en découvrant Stefano debout derrière elle. Il était à couper le souffle dans son costume bleu marine, un léger sourire aux lèvres, son regard ténébreux dardé sur elle.

Elle avait du mal à réaliser que c'était bien son fabuleux mari qui se tenait là, dans le restaurant où elle venait de dîner. Il n'était parti en Argentine que depuis dix jours et ne devait pas revenir avant au moins trois semaines !

— Stefano…, murmura-t-elle en se levant.

Le regard pénétrant de son mari se posa un instant sur Matteo avant de revenir sur elle.

— J'ai terminé mon projet plus tôt que prévu et je me suis dépêché de rentrer. Marcello m'a dit que je te trouverais ici.

Lanza était en état de choc, les jambes flageolantes. Non seulement il était rentré en avance, mais il avait cherché à la revoir au plus vite.

— Laisse-moi te présenter Matteo Fontana, bégaya-t-elle. Un entrepreneur dynamique qui supervise les projets de logements sociaux pour ma fondation.

— C'est un honneur de vous rencontrer, Votre Altesse, déclara Matteo.

Elle constatait combien Matteo était intimidé non seulement parce que Stefano était le prince héritier, mais parce qu'il avait une aura et un charisme qui le distinguaient des autres hommes.

— Ma femme m'a beaucoup parlé de ses projets. Je suis heureux de rencontrer celui qui la seconde si efficacement.

— C'est un privilège pour moi de travailler avec Son Altesse. C'est l'une des personnes les plus brillantes que j'ai jamais rencontrées.

— Merci, Matteo, balbutia Lanza, touchée par cet adorable compliment.

— Je suis entièrement d'accord avec vous, affirma Stefano, avant de se tourner vers elle : As-tu fini ton dîner d'affaires ou dois-je revenir te chercher plus tard ?

— Nous avons terminé, Votre Altesse, s'empressa de lui assurer Matteo. Je vais prendre congé.

— Merci pour tout, Matteo, dit Lanza en lui souriant.

— Tenez-moi au courant de vos collectes de fonds. Dès que vous serez prête, je donnerai à Marco le feu vert pour commencer à dessiner les plans.

— Vous parlez des soupes populaires ? demanda Stefano.

Matteo acquiesça d'un signe de tête.

— Tu as accompli beaucoup de choses pendant mon absence, lui dit son mari d'un ton admiratif.

— Votre épouse déborde d'énergie et d'idée. C'est tellement facile de travailler avec elle ! Vos Altesses, je vous souhaite une bonne fin de soirée.

— C'était un plaisir. *Buona notte*, Matteo.

Ce dernier quitta le restaurant. Stefano posa la main au creux des reins de son épouse.

— Retournons au palais, si tu es d'accord. J'ai une limousine qui nous attend.

Ils traversèrent le restaurant. Lanza retrouvait son odeur, qu'elle aimait tant et qui lui faisait tourner la tête. Son désir pour lui était hors norme. À l'arrière de la limousine, il s'assit à côté d'elle. Le soleil venait de se coucher, c'était cet instant magique où les lumières de la ville s'allumaient.

— Comment s'est passé ton voyage en Argentine ?

— Bien. Comme tout se déroulait à merveille, j'ai senti que je pouvais partir plus tôt que prévu.

Il tourna la tête vers elle et la dévisagea d'un air inquisiteur.

— Depuis combien de temps connais-tu ce Matteo Fontana ?

Lanza cilla, surprise par sa question.

— Nous nous sommes rencontrés il y a environ un an, lors d'un dîner officiel au palais.

— Tu le vois souvent ?

— Assez, oui. Nous travaillons en étroite collaboration. Je l'ai vu des dizaines de fois l'année dernière et presque tous les jours depuis une semaine.

— Tu t'es rendu compte qu'il est fou de toi ? Et je n'ai pas vu d'alliance à son doigt...

Elle faillit éclater de rire tant elle trouvait incongrue cette manifestation de jalousie de la part d'un homme comme Stefano. Était-il possible qu'il soit possessif et qu'il soit revenu en avance de son voyage d'affaires pour cette raison ? Le pouls de Lanza s'accéléra.

— Il n'est pas marié.

— Et il m'a semblé qu'il avait oublié que tu étais mariée, du moins jusqu'à ce qu'il me voie marcher vers votre table.

— Qu'est-ce qui te fait penser ça ?

— Il te dévorait des yeux. Je ne suis pas sûr que ce soit une bonne idée que vous dîniez en tête à tête.

Lanza hocha lentement la tête sans répondre. Au fond d'elle, elle avait deviné que Matteo avait le béguin pour elle, mais elle le savait trop respectueux pour tenter quoi que ce soit de déplacé ou d'inconvenant. Ce qui la surprenait le plus, c'était ce côté dominateur chez Stefano, qu'elle n'avait jamais perçu auparavant.

Lanza avait souvent pensé à sa courte conversation avec la Mexicaine, lorsqu'elle avait appelé le bureau de la mine. Stefano avait noyé le poisson, sans jamais lui dire qui était cette femme. Une ancienne maîtresse ? Ses pensées vagabondaient. Une hypothèse naquit dans son cerveau tandis que la limousine fendait la ville nocturne : et si ce qui excitait Stefano, c'était qu'il ne l'avait pas encore conquise ? Et s'il était revenu plus tôt d'Argentine pour « terminer le travail », incapable de rester sur un échec quand il s'agissait de séduire une femme ?

Elle n'eut pas le temps de creuser cette théorie, car la limousine avait atteint le palais. Stefano l'aida à sortir, et ils gagnèrent leurs appartements, qu'ils avaient découverts une dizaine de jours auparavant, à leur retour de Rome. Ils avaient dormi dans deux chambres séparées – Stefano devait se lever tôt et avait beaucoup de travail avant son départ pour l'Argentine.

Ce soir, c'était différent...

Elle n'avait pas eu le loisir de s'en inquiéter ou de s'en réjouir, car Stefano était d'une humeur étrange, qu'elle ne comprenait pas – sauf si elle avait raison et qu'il n'avait pas aimé la voir avec un autre homme... Cela avait-il fait ressortir son côté égocentrique ? Et maintenant, il était d'humeur possessive.

Il enleva sa veste de costume et défit les boutons du haut de sa chemise, laissant apparaître quelques poils noirs. Après avoir remonté ses manches jusqu'aux coudes, il se pencha devant la cheminée pour remettre des bûches dans l'âtre. Le feu crépita et les flammes illuminèrent la semi-obscurité de la pièce, faisant danser les personnages et animaux de la scène de chasse représentée sur la grande tapisserie murale.

Lanza reposa les yeux sur le physique athlétique de Stefano. Elle devait lutter contre l'irrésistible attraction qui la poussait vers lui, ce qui mobilisait toute son énergie. Elle s'agrippa au dossier du canapé rond en velours près duquel elle se tenait.

— Pourquoi n'as-tu pas téléphoné pour dire que tu arrivais ce soir, Stefano ? demanda-t-elle d'une voix douce.

Il cessa de tisonner le feu et se releva. Il se tourna vers elle, les mains sur les hanches, dans une attitude incroyablement virile.

— Je voulais te faire une surprise et t'inviter à dîner.

— Cela aurait été génial. J'étais complètement abasourdie quand Matteo a dit : « Votre Altesse ».

— Il n'était pas ravi de me voir.

— Tu as tort. C'est juste que tu es tellement impressionnant pour tout le monde. Tu intimides les gens, y compris ton meilleur ami Enzo, qui te vénère.

— Tu te trompes.

— Non, Stefano. Je l'ai vu de mes propres yeux.

Stefano retint un soupir. Lanza avait peut-être raison, il intimidait, il impressionnait, mais ce que lui avait vu de ses propres yeux, c'était sa femme profondément absorbée par sa conversation avec Matteo Fontana lorsqu'il était entré dans le restaurant. Même de loin, Stefano avait compris que cet homme était totalement envoûté par Lanza. Mais, ce qui avait été encore pire, c'était qu'elle semblait apprécier les attentions de ce Fontana de malheur...

À cet instant-là, Stefano avait connu une poussée de jalousie si forte qu'il s'était senti violent à l'intérieur. Ce genre de réaction lui était totalement étrangère. Les voir ensemble l'avait tellement perturbé qu'il n'arrivait toujours pas à se calmer. Il l'avait trouvée lumineuse et élégante, désirable en un mot, et avait vécu comme une humiliation qu'elle n'ait pas montré plus d'enthousiasme lorsqu'il lui avait fait la surprise de débarquer au restaurant.

Durant ces dix jours loin d'elle, il avait eu l'impression de mourir un peu plus chaque seconde.

Sa voix le tira de ses pensées :

— Mon père sera ravi de savoir que tu es de retour.

Elle changeait de sujet de conversation...

— Il le sait déjà. Nous avons parlé un moment, et il m'a demandé de prendre le petit déjeuner avec lui et ta mère.

Lanza sourit.

— Elle est impatiente de te faire visiter les écuries et le chenil. C'est une amoureuse des animaux, comme moi et mes sœurs.

— Je suis sûr que ce sera amusant. Tu viendras avec nous ?

— Impossible. Pendant ton absence, je n'ai pas arrêté, et mon agenda s'est rempli. Demain, je dois partir tôt pour visiter une école pour élèves en difficulté. C'est un établissement pour lequel je recueille des dons de livres et de fournitures.

Stefano masqua sa déception. Il admirait l'éthique de Lanza et l'énergie avec laquelle elle s'impliquait dans de nobles causes, mais l'intimité du chalet lui manquait. Il lui semblait que tout était différent ici, au palais.

— Je comprends. Mais, maintenant que je suis de retour, j'aimerais passer plus de temps avec toi. Nous avons besoin de coordonner nos emplois du temps.

Lanza se contenta de lui sourire.

— Je suis d'accord, mais pourrions-nous en rester là pour ce soir ? Je suis morte de fatigue et j'ai besoin d'aller au lit.

Il s'assombrit. Ce n'était pas du tout la réponse qu'il espérait.

— N'y va pas encore. Il faut qu'on se parle.

— On ne peut pas faire ça demain, après mon retour de l'école ?

Bon sang ! Pourquoi était-elle si distante ? Il aurait tellement voulu retrouver la proximité qu'ils avaient au chalet !

— Non, asséna-t-il. Ça ne peut pas attendre.

Elle fronça les sourcils, visiblement contrariée – et perplexe.

— Qu'est-ce qui ne va pas ?

— Je n'aime pas ce qui nous arrive.

— Parce que je n'étais pas là quand tu es rentré d'Argentine ?

— Ça, et d'autres choses…

— Oh ! grimaça Lanza. Écoute, pourquoi te faire tant de souci ? On a tous les deux accepté de vivre notre vie quand nous n'étions pas ensemble, sans poser de questions. Je n'y peux rien si tu es rentré plus tôt. Là, tu enfreins tes propres règles, Stefano. Tu ne peux pas avoir le beurre et l'argent du beurre.

Au comble de la frustration, il s'approcha d'elle et, posant les mains sur ses épaules, il la tira contre lui.

— J'ai raccourci mon voyage de trois semaines parce que tu me manquais et que j'avais trop hâte de te revoir. Je veux que notre mariage soit un vrai mariage.

Lanza s'écarta vivement de lui et le regarda en secouant la tête, l'air confus.

— Non, ce n'est pas ce que tu veux, protesta-t-elle. Tu m'as fait comprendre dès le début que ça allait être une espèce d'arrangement commercial.

— Je sais, soupira Stefano en soupirant. Mais, maintenant, c'est ce que je veux, et je pense que toi aussi. Quand tu m'as retourné mon baiser avec tant de fougue, au chalet, j'ai compris que tu me désirais, même si tu ne l'aurais jamais admis. Ce n'est pas quelque chose que tu peux me cacher.

Lanza recula encore d'un pas, ce qui lui donna un coup au cœur. Elle le fixait comme si elle ne le connaissait pas.

— Qu'est-ce qui t'arrive ? Je ne peux pas croire que tu aies changé aussi vite, sans raison. Est-ce que cela a quelque chose à voir avec mon père ? Ne me dis pas qu'il a exigé que nous produisions un héritier avant la fin de l'année ! C'est de cela qu'il s'agit ?

Stefano était abasourdi. C'était comme si le ciel lui tombait sur la tête. Comment Lanza pouvait-elle penser une chose pareille ? À sa décharge, il ne lui avait pas avoué que ses sentiments pour elle avaient changé. Pas étonnant, donc, qu'elle ne l'écoute pas.

— Lanza, je...

— C'est pour ça que tu es rentré plus tôt ? le coupa-t-elle, cynique. Tu t'es senti coupable ? Ou est-ce que mon père a insisté pour que tu me mettes enceinte le plus vite possible ?

Ironie de la situation, c'était le père de Stefano qui en avait parlé lors d'une conversation téléphonique qu'ils avaient eue pendant son séjour en Argentine. Le roi Basilio était contrarié que Stefano soit reparti à peine deux jours après être rentré du Mexique. « Comment Lanza et toi pourriez-vous fonder une famille si vous ne vous voyez jamais ? », s'était-il exclamé, et Stefano avait dû admettre qu'il avait raison.

Lanza avait rougi, et Stefano pouvait voir qu'elle était agitée et bouleversée.

— Quand j'ai accepté de t'épouser, commença-t-elle d'une voix lente, je comptais sur une évolution *normale* du mariage, naturelle. Et puis tu as édicté tes règles et tu m'as fait comprendre que ce serait un mariage de convenance. Cela a tué quelque chose en moi.

Stefano retint un gémissement. Pourquoi diable lui avait-il envoyé ce message ?

— Je le comprends, maintenant. J'ai eu tort, et je suis désolé de t'avoir fait du mal. Mon souhait le plus cher est de repartir de zéro. Je t'en prie, pardonne-moi cette erreur.

— Il n'y a rien à pardonner, Stefano. Je suppose que je ne suis pas comme les autres femmes. Mes sœurs se moquent sans cesse de ma naïveté et de ma crédulité. Elles me rappellent qu'il s'agit d'un mariage arrangé, même si je me suis autorisée pendant un temps, au chalet, à croire que cela pourrait être autre chose. Mais tu as réussi à m'enlever mes œillères. Et si tu veux essayer d'avoir un bébé ce soir, allons-y !

Stefano la fixa, en état de choc. Était-ce sa faute si elle se sentait aussi mal ? Il avait honte de l'avoir abîmée.

— Tu m'as trompée avec ce mariage. Tu n'étais même pas le premier choix ! Même si, moi, je ne l'ai pas eu, le choix…

Stefano essaya de protester, mais Lanza avait déjà pivoté et marchait à grands pas vers sa chambre. Quand elle en atteignit la porte, elle se retourna.

— Alors, tu viens pour remplir ton devoir et produire un héritier ? Finissons-en !

Après quelques minutes passées assise sur son lit, Lanza comprit que Stefano n'allait pas la suivre. Avant de refermer la porte de sa chambre, elle l'avait vu blêmir. Écœurée, le cœur brisé, elle voulait mourir.

Mais qu'est-ce que tu as fait ?

Alors que Stefano l'avait suppliée de lui pardonner, elle l'avait rejeté. Or la réalité ne mentait pas : il était effectivement rentré d'Argentine bien avant la date prévue. Et il lui avait affirmé qu'elle lui manquait, après avoir fait montre d'une jalousie féroce à l'encontre de Matteo.

Mais, devant sa réaction, elle avait balayé ces preuves d'un revers de la main. Elle était en colère et s'en était prise à lui ; elle se sentait à présent très mal en imaginant qu'elle l'avait blessé.

Lanza avait enfoui son visage entre ses mains ; ses larmes coulaient sur ses joues. Comment avait-elle pu laisser sa douleur la transformer en quelqu'un d'aussi méprisable ? Ce qu'elle devait faire à présent, c'était implorer le pardon de Stefano.

Sans hésiter, elle quitta sa chambre et se précipita vers celle de son mari, en priant pour qu'il n'ait pas déjà quitté le palais.

— Stefano ?

Comme il ne répondait pas, elle frappa à la porte. Pas de réponse non plus. Alors, elle ouvrit la porte. Dans la pénombre, elle vit qu'il était assis sur le bord de son lit, la tête penchée vers l'avant, les bras serrés autour des cuisses.

Elle se campa devant lui.

— Stefano, pardonne-moi, je t'en prie ! murmura-t-elle d'une voix tremblante. Je n'en pensais pas un mot.

Il leva vers elle un visage sombre et la fixa d'un regard grave.

— Il n'y a pas une once de cruauté en toi. Tu n'as dit que la vérité quand tu as affirmé que je t'avais trompée. Ce qui m'effraie, c'est que tu ne croiras jamais que je suis tombé amoureux de toi. Je t'aime, Lanza. Si fort que je ne me reconnais plus.

Épilogue

« Je t'aime, Lanza. Si fort que je ne me reconnais plus. »

Elle sentit aussitôt que ces mots avaient été prononcés avec le cœur. Elle s'assit à côté de lui et l'enlaça.

— Mon amour, pourras-tu jamais oublier les choses horribles que je t'ai dites ? Je n'arrive pas à croire que j'ai prononcé ces paroles. Je t'aime tellement que je peux à peine respirer. Au moment où nous avons pris le carrosse, le jour de notre mariage, je savais déjà que je t'aimais. Grâce à Alberto.

— Comment cela ? chuchota-t-il contre son cou.

— Ton frère t'idolâtrait. Tu m'as demandé un jour de quoi lui et moi parlions lorsque nous étions ensemble : nous parlions de toi. Il m'a raconté une foule d'histoires et d'anecdotes à ton sujet. Il voulait tellement te ressembler !

— Ah bon ? fit Stefano d'une voix incrédule.

— Oui. Il m'a fait craquer pour toi bien avant que je te rencontre. Mais j'ai combattu mes sentiments de toutes mes forces, car je n'aurais jamais imaginé que tu puisses un jour tomber amoureux de moi.

— Lanza…, susurra Stefano, en la faisant basculer sur le lit avec lui.

Il commença à la dévorer de baisers, à lécher ses larmes, à les sécher par un baiser. Lanza perdit toute notion du temps et de l'espace : son univers se réduisait à Stefano et à ce lit. Entre eux, le désir crépitait en étincelles sensuelles. Être aimé par son mari était le paradis absolu.

Avant, Lanza était convaincue qu'elle ne trouverait jamais l'amour, ne ressentirait jamais le bonheur d'être adorée et vénérée par un homme comme Stefano. Il caressa son corps comme s'il était sacré, puis le profana, le glorifia, le magnifia, l'exalta, l'encensa. Son corps à lui était dur, enveloppant, accueillant, puissant. Viril, en un mot.

L'extase, la langueur, le ravissement dans lesquels Stefano la plongea étaient au-delà de tout ce qu'elle aurait pu imaginer, de tout ce qu'elle avait lu. Ils se donnèrent du plaisir tout au long de la nuit et de la matinée, tour à tour tendres, complices, déchaînés, audacieux… Dans leur euphorie partagée, ils en oublièrent le monde autour.

— M'as-tu vraiment pardonné, *bellissima* ? demanda Stefano après un énième voyage au septième ciel.

C'était le milieu de la matinée. Lanza, alanguie, reposait contre son grand corps musclé, la tête au creux de son épaule. Il lui caressait les cheveux. Elle lui embrassa le torse, se répétant qu'elle n'en aurait jamais assez de lui.

— Pour être honnête, j'ai été choquée que tu m'épouses après avoir renoncé à la vie royale depuis tant d'années. Je n'arrive toujours pas à croire que tu aies franchi le pas du mariage. Je suis la femme la plus chanceuse sur la terre.

Elle se retourna et se hissa jusqu'à ses lèvres pour l'embrasser. Stefano lui prit le visage dans ses mains.

— Il y a quelque chose que tu dois savoir, qui t'expliquera pourquoi j'ai accepté notre mariage.

D'une voix tremblante, il lui décrivit le sacrifice d'Alberto, qui avait accepté de prendre la place de cet aîné qu'il admirait tant. Les larmes perlèrent aux paupières de Lanza tandis que son mari déroulait l'histoire.

— Tu avais raison, *amore mio*, poursuivit-il, le regard voilé de tristesse. Il n'y avait pas d'homme plus honorable que mon frère. J'ai été lâche de rester loin aussi longtemps. Quand j'ai découvert qu'il n'avait jamais voulu que je sache ce qu'il avait fait pour moi, j'ai su que je devais prendre sa place. Et toi, pourquoi as-tu accepté de m'épouser ?

— J'ai un secret, moi aussi. Un secret qui, je l'espère, ne te mécontentera pas trop.

— Maintenant que je sais que tu m'aimes, je suis trop heureux pour être mécontenté par quoi que ce soit !

Lanza sourit et embrassa avidement l'homme de sa vie.

— Quand mes parents m'ont dit que tu avais demandé ma main et qu'ils voulaient que je t'épouse, je me suis rebellée. Puis j'ai appris que mon père avait un problème de santé. Ils ne m'ont toujours pas expliqué lequel, mais je suis presque sûr que c'est son cœur. Papa m'a dit qu'il avait besoin d'un gendre sur lequel s'appuyer.

— Je le savais déjà, s'exclama Stefano en riant.

— Impossible ! Mes parents n'en ont jamais rien dit à personne.

— Mon père l'a découvert lors d'une visite au tien, deux mois avant notre mariage. Il trouvait que Victor s'affaiblissait lentement. Alors, j'ai pensé que, si la femme que j'allais épouser pouvait aimer son père au point de faire un sacrifice aussi bouleversant, je devais avoir foi en elle et croire que nous pourrions réussir notre mariage.

— C'est ce que nous allons faire, n'est-ce pas ? Réussir notre mariage.

— Bien sûr, mon amour !

Il lui prit la bouche avec ferveur, faisant de nouveau vibrer tout son corps d'un désir puissant. Elle était folle d'amour pour son mari. Lorsqu'il écarta sa bouche de la sienne, elle avait la tête qui tournait.

— Tu n'as pas idée à quel point tu m'as manqué, ma princesse adorée. Tous les soirs quand je suis allé me coucher, je pensais à toi. Puis je rêvais de toi. La prochaine fois que je dois partir, je t'emmène. Mais promets-moi juste une chose.

— Quoi, mon beau prince, lui répondit-elle, malicieuse.

— Que tu oublieras la lettre que je t'ai envoyée et tout ce que je t'ai dit lors de notre première matinée au chalet. Je suis amoureux de toi et je veux t'aimer pour toujours. Et que, toi aussi, tu m'aimes pour toujours !

Lanza plongea le regard dans le sien, bouleversée.

— Tu crois au « pour toujours », maintenant ?

— Tu m'as convaincu, parce que je ne peux pas imaginer la vie sans toi. Quand tu es partie dans ta chambre hier soir, j'ai eu l'impression de mourir. Je ne veux plus jamais ressentir cela.

— Je te comprends, parce que je l'ai ressenti aussi. C'est pour ça que je suis revenue vers toi en courant. Merci de m'avoir pardonné. Je t'aime, Stefano.

— Assez pour porter mon bébé ? demanda-t-il d'un ton taquin.

Lanza sentit que sa virilité se réveillait contre son ventre. Elle éclata de rire.

— Hum, laisse-moi réfléchir... Je crois, oui !

— Nous aurons de beaux bébés royaux, parce que tu seras leur mère, dit-il en lui mordillant le lobe de l'oreille. Penses-tu qu'ils nous détesteront pour les avoir mis au monde ?

— Ils s'en remettront ! dit Lanza en riant.

— Comment le sais-tu ?

— Parce que nous nous en sommes remis, mon amour !

REBECCA WINTERS

Royale attirance

INTÉGRALE
PRINCESSES ET MARIÉES

Traduction française de
ERWAN LARHER

SAGAS
HARLEQUIN

Titre original :
THE PRINCE'S FORBIDDEN BRIDE

Ce roman a déjà été publié en 2021.

Prologue

Une trompette retentit, suivie de la voix du speaker :

— Cette année, la gagnante « junior » du concours de saut d'obstacles et de dressage d'Emeria est la princesse de Domodossola, Donetta Rossiano. Félicitations à cette cavalière hors pair et à son cheval, Blaze !

Les spectateurs massés dans les tribunes applaudirent avec enthousiasme.

— Et maintenant, Sa Majesté la reine Anne d'Emeria va lui remettre son trophée.

Donetta était ravie d'avoir gagné, mais elle était encore plus excitée de recevoir son prix de la part de la reine. L'élégante jeune monarque avait eu la chance de naître dans un pays où elle pouvait régner. Aînée de trois filles, Donetta avait toujours rêvé de devenir un jour reine de Domodossola. D'une manière ou d'une autre, elle arriverait à ses fins. Même si la loi ne permettait pas aux femmes de gouverner, elle était déterminée à trouver un moyen de la faire changer.

Le prince Lorenzo se tenait à côté d'elle. Cousin de son père, le roi Victor de Domodossola, Lorenzo était un cavalier de renommée mondiale et également son entraîneur. Il faisait aussi office de chaperon lorsque Donetta disputait des concours à l'étranger – un chaperon heureusement assez libéral, qui lui laissait la bride sur le cou et la liberté de s'amuser.

Elle se dirigea vers l'estrade, sous les félicitations et les acclamations du public. Les photographes immortalisèrent la remise de la coupe.

— Vous êtes la jeune cavalière la plus remarquable que j'aie jamais vue, princesse Donetta. Je suis certaine que nombre de victoires vont venir enrichir votre palmarès.

— Merci, Votre Majesté. C'est un grand privilège pour moi.

Au moment où elle rejoignait Lorenzo avec la coupe en argent gravée, aux anges, savourant le moment, la trompette résonna de nouveau.

— Le gagnant « junior » de cette année est un nom que nous applaudissons depuis qu'il a monté son premier cheval au concours de Windsor, à l'âge de dix ans. Le prince héritier de Vallefiore, Enrico di Montedoro, sur son cheval, Rajah !

Le cœur de Donetta fit un bond dans sa poitrine.

Enrico se tenait à côté de son cousin germain, le prince Giovanni. Celui-ci avait perdu ses parents dans un accident d'avion, et les parents d'Enrico avaient pris en charge l'éducation de leur neveu. Les deux cousins étaient comme des frères et faisaient tout ensemble. Donetta avait tout de suite aimé Giovanni quand Enrico le lui avait présenté, quelques années auparavant.

Alors que ses yeux étaient rivés sur Enrico, celui-ci lui lança un regard qui disait qu'il était tout aussi excité qu'elle de la revoir. Si Fausta, sa sœur cadette de quinze ans, était là, elle dirait qu'il était aussi séduisant qu'une star de cinéma. Or il était plus que séduisant…

Enrico et elle s'étaient rencontrés six ans auparavant, lors du concours équestre de Windsor. À l'époque, il était déjà le plus beau garçon qu'elle avait croisé. Elle avait remarqué ses yeux noirs bordés de longs cils, sa grande taille pour son âge, sa peau couleur bronze, ses talents de cavalier. Elle avait envié la façon dont il ne faisait qu'un avec Malik, son cheval.

À sa grande surprise, après la remise des prix, Enrico l'avait complimentée sur sa façon de monter ; elle lui avait rendu la pareille. Depuis ce moment, chaque fois qu'ils se croisaient lors d'un concours – soit une douzaine de fois par an –, ils essayaient de passer du temps ensemble. Ils trouvaient un endroit calme à l'écart des autres, et discutaient des détails de leurs performances respectives, parlaient de leurs vies, riaient ensemble. Alors, plus personne n'existait pour eux. Et Donetta ne vivait plus que pour ces instants secrets et partagés, attendant chaque concours avec impatience.

En regardant Enrico recevoir sa coupe, Donetta comprit qu'il était devenu un homme, dont l'élégance naturelle et le charisme avaient un effet viscéral sur elle. Elle avait pour lui un béguin qui ne semblait pas près de s'éteindre...

Elle donna son trophée à Lorenzo, qui, elle le savait, allait rester un peu avec les officiels pour bavarder.

— On se retrouve à l'entrée dans une heure ? dit-il en souriant.

— Très bien, acquiesça-t-elle en lui rendant son sourire. Merci, Lorenzo.

— Je sais pourquoi tu es toujours si exaltée de participer à un concours, reprit son grand-oncle d'une voix calme. J'ai toujours fermé les yeux. Alors, amuse-toi bien, mais fais attention. Souviens-toi que tu es promise au prince Arnaud. Dois-je te rappeler que notre famille, les Rossiano, et celle d'Enrico, les di Montedoro, sont brouillées depuis deux cents ans ? Si jamais tes parents apprennent que...

— Ne t'inquiète pas, je suis prudente.

Donetta se dirigeait vers les écuries lorsque la voix chaude et sensuelle qu'elle attendait retentit derrière elle :

— Donetta ?

Elle avait les jambes flageolantes soudain, mais réussit à masquer son excitation, et se retourna.

— Bonjour, Enrico.

— Félicitations ! Tu as fait une superbe performance !

— Merci, toi aussi. Mais on ne peut pas parler ici. Et si nous prenions nos chevaux pour aller faire un tour loin d'ici ?

Donetta souhaitait plus que tout passer du temps avec lui. Elle était trop impatiente pour s'inquiéter d'une ancienne querelle entre leurs deux familles, ou du projet de ses parents de la marier avec Arnaud un jour. Enrico, lui, était promis à une princesse de son royaume, Valentina.

Ils marchèrent jusqu'au box de Blaze. Son palefrenier s'était occupé de lui, l'avait étrillé. L'animal s'approcha d'elle et passa la tête par-dessus la porte.

— Rejoins-moi avec Rajah. Nous allons devoir monter à cru.

Un sourire se dessina sur le beau visage d'Enrico. Il fit descendre son regard le long de sa silhouette, ce qui fit frissonner Donetta.

— S'il te plaît, ne mets pas ta bombe.

— Pourquoi ?

— Parce que, pour une fois, j'aimerais te voir monter les cheveux au vent.

Elle l'observa s'éloigner, troublée par sa demande autant que par sa haute stature – il ne devait mesurer pas loin d'un mètre quatre-vingt-dix, à présent. Et aucun homme ne portait mieux que lui le pantalon d'équitation, qui moulait ses jambes puissantes.

Après avoir lâché ses cheveux, elle flatta l'encolure de Blaze.

— Tu as été incroyable, aujourd'hui. Je t'aime. Et maintenant, on va se promener avec Rajah.

Elle lui remit son mors et ses rênes, puis le fit sortir du box. Elle monta sur son dos, plus heureuse qu'elle ne l'avait jamais été de sa vie à la perspective de cette balade à cheval avec le plus bel homme qu'elle ait jamais vu.

La volonté de Donetta de monter à cru était l'une des raisons pour lesquelles Enrico trouvait si exaltant d'être avec la princesse. Son esprit aventureux la rendait différente de toutes les princesses avec lesquelles sa famille l'obligeait depuis son enfance à passer du temps.

Aucune d'elles ne montait comme elle ni n'était aussi amusante. Comme le disait son cousin et meilleur ami, Giovanni, depuis qu'ils venaient aux concours ensemble, la princesse Donetta était de la poésie en mouvement.

Son mètre soixante-quinze lui donnait une élégance qui n'avait rien à voir avec son titre de noblesse. Dans sa tenue d'équitation bleu marine et beige, elle avait une allure folle, surtout avec ses cheveux dorés qui cascadaient sur ses épaules et son dos. Il adorait aussi ses yeux vert clair qui lui rappelaient les mers du Sud.

Elle avait toujours été ravissante, mais à présent elle s'était transformée en une vraie beauté. Chaque fois qu'il la voyait dans une foule – toujours entourée de plus d'hommes que de femmes –, il ne pouvait pas la quitter des yeux.

— Tu montes un nouveau cheval, Enrico. Pourquoi l'as-tu appelé Rajah ?

— En hommage à ses ancêtres arabes. Il est d'une race de chevaux sauvages qui existe encore dans les plaines de mon pays.

— J'aimerais les voir en liberté ! s'enthousiasma Donetta. Il est absolument magnifique. Avec lui, tu continueras à gagner toutes les compétitions.

— Toi aussi ! Aucune cavalière ne t'arrive à la cheville !

Enrico la vit rosir sous le compliment. Elle rayonnait tandis qu'ils s'approchaient d'un parc arboré. Quand ils atteignirent les premières frondaisons, Enrico mit pied à terre.

— J'ai apporté un pique-nique.

— Tu plaisantes ? s'exclama-t-elle.

Enrico sortit une couverture du sac qu'il portait en bandoulière et l'étendit sur le sol. Puis il y disposa des sandwichs, des fruits et des boissons.

— C'est fabuleux, Enrico !

Elle s'assit avec lui. Ils commencèrent à manger.

— J'aimerais tant passer tout le week-end avec toi, affirma-t-il. Hélas ! Ce n'est pas possible. Je donnerais n'importe quoi pour que nous ayons dix-huit ans. Je pourrais alors t'emmener dîner et danser dans un café à la mode.

— Mes parents ne le permettraient jamais. Et toi ?

— Je pourrais m'enfuir avec toi maintenant, mais, comme

cela n'est pas possible, nous devons attendre d'être majeurs. Ensuite, nous ferons ce que nous voulons. Tu es la seule fille avec laquelle je veux être.

— Je pense à toi tout le temps, avoua-t-elle en baissant les yeux.

Les mots lui allèrent droit au cœur.

— À dix-huit ans, nous sortirons après chaque concours ! C'est une promesse. En attendant, nous nous contenterons de pique-niques.

Donetta rit. Bon sang ! Comme elle était belle...

— La prochaine fois, ce sera à mon tour d'apporter la nourriture.

Elle jeta un regard à sa montre.

— Je ferais mieux d'y retourner, gémit-elle. Lorenzo m'a donné une heure.

— Que se passerait-il si tu avais deux heures de retard ?

— Je n'ose pas essayer de le savoir...

Ils se levèrent et rangèrent les reliefs de leur pique-nique ainsi que la couverture. Puis ils prirent le chemin du retour, sans un mot. Enrico devinait qu'ils étaient unis dans la même tristesse de devoir bientôt se séparer.

Il descendit de sa monture devant le box de Blaze. Il attacha Rajah et tendit les bras vers Donetta.

— Je vais t'aider à descendre.

Elle lui décocha un sourire sensuel.

— Je suis sûre que je peux te faire confiance.

À la seconde où il sentit son corps ferme entre ses bras, une vague de désir le traversa.

— Tu vas me manquer, et nos discussions aussi, murmura-t-il en la reposant au sol à l'intérieur du box.

Incapable de s'en empêcher, il baissa la tête pour embrasser ses lèvres. Sa bouche avait un goût divin. Il approfondit son baiser, auquel Donetta répondait avec fougue. Ils s'embrassèrent de longues minutes, s'arrêtant à peine quelques secondes pour reprendre leur souffle.

À contrecœur, il finit par la libérer de son étreinte.

— Bon retour à la maison, *bellissima*, murmura-t-il avant de s'éloigner en tenant les rênes de son cheval.

En deux ans, Donetta avait de nouveau croisé Enrico à l'occasion d'une vingtaine de concours hippiques. Chaque fois, ils avaient pique-niqué et s'étaient embrassés à en perdre haleine. Mais ce soir, à Vienne, ce serait différent : ils avaient tous les deux dix-huit ans, désormais.

Après avoir remporté dans l'après-midi l'épreuve autrichienne et le championnat de sa catégorie d'âge, Donetta s'était arrangée avec Lorenzo pour qu'il la laisse dîner avec Enrico. Elle lui avait promis d'être de retour à l'hôtel avant 23 heures.

Donetta faillit mourir de bonheur quand Enrico l'emmena dans un club sélect, où ils purent dîner et danser, mais surtout s'embrasser – dans le cou, les cheveux, sur la bouche, les joues, ils étaient insatiables.

— J'ai attendu ça tellement longtemps, Donetta ! s'exclama-t-il tandis qu'ils regagnaient leur table.

— Moi aussi.

Il l'embrassa sur les lèvres, et ils se rassirent. Il était bientôt l'heure de rentrer, mais Donetta s'en moquait. Elle voulait rester dehors toute la nuit avec son superbe prince.

— Heureusement qu'il y a un autre concours dans trois semaines, reprit-elle, sinon je n'aurais pas été sûre de pouvoir gérer la séparation.

— Donetta, commença-t-il d'un air grave, je dois te dire quelque chose...

Son instinct lui disait qu'elle n'allait pas aimer ça...

— Qu'est-ce qui ne va pas ?

— Aujourd'hui, c'était la dernière fois que je montais pour un concours.

Elle cligna des yeux.

— De quoi parles-tu ? Je ne comprends pas.

Il lui prit la main sur la table.

— La semaine prochaine, je pars en Angleterre. Je rentre à l'université de Cambridge. Giovanni m'accompagnera. Je ne participerai plus à aucune compétition à partir de maintenant. Je n'aurai le temps de rien faire d'autre qu'étudier.

Donetta redescendit aussitôt de son petit nuage.

— Je vois, dit-elle d'une voix aussi calme que possible. Que vas-tu étudier ?

— Les affaires, le droit, la finance, l'économie... Tu entres à l'université, toi aussi, non ?

— Oui, le mois prochain. Mais mes parents ont tenu à ce que je fasse mes études à l'université de Domodossola. Ils ne veulent pas que je parte loin.

— J'aurais tellement aimé que tu étudies à Cambridge ! Nous aurions passé tout notre temps libre ensemble...

Ses paroles la touchèrent.

— Et toi, tu vas continuer les concours ? lui demanda-t-il. Ce serait dommage d'arrêter : tu es tellement douée !

— Sans doute, oui. Merci, ajouta-t-elle en essayant de sourire, mais son cœur était lourd.

— La perspective d'être séparés ainsi me tue, avoua-t-il en lui serrant la main plus fort.

Des larmes inondèrent les yeux de Donetta, incapable de les retenir.

— La pensée de ne plus te voir... Je ne peux pas le supporter. Ta présence a toujours rendu les compétitions plus excitantes.

— Je vais surveiller les listes d'engagement de chaque concours et j'essaierai de venir au moins une fois pour te voir.

— Oh ! s'il te plaît, viens ! le supplia-t-elle.

— Je ne veux pas te perdre, Donetta. Nous nous écrirons. Je demanderai à Giovanni de poster mes lettres et de les adresser à ta fondation équestre.

Donetta retrouva un peu de courage et d'espoir.

— Je ferai de même : j'adresserai mes lettres au prince Giovanni pour qu'il te les fasse suivre. Ainsi, nous ne risquons rien. Nos familles seront furieuses si elles découvrent qu'un di Montedoro et une Rossiano ont entretenu une relation interdite pendant des années !

— Cette vieille animosité ridicule est toujours un point sensible pour ma famille. Mais je refuse de m'en inquiéter pour l'instant.

— Je ne m'en suis jamais souciée, déclara Donetta.

Ils n'avaient jamais parlé ensemble des personnes qu'on leur avait promises. Leurs parents seraient furieux s'ils apprenaient ce qui se passait en coulisses.

— Même si cela me brise le cœur, je ferais mieux de te ramener à l'hôtel. Sinon Lorenzo va partir à ta recherche, et Giovanni m'attendre à l'aéroport. Le jet royal de ma famille me ramène ce soir chez moi.

Dans la limousine avec chauffeur que Giovanni avait louée pour eux, ils s'embrassèrent avec avidité tout le temps du trajet jusqu'à l'hôtel de Donetta. Ils ne voulaient pas perdre une minute du temps qu'il leur restait à passer ensemble.

Désespérée, Donetta regarda la limousine redémarrer et emmener au loin l'homme qu'elle aimait. Puis elle rentra dans le hall du palace. Lorenzo l'y attendait. Il regarda sa montre.

— Seulement une demi-heure de retard... Je peux te pardonner.

Elle le serra très fort dans ses bras.

— Merci d'être mon ami, Lorenzo.

— Pourquoi ces larmes ?

— J'ai eu des nouvelles décevantes, mais cela a quand même été le plus beau jour de ma vie.

Chère Donetta,

Lorsque tu m'as appris que tu participais au concours d'Aix-en-Provence, en France, j'ai acheté ce livre pour ton vingt et unième anniversaire. Il raconte l'histoire des chevaux blancs de Camargue. Je pense qu'il te plaira.

J'ai l'intention de prendre l'avion et de venir te voir monter. Je serai comme toi logé à l'hôtel Cézanne.

Nous passerons autant de temps que possible ensemble pendant mon séjour. J'ai hâte de te revoir. Toutes les lettres et les photos que tu m'as envoyées m'ont permis de continuer à vivre, mais j'ai l'impression que cela fait un siècle depuis que nous ne nous sommes pas embrassés.

Enrico

Donetta embrassa la couverture du livre, et le lut de bout en bout. Quant à la lettre d'Enrico, elle ne la quittait jamais et l'embrassait vingt fois par jour. Elle la transportait dans son sac à main, dans ses poches, la mettait chaque soir sous son oreiller.

Elle l'avait sur elle lorsqu'elle entra dans le hall de l'hôtel Cézanne. Cette fois-ci, les membres de son équipe séjournaient dans un autre hôtel, tout comme Lorenzo.

Une fois dans sa chambre, son pouls s'accéléra : elle allait bientôt revoir Enrico ! Seigneur... Elle ne savait quelle tenue choisir parmi celles qu'elle avait apportées en prévision de leurs retrouvailles. Après beaucoup d'indécision, elle choisit une robe à manches courtes couleur champagne et des sandales assorties.

Pour faire plaisir à Enrico, Donetta laissa libres ses cheveux longs. Après avoir appliqué du rouge à lèvres rose givré, elle mit à ses oreilles des créoles du même vert que ses yeux. Elle voulait qu'il la regarde une fois et ne la laisse jamais partir...

Lorsque le téléphone de sa chambre sonna, elle sursauta. Fébrile, elle décrocha.

— Tu es prête ?

— Oui, répondit-elle, haletante.

— Retrouve-moi dans le hall dans cinq minutes. J'ai loué une voiture. Nous allons trouver un endroit loin du monde, où nous pourrons être seuls.

Donetta fut prise de vertige lorsqu'elle vit l'homme de ses rêves se tenir près de l'entrée, vêtu d'un costume beige et d'une chemise. Enrico était la personnification du fantasme de toute femme. À presque vingt-deux ans, il était d'une époustouflante beauté et d'une sensuelle virilité.

— *Bellissima*..., murmura-t-il.

Ses yeux noirs se promenèrent avec appétit sur sa silhouette, puis il lui prit la main. Ils marchèrent jusqu'au parking et montèrent dans sa voiture. Il les conduisit sur une petite route jusqu'au pied de la montagne Sainte-Victoire, puis s'arrêta sur le parking d'une charmante auberge.

— Avant de sortir, je dois faire ça...

Il se pencha vers elle, et sa bouche se referma sur ses lèvres. Donetta était au paradis : de nouveau dans les bras du prince de son cœur, répondant avec fièvre à ses baisers.

— Enrico..., haleta-t-elle contre ses lèvres.

La soirée se transforma en nuit tandis qu'ils essayaient de rattraper le temps perdu à ne pas pouvoir être ensemble. Les lettres et les photos n'avaient pas suffi.

— Si tu meurs d'envie de dîner, nous sortirons de la voiture, proposa Enrico. Mais moi, je ne veux pas te laisser partir.

Elle secoua la tête.

— Je ne meurs d'envie que de toi. Après ta lettre et ton cadeau, je n'ai pu me concentrer sur rien. Tout ce que je veux, c'est être avec toi.

— On est plus en sécurité ici que dans n'importe quel lieu public, où l'on risque de nous reconnaître à chaque instant. Mais notre histoire ne peut pas continuer ainsi. Encore une année de scolarité pour nous deux, et nous pourrons alors faire des projets. Et si nous faisions un voyage après notre diplôme ? Que dirais-tu de deux semaines dans les mers du Sud ou sur une île des Caraïbes ?

— Je donnerais n'importe quoi pour partir avec toi. N'importe quoi !

— Alors on le fera, *bellissima* !

Et Donetta s'abandonna de nouveau aux baisers passionnés d'Enrico, perdant toute notion du temps et de l'espace.

Ils décidèrent de ne pas aller au restaurant, et trouvèrent en ville une épicerie ouverte, où ils achetèrent des fruits et deux parts de quiche. Ils les mangèrent assis sur un banc, sur une charmante petite place.

— Je dois te ramener à l'hôtel, dit Enrico après une salve de baisers. Tu dois monter demain matin, tu as besoin de dormir.

— Non, je n'ai besoin que de toi.

Il était plus d'une heure du matin quand ils regagnèrent l'hôtel.

— Je serai aux premières loges demain matin pour te regarder, lui chuchota Enrico lorsque les portes de l'ascenseur s'ouvrirent.

Ils s'étreignirent longuement, debout dans le couloir.

— Quand dois-tu rentrer à Cambridge ?

— Demain soir.

— Pourquoi ne pas partir tout de suite en voiture jusqu'à ton départ ? Je peux annuler la compétition.

Il pressa son front contre le sien.

— Je ne peux pas te laisser faire cela. Mais nous serons ensemble toute la journée, demain. Retrouve-moi dans le hall à 7 heures, et nous irons quelque part pour le petit déjeuner, d'accord ?

— Ne pars pas, Enrico. J'ai peur.

Il fronça les sourcils.

— Pourquoi ?

— Parce que je suis trop heureuse.

— Tu ne connais pas encore le vrai sens de ce mot. *Buona notte e sogni d'oro*, Donetta.

Des rêves d'or... Elle vivait dans l'un d'eux depuis qu'ils s'étaient retrouvés.

— *Buona notte*, Enrico.

Elle retourna dans l'ascenseur et monta d'un étage. Lorsqu'elle arriva dans sa chambre, le téléphone sonna. Elle se précipita pour répondre.

— Enrico ?

— Je vais rêver de toi.

— Je rêve de toi toutes les nuits.

— Bientôt, nos rêves deviendront réalité.

Il raccrocha. S'il voulait dire ce qu'elle pensait qu'il voulait dire, il n'était pas seulement question de deux semaines de vacances...

1

Pour Enrico, les plus beaux paysages de la planète étaient ceux qu'offrait aux regards l'île de Vallefiore, le royaume dont il était prince héritier. Dans la lumière du matin, les premiers rayons du soleil apparaissaient comme des caresses magiques sur les magnifiques sommets des montagnes et les cascades étincelantes.

Depuis son point d'observation, au sommet d'un pic, il pouvait voir les eaux bleues et profondes de la mer Ionienne qui entouraient l'île, les vagues s'écraser contre les falaises et s'engouffrer dans les grottes marines.

Il avait toujours comparé son pays à un éblouissant joyau bleu-vert, dont les lacs, les villages, les plaines où s'ébattaient les chevaux sauvages constituaient quelques-unes des nombreuses facettes.

Ses yeux suivirent la configuration du relief, des collines et vergers jusqu'au sable parsemé de palmiers. Tout pouvait pousser sous ce climat subtropical. Mais, comme son père le roi Nuncio le lui avait dit quand il était enfant, sans plus d'eau douce pour irriguer les terres, Vallefiore ne pourrait jamais prospérer comme elle le devrait.

Depuis ce jour, Enrico rêvait de trouver un moyen d'apporter l'eau dont les 11 000 km^2 de l'île avaient tant besoin. Aujourd'hui, Giovanni et lui continuaient à réaliser lentement ce rêve – son cousin, toujours son meilleur ami, était devenu aussi son assistant personnel.

Enrico commença à redescendre vers la toute nouvelle station de traitement de l'eau, qui venait d'être mise en service. Il y était venu pour échanger avec son responsable, Giuseppe, à propos de menus problèmes. Après plusieurs heures de discussion, ils avaient tout résolu. Déjà, d'autres pays étaient intéressés par la technologie développée pour mettre en œuvre ce projet pharaonique.

Après avoir dit au revoir à Guiseppe, il remonta dans sa Land Rover ; ses gardes du corps se répartirent dans les deux autres véhicules blindés qui constituaient son escorte. Il descendit la montagne en direction du palais de Saracène, à une heure de route. La capitale de Vallefiore était située au bord du lac de Saracène, une immense étendue d'eau vert clair.

De la même couleur que les yeux de Donetta, songea-t-il.

La dernière fois qu'il les avait vus, plus de cinq ans auparavant, il avait failli devenir fou et kidnapper sa princesse, avant de reprendre ses esprits. Ces deux jours à Aix-en-Provence avec elle avaient été divins. Elle avait encore une fois gagné le concours, le remplissant de fierté.

Il était revenu à Cambridge plus impatient que jamais de terminer ses études et de voir se réaliser son désir d'être avec elle de façon permanente. Hélas ! Juste avant la fin de l'année scolaire, son monde avait basculé lorsqu'il avait appris une tragique nouvelle : son père avait été diagnostiqué Alzheimer. Il avait dû rentrer chez lui immédiatement et renoncer à la cérémonie de remise des diplômes.

Sa mère avait insisté pour que le palais garde le silence sur la maladie du roi. Donc, Enrico avait été contraint de s'installer dans ses fonctions secrètes de prince régnant à la seconde où le jet avait touché le sol.

Il avait été soumis à une pression supplémentaire lorsque sa mère avait organisé une visite du palais pour Valentina. La reine voulait qu'il l'épouse. Les deux couples de parents étaient bons amis depuis des années, et elle avait espéré qu'Enrico demande Valentina en mariage immédiatement. Au moment du mariage, un couronnement aurait fait d'Enrico le roi et cela n'aurait été qu'à ce moment-là que la maladie du roi Nuncio aurait été annoncée officiellement.

Enrico n'avait pas l'intention d'épouser Valentina, mais les journaux s'étaient fait l'écho de la visite de Valentina, ce qui avait créé de l'excitation dans toute l'île. Pour mettre fin à ce cauchemar, il avait dit à sa mère qu'il n'y aurait pas de mariage dans un avenir proche, car il devait d'abord se familiariser avec la gestion des affaires du royaume.

Sa volonté d'emmener Donetta en voyage pendant deux semaines avait été contrecarrée par des circonstances indépendantes de sa volonté. Dans la lettre qu'il lui avait adressée, il le lui avait annoncé et l'avait informée qu'il ne lui écrirait plus pendant un certain temps. Sans dévoiler le secret sur la maladie de son père, il avait expliqué qu'il avait trop de travail et reprendrait contact avec elle le moment venu.

Il avait reçu une réponse qui disait qu'elle comprenait et espérait le revoir bientôt. « Tu me manques, Enrico », avait-elle écrit, et cela avait été comme s'il entendait sa douce voix qui lui brisait le cœur. Depuis, il n'avait plus reçu aucune lettre d'elle...

Cinq ans plus tard, il ne pouvait toujours pas s'empêcher de penser à Donetta et de souhaiter la revoir. Est-ce qu'il lui manquait encore ? Comment se sentiraient-ils l'un avec l'autre après une si longue absence ?

À dix-huit ans, Enrico rêvait que Donetta devienne son épouse, tout en sachant qu'un tel mariage susciterait la fureur de leurs familles respectives. En raison de la vieille dispute qui opposait leurs deux pays, Enrico n'avait jamais parlé de sa princesse à personne, sauf à son cousin. Mais même Giovanni ne connaissait pas l'étendue de ses sentiments.

Il avait rencontré Donetta Rossiano dix-sept ans auparavant, lors d'un concours hippique. Il avait immédiatement été attiré par elle, puis leur amitié enfantine s'était transformée, des sentiments plus profonds étaient nés au gré des rencontres, des échanges, des rires. Au fil des ans, la belle princesse de Domodossola aux longs cheveux d'or était devenue une cavalière émérite, mais aussi une femme surprenante, étonnante, fascinante, à l'intelligence vive.

Dans quelle mesure leur relation avait-elle été motivée par un désir de rébellion – tous deux étaient promis à quelqu'un d'autre, et leurs familles se détestaient ? Dans quelle mesure était-elle fondée sur un amour sincère et profond ? Il l'ignorait, mais Donetta lui manquait, de cela il était certain.

Un mois auparavant, Giovanni lui avait suggéré de venir avec lui en Espagne, à Madrid, pour soutenir les cavaliers de Vallefiore. Même si Donetta n'avait pas prévu de participer au concours, Enrico avait accepté. Il s'était dit que, comme lui, elle viendrait peut-être soutenir ses compatriotes.

Un sourire étira ses lèvres tandis que les souvenirs affluaient...

La journée était bien avancée quand Enrico repéra une silhouette féminine familière près des écuries, dos à lui. Son cœur manqua un battement : Donetta ? Impossible, n'est-ce pas ? Lorsque la jeune femme se retourna pour parler à quelqu'un, il en eut le souffle coupé.

Sa longue chevelure diaphane avait cédé la place à un dégradé qui encadrait à merveille son beau visage. En un regard, Enrico comprit que son attirance pour la sublime princesse n'avait fait que s'intensifier au fil des ans. Son pouls s'accéléra. Quand Donetta le vit, ses fabuleux yeux verts s'assombrirent – sous le coup de l'émotion, espérait-il.

— Enrico...

Il nota instinctivement qu'elle ne portait pas d'alliance. Elle lui sourit, mais sans aucune excitation dans le regard.

— Cinq ans..., soupira-t-il, à court de mots.

— Oui. Nous sommes des adultes, désormais.

Bon sang, elle était devenue tellement féminine !

— Tes Sanfratellano ont encore fait des merveilles, aujourd'hui, reprit-elle. Quels chevaux magnifiques !

Il hocha la tête.

— Combien de temps restes-tu à Madrid ?

— J'aurais dû partir il y a cinq minutes. Une limousine

m'attend pour m'emmener à l'aéroport pendant que nous parlons.

Enrico s'efforça de masquer sa déception.

— Tu dois partir maintenant ? Quand j'ai vu que des cavaliers de Domodossola participaient au concours, je suis venu dans l'espoir de te voir.

À la façon dont elle se tenait très raide, il devinait que cette rencontre impromptue la secouait autant que lui.

— Sachant combien tu es occupé à aider ton père à diriger Vallefiore, je suis surprise que tu aies pu t'échapper, l'égratigna-t-elle, ironique.

Il ravala son souffle.

— J'ai mérité cette pique, reconnut-il. Si nous pouvions aller dîner et passer un peu de temps ensemble, je pourrais m'excuser...

Elle secoua la tête.

— Je n'ai pas dit cela pour être méchante. Tu ne me dois rien, Enrico. Nous étions jeunes, nous avons vécu notre amourette dans le dos de nos parents. Ces années-là ont été magiques pour moi, mais nous savions tous les deux que notre vrai destin nous attendait. Même si je dois admettre que j'ai été choquée lorsque tu as arrêté de m'écrire. Cela m'a fait plus mal que je ne le pensais.

— J'avais mes raisons, se défendit-il.

— Tu crois que je ne le sais pas ? répliqua-t-elle, avant de soupirer. Je suis heureuse de te revoir. C'est une telle surprise ! Tu es superbe.

— Toi aussi, *bellissima*. Je donnerais n'importe quoi pour que tu restes encore un peu.

— Je suis désolée, mais mon équipe m'attend et nous avons un calendrier serré. Je te suis reconnaissante d'être venu. Te voir me permet de tourner définitivement la page. *Addio per sempre*, Enrico.

« Adieu pour toujours » ? Sonné, il la regarda s'éloigner avec ses longues jambes fuselées. Bon sang ce qu'elle était belle ! Il avait admiré Donetta à travers les yeux d'un gamin, puis d'un adolescent ; à présent, il était un homme de vingt-sept ans qui devait s'avouer que ses sentiments pour elle s'étaient enracinés en lui dès son plus jeune âge. Et qu'ils n'étaient jamais partis.

Il était temps d'agir. Ce n'était ni le lieu ni le moment, songea-t-il tandis que Donetta disparaissait à l'angle d'un bâtiment. Elle avait érigé une muraille impénétrable autour d'elle, et Enrico ne pouvait l'en blâmer. Il avait besoin de temps et d'intimité pour renouer des liens de confiance. Aujourd'hui, elle l'avait rejeté, mais il ne pouvait s'en prendre qu'à lui-même. Il ne pouvait rien lui reprocher, et allait devoir repartir de zéro avec elle.

Sur le vol de retour vers Vallefiore, Enrico décida soudain de confier son secret à son cousin.

— Je me doutais que tu étais amoureux, dit Giovanni. Mais ta mère n'aurait jamais permis un tel mariage. Elle souhaite toujours que tu épouses la princesse Valentina, non ?

— C'est *ma* vie. Et je veux Donetta. Je l'ai toujours voulue. La revoir m'a fait comprendre qu'elle était faite pour moi.

— Tu le lui as dit ?

— Pas vraiment, marmonna Enrico, tête basse.

— Pourquoi ? Penses-tu qu'elle est amoureuse de toi ? reprit son cousin devant son silence.

— Non. Si elle me l'avait dit, je me serais enfui avec elle. Pourquoi toutes ces questions ?

— Parce que j'ai peur d'avoir de mauvaises nouvelles pour toi. Je tiens de source sûre que la princesse Donetta a refusé toutes les demandes en mariage qui lui ont été adressées.

— J'appelle plutôt cela une bonne nouvelle ! se réjouit Enrico.

— Non. Elle les a rejetées parce qu'elle prévoit de ne jamais se marier !

Enrico éclata de rire.

— Allez, Giovanni, arrête de te payer ma tête !

— Je suis très sérieux ! Elle attend le jour où les lois de Domodossola sur la succession changeront pour permettre aux femmes de gouverner. Elle veut devenir reine.

— Cela n'arrivera jamais, c'est absurde !

Cette volonté ne ressemblait pas à la Donetta qu'il connaissait, et pourtant ce n'était pas si absurde que cela. Sa princesse était une femme brillante, volontaire, elle fourmillait d'idées, alors pourquoi ne serait-elle pas ambitieuse ?

— Elle veut régner, et régner seule, reprit Giovanni. Pas comme une reine d'apparat. Donc pas de mari. C'est pourquoi elle est toujours célibataire.

— Comment sais-tu tout cela ?

— Parce que j'ai un secret, moi aussi. Comme tu le sais, ton père m'a mis à la tête de la fédération d'équitation du royaume. Il voulait que nos Sanfratellano participent à tous les concours internationaux.

Enrico fit un signe de tête. La famille di Montedoro était réputée depuis des siècles pour ses élevages de cette race incroyable. Giovanni avait développé les échanges avec de nombreux haras à travers le monde.

— Lors d'un concours à Paris, l'automne dernier, j'ai rencontré la princesse Fausta Rossiano.

— La sœur de Donetta ?

— Oui. Je te passe les détails, mais il se trouve que je connais sa meilleure amie, Mia Giancarlo. Elle m'a dit que les deux sœurs s'entendaient comme larrons en foire et que Fausta avait elle aussi refusé toutes les demandes en mariage. Elle ne veut pas d'un prince ou d'un aristocrate, elle veut épouser un roturier ! Il semble que la seule sœur normale de la famille soit la plus jeune, la princesse Lanza, qui est maintenant mariée au prince Stefano d'Umbriano.

Un sifflement échappa à Enrico. Tout cela était tellement incroyable ! Pourtant, au fond de lui, il savait que Donetta l'avait aimé. Et il était déterminé à la conquérir, à n'importe quel prix. Giovanni lui avait donné assez d'informations pour qu'il offre à sa princesse quelque chose qu'elle ne pourrait pas refuser. Et un plan grandiose venait de germer dans son esprit…

— La vérité, Giovanni, c'est que je ne peux pas me sortir Donetta de la tête. J'ai été idiot d'essayer de croire le contraire et de faire mon devoir alors qu'elle a toujours été l'élue de mon cœur.

— Tu oublies ta mère…

— Je lui rappellerai le moment venu qu'elle a eu la possibilité de rejeter ou d'accepter la proposition de mon père. Maintenant, c'est à mon tour d'avoir le choix.

— Toi, tu as une idée derrière la tête, non ?

Enrico sourit. Son cousin et lui se connaissaient si bien !

— Si, confirma-t-il. Vallefiore n'a jamais accueilli de concours équestre. Que dirais-tu d'organiser l'événement le plus spectaculaire jamais vu ? Je sais que cela demandera du temps et des efforts, mais cela en vaudra la peine.

En cette belle journée de juillet, Donetta s'assit à la table du petit déjeuner avec ses parents et sa sœur Fausta, dans la petite salle à manger du palais.

— Comment te sens-tu, papa ? demanda-t-elle au roi Victor.

— Je vais bien.

Elle jeta un coup d'œil à sa mère pour confirmation. Son père avait une maladie cardiaque, qu'il avait finalement avouée après le mariage de la plus jeune sœur de Donetta, Lanza, avec le prince héritier Stefano d'Umbriano.

— Il est contrarié que Stefano ait dû prendre l'avion pour l'Argentine hier, à cause de ses affaires, expliqua Fausta. Et cette Lanza est partie avec lui.

Leur petite sœur avait toujours été la chouchoute de leur père, mais, depuis qu'elle avait épousé Stefano, elle partait avec lui visiter ses mines d'or à travers le monde dès que c'était possible. Le béguin d'enfance de Lanza pour Stefano s'était transformé en un amour réciproque – ils étaient fous l'un de l'autre. Toutefois, elle manquait à leur père, qui semblait d'humeur sombre ces jours-ci.

— Il devait partir, le raisonna Donetta. Qu'est-ce qui te dérange vraiment ?

Le roi Victor de Domodossola baissa les yeux et fronça les sourcils.

— Depuis leur mariage, Stefano a été beaucoup plus occupé à gérer ses intérêts miniers que je ne le pensais.

Il avait espéré que son nouveau gendre prendrait plus de responsabilités à ses côtés dans la conduite du royaume. Or Stefano était ingénieur et possédait de nombreuses mines d'or. Il soutenait l'économie de son pays, Umbriano, dans les Alpes, et maintenant celle de Domodossola, leur petit royaume situé à cheval entre la France, la Suisse et l'Italie. Il n'avait pas mis ses activités entre parenthèses, même s'il essayait de donner à leur père autant de temps que possible lorsqu'il était là.

— Pourquoi ne pas t'appuyer sur moi pendant son absence ? demanda Donetta.

Elle savait que son plaidoyer allait tomber dans l'oreille d'un sourd, mais elle n'avait pu s'empêcher de le dire. Son rêve avait toujours été de diriger seule Domodossola lorsque son père ne le pourrait plus, mais les lois de succession ne le permettaient pas.

— Je peux gérer les derniers contrats sur le bois que nous expédions à Umbriano, reprit-elle.

Sans surprise, son père secoua la tête.

— C'est gentil, mais Giulio travaille dessus.

Elle leva les yeux au ciel. Le conseiller financier de son père avait quatre-vingt-deux ans et commençait à faire des erreurs.

Elle finit son café.

— Dans ce cas, je vous demande de m'excuser, je vais dans mon bureau.

— Attends ! lança son père. Ta mère et moi devons discuter avec toi de quelque chose d'important.

Donetta se raidit. « Quelque chose d'important » ne pouvait signifier que « le mariage ». Quoi d'autre ? Ses parents ramenaient sans cesse le sujet sur le tapis.

— Nous avons reçu une demi-douzaine d'invitations de la famille du prince Arnaud, qui te propose de séjourner quelque temps en sa compagnie. La semaine dernière encore, sa mère nous a invités à visiter leur royaume, dans les Pyrénées. Tu ne peux pas esquiver plus longtemps !

— S'il te plaît, prends cela au sérieux, Donetta, renchérit sa mère. Quand ils sont venus au mariage de Lanza, en janvier, le prince Arnaud nous a parlé en privé, à ton père et à moi. Tu l'as envoûté, ma chérie. Il n'attend qu'une chose : des fiançailles officielles.

— Je ne suis pas encore prête, maman.

Certes, Arnaud était séduisant, et elle s'était rendu compte qu'elle l'attirait. Mais il n'était pas plus amoureux d'elle qu'elle ne l'était de lui.

— Tu nous as dit la même chose il y a un an, protesta sa mère. Arnaud a été très patient. Il m'a dit qu'il n'avait jamais voulu en épouser une autre depuis qu'il t'avait rencontrée.

— C'est vrai, intervint Fausta. Quand vous êtes dans la même pièce, il ne peut pas détacher son regard de toi.

Donetta tiqua en constatant que sa sœur prenait le parti de leurs parents. Pourtant, elle connaissait les sentiments que Donetta éprouvait pour Enrico. Mais elle était en colère après celui-ci, estimant qu'il avait abandonné sa sœur.

Pendant cinq ans...

Fausta avait été très présente et à son écoute pendant les mois qui avaient suivi le soudain silence épistolaire d'Enrico. Au début, Donetta avait imaginé que la famille d'Enrico avait eu vent de leur correspondance et lui avait demandé d'y mettre fin immédiatement. Quelle que soit l'explication, cela avait été la période la plus sombre de sa vie. Elle s'en était peu à peu remise, et se considérait comme guérie depuis un an environ.

Récemment, des rumeurs avaient circulé selon lesquelles Enrico allait se fiancer avec la princesse Valentina. Elle avait fini par se faire une raison : Enrico avait cessé de l'aimer. Quelle idiote elle avait été de le garder dans son cœur pendant tout ce temps !

Comme elle le lui avait dit à Madrid un mois auparavant, ils s'étaient amusés à vivre dans un rêve. Mais cette période où ils avaient feint d'oublier qu'ils étaient tous deux promis à quelqu'un d'autre était révolue. Et revoir Enrico lui avait permis de tourner la page.

Sa mère lui vantait les qualités d'Arnaud et de sa famille, mais Donetta l'écoutait à peine. Aussi sursauta-t-elle quand son père se pencha en avant, l'air courroucé, et parla d'une voix tranchante :

— Il est plus que temps que tu te maries, Donetta ! Notre benjamine est déjà mariée et notre aînée pas encore : cela ne peut pas durer. Je ne veux plus entendre que tu n'es pas prête pour le mariage ; ce sont des sornettes !

Donetta s'inquiétait de voir son père dans cet état. Avec ses problèmes cardiaques, il devait se ménager.

— S'il te plaît, chérie, réfléchis ! la supplia sa mère, qui se leva de sa chaise et lui posa une main sur l'épaule. Arnaud viendra à Domodossola demain. Il dit que c'est pour affaires, mais nous connaissons tous la vraie raison. Il a tellement hâte de te voir ! Je souhaite organiser un dîner avec lui.

Elle prit une grande inspiration.

— Tu l'aimes vraiment bien, papa ?

Il la fixa sans sourciller.

— Bien sûr ! J'ai planifié ce mariage depuis longtemps. Nous connaissons et aimons ses parents depuis de nombreuses années. Tu as eu de nombreux prétendants, mais je crois sincèrement qu'il fera un merveilleux compagnon que tu pourras aimer et en qui tu pourras avoir confiance.

Ses parents n'allaient pas cesser de lui mettre la pression. Résignée, Donetta se leva de table.

— Puisque c'est si important pour vous, va pour un dîner. Mais je ne peux rien vous promettre ! À ce soir, lança-t-elle par-dessus son épaule en se dirigeant vers la porte.

— On ne se verra pas, dit Fausta. Je vais manger en ville avec Mia.

Fausta passait de plus en plus de temps avec sa meilleure amie, infirmière à l'hôpital et membre de sa fondation médicale. Elle rencontrait des gens qui n'appartenaient pas à leur milieu, et Mia lui présentait des amis – Fausta avait décrété qu'elle n'épouserait jamais un aristocrate. Donetta avait promis de ne rien dire à leurs parents.

À peine eut-elle poussé la porte de son bureau, dans l'aile sud du palais, que Talia, sa secrétaire, agita une grande enveloppe blanche devant elle.

— Vous avez reçu cette lettre au courrier du matin, Altesse. Elle vient de Vallefiore.

2

Le simple fait d'entendre « Vallefiore » fit chanceler Donetta. Après leurs retrouvailles le mois précédent, Enrico avait-il décidé de lui écrire à nouveau ? Pourquoi ? Après son silence cruel qui avait duré des années, pensait-il qu'elle serait *heureuse* de recevoir une lettre de sa part ?

Pourtant, la curiosité prit le dessus. Sa main tremblait lorsqu'elle la tendit pour saisir l'enveloppe. Il fallut de longues secondes avant que les battements de son cœur ne se calment.

Après s'être assise sur sa chaise pivotante, elle remarqua que le courrier était adressé à la princesse Donetta Rossiano, présidente de la fédération d'équitation de Domodossola. Donetta avait accepté ce poste après avoir arrêté la compétition cinq ans auparavant. À l'intérieur de l'enveloppe se trouvait une invitation officielle de la part de son homologue de Vallefiore, le prince Giovanni di Montedoro.

Ce n'était pas une lettre d'Enrico…

Son cœur sombra.

Elle se ressaisit et lut le carton jusqu'au bout. Elle était invitée à un concours international programmé les deux derniers jours du mois d'août. Elle serait une invitée de marque du roi Nuncio et de la reine Teodora, et aurait une place dans leur loge pour suivre la compétition. Ensuite se tiendrait un dîner de gala, suivi d'un feu d'artifice au bord du lac de Saracène.

Donetta était stupéfaite. En effet, Vallefiore n'avait jamais organisé un événement de ce genre. Pourquoi *maintenant* ?

Cette invitation était-elle une manière pour Enrico de s'excuser auprès d'elle ? La recevoir juste après que ses parents l'avaient suppliée de donner une chance à Arnaud la troublait terriblement. Et lui faisait de la peine.

Un souvenir précis lui traversa l'esprit, celui de ce jour où Enrico l'avait aidée à descendre de son cheval parce qu'ils avaient monté à cru. Il l'avait prise dans ses bras et l'avait embrassée, avec tant de passion qu'elle aurait voulu qu'il ne s'arrête jamais. Cela avait été le premier grand frisson de sa jeune vie, et il était gravé dans son cœur et dans son âme pour toujours. Mais apparemment, ce moment n'avait pas eu la même signification pour Enrico.

Il était peut-être tombé amoureux d'une étudiante rencontrée à l'université, ou d'une beauté croisée au cours de l'un de ses voyages. Ou peut-être tout simplement que ses sentiments pour elle s'étaient atténués et qu'il n'avait pas voulu prendre avec elle les deux semaines de vacances qu'il lui avait promises… Et pourquoi n'avait-il pas encore épousé Valentina ?

Donetta se poserait toujours des questions à propos de l'éloignement subit d'Enrico. Elles la dévoreraient à petit feu si elle n'apprenait pas un jour la vérité. Et elle aurait peut-être une réponse si elle assistait à ce concours…

— Talia ? Pourriez-vous envoyer un message au prince Giovanni pour lui dire que j'accepte son invitation ? Et nous devons commencer à sélectionner les cavalières et cavaliers qui participeront au concours. Il va falloir prendre les dispositions nécessaires pour le voyage, le logement, bref toute la logistique.

— Bien, Altesse.

Donetta songea qu'elle profiterait de son séjour à Vallefiore pour s'acheter un Sanfratellano, un de ces merveilleux chevaux qui faisaient la fierté de l'île – et avaient gagné tant de compétitions internationales, en particulier grâce à Enrico. Aucun cavalier de sa connaissance n'avait jamais monté un cheval avec autant de grâce et d'élégance. Donetta continuait de penser qu'à vingt-sept ans il était toujours l'homme le plus séduisant du monde. Avant de le voir en Espagne, elle pensait de lui pis que pendre, l'avait fait tomber du piédestal sur lequel elle l'avait mis autrefois. Mais ses pensées négatives s'étaient évanouies lorsqu'il lui avait dit qu'il était venu en Espagne expressément pour la voir, et s'excuser.

Comment diable allait-elle bien pouvoir se sortir le prince Enrico di Montedoro de la tête ? Après tout, c'était sans doute une bonne chose qu'Arnaud vienne dîner demain soir...

Sa mère avait raison de dire que la beauté d'Arnaud était rehaussée d'un je-ne-sais-quoi de charme à la française. Il était grand temps qu'elle mette Enrico de côté pour de bon et accepte l'inévitable mariage avec son prétendant.

Donetta avait acheté une nouvelle robe et de nouvelles chaussures en prévision du dîner. Vu la manière dont Arnaud l'avait regardée lorsqu'elle était apparue, puis pendant tout le dîner, ses efforts n'étaient pas passés inaperçus.

Après le dessert, ils sortirent tous deux sur la terrasse et bavardèrent un long moment.

— Je ne vous ai jamais vue aussi resplendissante, dit-il. Cette magnifique robe verte met divinement vos yeux en valeur.

— Merci. Vous n'êtes pas mal non plus.

Il était vraiment très beau dans son élégant costume.

— Vous devez savoir pourquoi je suis ici. Donetta, voulez-vous m'épouser ?

Elle leva la tête. Voilà, c'était l'heure de vérité...

— Arnaud, pouvez-vous me regarder droit dans les yeux et me dire que vous êtes amoureux de moi ? Vous savez, le genre d'amour déchirant qui laisse haletant et brûle de l'intérieur ?

Il garda les yeux rivés aux siens un long moment avant de répondre :

— Pourquoi ai-je le sentiment que vous avez connu un amour comme celui-là ?

Elle s'efforça de ne pas détourner le regard, tandis que son cœur battait à toute vitesse.

— Et moi, j'ai le sentiment que vous n'avez pas encore vécu

un tel amour, sinon vous auriez épousé cette femme sans le consentement de vos parents.

Le silence qui s'installa entre eux était éloquent.

— Merci d'avoir été honnête avec moi, Arnaud. Je vous apprécie aussi pour cela. Peut-être que nous pourrons nous contenter d'un mariage arrangé et construire une famille autour d'une affection réciproque.

— Donetta...

— Laissez-moi finir. Je sais que vous m'aimez bien et je tiens à vous. Mais c'est le problème d'être membre de la famille royale : ils font pression sur vous pour que vous vous mariiez et ils m'ont choisie. Mes parents veulent que je vous épouse, depuis longtemps. Cela a été planifié et souhaité des deux côtés pendant des années. Bien que je vous apprécie plus que tous mes autres prétendants, ce n'est pas de l'amour.

Jusqu'à ce que les lettres d'Enrico cessent de lui parvenir, Donetta était persuadée qu'ils étaient amoureux. À sa grande consternation, il semblait qu'elle se soit fait des illusions.

— Ça peut se transformer en amour, murmura Arnaud, dont la voix s'immisça dans ses noires pensées. J'aimerais que vous veniez chez moi le week-end prochain. Nous parlerons, et avec un peu de chance vous tomberez amoureuse de ma maison et m'aimerez un peu plus. Découvrons si nous pouvons y voir plus clair à propos de nos fiançailles.

Donetta devait s'avouer qu'elle était touchée. Arnaud était vraiment un homme sincère et merveilleux. Si elle enfreignait sa propre règle et décidait de se marier – car son désir d'être reine de Domodossola était sans espoir –, il serait le mari parfait et le père idéal pour ses enfants.

Adieu, Enrico...

Il lui serra la main plus fort.

— Donetta, viendrez-vous le week-end prochain ?

Elle ferma les yeux. Pourquoi pas ?

— Oui, j'en serai heureuse. Merci de m'avoir invitée.

Alors, il la prit dans ses bras et l'embrassa. Donetta répondit à son baiser. Elle attendit la magie qu'elle avait ressentie quand

Enrico l'embrassait, mais il n'y avait pas de comparaison possible et il ne pourrait jamais y en avoir. Elle n'était pas amoureuse d'Arnaud, ni lui d'elle.

Donetta était devenue un peu méfiante et cynique après avoir vu Enrico en photo dans des magazines people au bras d'autres femmes, sans parler des rumeurs persistantes d'un mariage à venir avec Valentina. Elle n'était plus la jeune femme de vingt et un ans aux yeux pleins d'étoiles et au cœur rempli d'Enrico. Et elle ne retrouverait jamais l'état d'exaltation amoureuse qu'elle avait connu avec Enrico.

Tout à son excitation de revoir enfin Donetta, Enrico n'avait pas dormi de la nuit. Depuis plusieurs jours, les concurrents et leurs montures arrivaient à l'aéroport international de Vallefiore, où ils étaient pris en charge par les équipes de Giovanni. Le jet royal de Domodossola à peine posé, Enrico installerait Donetta au palais. Il ne la quitterait pas de la journée, et ce soir, après le dîner et les feux, il l'emmènerait dans sa Land Rover pour une nuit de camping.

Sa limousine s'arrêta sur le tarmac au moment où le jet coupait ses réacteurs. Enrico sortit de son véhicule au moment où, la passerelle fixée, la porte de l'appareil s'ouvrait. Il portait son uniforme royal blanc, le torse ceint d'une écharpe bleue de l'épaule à la taille. Il eut l'impression que, quand elle le vit, Donetta hésita un instant à descendre. Quant à lui, il était ébloui. Elle était sublime dans son tailleur jupe trois-pièces rose pâle. Son espoir s'était réalisé…

— Donetta, sois la bienvenue à Vallefiore. Je suis heureux de t'accueillir dans mon pays.

— Merci, Enrico, dit-elle avec un sourire éclatant. Je ne m'attendais pas à te revoir. Mon pays est honoré de participer à ce concours.

— Si tu veux bien me suivre, nous allons nous rendre au palais, où tu pourras te rafraîchir avant les premières épreuves de dressage.

— Mon assistante m'a dit que nous logions à l'hôtel Montedoro Lake Front, répliqua-t-elle en fronçant les sourcils.

— J'espère que cela ne te dérange pas, mais je t'ai fait installer au palais. C'est la première fois que j'ai la possibilité de te le faire visiter. J'aurais voulu le faire à la fin de l'université, mais les problèmes de santé de mon père ont changé mes plans. Je ne pouvais pas t'en parler dans mes lettres, car j'avais promis à ma mère de me taire. Elle craignait, et craint toujours, que la nouvelle ne se répande. Mais je sais que je peux te faire confiance.

Ils s'installèrent dans la limousine, puis le chauffeur démarra.

— Je ne savais pas que ton père était malade, dit Donetta. Qu'est-ce qu'il a ?

— On lui a diagnostiqué la maladie d'Alzheimer. Je l'ai appris juste avant ma remise de diplôme.

— Oh ! non...

— À l'exception de quelques proches au palais, personne ne connaît la vérité. Depuis mon retour, je dirige de plus en plus le pays. Malheureusement, l'état de mon père est désormais grave. Il passe la plupart de son temps prostré dans son fauteuil roulant et souvent ne reconnaît plus personne.

— Quelle horreur ! s'écria Donetta, qui semblait sincèrement bouleversée. Je suis vraiment désolée, Enrico.

— C'est surtout très dur pour ma mère et mes sœurs.

Donetta hocha la tête. Il lisait de la compassion dans ses grands yeux verts, et cela le touchait au cœur.

— Les gens de mon pays ne savent pas non plus que mon père a des problèmes cardiaques. Notre famille s'inquiète pour lui, mais au moins il nous reconnaît et a toujours l'aide de Stefano pour gérer les affaires du royaume.

— Après t'avoir revue à Madrid, j'ai décidé, avec mon cousin Giovanni, d'organiser un concours équestre. J'espérais que tu viennes, pour que je puisse t'expliquer certaines choses.

Elle lissa sa jupe, le regard baissé.

— J'avoue que j'ai été surprise quand mon bureau a reçu l'invitation.

— Je suis ravi que tu aies accepté de venir. Je me souviens

que tu t'intéressais aux Sanfratellano. J'ai envie de t'emmener dans des endroits où ces chevaux vivent à l'état sauvage.

— J'adorerais ça ! s'écria-t-elle sans hésiter.

— Après le feu d'artifice de ce soir, nous irons camper dans cette partie de l'île pour que tu puisses les voir aux premières lueurs du jour. Qu'est-ce que tu en penses ?

— Oh ! c'est formidable ! s'exclama-t-elle avec excitation. C'est une invitation impossible à refuser.

Enrico sourit. C'était l'idée...

Les yeux de Donetta s'élargirent en apercevant le fabuleux palais de Montedoro, de style à la fois mudéjar et Renaissance, bordé de jardins enchanteurs tapissés d'azulejos. Les mariages architecturaux étaient à couper le souffle.

Enrico l'accompagna jusqu'à ses appartements, au deuxième étage de l'aile sud, où ses bagages avaient été amenés.

— Il y a un plateau de nourriture pour toi, si tu as faim. Je reviendrai te chercher dans vingt minutes.

Enrico parti, elle s'adossa contre le battant de la porte, essayant de se ressaisir. Que d'émotions ! En apprenant ce qui lui était tombé dessus à sa sortie de l'université, elle avait compris qu'elle s'était trompée sur lui. Cela la bouleversait.

Il avait passé les cinq années précédentes à soutenir son père et sa famille, qui vivaient des moments difficiles, et à gouverner dans l'ombre. Le pouvoir et l'autorité reposaient sur ses épaules, désormais – si quelqu'un pouvait le supporter, songea-t-elle, c'était lui.

Elle leva les yeux vers le plafond ouvragé, qui lui rappela ceux de l'Alhambra, à Grenade, où elle s'était rendue récemment. Les fenêtres cintrées donnaient sur une immense cour plantée d'arbres et de fleurs, au milieu de laquelle était creusée une piscine. Voilà, elle était chez Enrico... Dire que, lorsqu'elle avait décidé de venir à Vallefiore, elle n'était même pas sûre qu'elle le verrait !

Dès le moment où elle avait vu sa grande silhouette athlétique sublimée par son costume d'apparat, rien ne s'était déroulé comme prévu...

Confuse, Donetta se rafraîchit, puis gagna le salon pour grignoter : elle trouva des jus de fruits, du café, du thé à la menthe, des petits pains et des pâtisseries, des fruits secs.

Enrico avait sorti le grand jeu pour elle. Pourquoi faire cela *maintenant*, organiser un concours international seulement pour la voir ? Pensait-il qu'elle était tellement en colère que seule une telle invitation pouvait la faire venir à Vallefiore ? Elle ne comprenait pas ses motivations.

Trois coups brefs sur la porte la firent sursauter. Elle prit son sac à main et ouvrit le battant.

— Tu es prête ?

Son regard noir posé sur elle lui envoyait des frissons dans tout le corps. Elle avait soudain beaucoup trop chaud. Le charme d'Enrico était décidément dévastateur ! Elle avait du mal à respirer.

— Oui. J'aimerais ne pas manquer le concours des gamins de dix ans. Je n'oublierai jamais mon premier concours, et combien j'étais nerveuse.

— À te voir monter ce jour-là, je n'aurais jamais deviné que tu étais nerveuse !

Ils descendirent le magnifique escalier et sortirent. Le soleil brillait. Après un court trajet en limousine, ils atteignirent le grand parc dans lequel avait été construite la piste, entourée de gradins et de tribunes – la loge royale était imposante, coiffée d'un dais immaculé. Donetta nota qu'à l'arrière de celle-ci un espace VIP avait été aménagé ; sous des auvents, des tables avaient été dressées pour le déjeuner, avec des centres fleuris et des couverts en argent.

Enrico l'escorta jusqu'aux quelques marches de la loge réservée à la famille royale et à ses invités les plus prestigieux. Donetta repéra la mère et les sœurs d'Enrico. Le roi n'était pas là, elle savait désormais pourquoi.

Son compagnon la prit par le coude.

— Donetta, puis-je te présenter ma mère, la reine Teodora ?

— Votre Majesté, la salua-t-elle en faisant la révérence.

— Maman, je te présente la princesse Donetta Rossiano de Domodossola.

— Je suis heureuse de vous rencontrer, ma chère. J'ai entendu dire que vous étiez une grande cavalière et une beauté. Je constate qu'au moins sur ce dernier point vous êtes à la hauteur de votre réputation.

Le compliment aurait été flatteur si la voix de la reine n'avait été si froide. Donetta sourit, mais la reine ne lui sourit pas en retour. Quelque chose n'allait pas. La mère d'Enrico était-elle furieuse que Donetta, princesse d'un pays ennemi, ait été invitée et soit venue, alors qu'elle attendait de son fils qu'il s'affiche avec Valentina ?

— Merci. C'est moi qui suis honorée de vous rencontrer, Votre Majesté. Mes parents m'ont demandé de vous transmettre leurs salutations, ainsi qu'au roi Nuncio. Je suis désolée d'apprendre qu'il ne se sent pas bien aujourd'hui.

La reine enchaîna, faisant comme si Donetta n'avait rien dit :

— Nous espérons que cet événement sera le premier d'une longue série.

Enrico avait manifestement remarqué l'attitude inamicale de sa mère. Il prit le bras de Donetta.

— Viens, je vais te présenter à mes sœurs.

La reine pinça les lèvres, mais ne répliqua pas. Les sœurs d'Enrico – dont l'une était enceinte – et leurs maris lui firent bon accueil. Donetta se sentit un peu mieux. Puis Enrico s'assit entre elle et sa mère, au moment où le prince Giovanni annonçait le début de la compétition.

Observer les jeunes cavaliers pendant deux heures fit faire à Donetta un saut dans le passé. Aucun des jeunes concurrents n'avait le talent d'Enrico sur un cheval, sa grâce. Son départ pour l'université l'avait empêché de poursuivre sa carrière, tout comme elle avait arrêté la sienne une fois diplômée pour prendre la tête de la fédération d'équitation de Domodossola.

Au moment de la pause, Enrico se pencha vers elle pour lui murmurer :

— Les cavaliers de ton pays sont très bons, mais personne ne monte comme tu montais.

— Je me faisais la même réflexion à ton sujet.

— Voilà qui est agréable à entendre ! dit-il en se levant. Allons déjeuner avant le début des compétitions de saut.

Donetta s'attendait à ce qu'Enrico accompagne sa mère, mais un de ses beaux-fils avait pris les devants. Cela n'allait pas arranger leurs relations, songea-t-elle.

Ils s'installèrent face à face à une table pour deux.

— Enrico, pourquoi me montres-tu un intérêt privilégié alors que de nombreux représentants officiels d'autres pays sont présents aujourd'hui ? J'ai l'impression que c'est comme si tu giflais ta mère.

Il attendit que les serveurs aient rempli leurs verres de thé glacé et déposé devant eux leurs assiettes.

— Parce qu'il y a des années toi et moi étions attirés l'un par l'autre et avions prévu de prendre des vacances ensemble. Malheureusement, cela n'a pas pu se faire. Mais sache que j'ai toujours voulu que tu sois mon invitée. À mon grand regret, la vie a contrarié mes projets. Jusqu'à aujourd'hui, j'ai nagé dans les problèmes.

Son franc-parler fit fondre le cœur de Donetta. Elle le comprenait tellement, elle que les responsabilités inhérentes à sa naissance obligeaient à envisager le mariage avec Arnaud ! Sa visite dans les Pyrénées ne l'avait pas aidée à se décider. Elle n'avait toujours pas pu lui dire qu'elle allait l'épouser. Mais elle lui avait promis qu'après ce voyage à Vallefiore elle lui donnerait une réponse.

Les prunelles sombres d'Enrico la fixaient, magnétiques, envoyant des frissons à travers son corps tandis qu'elle dégustait une exquise salade de fruits de mer.

— Cette maudite affaire de fraude qui a provoqué la brouille entre nos deux pays n'a jamais été prouvée. Tout aurait dû rentrer dans l'ordre depuis des années. Sous mon règne, j'ai l'intention de résoudre le problème afin de pouvoir rouvrir les négociations avec ton père.

— Ce serait formidable !

— Oui. Et c'est un miracle que tu sois là. J'étais enthousiaste quand Giovanni m'a dit que tu avais accepté notre invitation.

Tout ce qu'il lui disait ressuscitait ses anciens sentiments pour lui… et son désir !

— J'étais excitée à la perspective de venir dans ton pays, avoua Donetta. Nous avions l'habitude d'échanger beaucoup à propos de nos vies…

— Passer du temps avec toi était l'apothéose de mes voyages, affirma Enrico.

Donetta réprima un gémissement de bonheur.

— Pour moi aussi.

Ils terminèrent leur assiette en silence. Donetta avait l'impression qu'ils partageaient la même nostalgie.

— Il est temps de retourner à la tribune, dit soudain Enrico d'une voix douce, comme s'il voulait préserver ce moment de communion.

— Je suis prête. C'était délicieux. Merci.

Elle se leva et, à la suite d'Enrico, regagna son siège. Le regard hostile de la reine ne la quittait pas.

Les épreuves de saut étaient la discipline préférée de Donetta, mais son esprit était tellement obnubilé par Enrico et leur conversation qu'elle avait du mal à se concentrer.

À la fin de la journée, Giovanni annonça que le prince héritier lui-même remettrait les prix.

Le regard de Donetta resta rivé à Enrico tandis qu'il récompensait d'une coupe et de quelques mots les vainqueurs ébahis. Elle ne pouvait s'empêcher de songer que, pour une fois, elle n'aurait pas à lui dire au revoir après un concours…

D'habitude, elle se rendait toujours à pied aux écuries pour féliciter les participants de son pays, mais pas aujourd'hui. Enrico était pressé : il avait changé ses plans et ne voulait plus attendre la fin de la soirée pour emmener Donetta camper.

Après avoir parlé à Giovanni et l'avoir félicité d'avoir organisé un événement aussi exceptionnel, Donetta monta dans la limousine avec Enrico, direction le palais. Il l'accompagna jusqu'à sa porte.

— Je viendrai te chercher dans une heure. Cela te laisse assez de temps ?

— C'est parfait. Et je voulais juste te dire que tu as enchanté tous les gagnants en leur remettant leur coupe. Cette jeune fille espagnole avait l'air si excitée de te rencontrer qu'elle m'a fait penser à moi lorsque la reine Anne m'a remis mon trophée, il y a quelques années. Ce jour restera gravé dans leur mémoire.

— Tant que cette journée devient mémorable pour toi, c'est tout ce que je demande.

Dès qu'il fut parti, elle ferma la porte et retira son ensemble. Tout son corps tremblait. Elle prit une douche et se lava les cheveux. Une fois prête, elle opta pour un pantalon beige et un chemisier vert chasseur. Dix minutes plus tard, Enrico toquait à sa porte.

Il ne portait plus de blanc, mais un pantalon et une chemisette kaki. La bouche sèche, Donetta se dit qu'il était plus viril que jamais ainsi habillé.

— N'oublie rien, l'avertit-il, nous ne reviendrons pas avant demain. D'ailleurs, je ne t'ai pas demandé : j'espère que ça ne te dérange pas que nous manquions le dîner et le feu d'artifice. J'ai d'autres projets pour nous…

Les sous-entendus possibles de cette dernière phrase firent naître un feu dans le ventre de Donetta. Seigneur, de quels projets parlait-il ? Elle devait changer de sujet de conversation, et vite !

— Ta mère sait-elle que tu es avec moi ce soir ? Je ne suis pas venu à Vallefiore pour semer un peu plus la discorde entre nos deux pays.

— Je ne doute pas qu'elle sache ce que nous faisons. Elle a des yeux et des oreilles partout dans le palais.

— Elle doit être contrariée qu'une Rossiano soit ton invitée d'honneur, non ?

— Sans doute, mais je m'en fiche.

Moi aussi, pensa-t-elle aussitôt. Être seule avec Enrico ce soir était tout ce qui lui importait.

3

Enrico conduisit la Land Rover vers les montagnes. Il leur restait encore deux heures de jour, le temps pour Donetta d'admirer le paysage pendant qu'il installerait leur campement.

— Le paysage est si vert et semble si fertile ! Est-ce qu'il pleuvrait ici beaucoup plus que je ne le pensais ?

— Je suis content que tu l'aies remarqué. Cela signifie que mon travail depuis mon retour d'Angleterre n'a pas été vain.

— Que veux-tu dire ?

— Ce n'est pas la pluie, mais l'irrigation. L'agriculture est à la base de l'économie de Vallefiore. Donc Giovanni et moi avons étudié les défis agricoles auxquels notre pays devait faire face. Puis nous avons développé un système pour alimenter l'île avec de l'eau douce convertie à partir de l'eau de mer. Cette innovation a ouvert de nouvelles perspectives d'emploi pour les jeunes et la réduction des émissions de gaz à effet de serre. La productivité de nos agriculteurs a triplé, ce qui enrichit l'économie, diminue les importations, et nos ressources en bois augmentent, ce qui va favoriser les exportations et contribuer à la prospérité du pays.

— Je suis impressionnée, s'ébahit Donetta, les yeux ronds.

— Même s'il reste encore beaucoup de travail, nous sommes satisfaits des progrès réalisés jusqu'à présent. Mais les problèmes agricoles ne sont qu'une partie de mes responsabilités et de mes soucis. Je me suis également attaqué à la corruption qui gangrène notre économie. Mon père avait commencé, mais il n'était pas assez radical, à mon avis.

— Tu as réussi à installer des pipelines partout sur cette immense île pour acheminer de l'eau de mer rendue potable ? C'est fou !

— Nous n'avons pas terminé, mais ce qui se passe depuis trois ans nous encourage à poursuivre.

Le sourire de Donetta atteignit une zone sensible de son cœur.

— C'est un miracle ce que tu as accompli ! Je ne trouve pas les mots pour te dire mon admiration et mon émerveillement.

— Tu es assez émerveillée pour me pardonner d'avoir mis fin à notre correspondance ? Je ne voulais pas que ce soit définitif, mais, quand je suis arrivé au palais, j'ai été pris dans un engrenage entre les soucis de ma famille et les problèmes politiques.

— Bien sûr que je te pardonne.

— Alors tu es une sainte.

— Regarde ce que tu as fait pour ton pays ! Cela pourrait aider certains pays d'Afrique de l'Est qui souffrent de la sécheresse.

— J'y pense tout le temps, avoua-t-il.

Ils échangèrent encore quelques minutes, le temps d'arriver dans les montagnes. Discuter avec Donetta l'avait toujours stimulé, mais jamais plus que maintenant.

— Avant la nuit, je veux te montrer un beau spectacle. C'est après le prochain virage.

Une minute plus tard, Enrico gara sa Land Rover sur le bord de la route. Le cri de ravissement qui s'échappa des lèvres de Donetta était le son le plus ravissant qu'il ait entendu depuis longtemps. Les derniers rayons du soleil étaient capturés par la plus haute chute d'eau de l'île, qui cascadait, spectaculaire, dans un décor de rêve.

— Les locaux l'appellent *Percorso al Cielo.*

— « Le chemin du ciel », murmura-t-elle. C'est absolument magnifique.

— Quand je t'ai vue pour la première fois, ta chevelure

dorée qui ondulait presque jusqu'à ta taille m'a rappelé cette chute d'eau.

Donetta se tourna vers lui.

— Sais-tu que ce sont tes cheveux noirs que j'ai remarqués en premier chez toi ? Nous avions à peine dix ans.

— J'espère les garder encore longtemps !

— Je ne peux pas t'imaginer les perdre. Ou alors vers quatre-vingts ans.

— J'apprécie ta confiance, répliqua-t-il en riant.

Lorsqu'ils reprirent la route, Donetta lui demanda où ils allaient.

— À environ dix minutes d'ici, sur une falaise qui surplombe une partie de la plaine.

— J'ai hâte de voir les chevaux sauvages !

— Quand tu en auras eu ta dose, demain, nous reviendrons nous baigner dans la piscine sous la cascade.

— Ça ressemble au paradis… Sauf que je n'ai pas apporté de maillot de bain !

— Pas de problème. Au palais, nous avons des vêtements, maillots, cravates pour les visiteurs, au cas où. J'ai apporté un maillot pour toi.

Leur destination atteinte, Enrico gara le 4x4, et ils sortirent. Donetta s'extasia devant le panorama.

— Je vais monter la tente, annonça-t-il.

— Pas la peine. Il fait chaud et j'adore dormir à la belle étoile.

Il sourit. Cette réponse de Donetta était encore une manifestation de sa personnalité aventureuse, et il adorait ce trait de caractère.

Ils installèrent leur campement. Elle étendit leurs tapis de sol sur une portion plane et protégée, avant de dérouler leurs sacs de couchage. Enrico sortit la nourriture du coffre, puis il installa une petite table de camping et des chaises. Ensuite, pendant que Donetta préparait des *bruschettas* avec les ingrédients qu'il avait apportés, il alluma un feu et y jeta des pommes de terre enrobées de papier aluminium. Lorsque la braise fut prête, il déposa deux steaks sur la grille. À sa grande surprise, Donetta posa les *bruschettas* à côté.

— C'est délicieux, tu vas voir, lui dit-elle.

Ils s'assirent sur les chaises pliantes et commencèrent à dîner joyeusement. Enrico n'avait pas passé un aussi bon moment de toute sa vie.

— Tu as raison, c'est excellent, la *bruschetta* au barbecue ! Comment as-tu appris à cuisiner aussi bien ?

— La chef du palais nous a prises, mes sœurs et moi, sous son aile. Elle répétait que, riche ou pauvre, tout le monde devrait savoir préparer à manger, parce que cela sert un jour ou l'autre. Quand je reviendrai au palais, je la remercierai pour ses leçons.

— Je la féliciterai aussi, déclara Enrico. Je n'avais jamais mangé la *bruschetta* préparée ainsi, et je ne veux plus jamais en manger autrement.

Elle lui sourit. La lumière dansante du feu faisait ressortir ses traits ciselés et ses hautes pommettes, soulignait sa beauté à la fois classique et sauvage.

— J'aime être ici, en plein air, camper avec toi. Je t'ai déjà dit, je suppose, que mes sœurs et moi aimions jouer dans les bois à l'extérieur du palais. De temps en temps, nous sauvions un oiseau blessé, nourrissions un hérisson égaré. Ma sœur Fausta était douée pour donner les premiers soins. Pendant sa lune de miel, ma sœur Lanza a trouvé un petit renard roux dans la neige. Stefano et elle s'en sont occupés. Elle voulait le garder, mais ils l'ont déposé dans un refuge pour animaux sauvages.

— On dirait que toi et tes sœurs avez eu une enfance heureuse.

— Oui. Tes sœurs et toi aussi, non ? Je me souviens de certaines bêtises dont tu m'as parlé dans tes lettres.

Enrico sourit, nostalgique.

— Giovanni nous rejoignait souvent. Nous faisions beaucoup de randonnées et jouions dans le lac, en face du palais. Certaines nuits, nous dormions sur le sable pour pouvoir pêcher depuis nos sacs de couchage.

Donetta éclata de rire.

— Vous avez dû bien vous amuser ! Heureusement pour tes sœurs, tu étais là pour les protéger, donc tes parents n'avaient pas à s'inquiéter. Mon père ne nous laissait pas rester dehors la nuit. Si j'avais pu, j'aurais construit ma propre cachette secrète au fond de la forêt et j'y aurais dormi toutes les nuits. J'aurais dû naître garçon.

— J'ai du mal à t'imaginer en garçon ! s'esclaffa Enrico.

— Les garçons ont beaucoup plus de liberté. Dans mon pays, les filles ne peuvent même pas gouverner !

L'amertume qu'Enrico décela dans sa voix lui confirma que devenir reine de Domodossola avait bel et bien été l'ambition de Donetta – et l'était peut-être encore.

Il se leva pour commencer à ranger.

— Ton père t'a laissée devenir la meilleure cavalière de ton pays, hommes et femmes confondus. Sans lui, nous ne nous serions jamais rencontrés.

Leurs regards restèrent rivés l'un à l'autre pendant un long moment. Donetta rompit l'échange et entreprit de l'aider. Une fois la nourriture et la glacière rangées dans la voiture, Enrico arrosa les braises. Il retourna à la Land Rover et en rapporta deux oreillers et une couverture pour Donetta, au cas où elle aurait froid pendant la nuit. Ils décidèrent de dormir dans leurs vêtements et de se changer au matin.

— Cette journée a été magique, Enrico, affirma Donetta en s'allongeant.

— Nous aurions dû la vivre après mon retour d'Angleterre, diplômes en poche. Mais beaucoup de choses se sont passées entre-temps.

Il se tourna vers elle, et s'appuya sur le coude.

— Qu'en est-il de ton arrangement avec Arnaud ? reprit-il. Je te le demande parce que, s'il est toujours d'actualité et si j'étais lui, je serais mort de jalousie.

Elle croisa les mains derrière sa nuque, le regard planté dans la voûte céleste.

— Nous étions ensemble récemment. Il m'a demandé de l'épouser, mais je ne lui ai pas encore donné de réponse.

— Connaît-il notre histoire ?

— Non.

— Vas-tu lui en parler ?

— Oui, si je décide d'accepter sa demande en mariage.

Enrico se dit qu'il avait oublié l'honnêteté à la liste des qualités qu'il adorait chez Donetta.

— Pourquoi as-tu accepté de venir camper avec moi ?

Elle tourna le visage vers lui.

— À ton avis ? Bien que ton invitation soit arrivée des années trop tard à mon goût, je n'ai pas pu résister à l'envie d'accepter, ne serait-ce que pour savoir si mes souvenirs me trompaient.

— Comment auraient-ils pu te tromper ? s'étonna Enrico.

Elle laissa échapper un long soupir.

— Ai-je été stupide de penser que j'avais compté pour toi pendant toutes ces années ?

Le cri aigu d'un choucas troua l'air.

— Tu sais que tu comptais pour moi.

— Mais nous ne sommes pas partis en vacances ensemble. Je comprends pourquoi, mais cela fait si longtemps, maintenant. Trop longtemps, chuchota-t-elle.

Le ton triste de sa réponse lui fendit le cœur. Soudain, elle roula sur le côté, s'écartant de lui avant qu'il n'ait pu s'approcher pour l'embrasser. Enrico comprit qu'elle avait besoin d'être rassurée.

— Demain, je te réveillerai tôt pour te montrer un spectacle que tu n'oublieras jamais. *Buona notte*, Donetta.

— *Dormi bene*, Enrico.

Bien dormir ? Entre le désir qu'il éprouvait pour elle et le besoin qu'il avait de la protéger, il doutait de pouvoir dormir…

L'alarme de sa montre tira Enrico d'un profond sommeil. Contrairement à ce qu'il avait craint, il avait dormi comme un loir !

Il regarda Donetta endormie. En prenant soin de ne pas faire de bruit, il s'extirpa de son sac de couchage. Il s'éloigna pour se rafraîchir et se changer. Puis il prépara du café et sortit la glacière. Dedans, il y avait pour le petit déjeuner des petits pains fourrés au jambon, des prunes, ainsi que la friandise préférée de Donetta : des dragées.

Quand tout fut prêt, il se dirigea vers sa princesse adorée et s'accroupit à côté d'elle. Il était 7 heures, et le soleil se levait sur les montagnes.

— Donetta ? chuchota-t-il en la secouant doucement par l'épaule.

Elle se retourna. Quand elle ouvrit ses fabuleux yeux verts, il se noya dedans.

— Bonjour. Il est l'heure de se lever.

— *Buongiorno*, répondit-elle en s'étirant. Je n'arrive pas à croire que j'ai aussi bien dormi ! J'espère que toi aussi.

Enrico hocha la tête.

— Ça doit être ce bon air pur, dit-il.

— Oui, peut-être. C'est paradisiaque, ici.

Donetta se leva et enfila ses sandales. Pendant qu'elle se préparait, à l'écart derrière les arbres, Enrico dressa la table pour le petit déjeuner. Il servit deux tasses de café. Quand elle réapparut, le pouls d'Enrico s'emballa. Comme elle était belle, avec sa chevelure lâchée, sans maquillage !

— Waouh ! Tu nous as même préparé un petit déjeuner ! Tu rendras ton épouse heureuse, si jamais tu te maries un jour, le taquina-t-elle en s'asseyant.

Leur repas terminé, Enrico alla chercher des jumelles dans la voiture. Il les posa sur la table.

— Elles sont très puissantes, tu verras.

— Merci. Et merci pour cette escapade, ajouta-t-elle avec un grand sourire.

Elle n'avait pas besoin de le remercier, songea-t-il. Il était heureux qu'elle ait mangé de si bon appétit et semble gaie comme un pinson. C'était même lui qui aurait dû la remercier pour ces moments précieux passés ensemble.

— J'attends ce moment depuis longtemps. Ta présence ici me comble. Lorsque l'invitation pour le concours a été lancée, j'espérais que ton pays participe, mais je n'étais pas du tout sûr que tu viendrais.

— Comme je l'ai dit à la reine, c'est un honneur pour Domodossola. Je n'aurais manqué ce concours pour rien au monde.

Soudain, ce fut comme si tout le paysage commençait à vibrer, comme si la terre sous leurs pieds allait s'ouvrir.

— Les chevaux arrivent ! s'écria Enrico. Vite, suis-moi !

Il entraîna Donetta vers la grande couverture qu'il avait étalée au bord de la falaise. Ils s'y allongèrent côte à côte sur le ventre. Il tendit les jumelles à sa compagne. Un bruit de tonnerre emplissait l'air, grondement sourd et lancinant qui se rapprochait. Tout à coup, la plaine en contrebas fut envahie par des centaines de chevaux noirs, bruns et bais qui galopaient crinière au vent. Une vraie ode à la vie sauvage, pensa Enrico, émerveillé comme à chaque fois.

— Oh ! s'exclama Donetta, les yeux écarquillés. Ils sont magnifiques ! C'est incroyable.

Il savait exactement ce qu'elle ressentait en voyant tant de majesté en liberté dans la nature.

— Je ne m'en lasse pas.

Le troupeau suivait son chef, un magnifique étalon noir.

— Regarde ! Quand il change de direction, ils le suivent tous. On a l'impression qu'ils s'amusent à leur manière.

— Cela peut durer des heures, confirma Enrico. Je pense qu'ils s'amusent plus que certains humains.

Ils les observèrent s'ébattre, se partageant les jumelles, faisant des commentaires sur les animaux. Enrico était troublé de constater une nouvelle fois que Donetta et lui partageaient le même amour pour les chevaux, une passion qui les liait avec force.

— Ils sont tous tellement beaux..., soupira Donetta.

— Tu as une couleur de robe préférée ?

— Oui. Celles qui ressemblent à du chocolat fondu. On les croirait recouverts de satin ! Ils sont élégants, d'une beauté époustouflante.

Elle s'était tournée vers lui. Leurs visages n'étaient séparés que de quelques centimètres…

— Pas aussi époustouflante que toi, susurra-t-il.

Il passa un bras autour de ses épaules et attira la jeune femme vers lui. Sa bouche était encore plus pulpeuse que dans son souvenir. Il voulait Donetta plus que toutes les femmes qui avaient traversé sa vie.

— Enrico…

La façon dont elle avait chuchoté son prénom contre ses lèvres lui fit comprendre qu'elle aussi le désirait. D'ailleurs, elle lui rendait son baiser avec ardeur.

Incapable de s'arrêter, il la serra contre lui et intensifia son baiser, joignant leurs langues en une danse follement excitante. Il n'était plus conscient de rien sauf de la créature merveilleuse qui s'abandonnait dans ses bras.

Enrico était sur le point de lui avouer qu'il était amoureux d'elle quand la sonnerie d'un téléphone déchira le silence.

— Oh ! non…, gémit Donetta en s'écartant de lui. Je suis désolée.

Elle se leva et se précipita vers son sac de couchage pour décrocher. Frustré, Enrico resta au bord de la falaise, le regard perdu dans la plaine. Les chevaux étaient repartis, à présent, tout comme le moment hors du temps et du monde qu'il venait de partager avec Donetta.

Mais ce moment ne serait pas le dernier, décida-t-il. En fait, il était déterminé à épouser sa princesse et avait l'intention de réaliser jusqu'au bout son plan initial avant qu'elle ne quitte Vallefiore.

Donetta vit le nom d'Arnaud s'afficher sur son écran. Aussitôt, elle fut gagnée par la culpabilité. Elle tremblait tellement qu'elle s'assit sur son sac de couchage pour ne pas tomber. Elle avait promis de lui téléphoner, mais elle avait oublié…

Regarder les chevaux sauvages courir au petit matin avait été un moment qu'elle n'oublierait jamais. Elle avait l'esprit si confus, les émotions tellement embrouillées qu'elle ne pouvait pas affronter une conversation avec Arnaud. Elle décida de le rappeler plus tard. Elle téléphona au pilote du jet royal, et ils décidèrent qu'ils décolleraient à 16 h 30.

Lorsqu'elle raccrocha, elle remarqua qu'Enrico avait tout rangé dans la Land Rover, sauf le sac de couchage sur lequel elle se tenait. Elle se leva et le porta jusqu'à la voiture, ainsi que son oreiller. Enrico les rangea à l'arrière pendant qu'elle grimpait sur le siège passager. Sa montre indiquait presque midi et demi – trop tard pour prévoir autre chose avant son départ.

— Prête à te baigner dans la piscine sous la cascade ? lança Enrico en s'installant derrière le volant.

Donetta secoua la tête.

— J'aimerais bien, mais je viens de parler à mon pilote et nous n'aurons pas le temps.

Il démarra le 4x4 et prit la direction de la ville.

— Je suis déçu, mais je comprends.

La vraie raison, c'était qu'elle n'osait pas rester seule avec Enrico ; sinon elle ne voudrait jamais rentrer chez elle. Ce qu'elle ne pouvait évidemment pas lui dire...

Elle avait prévu d'acheter un cheval du pays d'Enrico. C'était impossible, désormais. Se rapprocher davantage de lui serait une grave erreur à tous les niveaux. Il ne lui avait pas dit qu'il l'aimait, et l'avait encore moins demandée en mariage – elle avait espéré, prié pour que cela arrive. Mais comme ces mots n'avaient jamais franchi ses lèvres, elle ne devait plus le revoir.

Après avoir roulé quelques minutes en silence, Enrico tourna soudain la tête vers elle.

— Donetta, honnêtement, pourquoi es-tu venue à Vallefiore ?

Elle répondit sans hésiter, et avec sincérité :

— Parce que tu as été mon béguin d'adolescente, que je n'ai jamais oublié. Jusqu'à ce matin, notre relation était comme un livre que j'aurais commencé à lire mais jamais terminé. Et puis tu m'as embrassée, et je t'ai embrassé. Je ne le regrette pas, ni cette nuit avec toi à la belle étoile. Je le voulais. Mais nous savons tous les deux que ce livre est maintenant refermé, et ne sera jamais ouvert à nouveau.

Elle avait maintenant compris pourquoi il lui avait demandé de faire le voyage jusqu'à Vallefiore : pour lui faire comprendre pourquoi leur relation n'avait pas fonctionné. À son tour de lui expliquer quelque chose.

— J'ai l'intention de devenir la femme d'Arnaud, et je lui serai toujours fidèle.

— Tu l'épouseras même si tu n'es pas amoureuse de lui ?

Son honnêteté la déconcerta.

— Je n'ai jamais dit que je ne l'étais pas.

— Tu n'as pas besoin de le faire.

Enrico ne mâchait pas ses mots. Il s'était excusé pour ce qui avait mal tourné entre eux des années auparavant, certes ; il n'en restait pas moins qu'il n'était pas amoureux d'elle.

Donetta s'éclaircit la gorge.

— J'espère que l'amour viendra, et des enfants.

— Tu renonces à tes envies, au plaisir ?

Elle ne s'attendait pas à cette question, et commença à se sentir mal à l'aise, d'autant qu'Enrico insista :

— Si tu pouvais voir exaucer ton désir le plus cher, qu'est-ce que ce serait ?

— J'ai renoncé à ce rêve, marmonna-t-elle, la gorge serrée.

— Tu avais un rêve ?

— N'en parlons pas. Ça n'a plus d'importance.

Avec le recul, elle s'était rendu compte qu'elle était venue jusqu'à Vallefiore pour une mauvaise raison : elle avait été blessée par le rejet d'Enrico et avait voulu obtenir des explications de sa part, et comprendre pourquoi il ne l'aimait pas. Bien qu'il lui ait dit qu'il avait été occupé à gérer son royaume à cause de la maladie de son père, s'il l'avait vraiment aimée, elle était convaincue qu'il aurait trouvé un moyen de la revoir bien avant son voyage surprise à Madrid. Après s'être abandonnée dans les bras d'Enrico ce matin, alors que ses baisers la transportaient, elle avait compris qu'il était toujours dans son cœur. Mais il ne lui avait pas dit qu'il était amoureux d'elle, et c'était la seule chose qu'elle devait retenir de ce séjour.

De plus, Donetta avait pris conscience, en évoquant son espoir d'avoir des enfants, qu'elle en désirait plus que tout. Or, tout à son objectif de devenir reine de Domodossola, et obnubilée par sa volonté de rester célibataire, elle avait mis de côté cette envie profonde, instinctive. Si elle n'épousait pas Arnaud, elle resterait célibataire pour le reste de sa vie ; donc elle n'aurait jamais d'enfants. Elle savait au moins une chose : les enfants leur apporteraient, à elle et à Arnaud, le bonheur.

Le temps viendrait où il serait roi de son petit pays pyrénéen, et elle serait à ses côtés. Dès le lendemain soir, leurs parents seraient ravis d'apprendre leur mariage, en particulier son père, malade, qui rêvait de la voir enfin prête à fonder une famille.

Ton souhait va se réaliser, papa...

4

Lorsque trois coups furent frappés à la porte de la suite que Donetta occupait dans le palais royal de Saracène, il lui sembla que son cœur s'arrêtait puis repartait à un rythme fou. Enrico se tenait derrière le vantail et allait la conduire à l'aéroport.

Tout était terminé...

Elle prit son sac à main et sa valise, puis ouvrit. Enrico portait un costume d'été beige et avait laissé deux boutons de sa chemise défaits. Aucun homme dans ce monde n'était aussi séduisant que lui.

Il empoigna sa valise et guida Donetta jusqu'à la limousine garée au pied des marches. Ils y prirent place l'un en face de l'autre. Le chauffeur démarra.

— Pendant que nous sommes seuls, j'aimerais te parler de quelque chose.

— Je t'écoute.

Elle redoutait de le quitter et se demandait ce que lui avait en tête.

— Cela doit rester entre nous, dit-il d'un air grave.

Donetta fronça les sourcils, intriguée. Qu'allait-il donc lui avouer ? Elle hocha la tête pour marquer son approbation.

— Voilà : moi aussi, j'espère me marier dans un avenir proche.

Ce fut comme si on lui arrachait le cœur de la poitrine. Il y avait donc eu une autre femme ! La douleur était insupportable, mais elle tâcha de ne rien laisser paraître. Et elle ne pouvait pas lui en vouloir de l'avoir embrassée alors qu'elle était plus que consentante. Elle serra fort ses mains l'une contre l'autre, incapable de regarder Enrico en face.

— Tu *espères* seulement ?

— Cette princesse ne peut pas m'épouser.

Donetta releva vivement la tête.

— Pourquoi pas ?

— Parce qu'elle est censée en épouser un autre. Dont elle n'est pas amoureuse.

Quoi ? Qu'est-ce qu'il raconte ?

— Sait-elle que tu veux te marier avec elle ?

— Non.

— Pourquoi ?

— Ce que j'ai à lui demander est très délicat, car notre mariage serait un mariage blanc.

— Alors ce ne sera pas un mariage, Enrico ! s'écria Donetta, horrifiée.

Enrico se pencha en avant.

— J'ai besoin d'une reine prête à gouverner pendant que je fais mon travail de mon côté. Je crois la princesse que je convoite capable de remplir ce rôle.

Donetta nageait en pleine confusion. Les paroles d'Enrico n'avaient aucun sens, aucune logique ! Elle ne parvenait pas à remettre ses idées en ordre.

— Mais ton travail, c'est justement de gouverner ! Je ne comprends rien à ce que tu racontes.

— Je veux une compagne qui puisse assumer le fait d'être reine.

— Elle le deviendra quand tu l'épouseras. Ma mère a beaucoup aidé mon père, et je suis sûre que la tienne a aussi été présente aux côtés de ton père.

Il secoua la tête.

— Ce n'est pas la même chose. J'attends de ma reine qu'elle règne sur un pied d'égalité avec moi. Et ma tâche principale pour les années à venir est de débarrasser Vallefiore de la corruption. Il faudra que ma femme s'occupe des affaires courantes du royaume.

Donetta croisa les jambes, nerveuse. Pourquoi Enrico l'avait-il entraînée dans cette discussion qui ne la concernait en rien ?

— Les lois de ton royaume autoriseraient-elles un tel partage du pouvoir ?

— Elles l'autoriseront quand je serai roi. Le jour de mon mariage, je serai couronné et ma parole aura force de loi.

— En as-tu discuté avec ta mère ? demanda-t-elle, curieuse malgré tout. Comment se sent-elle à ce sujet ?

— Tu connais déjà la réponse à cette question. Valentina et moi avons été promis l'un à l'autre il y a des années par nos familles. Or, malgré sa douceur, sa gentillesse, Valentina n'est pas à la hauteur pour gérer un royaume. Et je ne suis pas amoureux d'elle. Mais, comme je sais qu'elle a des sentiments pour moi, je ne veux pas la blesser.

— Ta mère sera dévastée...

— Tu as raison. Heureusement, la femme que je veux épouser serait capable de supporter le chagrin que ma mère lui infligerait. Elle est très vieux jeu et pense que la place de la femme du roi est dans l'ombre, et qu'elle doit remplir ses devoirs de bonne épouse en accomplissant ce qu'elle estime être des « tâches féminines ».

— Elle n'est pas la seule à penser ainsi, Enrico. Ma propre mère a la même vision du rôle d'une reine.

— C'est pourquoi je voulais t'en parler. Personne ne peut avoir plus de perspicacité que toi sur ce sujet. La vérité, c'est que je n'ai jamais voulu être roi, mais on ne fait pas toujours ce qu'on veut dans la vie, et j'ai dû m'y résoudre.

Donetta ne put masquer sa surprise face à un tel aveu. Enrico n'avait jamais abordé ce sujet pendant leurs conversations ni dans ses lettres.

— Jamais ?

Il secoua la tête de gauche à droite.

— Tu me rappelles mon beau-frère, Stefano, poursuivit-elle. Lui non plus ne voulait pas devenir roi. Il en a été exempté par un décret officiel, jusqu'à la mort de son frère, Alberto. Celui-ci était fiancé à ma sœur Lanza. Finalement, Stefano a épousé Lanza, mais il a d'abord dû redevenir prince héritier.

— Il devait beaucoup aimer ta sœur pour avoir accepté.

— Je ne sais pas ce qui du devoir ou de l'amour l'a le plus motivé, mais leur mariage s'est transformé en un vrai et beau mariage d'amour.

— Cela doit alimenter ton espoir que ton mariage avec Arnaud se transforme aussi en un mariage d'amour, non ?

— Je vais faire tout mon possible, en tout cas, murmura-t-elle.

Donetta était touchée qu'il lui fasse ainsi confiance au point de lui faire des confidences.

— As-tu des conseils à me donner sur la façon de lui tendre la main avant qu'il ne soit trop tard ? Toi et moi avons toujours été amis. Plus important encore, tu es la personne avec laquelle je me sens le plus à l'aise pour en parler. Tout ce que tu pourrais dire serait...

La sonnerie du téléphone d'Enrico rompit le silence. Il le sortit de sa poche et vérifia sur l'écran l'identité de l'appelant. Il fronça aussitôt les sourcils.

— Qu'est-ce qui ne va pas ? Un problème avec ton père ?

— Non, mais je dois retourner au palais.

Ils avaient à présent atteint la partie de l'aéroport réservée aux avions privés. La limousine se rangea à côté du jet royal de Domodossola. Donetta constata que Giovanni était déjà arrivé, et que les membres de son équipe rapprochée étaient en train d'embarquer.

Le chauffeur de la limousine leur ouvrit la portière. Enrico l'aida à sortir et l'accompagna jusqu'au pied de la passerelle.

— Je crains qu'il ne soit trop tard pour continuer notre conversation, chuchota-t-il en lui faisant un baisemain.

— Tu veux bien me dire quelque chose ?

— Demande-moi ce que tu veux, répliqua-t-il en la fixant avec intensité, les yeux plissés.

— Ta princesse, est-ce une princesse que j'ai rencontrée ? Que je connais ? Mais je comprendrais tout à fait que tu n'aies pas envie de me le dire, ajouta-t-elle avec précipitation.

Sous son regard noir, elle se sentait comme une biche paralysée dans le faisceau des phares d'une voiture.

— Oh ! je pensais que tu avais compris de qui il s'agissait...

— Je... Comment aurais-je pu ? bégaya-t-elle.

— Alors je vais te donner un indice : son nom complet est Louisa Regina Donetta Rossiano.

Giovanni s'assit en face d'Enrico dans la limousine et le dévisagea sans masquer son impatience et sa curiosité.

— Allez, cousin, je veux tout savoir !

Enrico appuya sa tête contre le dossier et poussa un long soupir.

— Tout se passait bien, jusqu'à ce que je découvre qu'elle avait l'intention d'épouser le prince Arnaud. Les rumeurs selon lesquelles elle n'aurait jamais eu l'intention de se marier étaient fausses.

— Alors quelque chose a changé ! se récria Giovanni. Mia a été formelle avec moi : pas de mariage.

— Arnaud a dû trouver un moyen de s'en sortir, car Donetta va accepter sa demande en mariage.

— J'en suis désolé pour toi. Ta mère m'a appelé après le concours, hier soir. Elle voulait des informations à propos de toi et de ta princesse. Elle était furieuse de l'attention que tu lui accordais. Je lui ai dit que Donetta n'était qu'une invitée, mais, quand elle a découvert que vous aviez quitté la ville, elle était très contrariée.

— J'imagine, marmonna Enrico.

— Quand le mariage de Donetta est-il prévu ?

— Rien n'est encore fixé.

— Ne sois pas aussi taciturne ! Je veux des détails, insista Giovanni.

Enrico lui raconta son escapade avec Donetta.

— Elle a admis qu'elle avait eu un jour le béguin pour moi, expliqua-t-il. Mais comme elle envisage de se marier et qu'elle a des principes et des valeurs, il ne s'est rien passé.

— Cette histoire de mariage va à l'encontre de tout ce que Mia m'a dit sur elle, grommela Giovanni.

— Il semble que, quelque part en chemin, elle a abandonné son désir de rester célibataire.

— Cela se comprendrait si elle avait fini par se faire une raison et admettre qu'elle ne pourra pas changer la loi de Domodossola pour devenir reine.

— Je n'aurais jamais dû rompre le fil. J'aurais dû revenir vers elle dès que j'ai quitté l'université.

— C'était impossible avec tout ce qui t'est tombé dessus à cette période, Enrico. Tu le sais très bien. C'était une période difficile pour prévoir un mariage, surtout avec l'héritière d'une famille fâchée avec la nôtre. Ta mère s'y serait opposée.

— Rien de tout cela n'a plus d'importance, désormais. Je dois la sortir de mon esprit.

— Bonne chance, alors !

Ils restèrent silencieux quelques minutes. Enrico se sentait déprimé, las, malgré la présence gaie de Giovanni.

— Avec la santé du roi qui se dégrade, j'ai bien peur que ma chère tante, la reine Teodora, te pousse à épouser Valentina.

— Aucune chance. À moins de rencontrer une femme qui pourrait compter plus pour moi que Donetta, je ne me marierai pas.

— Enrico..., commença son cousin.

Il interrompit ses protestations d'un geste de la main.

— Comme je te l'ai dit, j'ai attendu trop longtemps pour la demander en mariage. D'ailleurs, je ne t'ai pas remercié d'avoir fait de ce concours hippique un tel succès. Merci aussi d'être mon ami. Promets-moi que tu ne partiras pas quand tu te marieras.

— Tu sais quelque chose que j'ignore ? demanda Giovanni, d'un ton léger qui masquait toutefois une légère appréhension.

Enrico regarda le lac. Sa couleur vert clair lui rappellerait sans cesse les yeux incroyables de Donetta. Le matin même, il l'avait tenue dans ses bras. Et ils avaient été à deux doigts de faire l'amour pour la première fois. Ces instants l'avaient transformé. Il ne serait plus jamais le même.

— Je peux te garantir que tu seras marié bien avant que je ne commence même à l'envisager.

Par miracle, Donetta monta les marches de l'avion sans s'évanouir. Pendant les quatre-vingt-dix minutes de vol vers Domodossola, elle resta assise, tremblante, sans parler à personne. Dieu merci, il n'était pas prévu qu'elle voie Arnaud ce soir ! Elle avait besoin de temps pour assimiler tout ce qu'Enrico venait de lui dire.

À peine arrivée au palais, Donetta gagna sa chambre par une entrée privée. Elle eut à peine le temps d'ôter sa veste qu'on frappait à sa porte.

— Donetta ?

Elle reconnut la voix de Fausta. Lorsqu'elle ouvrit la porte, des larmes coulaient encore sur ses joues.

— Entre.

Elles s'assirent toutes les deux sur le lit, côte à côte.

— Que se passe-t-il ? demanda doucement sa sœur. Pourquoi pleures-tu ?

— Pour tellement de raisons que je ne sais pas par où commencer.

— Je ne t'ai jamais vue aussi mal en point de toute ma vie. Quelque chose me dit que c'est à cause de ta visite à Vallefiore. Tu as vu Enrico, bien sûr.

Donetta, qui ne cachait rien à sa sœur, acquiesça. Elle se leva pour aller chercher des mouchoirs sur la commode. Sa sœur s'approcha d'elle.

— Tu regrettes d'y être allée ?

De plus en plus de larmes coulaient sur les joues de Donetta.

— Non.

— Je vois... Est-il aussi beau que dans mes souvenirs ?

Elle prit une grande inspiration.

— Il est tellement beau qu'il n'existe pas de mots pour le décrire.

— Quel âge a-t-il, maintenant ? Vingt-sept ans ?

Donetta fit oui de la tête.

— Il t'a emmenée faire du cheval ?

— Bizarrement, nous n'avons pas eu le temps.

— Alors, qu'avez-vous fait ?

Elle regarda Fausta dans les yeux, désireuse d'être le plus sincère possible avec elle.

— Après la compétition, Enrico m'a emmené camper dans les montagnes. Je lui ai fait des *bruschettas* frites, qu'il a dévorées. La nuit dernière, nous avons dormi à la belle étoile dans des sacs de couchage. Tôt ce matin, il m'a réveillée pour que nous puissions admirer les chevaux sauvages galoper à travers la plaine. Le sol tonnait sous nos pieds. C'est le spectacle le plus magique que j'aie jamais vu de ma vie.

Fausta pencha la tête avec un sourire bienveillant.

— Ma chère sœur, si tu pouvais voir tes yeux, tu comprendrais que tu es amoureuse. Pas étonnant que tu sois en pleine crise. Tu vas le dire à Arnaud ?

— Je ne suis pas sûre de ce que je vais faire… Je suis complètement perdue.

— À ce point-là ? s'alarma Fausta.

Donetta commença à faire les cent pas, sous le regard inquiet de sa petite sœur, puis s'arrêta net.

— Je vais te dire quelque chose qui ne doit pas sortir de cette pièce.

— Tu sais que tu peux me faire confiance.

— Oui, bien sûr. C'est juste que tant de vies pourraient être bouleversées par ce qui s'est passé entre Enrico et moi que je suis effrayée.

— Si tu ne te dépêches pas de me dire ton secret, je vais faire une attaque !

Elle prit une grande inspiration et se lança :

— Sur le chemin de l'aéroport, j'ai appris qu'Enrico avait prévu de se marier.

— Quoi ? !

Donetta lui relata la scène de la limousine. À la fin de son récit, Fausta la prit par les bras.

— Oh ! mon Dieu ! Sa princesse idéale, c'était toi ! Enrico parlait de toi tout le temps ! Il veut t'épouser et partager son trône avec toi ! Donetta, ton rêve de devenir reine pourrait se réaliser si tu l'épouses.

— Tu comprends pourquoi je suis si désorientée. Tout cela est si… inattendu.

— Et si romantique ! Il te revoit à Madrid, coup de foudre, il organise un concours hippique à Vallefiore juste pour pouvoir t'inviter chez lui, tu y vas et quand tu reviens le mot « amour » clignote dans tes yeux et tout autour de toi ! Vous étiez fous l'un de l'autre, à l'adolescence. Je me souviens du moment où ses lettres ont cessé d'arriver : tu en as eu le cœur brisé.

— C'est vrai, ça m'a tuée qu'il arrête de m'écrire. Mais c'est fini maintenant. Enrico ne m'aime pas. Il m'a fait comprendre que ce serait un mariage blanc.

Fausta plissa le front et secoua la tête.

— Je n'y crois pas.

— J'ai peur qu'il ait changé.

— Il t'a embrassée pendant que vous campiez, non ?

— Oui. Je sais qu'il est attiré par moi, mais ça ne veut pas dire qu'il est fou amoureux. Je… je ne crois pas qu'il m'aime. Sinon, il m'aurait demandé de l'épouser à son retour de l'université.

— Si ce n'est pas de l'amour, quelle autre raison pourrait-il avoir de t'avouer que tu es celle qu'il veut pour reine ?

— Il me l'a dit clairement : il veut éradiquer une fois pour toutes la corruption dans son pays. Il a besoin d'une reine pour gouverner au quotidien.

— Et les enfants ?

— Peut-être qu'il n'en veut pas.

— Mais toi, oui.

Donetta s'assit sur le lit et se prit la tête dans les mains. Puis elle tourna le visage vers sa sœur.

— Qu'est-ce que je dois faire ? Cette demande en mariage est tellement étrange ! Presque choquante.

— De quoi as-tu envie ?

— Même si j'acceptais la proposition d'Enrico, ni ses parents ni les nôtres ne permettraient ce mariage.

Un sourire espiègle naquit sur les lèvres de Fausta.

— J'ai bien l'impression de savoir de quoi tu as envie, en fait...

Donetta oscillait entre rire et larmes. Le caractère malicieux de sa sœur lui faisait du bien, mais son cœur était toujours déchiré. Les larmes l'emportèrent.

— Tu dois penser que je suis folle d'envisager d'épouser Enrico alors qu'il n'est pas amoureux de moi. Mais Arnaud non plus n'est pas amoureux de moi, et...

— ... et tu préfères épouser l'homme que tu aimes, compléta Fausta.

— Oui. Arnaud a besoin d'être libéré de moi pour pouvoir rencontrer quelqu'un qu'il pourra vraiment aimer. Mais j'ai peur d'aggraver la maladie de papa et qu'Enrico se fâche pour de bon avec sa mère.

— Il t'a choisie contre sa mère, c'est bon signe ! plaisanta Fausta, avant de redevenir sérieuse : Il sait que tu feras une merveilleuse souveraine. En plus, c'est ce dont tu as toujours rêvé.

— C'est ce que je croyais... En fait, je préfère avoir l'amour et les enfants d'Enrico qu'un trône.

— Tu dois vraiment être amoureuse pour dire une chose pareille !

— Je le suis.

— Quand vas-tu donner ta réponse à Enrico ?

— Je dois d'abord dire à Arnaud que je ne peux pas l'épouser. Peu importe ce qui se passe entre Enrico et moi, peut-être rien, Arnaud doit savoir que c'est fini entre nous. Il ne doit pas rester dans l'incertitude une minute de plus.

— Je suis d'accord, approuva sa sœur avec force. Appelle-le ce soir et mets fin à tout ça. Ne le fais pas attendre jusqu'à demain soir. Il appréciera ton honnêteté.

Donetta se leva et serra sa sœur très fort dans ses bras.

— Je ne sais pas ce que je deviendrais sans toi, Fausta.

Sa sœur s'écarta et lui posa la main sur la joue.

— Tu t'en sortirais très bien, j'en suis sûre.

— Je pense retourner à Vallefiore demain matin pour parler à Enrico en personne. C'est mieux et plus sûr qu'au téléphone. Je vais contacter Giovanni, il pourra faire en sorte qu'Enrico et moi nous rencontrions sans que la reine Teodora l'apprenne. J'aurais aimé que tu sois là pour voir comment elle me fusillait du regard pendant la compétition, poursuivit Donetta en souriant. Elle espère depuis des années qu'Enrico épouse Valentina. Elle ne nous donnera jamais sa bénédiction.

— À part la querelle entre nos pays, nos parents et ceux d'Enrico auraient tout pour se réjouir de cette union : notre maison est au moins aussi prestigieuse que les di Montedoro. Il fera de toi une vraie reine, comme s'il savait que c'était ton rêve et ton ambition depuis toujours. Peut-être a-t-il lu dans tes pensées… À moins que tu ne le lui aies avoué un jour ?

Donetta secoua la tête.

— Seules Lanza et toi savez que j'aspire au trône de Domodossola. Tu l'as dit à Mia ?

— Même si je l'avais fait, elle n'en aurait jamais soufflé mot à personne. Je te conduirai à l'aéroport tôt demain matin et je te couvrirai jusqu'à ce que tu contactes papa et maman.

Si tel était son destin, songea Donetta, alors qu'il en soit ainsi. Les dés étaient jetés, à présent…

Fausta partie, Donetta prévint son pilote qu'ils repartaient le lendemain. Puis elle téléphona à l'hôtel Montedoro Lake Front, sur le lac de Saracène, pour se réserver une chambre. Elle demanda qu'une voiture vienne la chercher à la descente de l'avion. Une fois cela réglé, elle s'assit sur le lit pour téléphoner à Arnaud.

— Ma belle ! Je ne m'attendais pas à avoir de vos nouvelles ce soir.

— Désolée de vous déranger, mais cet appel ne pouvait pas attendre.

— Vous avez un ton si grave et sérieux que je sais que ça ne va pas me plaire…

Elle déglutit et inspira fort pour se donner du courage.

— C'est très sérieux parce que nous parlons de mariage et qu'aucun de nous n'est amoureux. Je ne peux pas vous épouser, Arnaud. Ce ne serait pas bien ni pour vous ni pour moi, et vous le savez.

— Vous êtes toujours amoureuse de quelqu'un d'autre ?

C'était l'instant de vérité. Elle devait à Arnaud d'être honnête avec lui.

— Oui. Un jour, vous tomberez amoureux d'une femme qui ressentira la même chose pour vous. Je pense que vous êtes un homme merveilleux. À ma façon, je vous aime, et je vous souhaite tout le bonheur possible.

— Je ne peux pas dire que vous ne m'aviez pas prévenu, lâcha-t-il d'une voix fataliste.

— Prenez soin de vous, Arnaud, dit-elle, émue malgré tout.

— Soyez heureuse, Donetta.

Après avoir raccroché, elle appuya le téléphone contre sa poitrine. Au lieu de se sentir mal, elle était soulagée qu'Arnaud et elle soient libérés. Elle avait pris la bonne décision.

Elle prépara une valise avec quelques-unes de ses tenues préférées. Quoi qu'il se passe à Vallefiore, elle voulait être prête.

Elle passa une nuit agitée. Le lendemain matin, elle se glissa hors du palais avec Fausta, qui la conduisit à l'aéroport. Donetta essaya une nouvelle fois de joindre Giovanni. Le sang battait à ses oreilles tandis qu'elle attendait qu'il décroche : comme allait-il la recevoir ? Mais il ne répondait toujours pas. Cette fois-ci, elle laissa un message qui lui demandait de la rappeler.

Elle prit un délicieux petit déjeuner dans l'avion. Toutefois, elle n'en profita qu'à moitié tant elle était anxieuse. Si Enrico et elle décidaient de se marier, elle devrait se rappeler qu'il s'agissait d'un simple arrangement. Jamais elle ne devrait montrer à Enrico ce qu'elle ressentait vraiment pour lui.

Plus facile à dire qu'à faire, songea-t-elle alors que le jet amorçait sa descente.

5

Enrico était assis de l'autre côté de la vitre sans tain de la salle d'interrogatoire, dans le commissariat d'Avezzano. L'homme qui était interrogé ne savait pas qu'il était observé. Grâce au travail acharné d'Enrico et de son équipe, qui comprenait des agents infiltrés, c'était la dernière des dix personnes de l'ouest de Vallefiore à faire l'objet d'une enquête pour implication présumée dans des pratiques de corruption. Il avait déjà assisté aux interrogatoires du maire, de son assistant et de son premier adjoint.

Ces quatre personnes étaient accusées d'extorsion, de fraude et de blanchiment d'argent. Les preuves recueillies par Enrico lors des deux mois précédents étaient accablantes. Cette enquête particulière était liée à des contrats de sous-traitance attribués pour la construction de fermes énergétiques près du village.

Les six autres suspects venaient du village voisin de Caserta. Deux d'entre eux étaient des cadres d'une entreprise qui avait remporté le contrat principal pour la construction d'un des parcs éoliens, pour une valeur de 120 millions d'euros. Une partie de cette somme avait été versée sur des comptes bancaires *offshore*. Enrico savait qu'ils blanchissaient de l'argent depuis de nombreuses années, sous couvert de développer les énergies renouvelables sur l'île.

Assister à ces interrogatoires, être au cœur de l'enquête l'aidait à ne pas penser à Donetta, qui était repartie à Domodossola la veille. Le fait qu'elle soit montée dans l'avion au lieu de courir vers lui et de lui dire ce qu'il avait besoin d'entendre lui avait fait bien plus de mal qu'il ne l'aurait cru.

Il avait espéré qu'elle comprendrait ce qu'il lui offrait : gouverner avec un réel pouvoir. Elle était ambitieuse, incroyablement capable, et il avait appris par Giovanni qu'elle aspirait à devenir reine. Au fond de lui, il savait qu'un mariage avec Arnaud ne pourrait pas la combler.

Afin de ne pas ressasser sa douleur, il avait choisi de passer deux jours à Avezzano pour suivre la conclusion de l'enquête. S'il était resté au palais, les murs se seraient refermés sur lui et l'auraient étouffé.

Il se leva et sortit du commissariat. Il avait fini son travail, ici. Il allait se diriger vers Caserta, à une vingtaine de kilomètres d'Avezzano. Il trouverait un endroit pour dormir plus tard dans la nuit. Il prévint ses gardes du corps qu'il partait et monta dans sa Land Rover.

Lia lui téléphona juste après son départ pour lui donner des nouvelles de leur père. À la fin de la conversation avec sa sœur, Enrico se rendit compte que sa mère ne lui avait pas adressé la parole depuis deux jours. Il était clair qu'elle n'avait toujours pas digéré l'attention qu'il avait portée à Donetta. Mais elle n'avait plus besoin de s'inquiéter : sa belle princesse était sortie de sa vie.

Quelques kilomètres plus loin, le téléphone sonna de nouveau. Il décrocha, en espérant que Giovanni n'appelait pas pour une urgence qui le ramènerait à Saracène.

— *Chè di nuovo* ?

La voix de Giovanni résonna dans l'habitacle.

— Où es-tu ?

— Sur la route de Caserta.

— Arrête-toi !

Enrico fronça les sourcils, mais se rangea sur le bas-côté. Après avoir bavardé avec Lia, il savait que tout allait bien au palais. Pourquoi son cousin avait-il cette urgence dans la voix ?

— Qu'est-ce qui se passe ?

— Tu dois faire demi-tour et rentrer immédiatement.

— Pourquoi ? maugréa Enrico, qui n'était pas d'humeur à régler de nouveaux problèmes.

— Parce que Donetta vient d'arriver à l'hôtel Lake Front, et...

— Attends, le coupa-t-il alors que son cœur avait fait un bond dans sa poitrine. Répète ça !

— Donetta est ici, à Saracène !

— Mais... Que fait-elle là ? bredouilla-t-il.

— Je ne sais pas. Elle a laissé un message sur mon téléphone, mais je ne l'ai pas encore rappelée. Que veux-tu que je fasse ?

Enrico réfléchit à toute allure. *Santo Cielo !* Il essayait de reprendre ses esprits.

— Je préfère lui parler moi-même, annonça-t-il à Giovanni. Je fais demi-tour. Je serai à l'hôtel dans quarante minutes. Poste quelqu'un à l'hôtel, qui ne doit pas la perdre de vue si elle quitte sa chambre ! Ne dis à personne que Donetta est là.

— Tu me crois fou ? Ta mère exploserait ! Je m'en occupe tout de suite, et je vais aussi parler au directeur de l'hôtel.

— Je t'en dois une, cousin ! lança Enrico avant de raccrocher.

Sans tenir aucun compte des limitations de vitesse, Enrico arriva à l'hôtel en un temps record. Dans le hall, un homme se leva et vint vers lui.

— La personne est dans sa chambre, Votre Altesse. La suite Palm, au deuxième étage.

— Merci pour votre aide. Vous pouvez disposer, à présent.

Enrico gagna le second étage. Devant la porte de la suite, il attendit quelques secondes que son pouls calme sa course folle. Puis il frappa.

— *Chi è ?*

Bon sang ! C'était la voix de Donetta. Elle était *vraiment* là...

— Pourquoi n'ouvres-tu pas pour le savoir ?

Découvrir Donetta, vêtue d'un pantalon décontracté et d'un chemisier en soie prune, priva aussitôt Enrico de toute pensée cohérente. Sonné, il s'appuya contre le montant de la porte. Il avait une envie folle de la serrer dans ses bras, mais il n'osa pas.

— Donetta, pourquoi es-tu revenue ?

Ses yeux prirent la teinte changeante de l'océan pendant la tempête.

— Ai-je attendu trop longtemps pour te dire que j'allais t'épouser ? lança-t-elle, mi-espiègle, mi-sérieuse.

Bon sang, comme il aimait cette femme !

— Tu viens juste de faire de moi l'homme le plus heureux de la planète.

— J'ai téléphoné à Arnaud hier soir et je lui ai dit que je ne pouvais pas devenir sa femme.

Grazie a Dio ! Son rêve devenait réalité.

Enrico ferma la porte derrière lui, et entra dans le salon de la suite.

— Quand tu as escaladé cette passerelle, hier, j'ai cru que je te voyais pour la dernière fois. Je ne veux plus jamais vivre une telle souffrance. Tes parents savent-ils où tu es ?

— Ma sœur m'a conduite à l'aéroport tôt ce matin, mais à l'heure qu'il est ils savent probablement que j'ai pris l'avion pour venir ici. J'ai brûlé les ponts derrière moi. Je suis seule, à présent.

Enrico jubilait. Que pouvait-il demander de plus ? Elle voulait plus régner avec lui qu'épouser Arnaud. La personne qui avait informé Giovanni avait vu juste.

— Ta mère ne sait pas que tu m'as demandé de t'épouser, n'est-ce pas, Enrico ?

— Non, mais on lui a sans doute déjà appris que tu étais revenue à Vallefiore. Ce qui veut dire que nous devons nous marier le plus vite possible. Au diable la querelle entre nos deux pays ! De toute façon, j'ai l'intention d'y mettre fin dès que je serai roi. Nous devons nous arranger rapidement pour que ce soit un fait accompli avant que quelqu'un essaie de nous arrêter. En chemin, j'ai téléphoné au prêtre du palais, qui est un de mes amis proches. La cérémonie se tiendra dans la chapelle demain. Il nous fournira les deux témoins nécessaires.

— J'espère que tu es sûr de toi, car il n'y aura pas de retour en arrière possible.

— Pourquoi crois-tu que je t'aie invitée au concours ? Je désire t'épouser depuis longtemps. Quand tu m'as dit que tu avais l'intention d'épouser Arnaud, j'ai été perturbé, mais cela n'a pas changé mon objectif, ni détruit mon espoir de faire de toi ma reine. Je ne pouvais pas te laisser retourner à Domodossola sans te dire que je voulais que tu partages le trône avec moi.

Elle se passa la main dans les cheveux, l'air un peu absent.

— Quand j'étais plus jeune, je voulais changer les règles de succession à Domodossola et devenir reine. Ce rêve n'aurait jamais pu se réaliser. Mais j'ai pensé à ta proposition de régner avec toi sur un pied d'égalité pendant tout le vol de retour. Et j'ai décidé de te dire oui.

Enrico poussa un long soupir soulagé.

— Soudain, ma vie vaut la peine d'être vécue à nouveau.

Il était ravi que son plan ait fonctionné. Il avait encore tant de choses à dire à Donetta ! Or il devait d'abord gérer l'urgence : leur mariage.

— Bien que nous ne puissions pas réécrire le passé, rien ne nous empêche de construire un avenir excitant. Avant qu'il ne soit trop tard et que les magasins ne ferment, je vais téléphoner à ma sœur, Lia, pour lui demander de t'acheter une robe de mariée. Cela n'éveillera pas les soupçons. Elle te l'apportera ici.

— Cela ne la dérangera pas ? Et puis elle ne sait rien sur moi, si ?

— Vous avez été présentées l'une à l'autre lors du concours, avant-hier. Elle va se renseigner. Je sais qu'on peut lui faire confiance. Pendant que je lui parle, pourquoi ne pas nous commander quelque chose à grignoter ?

— Bonne idée ! s'exclama Donetta.

Pendant qu'elle se dirigeait vers le téléphone posé sur un guéridon, Enrico appela sa sœur.

— *Ciao, fratello* ! lança-t-elle d'un ton enjoué. Tu t'inquiètes toujours pour papa ?

— Non, j'appelle pour une tout autre raison. Et tu ne dois en parler à personne.

— Ça a l'air sérieux, dis donc...

— *Très* sérieux. La femme que je vais épouser est à Vallefiore.

— Quoi ? cria Lia.

— Tu m'as très bien entendu.

— C'est la princesse Donetta, n'est-ce pas ?

— Oui.

— Je l'ai su quand je vous ai vus tous les deux dans la loge royale, lors du concours hippique. C'était comme si pour vous deux personne d'autre n'existait.

— Tu as raison, approuva-t-il sobrement.

Il était un peu tôt pour dire à sa sœur que Donetta était l'amour de sa vie...

— Vous allez vraiment vous marier ? demanda Lia, des sanglots de joie dans la voix.

— Oui.

— Je savais que tu n'épouserais jamais Valentina !

— Je ne pouvais pas.

— Ça va faire du mal à maman, mais on n'est plus au Moyen Âge ! Tu mérites d'épouser la femme que tu aimes.

Enrico ferma brièvement les yeux. Il était heureux de constater que sa sœur prenait son parti et approuvait son choix.

— J'ai besoin de ton aide, Lia.

— Demande-moi ce que tu veux.

— Donetta a besoin d'une robe de mariée. Nous nous marierons demain, dans la chapelle du palais. Trouve-lui avant ce soir la tenue adéquate pour une cérémonie secrète. Elle est logée à l'hôtel Montedoro Lake Front, dans la suite Palm, au deuxième étage. Je t'y attends.

— Ça va être tellement amusant ! Ta princesse est magnifique.

— Merci, Lia. Et pas un mot à maman, bien sûr !

— Je n'ai pas envie d'être à l'origine d'une guerre ! plaisanta-t-elle. Maman finira par l'apprendre, mais trop tard. Et elle devra vivre avec. Mon Dieu, je suis si heureuse, Enrico !

— Je t'aime, Lia. *Grazie*.

— *Ciao*.

Lorsque Enrico se rapprocha de Donetta après sa conversation avec sa sœur, il la trouva si sublime qu'il ne pouvait pas croire qu'elle allait devenir sa femme. Il aurait voulu la prendre dans ses bras, mais il lui montrerait ce qu'il ressentait vraiment après leur mariage.

On frappa à la porte.

— Le service d'étage, chuchota-t-elle. Je vais aller ouvrir. Je me doute que le personnel sait que tu es ici, à présent, mais il est plus prudent de rester caché.

— Tu as raison.

Enrico se réfugia dans la chambre et ferma la porte, non sans admirer le sang-froid de Donetta.

— Tu peux sortir maintenant, lança-t-elle quelques instants plus tard.

Un plateau de nourriture avait été déposé sur la petite table ronde du salon. Enrico s'assit en face de Donetta.

— Je n'arrive pas à croire que nous soyons enfin réunis... Notre passé est derrière nous.

Affamé, il commença à dévorer un club sandwich, s'interrompant pour boire du café.

— Après la cérémonie, nous reviendrons ici pour que tu te changes. Une fois que tu auras parlé à tes parents, on prendra le brunch avec les miens.

— Ça ne va pas être facile de se retrouver face à eux.

— Peut-être plus que tu ne le penses. Si l'on excepte cette vieille querelle, personne n'a aucune raison de détester personne une fois que nous aurons tous fait connaissance.

Donetta sourit.

— Je suis d'accord, mais notre mariage secret sera un coup de tonnerre.

— Pendant qu'ils essaient de s'en remettre, nous serons en lune de miel.

— En lune de miel ? répéta-t-elle en ouvrant de grands yeux étonnés.

— Bien sûr. Pas de mariage sans lune de miel, n'est-ce pas ?

— Où irons-nous ?

— J'espère que tu ne vois pas d'inconvénient à ce que je te surprenne…

— Bien sûr que non ! s'enthousiasma-t-elle, l'air ravi, avant de s'assombrir : Fausta va parler avec mes parents. Je pense que tous seront tristes de ne pas assister à la cérémonie.

— Nous devons mettre nos familles devant le fait accompli. Ensuite, elles reviendront à de meilleurs sentiments.

— J'admire ton optimisme ! dit-elle en reposant sa tasse de café. Et ta mère ?

Il lui prit la main et lui embrassa la paume.

— Tu sais très bien qu'elle le prendra mal. Je compte sur mes sœurs pour la réconforter et l'aider à comprendre.

Donetta posa ses yeux verts sur lui, le regard anxieux.

— Comment allons-nous faire face à tout cela, Enrico ?

— En devenant mari et femme.

Lorsqu'on frappa à la porte, ils sursautèrent tous les deux, mais Enrico comprit vite que cela devait être Lia. Donetta lui demanda s'il préférait qu'elle aille dans la chambre.

— Non, affirma-t-il en gagnant la porte. Je connais ma sœur, elle est impatiente de t'accueillir dans la famille.

Il lui ouvrit. Elle était chargée de paquets.

— Tu as acheté tout le magasin ? plaisanta-t-il en l'embrassant sur la joue. Merci d'être venue si vite à notre secours.

Il posa tout sur le canapé. Donetta s'approcha.

— Princesse Lia ? Comment vous remercier pour ce que vous avez fait ?

Lia sourit et embrassa sa future belle-sœur.

— En me tutoyant, qu'en dis-tu ? C'était une joie et un honneur. Je suis tellement excitée que ce jour arrive enfin que j'ai encore du mal à y croire !

— Je suis moi-même encore sous le choc. Votre… Ton frère et moi nous connaissons depuis l'âge de dix ans.

— Si longtemps ? s'écria Lia, stupéfaite.

— Oui, confirma Donetta. Nous nous sommes rencontrés lors d'un concours hippique en Angleterre il y a dix-sept ans.

Enrico sourit. Il se souvenait parfaitement de ce jour-là.
— L'attirance a été instantanée.
— Mais tu n'as jamais rien dit, *fratello* ! Pas étonnant que tu aies été si impatient à chaque fois qu'un concours approchait !
Elle se tourna vers Donetta.
— Peut-être qu'un jour vous me direz pourquoi vous avez gardé le secret, mais pas aujourd'hui. Je vous laisse : vous avez besoin d'être seuls tous les deux.
Enrico vit les yeux de Donetta s'embrumer.
— Merci du fond du cœur.
Lia leur souffla un baiser à chacun et quitta la suite.
— Elle est merveilleuse ! s'exclama Donetta.
— Elle et Catarina seront toujours de notre côté.
— Je sais que mes sœurs t'aimeront. Je vais téléphoner à Fausta, pour savoir comment mes parents font face à la nouvelle.
— Très bien. De mon côté, j'appelle Giovanni.

Dans sa chambre, Donetta s'assit sur le lit et sortit son téléphone. Sa sœur décrocha dès la première sonnerie.
— Donetta ! Enfin tu m'appelles !
— Je suis tellement soulagée de te parler. Si les parents savent déjà tout, j'ai peur de te demander la réaction de papa...
— Je pense que maman l'a pris plus mal que lui.
— C'était horrible ?
— À la seconde où je suis revenue de l'aéroport, maman m'a fait venir dans leur salon. Ils savaient que quelque chose de sérieux était en cours. Je leur ai expliqué que tu avais toujours été amoureuse d'Enrico, qu'il voulait t'épouser, mais pensait que c'était sans espoir. Maman sanglotait, et papa n'en était pas loin. Enfin, il a dit qu'il n'aurait jamais imaginé qu'un homme puisse gagner l'amour de sa fille au point qu'elle ferait tout pour être avec lui. Tu te rends compte !
— Il a dit ça ? hoqueta Donetta, abasourdie.
— Croix de bois, croix de fer ! Si tu veux mon avis, il n'est pas si contrarié que ça. Il sait que tu n'es pas amoureuse d'Arnaud.

Donetta essuya les larmes qui avaient commencé à ruisseler sur son visage – des larmes de joie et de soulagement. Elle comprenait que son père l'avait poussée à épouser Arnaud parce qu'il ne voulait pas qu'elle vive seule. Et elle l'aimait pour cela.

— Quand j'ai raconté à maman ton histoire avec Enrico, elle a été stupéfaite ; surtout quand je lui ai dit que j'avais constaté par moi-même que vous étiez tous les deux très amoureux.

— Elle a quand même dû avoir un sacré choc !

— Peut-être, mais honnêtement je pense que tout va bien se passer. Papa semble de bonne humeur. Je lui ai dit qu'Enrico avait l'intention de régler cette vieille histoire entre les deux familles. « Enfin ! » s'est-il écrié d'un ton joyeux.

— Merci pour tout ce que tu as fait, petite sœur ! Heureusement que tu étais là. Je t'aime tellement, Fausta !

— Je t'aime aussi. J'ai aussi discuté avec Lanza. En se fiant à ce que Stefano et elle ont vécu après la mort d'Alberto et avant qu'ils ne trouvent le bonheur ensemble, ils pensent tous deux qu'Arnaud te sera reconnaissant d'avoir annulé votre mariage. Stefano te dira lui-même que ce que tu as fait est courageux et admirable, même si tu as causé un peu de peine sur le moment.

— Merci pour ces paroles, bredouilla Donetta, incapable de s'arrêter de pleurer.

— Lanza et moi sommes ravies que tu épouses Enrico.

— Votre soutien est très important pour moi. Je sais que vous allez toutes les deux adorer Enrico ! Et si l'occasion se présente, dis à papa et à maman que je leur téléphonerai demain matin. À moins que tu ne penses que ce serait mieux ce soir ?

— Demain, ça sera parfait, répondit Fausta. Cela donnera à maman le temps de se faire à l'idée que, lorsque Enrico sera couronné roi de Vallefiore, tu seras reine.

Donetta eut un pincement au cœur. Certes, elle deviendrait reine, mais, tout ce qu'elle voulait, c'était l'amour d'Enrico.

Un coup frappé à la porte la tira de sa mélancolie.

— On se parle bientôt, dit-elle à sa sœur. *Buona notte*, Fausta.

Elle se précipita vers la porte et l'ouvrit. Les yeux noirs d'Enrico cherchèrent son regard.

— Tout s'est bien passé ?

— Bien mieux que ce que j'aurais pu espérer.

— *Grazie a Dio !* Je voulais rester avec toi toute la nuit, mais Giovanni m'a dit que ma mère avait appris l'arrivée du jet royal de Domodossola. Elle sait aussi que tu es logée ici. Je ne serais pas surpris qu'elle en ait tiré ses propres conclusions. Je vais donc retourner dormir au palais, mais je serai là demain matin à la première heure. Nous prendrons un petit déjeuner rapide avant de rejoindre la chapelle. Quand nous serons mariés, nous reviendrons ici pour nous changer et parler à tes parents. Ensuite, nous bruncherons avec mes parents avant notre départ pour notre lune de miel.

Enrico s'approcha d'elle et lui embrassa les lèvres. C'était sa première démonstration d'affection, mais ce baiser n'avait ni l'intensité ni la fougue de ceux échangés quand ils avaient observé les chevaux sauvages...

— Je n'ai pas envie de partir alors que nous avons tant de choses à nous dire. Notre mariage doit avoir lieu demain. Je ne veux pas donner à ma mère le temps de trouver une raison de le retarder.

Donetta hocha la tête en signe d'approbation et suivit Enrico jusqu'à la porte de la suite. Elle aurait voulu plus de flamme, de la passion, se pendre à son cou et le supplier de ne pas partir, mais elle parvint à se contenir.

— À demain, murmura-t-elle.

Enrico l'embrassa sur la joue et sortit. Elle referma la porte et s'adossa au battant, le souffle court. Elle avait tellement hâte d'être au lendemain ! Dans une douzaine d'heures, elle serait une femme mariée...

Elle se souvint soudain que la sœur d'Enrico lui avait apporté des tenues. Elle sortit la robe de mariée de sa housse siglée au nom d'un grand couturier italien, et l'observa. Elle en aimait l'élégante simplicité. Si la forme en trapèze du jupon était classique, l'association et les superpositions de mousseline, de soie et de dentelle d'Alençon étaient osées mais harmonieuses. L'encolure était échancrée et festonnée. L'ensemble comprenait également une superbe mantille en dentelle qui, lorsqu'elle la posa sur sa tête, retombait à la perfection sur ses épaules.

Lia avait choisi une robe sans traîne. C'était parfait pour Donetta. Au contraire de Lanza, elle n'allait pas se marier dans la cathédrale sous les yeux de tout le royaume. Il n'y aurait pas de communiqué de presse, pas de fanfare, pas même de membres de sa famille.

Après avoir accroché la robe dans le dressing, elle défit les autres paquets et découvrit les collants et les chaussures blanches. Donetta aimait tout ce que la princesse lui avait acheté : Lia avait très bon goût.

Après s'être préparée à aller au lit, elle se pelotonna sous les couvertures. Les paroles de son père rapportées par Fausta lui revinrent en mémoire : il n'aurait jamais imaginé qu'un homme puisse gagner l'amour de sa fille au point qu'elle ferait tout pour être avec lui. C'était exactement ce que Donetta avait fait, car Enrico était l'élu de son cœur, même s'il ne l'aimait pas en retour.

Des larmes perlèrent au coin de ses yeux.

Tu ne peux pas avoir tout ce que tu veux, Donetta. Et c'est toujours mieux qu'épouser un homme qui ne te convient pas...

Quand Enrico retrouva Donetta, à huit heures du matin, il fut stupéfait de constater que la robe de mariée lui allait si bien qu'elle aurait pu être faite sur mesure. Il l'embrassa sur la joue. Elle sentait la rose. Sa mantille de dentelle semblait renforcer l'éclat de ses prunelles vertes. Du rouge à lèvres rose pailleté scintillait sur ses lèvres pulpeuses.

— Tu es la plus belle princesse de la planète.

— Merci, susurra-t-elle en baissant les yeux, l'air adorablement gêné.

— Es-tu prête à devenir mon épouse ?

Le sourire éclatant qu'il avait gardé en mémoire toutes ces années répondit à sa question.

— Tu es très beau dans ce costume blanc, et j'adore cette

écharpe bleue en travers de ton torse. Tu ressembles au prince parfait !

— *Grazie.* Mais personne ne se soucie du marié. C'est *ton* jour. Sache que j'ai l'intention d'être le meilleur mari possible.

— Et moi, je ferai tout pour être la reine que tu espères.

— Tu seras exceptionnelle, je n'ai aucun doute à ce sujet. En route pour la chapelle ?

— Oui. Si tu as faim, il y a des petits pains et des fruits sur la table.

— Je serais incapable d'avaler quoi que ce soit : je suis bien trop excité par notre mariage.

Donetta prit la pochette en satin blanc assortie à la robe que Lia avait également prévue, puis ils quittèrent la suite. Ils descendirent l'escalier, croisèrent quelques invités ahuris en bas des marches et se dirigèrent vers l'entrée de service, à l'arrière du palace. Une limousine les attendait. Enrico aida Donetta à s'installer, puis s'assit face à elle.

Les vitres teintées empêchaient de voir qui était assis à l'intérieur, mais la limousine arborait des fanions aux armes de la famille royale, et deux motards lui ouvraient la voie.

— Quand nous rentrerons à l'hôtel, notre mariage ne sera plus un secret, dit Enrico en souriant.

— Tant mieux. Je suis fatiguée des secrets.

— Nous avons réussi à vivre quelque chose ensemble dans la clandestinité pendant des années. Une fois que nous serons mariés, nous n'aurons plus jamais à nous cacher.

— Mais cette fois, notre crime est moins pardonnable. C'est comme si nous étions un Montaigu et une Capulet des temps modernes.

— Ce ne sera plus un crime une fois que je serai roi, *bellissima*. J'ai commencé à enquêter sur ce qui s'est réellement passé entre nos deux familles voici deux cents ans. J'aimerais en parler avec ton père. Et le remercier de m'avoir permis d'épouser sa fille.

— Je regrette que ton père ne comprenne pas que son fils se marie ce matin.

— Peut-être que, quand nous déjeunerons avec lui et lui

annoncerons la nouvelle, il le comprendra d'une manière ou d'une autre. Un regard sur toi et il se demandera pourquoi j'ai attendu si longtemps ! conclut-il gaiement.

— Je suis toujours inquiète à propos de ta mère, Enrico. Qui sait comment elle va réagir ?

— Elle va s'en remettre. Nous devons juste lui laisser un peu de temps pour digérer. Je m'apprête tout de même à prendre le plus grand tournant de ma vie, avec une femme qui m'a tapé dans l'œil il y a des années !

La limousine ralentit, puis s'arrêta.

— Une fois à l'intérieur de la chapelle, plus de retour en arrière possible, annonça-t-il. Des doutes ?

Elle le regarda droit dans les yeux.

— Aucun.

6

Donetta fut frappée par la splendeur de la chapelle du palais, dont la beauté était rehaussée par l'éclat de centaines de bougies. Ils marchèrent main dans la main sur le sol de carreaux anciens, aux couleurs incroyables et qui formaient des motifs complexes, vers le prêtre qui les attendait devant l'autel. Elle avait le sentiment d'être transportée en plein Empire ottoman.

Des chaises recouvertes de coussins en velours rouge étaient placées de chaque côté de l'allée centrale. Les deux témoins étaient assis au premier rang.

Le prêtre fit un court sermon sur le mariage. Il leur demanda d'être honnêtes l'un envers l'autre, de se faire confiance et de s'aimer – des promesses que Donetta pourrait tenir avec tout son cœur et sans avoir à se forcer...

Lorsque le prêtre lui en donna l'autorisation, Enrico prit la main de Donetta et fit glisser l'alliance en or avec les armoiries des di Montedoro à son doigt. Elle n'avait pas d'alliance pour lui, mais c'était sa prochaine priorité.

— Je vous déclare maintenant, Enrico da Francesca di Montedoro, et Louisa Regina Donetta Rossiano, mari et femme, au nom du Père, du Fils et du Saint-Esprit. Amen. Vous pouvez embrasser votre épouse, Enrico.

Pour elle, c'était la chose la plus naturelle au monde de se fondre dans les bras d'Enrico après avoir prononcé ses vœux, et de lui offrir ses lèvres comme elle l'avait fait dans les montagnes. Donetta devait désormais contenir sa passion, car il avait spécifié que leur mariage n'était que de façade. Mais il avait dit qu'il l'aimait, et elle savait qu'il l'avait choisie. À présent, elle était mariée à l'homme qu'elle aimait. Plus de séparation. Ensemble pour toujours.

Ils remercièrent le prêtre et signèrent le registre de mariage avant de retourner à la limousine. Cette fois-ci, lorsqu'ils furent assis l'un en face de l'autre, il lui saisit les mains.

— Nous l'avons fait, *signora* di Montedoro. C'est ce que je voulais depuis si longtemps.

— J'avoue que j'ai espéré devenir ta femme, au moment où tu étais à l'université. Et puis je me suis dit que je ne verrais jamais ce jour, *signor* di Montedoro.

Il sortit de sa poche un diamant bleu-blanc serti d'or blanc et l'enfila à l'annulaire de Donetta, à côté de l'alliance. Elle ouvrit de grands yeux.

— J'ai acheté ce diamant pour toi juste après l'université. Je ne voulais pas t'offrir un des bijoux de ma famille. Je voulais que tu aies *ta* bague.

— Enrico..., fit-elle dans un souffle.

— Après t'avoir vue à Madrid, je l'ai fait sertir d'or blanc pour qu'il soit assorti à tes cheveux.

Elle leva la main.

— Je l'adore ! affirma-t-elle, sincère.

— Il est essentiel que ma mère voie les preuves de notre union et sache à quel point tu es importante pour moi. Et j'espère que, quand mon père regardera ces bagues, un déclic se fera dans son cerveau.

— Je vais prier pour cela. Ce doit être un père exceptionnel pour avoir élevé un fils comme toi.

— Tu es adorable, Donetta. Il t'accueillerait à bras ouverts s'il le pouvait, dit-il, au moment où la limousine s'arrêtait. Dépêchons-nous d'entrer pour passer ce coup de téléphone à tes parents.

Une fois dans la suite, Donetta s'enferma dans la chambre pour se changer. Elle enfila un chemisier de soie blanc et une jupe imprimée. Quand elle sortit, Enrico était en train de manger une pomme. Ils s'installèrent sur le canapé. Donetta saisit son téléphone. Elle tremblait, ce dont Enrico avait dû s'apercevoir, car il la réconforta :

— Tout va bien se passer.

Elle hocha la tête et appuya sur le bouton de composition rapide.

— Donetta, ma chérie ! lança la voix de sa mère après la première sonnerie. Tes sœurs nous ont dit que tu appellerais ce matin. Ton père est à côté de moi.

Elle serra la main de son mari.

— Enrico est avec moi aussi. J'ai mis le haut-parleur.

— Nous aussi.

— Je... je ne sais pas par où commencer, bafouilla-t-elle, un peu mal à l'aise. Je vous aime tous les deux, et je vous aimerai toujours. Hier, j'ai blessé tout le monde et je ne m'attends pas à un pardon. Mais quand je suis venue à Vallefiore et que j'ai passé du temps avec Enrico, j'ai compris que je ne pouvais pas épouser Arnaud, parce que c'est Enrico que j'aime.

— Et moi j'aime Donetta, intervint Enrico. Nous nous aimons depuis des années, mais j'ai appris à ma sortie de l'université que mon père était atteint de la maladie d'Alzheimer. J'ai dû le soutenir et m'occuper du royaume à temps plein. Et j'ai délaissé votre fille. Lorsque nous nous sommes revus, nous avons compris que nous avions toujours des sentiments l'un pour l'autre ; hélas ! Elle était déjà promise au prince Arnaud.

Il s'interrompit, et personne ne brisa le silence. Sa voix avait vibré de sincérité.

— Je sais que le prince Arnaud doit être déçu, reprit-il. J'espère qu'il surmontera sa déception. Nous vous appelons ce matin pour vous dire que nous venons de nous marier dans la chapelle du palais. Tout à l'heure, nous irons voir ma mère pour obtenir sa bénédiction. J'espère que nous avons la vôtre.

Donetta avait la gorge serrée par l'angoisse.

— Vous l'avez ! s'exclama son père. Seule une femme follement amoureuse ferait ce que tu as fait, ma fille. Et nous voulons ton bonheur.

— Merci, murmura-t-elle d'une voix étouffée, secouée de sanglots.

— Donetta, nous t'aimons, affirma sa mère. Enrico, bienvenue dans notre famille.

Elle vit qu'il était ému.

— Cela signifie beaucoup pour moi ; plus que vous ne l'imaginez. Je compte sur votre présence lors de mon couronnement.

— Comptez sur nous ! Merci pour cette merveilleuse nouvelle.

Après avoir raccroché, Donetta se prit la tête entre les mains. Enrico lui passa le bras autour des épaules.

— Tes parents sont remarquables, *bellissima*.

— Oui, confirma-t-elle en relevant la tête vers lui. Et toi aussi, tu l'es. Ce que tu leur as dit les a rassurés, et personne d'autre que toi n'aurait pu le faire.

Enrico l'embrassa sur la tempe.

— Allons au palais, à présent. J'espère que mes parents seront aussi incroyables que les tiens. Mon père sera en fauteuil roulant. Tu verras, il ne parle jamais, alors ne t'étonne pas.

Lorsque la limousine fut en route vers le palais, Enrico vint s'asseoir à côté de Donetta et la serra contre lui.

— Après ton départ de l'île, j'étais désespéré. J'ai quitté le palais pour aller suivre sur le terrain le travail de mon équipe qui lutte contre la corruption. Je ne pouvais pas rester en ville, je devenais fou. Quand mon cousin m'a téléphoné pour me dire que ton jet s'était posé à Saracène, j'ai cru que j'hallucinais. Et maintenant tu es là, bel et bien réelle.

— Je peux à peine y croire moi-même. C'était comme un rêve, hier, quand je t'ai entendu dire que tu voulais m'épouser. Il s'est passé tellement de choses depuis que j'essaie encore de tout assimiler !

Enrico lui décocha un sourire charmeur.

— Après avoir vu mes parents, nous aurons tout le temps nécessaire pour nous habituer à l'idée que nous nous appartenons enfin l'un à l'autre.

7

Donetta avait l'impression de se mouvoir dans un rêve. Elle appartenait vraiment à Enrico, maintenant ! Le garçon qui l'avait attirée des années auparavant avait grandi pour devenir l'homme qu'elle venait d'épouser. Mais ce n'était pas un conte de fées qu'ils étaient en route pour raconter à ses beaux-parents. La mère d'Enrico ne réagirait pas comme ses parents, hélas ! Elle devait se préparer au pire...

Le voyage au palais ne prit pas beaucoup de temps. Enrico l'aida à sortir de la limousine et la conduisit à l'intérieur du palais. Le drapeau officiel du royaume était accroché à l'extérieur de la salle du trône. Bientôt, elle y dirigerait le pays avec Enrico. Ce sentiment était surréaliste.

Ils gravirent un escalier jusqu'au deuxième étage et gagnèrent la petite salle à manger.

Le roi, impeccablement habillé d'un costume gris et d'une chemise blanche, était assis dans un fauteuil roulant au bout de la table ovale, la tête légèrement baissée. Ses cheveux noirs étaient parsemés de nombreux fils gris.

Enrico la prit par la main, et ils s'approchèrent de lui.

— Papa ? Voici ma femme, la princesse Donetta Rossiano de Domodossola. Donetta, enchaîna-t-il en se tournant vers elle, je te présente mon père, le roi Nuncio.

Donetta était si émue de sentir l'amour qu'Enrico portait à son père qu'elle dut se racler la gorge avant de parler.

— C'est l'un des plus grands honneurs de ma vie de vous

rencontrer, Votre Majesté. J'ai entendu de grandes choses sur vous, et je sais qu'elles sont toutes vraies, car je vois ces mêmes merveilleuses qualités chez votre fils, l'homme que j'aime.

Elle n'avait jamais dit ces mots à Enrico, mais ils étaient sortis tout seuls.

Le roi ne répondit pas. Pourtant, comme Enrico, elle espérait que quelque chose avait atteint une partie de lui qui savait ce qui se passait.

Lorsqu'elle leva la tête, elle vit la reine dans l'embrasure de la porte, élégante dans un costume deux-pièces de couleur rose.

— Votre Majesté, la salua-t-elle avec une petite révérence.

— Princesse Rossiano.

Tout comme le jour où elle l'avait rencontrée, pendant le concours hippique, aucune chaleur n'émanait du regard de la reine. Cette femme glaciale était sa nouvelle belle-mère...

Enrico accompagna sa mère à la table et la fit asseoir à gauche de son mari. Puis il installa Donetta et s'assit à son tour.

Deux domestiques leur versèrent du café et leur servirent un brunch élaboré – fromages, charcuterie, œufs brouillés, fruits frais, petits pains tièdes. Donetta fit l'effort de manger, mais sa nervosité lui avait coupé l'appétit.

— Papa, maman, je vous ai demandé de vous joindre à nous pour célébrer notre mariage.

La reine ne put contenir un hoquet de surprise. Elle devint livide.

— J'aime Donetta depuis des années, poursuivit-il, et elle m'a fait l'honneur de m'épouser.

Les yeux bruns de sa mère la transpercèrent. Apprendre que son fils l'aimait semblait le cadet de ses soucis.

— Vous étiez promise au prince Arnaud, lança-t-elle d'une voix tremblante de colère contenue.

Donetta puisa dans son courage. Enrico lui saisit la main, comme pour lui apporter son soutien.

— J'ai compris au dernier moment que je ne pouvais pas épouser Arnaud alors que j'aimais Enrico.

— Avez-vous toujours été aussi déshonorante envers vos parents ?

Enrico lui serra la main plus fort.

— Épouser Arnaud aurait été une erreur, Votre Majesté. Je sais que j'ai causé de la peine autour de moi, et je vais en souffrir pendant longtemps. Tout ce que j'espère, c'est que le jour viendra où notre union vous rendra heureuse et où vous m'accepterez.

La reine ne daigna pas lui répondre et se tourna vers son fils.

— Vous vous êtes mariés ici, dans la chapelle du palais ?

Il acquiesça d'un signe de tête.

— Vous avez fait fi du protocole, des traditions, tout ça pour que tu puisses avoir ce que tu désirais.

— Nous avions déjà attendu bien trop longtemps.

— Bien sûr, tu savais que tu n'aurais jamais eu notre bénédiction. As-tu pensé au mal que tu allais nous faire, Enrico ? Et Valentina ? Et sa famille ? Ils seront anéantis quand ils apprendront la nouvelle.

— Valentina sait que je ne l'ai jamais aimée. Elle sera soulagée et aura ainsi la chance de rencontrer un homme qui l'aimera comme elle le mérite.

— Elle t'aime !

— L'amour doit être réciproque. Tu le sais, maman. Je n'aurais jamais pu l'épouser alors que je suis amoureux de Donetta depuis des années. Nous aurions dû nous marier il y a longtemps, mais les circonstances en ont décidé autrement.

— C'est facile à dire alors que tu sais pertinemment que ce mariage est interdit !

— Seulement si on décide qu'il l'est ! Cette vieille querelle entre nos deux royaumes aurait dû être réglée depuis des lustres ! J'ai d'ailleurs commencé à travailler sur la question.

— Eh bien, moi aussi j'ai l'intention de faire quelque chose ! Puisque tu n'as pas choisi la princesse Valentina pour épouse, je ne permettrai pas que tu deviennes roi. Il n'y aura pas de couronnement !

Donetta frémit, horrifiée. La reine ne pouvait pas être plus cruelle ! Pourtant, Enrico ne se laissa pas démonter.

— Merci pour cette entrevue, maman. Tu féliciteras la chef de ma part pour ce délicieux brunch. Maintenant, si tu veux bien nous excuser, Donetta et moi allons partir en lune de miel. Si tu as besoin de quoi que ce soit pendant notre absence, Lia et Catarina seront là. En cas d'urgence, Giovanni saura où nous joindre.

Une sorte de cri étranglé sortit des lèvres de la reine. Même si elle la trouvait détestable, Donetta ne pouvait s'empêcher d'être désolée pour elle. La reine souffrait visiblement. Elle aurait eu besoin du soutien de son mari, mais le roi ne bougeait pas.

— Avant de partir, veux-tu que j'emmène papa dans le solarium ? demanda-t-il

— Non merci, dit sa mère d'un ton sec. Je m'en chargerai quand j'aurai fini mon café.

Donetta comprenait d'où Enrico tenait sa force. Tout comme lui, sa mère était inflexible. La situation virait au cauchemar...

Au moment où Enrico allait démarrer sa Land Rover, Donetta lui posa la main sur le bras.

— Enrico, avant de partir, il faut qu'on parle.

Il poussa un long soupir et hocha la tête.

— Je savais que les paroles de ma mère te feraient du mal. Je suis vraiment désolé.

— C'est pour toi que je m'inquiète. Mais je comprends qu'elle ne puisse pas s'empêcher d'être déçue par ce qui s'est passé.

— Je ne lui trouve pas beaucoup de circonstances atténuantes. Elle sait que je n'ai jamais aimé Valentina et que je n'ai jamais envisagé de l'épouser. Quand elle réalisera à quel point nous sommes heureux, elle se ravisera.

— Le protocole de ton pays n'impose-t-il pas que les bans soient publiés quatre mois avant le mariage ?

— C'est la coutume, pas une obligation.

Il plissa les yeux et lui sourit.

— Comment sais-tu cela, dis-moi ?

— Parce que je me suis renseignée, après le concours d'Aix-en-Provence, avoua-t-elle en rougissant.

— Alors nous avions déjà tous les deux le mariage en tête, à cette époque… Et puis c'est de nous qu'il s'agit, pas d'elle. De notre futur, de notre bonheur.

Il démarra le 4x4, dans lequel avaient été rangés les bagages que Donetta avait préparés après la cérémonie. Une fois le palais derrière eux, Donetta respira plus librement, comme si un poids lui avait été enlevé de la poitrine.

— Merci d'avoir été aussi merveilleuse avec mon père.

— Le pauvre… Pourvu qu'on trouve vite un remède contre cette terrible maladie ! J'ai aussi beaucoup de peine pour ta mère. J'ai entendu dire que le conjoint d'un malade d'Alzheimer a l'impression d'avoir déjà perdu l'autre, même s'il est encore en vie. Ta mère doit être affligée depuis longtemps.

— Oui, elle le pleure comme s'il était parti, murmura-t-il d'une voix rauque.

— Ton père est très beau, dit Donetta d'un ton plus enjoué. Maintenant, je sais d'où te vient ta beauté ! Dans la loge de ta famille, lors du concours, j'ai aussi remarqué que toi et tes sœurs ressembliez à ta mère, qui est elle aussi très belle. Un jour, j'espère qu'elle pourra surmonter sa douleur.

— J'en suis certain. Mais pour l'instant, nous devons parler de notre lune de miel. Nous ferons ce que tu veux.

Son cœur s'emballa.

— Tu veux dire que tu n'as rien planifié ?

— Même si j'ai prévu des choses, je suis prêt à faire des modifications. Dis-moi ce qui te ferait le plus plaisir.

— Pourrions-nous camper et faire de la randonnée dans les montagnes, et autour d'un lac pour que je puisse pêcher ?

Enrico poussa un cri de joie, ce qui fit sourire Donetta.

— Dois-je en déduire que tu as déjà tout organisé ?

— Je savais que j'avais une bonne raison de vouloir à ce point t'épouser ! plaisanta-t-il.

— La première fois que je t'ai vu monter à cheval, je n'avais que dix ans, mais je voulais te connaître. Le jeune prince Enrico avait déjà une présence magnétique à cette époque. Aucun autre garçon ne m'a plus jamais intéressée après.

— Pas même Arnaud ?

— Tu sais bien que non. Mes parents m'ont mis la pression, comme ta mère t'a mis la pression pour Valentina. Quand j'ai cru que je ne te reverrais jamais, j'ai décidé de lui dire oui pour avoir des enfants un jour. Les enfants apportent le bonheur.

Il lui prit la main et plongea le regard dans le sien.

— Nous allons avoir plus de bonheur que tu ne peux l'imaginer, *bellissima*.

Lorsque sa délicieuse épouse poussa un cri d'émerveillement en redécouvrant la cascade secrète d'Enrico, celui-ci sut qu'il avait visé juste.

Il lança sa Land Rover sur une piste à moitié cachée dans la végétation, qui menait à la piscine située en contrebas des chutes. Le paysage était magnifié par la lumière de la pleine lune. Il avait prévu une surprise pour Donetta, une idée qui lui trottait dans la tête depuis des années. Elle voulait camper ? Eh bien son souhait allait se réaliser !

La veille, il avait demandé à Giovanni que soit dressée sur le banc de sable une *khaïma*, une tente traditionnelle des nomades du désert. Elle avait été aménagée pour offrir à Donetta le luxe et le confort qu'elle méritait. La majeure partie de la surface était occupée par une somptueuse chambre à coucher, avec au sol des tapis chatoyants et des poufs bigarrés. Une petite salle de bains, sommaire mais confortable, avait été installée, de même qu'une table et deux chaises, à un bout de la tente. Il y avait également des lampes à huile et des glacières.

Pendant la journée, ils pourraient prendre des bains de soleil et se baigner. La nuit, Enrico avait l'intention de faire l'amour à sa femme pendant des heures.

— Oh ! Enrico, c'est fabuleux ! s'enthousiasma-t-elle au moment où il garait son 4x4. On se croirait dans *Les Mille et Une Nuits*.

C'était l'idée... Le cœur battant à tout rompre, il guida Donetta vers la tente. Devant l'entrée, il prit son épouse dans ses bras pour lui faire franchir le seuil. Ce serait leur maison pour aussi longtemps qu'ils en auraient envie.

Un autre cri lui échappa des lèvres en découvrant l'intérieur – Giovanni avait suivi ses instructions, et les lampes à huile avaient été allumées juste avant leur arrivée. Les prunelles de Donetta brillaient de ce vert étonnant qu'il aimait tant.

— Tu as créé un petit paradis pour nous deux.

— Je t'aime, Donetta.

Elle le regarda bizarrement, soudain tendue dans ses bras.

— Qu'est-ce que tu dis ?

— Que je t'aime. Vraiment.

— Mais je pensais que...

— Tu croyais sincèrement que notre mariage ne serait que de façade ? la coupa-t-il. J'ai dit cela parce que j'avais peur de te dire ce que je ressentais vraiment ; peur après une si longue séparation que tu aies l'impression que je ne disais pas la vérité. Mais c'est de l'histoire ancienne, à présent. On arrête de se tordre les méninges, *amata*. Je t'aime et je te veux. Et depuis notre nuit à la belle étoile, je sais que tu me veux aussi.

— Je n'ai jamais été capable de te cacher quoi que ce soit. Si tu savais comme j'ai attendu ce moment, en mourant petit à petit de l'intérieur parce que je craignais qu'il n'arrive jamais. Aime-moi, mon amour, et ne t'arrête jamais.

Elle n'aurait pas besoin de le lui dire deux fois ! Il la déposa jusqu'à l'immense lit recouvert de couvertures de soie et de coussins, puis s'allongea à côté d'elle. C'était le paradis de pouvoir plonger les mains dans ses cheveux dorés et d'embrasser sa peau si douce.

Leurs bouches étaient insatiables, et le désir trop longtemps retenu pouvait enfin s'épancher. Ils n'avaient plus à se cacher, à se retenir, à se contrôler, et Enrico se laissa glisser dans le tourbillon de sensualité qui les emportait. Ils se caressaient l'un l'autre, s'embrassaient, se touchaient, se dévoraient dans une orgie de plaisir.

Jusqu'à l'aube, ils vécurent l'extase à l'état pur. Lorsque Donetta s'endormit finalement, Enrico la regarda longuement. Elle était vraiment d'une beauté à couper le souffle. C'était la femme la plus généreuse, la plus sauvage, la plus délicate dont un homme pouvait rêver. Chaque année depuis leur première rencontre, elle l'avait attiré un peu plus. Il y avait eu trop d'années de séparation. Et ils seraient encore séparés si Donetta n'avait pas trouvé le courage de revenir vers lui. Il s'étonnait qu'elle ait été si forte.

Il avait toujours admiré cette force de caractère chez elle. Elle était maintenant sa femme... et elle l'aimait ! Cela le bouleversait, et il ferma les yeux avant que son cœur n'explose à cause de toutes ces émotions.

Quand Enrico s'éveilla, Donetta dormait encore, les jambes mêlées aux siennes. Il la dévisagea, savourant son bonheur. Elle dut sentir son regard posé sur elle, car elle ouvrit les yeux. Elle lui sourit.

— Bonjour, *mia sposa*.

— Depuis combien de temps es-tu réveillé ?

Il suivit du bout du doigt le contour de sa bouche.

— Assez longtemps pour vouloir te faire l'amour encore une fois.

— Je vois ça, dit-elle en jetant un coup d'œil à son érection. J'ai rêvé de toi. Si tu ne m'embrasses pas tout de suite...

Il ne la laissa pas terminer sa phrase, et lui prit les lèvres dans un gémissement de plaisir. Puis leurs corps s'emboîtèrent comme s'ils avaient été faits l'un pour l'autre. Ils ondulèrent et dansèrent en rythme, avant qu'un orgasme foudroyant ne les unisse dans le même plaisir.

Enrico n'avait jamais cru possible de vivre d'amour et d'eau fraîche, mais cette nuit avec Donetta l'avait fait changer d'avis. Parce que sa princesse était la femme de sa vie ?

Elle se dégagea de son étreinte et attrapa sa robe au pied du lit.

— Je vais regarder dans les glacières et te servir le petit déjeuner au lit, annonça-t-elle d'un ton guilleret.

— Je n'ai pas besoin de nourriture.

— Bien sûr que si ! Reste là. J'adore cette image de toi alangui au milieu des draps froissés. Tu es mon pacha super canon de Vallefiore, et moi ta captive prête à assouvir tes moindres désirs. Après t'avoir observé pendant le brunch avec tes parents, je sais que tu adores le melon jaune.

Elle ouvrit une glacière et en sortit un. Après l'avoir coupé, elle en apporta de grosses tranches sur une assiette. Enrico fut incapable de résister.

— C'est presque aussi délicieux que toi, affirma-t-il entre deux bouchées.

Ensuite, Donetta rapporta des croissants au jambon et au fromage ainsi qu'une bouteille de jus d'orange sanguine. Elle s'installa à côté de lui pour le plus charmant petit déjeuner de la vie d'Enrico.

— Et maintenant, le dessert ! lança-t-il en déposant les assiettes vides au sol.

— Tu veux dire que tu n'es pas encore rassasié ? demanda Donetta avec un sourire taquin.

— Et vous, Votre Altesse ?

— Je suppose que tu vas devoir le découvrir..., susurra-t-elle, enjôleuse, en ôtant sa robe.

Enrico était si amoureux qu'il se demandait comment il avait pu vivre aussi longtemps sans Donetta. Après une nouvelle visite au septième ciel, il lui proposa d'aller nager.

— Je t'ai apporté un bikini, mais c'est à toi de choisir si tu le portes ou non, la taquina-t-il.

— J'imagine que le prince Enrico est protégé par quelques hommes de sa garde personnelle. Même si j'ose espérer qu'ils sont un peu à l'écart, je vais jouer la sécurité.

Elle se glissa hors du lit.

— Nos maillots sont dans la valise argentée, *cara*.

Donetta l'ouvrit et lui jeta le sien sur le lit avant de disparaître derrière le rideau qui isolait la salle de bains de fortune. Enrico l'enfila. Lorsque sa femme revint, éblouissante dans le bikini noir qu'il avait choisi pour elle, il ne put retenir un long sifflement admiratif. Donetta sortit de la tente en riant.

Dans la chaude lumière de la fin de matinée, Enrico vit sa femme plonger dans la piscine naturelle qui s'étalait sous la cascade. Il plongea à son tour et tenta de la rattraper, mais elle était une excellente nageuse. Il se réjouissait d'avoir une épouse aussi sportive.

Ils jouèrent au pied de la cascade pendant une heure, se lançant des défis, s'éclaboussant, plongeant dans les eaux transparentes. Lorsqu'ils furent tous deux épuisés, ils s'allongèrent sur le sable pour prendre le soleil. Au bout d'un moment, Enrico commença à s'inquiéter pour Donetta.

— Je pense qu'on devrait y aller ou tu vas prendre des coups de soleil.

Il l'aida à se relever et la conduisit dans l'eau pour qu'ils se rafraîchissent et se débarrassent du sable collé à leurs corps. Elle lui passa les bras autour du cou.

— Je ne savais pas que je pouvais être aussi heureuse.

Enrico avait le cœur gonflé d'amour. Il entraîna sa femme vers la tente, et ils se jetèrent sur le lit. Des lèvres, Enrico parcourut le corps de sa princesse. Avec les dents, il défit les nœuds qui retenaient le bikini, puis cala la tête entre les jambes de Donetta.

Il ne vit pas la journée passer. Ils dînèrent dans le lit – tourte à la viande, fromage, raisin et amandes.

— Tu m'as tellement gâtée que je suis devenue une dévergondée malade d'amour, et que j'ai peur que tu te lasses de moi, murmura-t-elle la tête posée sur son torse.

— Si tu penses ça, alors tu vas avoir la surprise de ta vie, répliqua-t-il.

Donetta était devenue son addiction. Il commença à lui faire l'amour avec une ardeur presque primitive, animale, et ils s'endormirent épuisés dans les bras l'un de l'autre.

8

La lumière qui entrait dans la tente réveilla Donetta. Elle s'étira et contempla Enrico endormi. Avec ses cheveux noirs, sa peau dorée et sa barbe d'un jour, il était beau comme un dieu et viril en diable. La langue ne comportait pas assez d'adjectifs pour décrire l'effet qu'il lui faisait. Le premier baiser qu'il lui avait donné, à seize ans, avait été le point de départ de ce qu'ils vivaient ensemble depuis deux nuits et un jour.

Elle ferma les yeux et poussa un petit soupir de pure exultation.

— Que signifiait ce gémissement divin, *tesora* ? fit la voix ensommeillée de son mari.

— Que tu as près de toi une femme satisfaite dans tous les sens du terme.

— Seulement « satisfaite » ? demanda-t-il, un éclair polisson dans les yeux.

— Si je te disais toute la vérité, tu rougirais.

Il lui donna alors un long et profond baiser. Quand il s'écarta d'elle, il dit :

— Avant de faire quoi que ce soit d'autre, je vais me raser.

— Oh non ! Je t'adore avec cette barbe naissante.

— Mais tu me préféreras sans ! Ensuite, nous irons pêcher.

Elle cligna des yeux, surprise.

— Tu veux dire qu'il y a des poissons sous la cascade ?

— Oui. Nous allons attraper des truites et les faire cuire au barbecue.

— Des truites ? Sérieusement ? J'ai hâte d'y être !

Le rire qu'elle aimait s'échappa de la gorge d'Enrico. Il quitta le lit et se dirigea vers la salle de bains. Elle sortit de sa valise un short blanc et un chemisier imprimé sans manches. Quand Enrico revint, elle prit sa place dans la salle de bains pour se rafraîchir. Puis ils sortirent et se retrouvèrent sous un magnifique ciel bleu, dans lequel brillait un soleil joyeux.

Les heures suivantes furent un véritable enchantement pour Donetta. Enrico savait où étaient les poissons – l'endroit le plus profond de la piscine, un trou profond d'une dizaine de mètres. Il lui expliqua comment manier sa canne à pêche, mettre les appâts sur l'hameçon. Ensuite, elle s'efforça de l'imiter. Il était vraiment doué, à la fois patient et rapide, précis. Elle réussit à attraper quelques poissons d'une vingtaine de centimètres ; les prises d'Enrico, elles, dépassaient toutes les trente centimètres.

Ils gardèrent juste ce dont ils avaient besoin pour le déjeuner et rejetèrent les autres poissons à l'eau. Donetta était excitée comme une puce. Ils vidèrent et nettoyèrent les truites, puis les posèrent sur une grille au-dessus du feu qu'Enrico avait préalablement allumé.

Très vite, l'odeur divine des poissons en train de griller emplit l'air. Ils mangèrent à l'ombre, sous l'auvent de la tente.

— Jamais de ma vie je n'ai été aussi heureuse, et jamais je n'ai autant apprécié un repas, déclara Donetta, les larmes aux yeux. Merci pour cette merveilleuse lune de miel.

— C'est loin d'être fini, *cara*. Peut-être que demain, si je parviens à t'éloigner de notre lit pour quelques heures, nous pourrions aller randonner au-dessus des chutes. Les paysages et les points de vue sont à couper le souffle, tu verras. Je veux t'apprendre à aimer mon pays.

Elle se leva et glissa les bras autour des épaules de son mari, puis l'embrassa sur la joue.

— C'est aussi le mien, maintenant, et je l'aime déjà.

Enrico l'assit sur ses genoux, l'air soudain grave. Donetta fronça les sourcils, inquiète.

— Je suis désolé que ma mère t'ait traitée comme elle l'a fait.

— S'il te plaît, ne t'en fais pas pour ça. C'est toi qu'elle a blessé quand elle a affirmé que le couronnement n'aurait pas lieu.

— Mon père est toujours en vie. Tant qu'il respire, il est le roi. Mais cela ne change pas ma volonté que toi et moi régnions un jour à égalité. La vérité est que je vais avoir besoin de ton aide encore plus que je ne l'avais prévu.

Donetta comprit qu'il était sincère.

— Tu sais que je veux t'aider autant que possible, répondit-elle avec la même sincérité. Mais qu'est-ce qui a changé ?

Il la serra contre lui.

— Je te le dirai, mais pas pendant notre lune de miel. Ce temps est si précieux ! Je ne veux pas consacrer une seconde à autre chose que notre amour. Et maintenant que nous avons mangé, qu'est-ce que tu aimerais faire ?

— Je ne sais pas si je dois te le dire, souffla-t-elle en se levant.

Elle entreprit de débarrasser la table, décidée à faire la vaisselle. Enrico l'emprisonna entre ses bras serrés autour de sa taille, debout derrière elle.

— N'aie jamais peur de me dire que tu veux retourner au lit, car rien ne me fait plus plaisir !

— C'est vrai ?

Il la jeta sur son épaule comme si elle ne pesait rien et l'emmena jusqu'au lit. Il l'y déposa sur le dos et se plaça au-dessus d'elle.

— As-tu besoin de plus de preuves ?

Pendant la semaine qui suivit, Enrico déclina le verbe aimer à la perfection. Il l'emmena dans ses endroits préférés de l'île, où ils randonnèrent et dormirent à la belle étoile ou dans des grottes. Ils nagèrent dans la mer, firent de la plongée, du kayak. Sans oublier bien sûr de faire l'amour... C'était merveilleux, enchanteur.

Un matin, alors qu'ils s'apprêtaient à casser la croûte sur une plage déserte au pied d'une falaise, le téléphone d'Enrico sonna. Donetta se figea, anxieuse soudain. Elle s'assit sur le sable pendant qu'il répondait. En voyant l'expression de son mari se durcir et sa mine s'assombrir, elle comprit qu'il avait reçu une mauvaise nouvelle.

— C'était Giovanni, expliqua-t-il après avoir raccroché. Mon père est tombé, il est au lit avec un bras cassé. Ma mère est morte d'inquiétude. Mes parents ont besoin de moi, j'ai peur que nous devions rentrer. C'est la dernière chose dont j'aie envie, crois-moi !

Leur lune de miel allait être écourtée, elle en souffrait terriblement, mais comment se plaindre ? Cela aurait été de l'ingratitude de sa part alors qu'Enrico lui avait déjà consacré plus de temps qu'il n'aurait dû.

Ils retournèrent à la cascade pour faire leurs bagages et quitter la tente qui était devenue leur nid d'amour. Pendant qu'elle cherchait un short, il la tira sur le lit.

— On ne part pas encore, glissa-t-il d'un ton gourmand.

Lorsque leurs corps furent rassasiés, Donetta passa les bras autour du cou de son merveilleux mari.

— Je supporte de partir d'ici seulement parce que je vais désormais vivre avec toi, murmura-t-elle.

Enrico l'embrassa avec fougue.

— T'avoir dans ma vie pour toujours est tout ce que j'ai toujours voulu. T'aimer comme je le fais, me réveiller chaque matin dans tes bras me fait renaître.

Puis ils portèrent leurs affaires dans la Land Rover. Lorsque le véhicule commença à cahoter sur la piste, Donetta se retourna vers la cascade. Les souvenirs affluèrent alors, lui coupant la respiration. Enrico lui saisit la main. Elle devina que lui aussi était submergé par des émotions violentes.

Ils roulèrent vers Saracène en silence. C'était étrange de revenir à la civilisation. Ils avaient vécu dans un monde merveilleux, hors du temps, loin du monde. Lorsqu'ils atteignirent les faubourgs de la capitale, Donetta eut l'impression qu'on lui arrachait quelque chose de précieux.

— C'est difficile pour moi aussi, dit Enrico.

Ils étaient tellement en phase l'un avec l'autre que c'était comme si son mari lisait dans ses pensées.

— Je te promets que nous allons nous enfuir souvent, *amore mio*, reprit-il.

Le lac brillait dans le soleil de l'après-midi. Au-dessus s'élevait le palais, avec une vue imprenable sur l'étendue d'eau et le paysage. Enrico pénétra dans l'enceinte du palais par une entrée privée. Il gara la Land Rover et fit le tour pour ouvrir la portière à Donetta. Puis il se pencha et lui donna un long et sensuel baiser.

— Bienvenue à la maison, *squisita*.

Donetta ressentit son impatience de l'emmener dans ses appartements – *leurs* appartements désormais. Elle aussi était excitée de les découvrir. Enrico prit leurs sacs. Un garde leur fit un signe de tête à tous les deux.

— Bienvenue à la maison, Votre Altesse.

— *Grazie*.

Ils montèrent au deuxième étage et empruntèrent un long couloir qui se terminait par une grande double porte. Enrico posa les bagages, ouvrit le battant de droite et se retourna vers elle. Puis il la prit dans ses bras pour lui faire franchir le seuil. Cette touchante attention la fit sourire.

— Tu dois aller voir tes parents, mon amour.

— Pas avant de t'avoir montré ta nouvelle maison !

Donetta se doutait que les appartements d'Enrico seraient luxueux, mais pas à ce point fabuleux. Elle aima immédiatement les lieux, surtout la vue sur le lac. Il lui fit faire le tour des chambres, lui montra le salon, le bureau, la salle à manger, la cuisine.

— Qu'en penses-tu ?

— Je vais être très heureuse ici.

Il lui offrit un sourire émouvant, puis la prit dans ses bras et l'embrassa. Ils s'accrochèrent l'un à l'autre comme s'ils ne s'étaient jamais embrassés auparavant. Enrico finit par s'écarter d'elle, non sans un dernier baiser sur le bout du nez.

— Je crains que ce ne soit un univers assez masculin ; tu peux redécorer l'endroit à ton goût.

— J'adore ces tons bleus. Cet endroit te ressemble tellement !

Mais j'aimerais mettre en valeur tes trophées et photos d'équitation. C'est triste de les enfermer dans un dressing, il faudrait qu'ils soient en vue ! Je me souviens de chacune des coupes que tu as remportées.

— Je suis d'accord pour trouver un endroit spécial, à condition que nous fassions venir ici tes trophées et que nous les exposions avec les miens. Ils représentent une grande partie de nos vies.

Elle posa les mains sur ses épaules en le regardant droit dans les yeux.

— Est-ce que je rêve, ou sommes-nous vraiment chez nous ?

Il baissa la bouche pour l'embrasser à nouveau, mais elle tourna la tête.

— Tu dois partir.

— Je te promets de revenir bientôt.

Donetta emporta ses affaires dans la chambre principale, qui elle aussi avait une vue spectaculaire sur le lac. Elle prit une longue douche et se lava les cheveux. Pendant qu'elle les laissait sécher, elle téléphona à sa famille pour leur faire savoir qu'elle était de retour à Saracène et plus heureuse que jamais. Elle ne put parler à Fausta, qui était partie en ville. Elle l'appellerait plus tard.

Elle enfila un jean et un haut orange à manches courtes, puis retourna au salon. Son regard fut attiré par trois peintures à l'huile disposées artistiquement sur une partie d'un mur. Elles représentaient les chevaux d'Enrico. Chaque nom avait été gravé sur une plaque de cuivre fixée au cadre. Donetta reconnut immédiatement Malik et Rajah, les deux chevaux sur lesquels Enrico avait remporté tant de concours internationaux. Mais elle ne savait rien du troisième, de la taille d'un poney, nommé Osman. Tous étaient des Sanfratellano noirs.

— Osman signifie « guerrier » en arabe, fit la voix d'Enrico derrière elle.

Elle se retourna. Son mari était entré dans la chambre. Il s'approcha et lui passa un bras autour de la taille.

— Mon père m'a donné ce poney quand j'avais cinq ans.

Jusqu'à mon dixième anniversaire, je me sentais comme un guerrier quand je le montais. Puis je suis devenu trop grand pour lui et j'ai eu Malik.

Lors de leur première rencontre, en Angleterre, Enrico avait dit à Donetta que Malik voulait dire « roi » en arabe.

— L'artiste qui a peint ces magnifiques huiles a vraiment capturé l'essence de chacun de ces chevaux. Ils sont vivants, ils respirent, on a envie de les caresser. J'aurais adoré avoir des tableaux de mes chevaux.

— Il n'est pas trop tard. Tu pourrais les faire peindre à partir de photos.

— Oui, mais ce n'est pas pareil. Ces toiles sont de vrais trésors.

— C'est toi, mon vrai trésor.

Elle rit et l'embrassa dans le cou.

— Comment va ton père ?

— C'est difficile à dire. On lui a donné des antidouleurs, et il doit garder le bras en écharpe.

— Le pauvre... Je parie que ta mère est contente que tu sois de retour.

— En effet. Et elle a été offensive d'emblée : elle insiste pour que j'envoie tout de suite une lettre à Valentina et à ses parents. Je lui ai dit que j'avais déjà prévu de le faire. Mais assez parlé de cela, déclara-t-il en entraînant Donetta dans la chambre.

Il s'assit sur le lit et la fit asseoir à côté de lui.

— Ce soir, reprit-il, toi et moi avons été invités à rejoindre mes parents pour le dîner. Mais si...

Elle posa un doigt sur ses lèvres.

— Nous irons, bien sûr. J'ai l'intention de faire tout ce que je peux pour gagner sa confiance.

Il la fit alors rouler sur le lit et l'emmena dans un royaume enchanté dont lui seul avait les clés...

La sonnerie du téléphone les ramena sur terre en fin d'après-midi – heureusement, sinon ils auraient sans doute été en retard pour le dîner...

Enrico attrapa son téléphone dans sa chemise roulée en boule sur le sol.

— Giovanni ! *Ciao, amico*... Oui, mais le retour est difficile pour nous, dit-il en faisant un clin d'œil à Donetta.

Ce que son cousin lui dit provoqua un froncement de sourcils. Enrico quitta le lit et se dirigea vers son dressing. Donetta se leva pour aller prendre une douche rapide. Ensuite, elle revêtit une robe à manches courtes blanche avec des imprimés noirs et enfila de hauts talons blancs. De retour dans le salon, elle constata qu'Enrico, qui avait enfilé un peignoir bleu marine, avait raccroché. Il la dévorait des yeux.

— Tu es superbe !

— Merci. Mais je vois que quelque chose ne va pas, ajouta-t-elle, anxieuse.

— Donne-moi cinq minutes pour me doucher et me changer. Ensuite, nous parlerons.

Enrico s'habilla en un temps record – costume bleu clair décontracté et chemise bleu foncé à col ouvert. Dans dix minutes, ils avaient rendez-vous avec ses parents. Cela ne lui laissait pas beaucoup de temps pour ce qu'il avait à dire à sa femme...

Il la trouva face aux grandes fenêtres, profitant de la vue.

— Beaucoup de voiliers voguent sur le lac. Tu en as un ?

Il sourit.

— Je suis sûr que tu connais la réponse à cette question. Tu as déjà navigué ?

— Non. Tu devras m'apprendre.

— Le week-end prochain. Il y a une station balnéaire très chic de l'autre côté du lac. Nous y dînerons et nous danserons. Ensuite, nous dormirons sur le bateau.

— Je m'en réjouis d'avance ! Mais pour l'instant, j'aimerais savoir ce qui te cause autant de souci.

Enrico l'attira vers la causeuse, s'y assit et prit sa femme sur ses genoux.

— Comme je te l'ai dit lorsque tu es arrivée à Vallefiore, mon pays est trop corrompu, ce qui cause de sérieux problèmes. Mon père a fait de son mieux pour combattre ce fléau, mais j'ai dû prendre le relais à cause de sa maladie.

— Je sais que c'est la raison principale pour laquelle tu as été si occupé à ton retour d'Angleterre. Mais je n'avais aucune idée de l'ampleur de la lutte que tu devais mener.

— Je suis content que tu comprennes. C'est en effet un combat de tous les instants, dans les villes, mais aussi dans les campagnes. On y pratique l'intimidation, le racket, le règlement de comptes. Ce sont de longues enquêtes, un travail d'infiltration difficile pour récolter des preuves. Depuis que j'ai donné à notre police les pleins pouvoirs pour poursuivre ces criminels, nous subissons des pressions et des menaces.

Donetta ouvrit de grands yeux.

— Tu veux dire des menaces de mort ?

Il hocha la tête. Sa femme avait l'esprit vif.

— Qui les reçoit ?

— Le chef de la police et plusieurs fonctionnaires du ministère de l'Intérieur.

— Et toi ?

— J'en ai reçu plusieurs. Giovanni vient de me dire que la dernière que l'on avait reçue n'avait pu être tracée. Elle coïncide avec les arrestations que j'ai ordonnées à Avezzano le jour de ton arrivée sur l'île.

— J'espère que tu as au moins quadruplé la sécurité qui t'entoure.

— Qui m'entoure et qui entoure toute ma famille, dont toi. Nous avons essayé de tenir ma mère à l'écart, mais ses espions au palais la tiennent informée. Je voulais que tu sois prête si elle aborde le sujet pendant le dîner.

— Est-ce la nouvelle dont tu ne voulais pas parler quand nous sommes partis en lune de miel ?

Il acquiesça.

— Comme tu peux le voir, je vais avoir beaucoup à faire pour remporter cette guerre. Avec toi qui gouverneras au jour le jour, je serai libre de me consacrer pleinement à l'élimination de cette gangrène.

— J'ai conscience que c'est dangereux, mais, si quelqu'un peut mener à bien ce combat, c'est bien toi !

— Merci pour ta confiance, mon amour. Demain, nous aborderons les tâches que tu auras à assumer. Ce ne sera pas une découverte pour toi, car je sais que tu as beaucoup observé ton père travailler et que tu l'as aidé. Il n'y aura rien que tu ne pourras gérer. Je sais d'instinct que tu seras une dirigeante extraordinaire.

Donetta le regarda fixement, l'air perplexe.

— Pourquoi as-tu autant foi en moi ?

Parce que Giovanni lui avait confié que devenir reine était l'ambition de sa vie, et qu'Enrico l'aimait au point de vouloir l'aider à réussir.

— Au fil des années, j'ai pu me rendre compte de ta force de caractère. Tu as une capacité naturelle pour diriger les autres, et tu es en même temps très douce et diplomate. Je l'ai constaté avec la façon magistrale dont tu as jusqu'ici géré l'hostilité de ma mère.

— Dans ce cas, nous ferions mieux d'être à l'heure ! lança-t-elle d'un ton léger.

— Elle sait que nous sommes toujours en lune de miel et nous pardonnera si nous avons quelques minutes de retard.

— Mais elle m'aimera mieux si je ne te retiens pas quand elle veut te voir, non ?

La perspicacité de sa femme le fit rire.

— On dirait que tu es déjà une reine très intuitive ! Quand je t'ai vue pour la première fois chevaucher Luna, tu avais une attitude de jeune reine. J'ai été fasciné par une gamine de dix ans qui avait une allure folle et une maîtrise incomparable de son cheval. Pendant l'épreuve de saut, tu as fait preuve d'un sang-froid ahurissant. Tu n'étais pas comme les autres filles, Donetta, et ma première impression n'a fait que se renforcer : tu as toujours été quelqu'un d'exceptionnel.

Elle dardait sur lui un regard intense, sans ciller.

— Tu me laisses sans voix, murmura-t-elle enfin.

Il l'embrassa, et elle répondit avec fougue. Puis ils se levèrent : il était temps de gagner la petite salle à manger du roi, située dans l'autre partie du palais.

Le cœur d'Enrico se brisa lorsqu'il vit que le roi, avec son bras dans le plâtre, devait se faire aider par son aide-soignant pour manger. Donetta le salua, puis salua sa mère avec déférence.

— Je suis désolée que Sa Majesté soit tombée, poursuivit-elle. Ce doit être très dur, pour lui comme pour vous. Nous sommes revenus à la minute où nous avons appris ce qui s'était passé.

— Vous êtes partis bien plus longtemps que je ne l'avais anticipé.

Son ton glacial n'aurait pas pu être plus désobligeant.

— On ne vit qu'une seule lune de miel, maman. Nous voulions qu'elle dure le plus longtemps possible.

Il aida Donetta à s'asseoir, et s'installa à table. Il attendit que les domestiques aient assuré le service et soient sortis pour poursuivre :

— Pour être honnête, notre lune de miel était formidable et nous ne voulions pas revenir.

Les yeux marron de sa mère, rivés sur lui, prirent une teinte presque noire.

— Au moins, tu es revenu. Tu as reçu une nouvelle menace de mort, *figlio mio*.

— Giovanni m'en a déjà informé, mais ce n'est pas nouveau.

— Tu es trop désinvolte à ce sujet. Quand j'ai appris que vous aviez campé tous les deux au lieu de vous envoler à l'étranger, je n'en ai pas cru mes oreilles. Vous faisiez des cibles parfaites !

— Je comprends votre angoisse, et j'ai peur que ce soit ma faute, déclara Donetta. Enrico m'a demandé où j'aimerais aller. Nous avons beaucoup de centres d'intérêt en commun, dont l'amour de la montagne et de la nature.

— Mais ce n'est pas une lune de miel *convenable* !

— C'était ce que nous voulions tous les deux, maman, et

nous n'avons jamais été aussi heureux. Demain, je vais passer toute la journée et la soirée avec Donetta. Si avant je peux faire quoi que ce soit pour papa ou toi, dis-le-moi.

— En fait, toi et moi devons discuter de plusieurs sujets.

— Vous ne vous êtes pas vus depuis longtemps, intervint Donetta. Vous avez sûrement plein de choses à vous dire. J'ai quelques appels téléphoniques à passer, donc si vous le permettez, Votre Majesté, je vais prendre congé.

La reine hocha la tête en signe d'assentiment. Enrico était une fois de plus épaté par le tact dont faisait preuve sa femme. Il l'aida à se lever et l'embrassa.

— Merci pour cette collation, Votre Majesté. *Buona notte.*

Enrico lut sur les lèvres de son épouse qu'elle lui disait qu'elle l'attendrait ; puis elle sortit, digne et élégante, une vraie déesse.

Seigneur, comme il aimait cette femme !

En retournant vers l'autre aile du palais, Donetta éprouvait vis-à-vis de son mari un sentiment étrange, né lors de certaines de leurs récentes conversations. Elle était impatiente d'en parler avec Fausta.

Une fois dans la chambre, elle se dévêtit, suspendit sa robe et enfila une chemise de nuit en coton jaune. Elle se brossa les dents, puis s'assit sur le lit pour appeler sa sœur. Elle fut déçue de tomber sur la boîte vocale. Elle laissa un message. Elle n'eut pas plus de succès avec Lanza, à qui elle laissa également un message.

Elle alluma alors la télévision pour prendre connaissance des dernières informations sur une chaîne spécialisée. Elle se dit qu'Enrico rentrerait certainement assez tard.

Lorsque son téléphone vibra, une demi-heure plus tard, Donetta fut ravie de constater que c'était Fausta.

— Merci de me rappeler, sœurette ! s'écria-t-elle joyeusement.

— J'ai tellement envie d'avoir de tes nouvelles. Est-ce que ton prince est toujours à se damner ?

— Oui.

— Juste « oui » ? Quel manque d'enthousiasme !

— C'est... c'est une réponse du genre « je ne sais pas », avoua-t-elle d'une voix tremblante.

— Donetta, qu'est-ce qui ne va pas ? demanda Fausta d'une voix inquiète.

Elle soupira.

— Rien, peut-être que je suis juste paranoïaque.

— À propos de quoi ?

— Je... Tout a été si divinement parfait jusqu'à cet après-midi.

— Et... ?

— Aujourd'hui, il m'a parlé de ma façon dont il me voyait diriger le pays. Il n'a cessé de me faire des compliments, de me dire que j'allais être un grand leader. Cela semblait si étrange, alors qu'il ne sait pas si je vais réussir ou non. Quand je lui ai demandé pourquoi il avait une telle confiance en moi, il m'a dit que je lui avais semblé être une reine même quand je n'avais que dix ans et qu'il avait toujours admiré ma force. Bizarre, non ?

— Tu plaisantes ? Il est amoureux et te fait savoir à quel point ! Avant que vous ne vous mariiez, il a dit qu'il voulait que vous régniez à égalité. Comment cela aurait-il pu changer ?

— Je ne sais pas... Enrico était... différent.

— N'est-ce pas ce que tu as toujours voulu, être reine ?

Donetta serra plus fort son téléphone.

— Si, je le pensais ; autrefois. Mais je n'ai jamais voulu le devenir comme ça.

— Comment ?

— Je n'ai pas eu l'impression d'entendre le vrai Enrico. C'était plutôt comme s'il lisait un scénario. Écoute, reprit-elle, en colère contre elle-même, j'ai bien conscience que je ne suis pas très claire. Tout ce que je sais, c'est qu'Enrico ne ressemblait pas à l'homme que j'ai épousé. Quand il m'a dit qu'il n'y aurait rien que je ne puisse gérer, cela m'a perturbée.

— Perturbée ? s'exclama sa sœur. Ce n'était peut-être pas le vrai Enrico, aujourd'hui, mais est-ce que je parle à la vraie Donetta ?

— Ne te moque pas de moi, Fausta.

— Je ne me moque pas. Je suis juste surprise.

— Pourquoi croit-il en savoir autant sur moi ? Il y a autre chose d'étrange : il était censé être couronné roi au moment de son mariage, mais, comme il m'a épousée au lieu de Valentina, sa mère ne veut pas que le couronnement ait lieu.

— C'est vrai ? Je pensais que son père était frappé d'incapacité. Comment Enrico l'a-t-il pris ?

— Je ne sais pas.

Elle s'interrompit, le cœur battant. Elle avait entendu du bruit dans les appartements. Enrico était sûrement revenu.

— Je dois te laisser, Fausta. On se rappelle demain. Bonne nuit.

Elle posa son téléphone sur la table de chevet. Une seconde plus tard, Enrico entrait dans la chambre. Heureusement, la télévision était toujours allumée.

— Te voilà, juste là où j'ai envie que tu sois, lança-t-il. Tu es superbe, en jaune.

Il gagna la salle de bains. Donetta éteignit la télévision. Quelques minutes plus tard, Enrico était de retour, seulement vêtu de son caleçon. Son corps de rêve la fit saliver, comme chaque fois. Il éteignit, la privant du spectacle, et se glissa dans le lit. Il se colla à elle. Son sexe se tendit contre ses fesses sous la soie du caleçon, mais Donetta avait encore trop de choses en tête pour s'abandonner aux délices du sexe.

— Notre première nuit chez nous, murmura-t-il d'une voix rauque. J'espère que tu te sentiras rapidement à la maison, ici.

— Je suis avec toi pour toujours. C'est tout ce qui compte.

Et c'était en effet tout ce qui comptait pour elle.

Elle se dit alors que Fausta avait raison : elle avait mal interprété la conversation avec son mari, qui avait seulement voulu lui montrer combien il l'aimait et croyait en elle. Elle l'aimait plus que tout.

— Ta mère va bien ?

— Non. Elle ne se remet pas du fait que je n'ai pas épousé Valentina. Avec le temps, elle changera d'avis. Tu te comportes à la perfection avec elle. Ne te rends pas malade à cause d'elle. Elle apprendra à t'aimer.

— Je veux le croire. Et maintenant, dis-moi *vraiment* ce qui ne va pas.

Elle l'entendit prendre une grande inspiration.

— La vérité, c'est qu'elle a peur que je sois assassiné.

Donetta lui caressa les cheveux.

— Tu ne peux pas lui en vouloir pour ça. Je pense qu'au fond les épouses et les enfants de tout souverain nourrissent cette même peur. Mes sœurs et moi avons toujours vécu avec la crainte qu'il n'arrive quelque chose à notre père.

— Mais tu parviens à la surmonter.

Enrico avait tort. L'idée de le perdre à cause de la balle d'un sniper ou du coup de couteau d'un illuminé la terrifiait.

— Le problème, c'est que ma mère exige que j'arrête de m'attaquer à la corruption. Et c'est hors de question. Ces menaces de mort prouvent que j'obtiens des résultats. Nous ne pouvons pas reculer. C'est vital pour Vallefiore.

— Est-ce la raison pour laquelle elle s'oppose à ton couronnement ? Une fois que tu seras roi, avec tout le pouvoir entre les mains, tu seras leur cible plus que jamais. Et elle est terrifiée à l'idée de te perdre.

— C'est possible. Mais toi et moi sommes bien protégés. Si Dieu le veut, nous régnerons longtemps.

Puisses-tu avoir raison, mon amour, songea Donetta en se blottissant contre lui.

Elle admirait son mari pour son courage et sa détermination. Malgré ses peurs, son devoir était d'être à ses côtés.

— Je te promets que je ferai tout ce qui est en mon pouvoir pour t'aider.

— Tu m'aides déjà en étant là, dans mes bras…

Donetta comprit que le temps de la discussion était terminé quand Enrico aventura la main entre ses jambes. Elle saisit son érection et la guida en elle. La fusion de leurs corps et de leurs âmes était parfaite, un vrai miracle, se dit-elle tandis que le plaisir grondait en elle.

Une fois de plus, elle s'endormit comblée entre les bras du prince de sa vie.

9

Après une grasse matinée et un solide petit déjeuner, Enrico et Donetta rejoignirent l'aile du palais qui abritait le gouvernement. Quand ils entrèrent dans la grande et imposante salle de réunion, tout le monde, à la suite de Giovanni, se leva et applaudit. Donetta était gênée. Elle chercha du regard le cousin et meilleur ami d'Enrico, qui arborait un large sourire.

Son mari lui passa le bras autour de la taille.

— Merci pour cet accueil chaleureux. Laissez-moi vous présenter ma femme, la princesse Donetta Rossiano de Domodossola. Elle va travailler avec nous chaque jour à partir de maintenant. Vous devrez offrir à Son Altesse la même aide, la même écoute et la même déférence qu'à moi. Quand certaines affaires m'éloigneront du palais, Donetta sera mes yeux et ma voix. Elle parlera avec la même autorité que moi.

Donetta s'émerveillait de la rapidité avec laquelle Enrico changeait la dynamique d'un pouvoir exclusivement masculin en place depuis des siècles. Il préparait son équipe afin qu'elle puisse jouer le rôle qu'il avait créé pour elle.

Tout le monde continua à prêter attention au prince héritier, mais Donetta sentait qu'ils ne croyaient pas vraiment à la sincérité de leur futur souverain. Pourtant, avec le temps, ils devraient bien se faire une raison. Et quelque chose lui disait qu'ils n'allaient pas apprécier...

Enrico l'emmena ensuite dans son somptueux bureau, qui avait été celui de son père jusqu'à ce que la maladie l'empêche de travailler ; une grande photo encadrée de lui était accrochée au mur. Dans un coin, le drapeau de Vallefiore et les drapeaux de chaque province. Deux grands canapés en cuir et leurs fauteuils encadraient une table basse, qui portait un vase débordant de fleurs.

Enrico tira son fauteuil et fit asseoir Donetta derrière le large bureau en chêne massif. Il posa une fesse sur le coin du plateau et lui décocha un sourire dévastateur qui lui fit battre le cœur plus vite.

— Votre Altesse, voici votre royaume. Tout ce que j'ai est à toi.

La générosité d'Enrico lui fit monter les larmes aux yeux.

— Tu es sûr que c'est ce que tu souhaites ?

— Pas toi ?

Il répondait souvent à une question par une autre. En l'occurrence, cela lui laissait le temps de réfléchir. Plus jeune, elle avait ardemment désiré devenir un jour reine de Domodossola par simple droit de succession. Or, dans son pays, seuls les hommes gouvernaient. Qu'Enrico la présente comme son égale était tout à fait différent.

Enrico n'avait pas encore été couronné roi. Et à cause de l'opposition de sa mère à leur mariage, cela n'arriverait peut-être pas avant plusieurs années. Donetta n'était pas la reine d'Enrico, car il ne pouvait pas l'asseoir sur le trône à ses côtés. Pour l'instant, elle était la princesse Donetta, épouse du prince héritier. Mais elle avait promis de l'aider, parce qu'il était l'homme de sa vie.

— Je suis prête à apprendre.

Durant les heures qui suivirent, Enrico lui résuma les dossiers en cours. Économie, éducation, sécurité, relations extérieures, ils passèrent tous les domaines en revue. Elle pouvait enfin voir le monde dans lequel il avait été plongé depuis sa sortie de l'université. Il portait un énorme fardeau.

Il lui donna également les noms et numéros de téléphone des personnes avec lesquelles elle allait être en contact.

— Giovanni est le chef de la sécurité, et cela inclut la police et les pompiers du pays. Mes sœurs supervisent de nombreuses œuvres de bienfaisance, et seront à ta disposition. Bientôt, je discuterai avec toi de nos traités internationaux et des grandes lignes de notre politique étrangère. Mais nous en avons fait assez pour aujourd'hui, *bellissima*. Allons déjeuner et ensuite j'ai une surprise pour toi.

Une surprise ? Donetta n'eut pas le temps de se réjouir : on frappa à la porte.

— Excuse-moi, Donetta. Je peux parler à ton mari une minute ?

Donetta acquiesça, avec un drôle de pressentiment.

Giovanni referma la porte du bureau derrière lui et s'approcha d'Enrico.

— Tu sais que tout le monde n'a pas apprécié ta présentation de Donetta, ce matin, attaqua son cousin, bille en tête. En particulier tu sais qui...

Enrico fit un signe de tête.

— Leopold. On ne peut pas lui faire confiance, mais papa l'a nommé membre du cabinet et c'est un ami de maman.

— Et un membre éminent de l'aristocratie. Je l'ai vu téléphoner immédiatement après ton départ.

— Ce n'est pas une surprise. Mais la seule façon de faire changer les choses était de s'y attaquer de front.

— Ça, on peut dire que tu as foncé tête baissée..., murmura son cousin. Je voulais juste te prévenir.

Enrico posa la main sur l'épaule de Giovanni.

— Tu es un vrai ami. Merci.

— Comment ça se passe avec Donetta ?

— Je ne savais pas que je pouvais être aussi heureux. Et toi ? Tu vois toujours Celesta ?

— Non, c'est fini.

— On dirait moi *avant*, s'esclaffa Enrico. Un de ces jours, ce sera ton tour, cousin !

— Tu crois ?

— Je le sais.

Tout en conduisant sa Jaguar sur une petite route privée qui sinuait au milieu du domaine des di Montedoro, d'une superficie d'environ trente kilomètres carrés et situé à l'arrière du palais, Enrico lui demanda des nouvelles de ses parents. Donetta lui expliqua qu'ils allaient étonnamment bien.

— La nouvelle de la grossesse de Lanza semble leur avoir donné une nouvelle jeunesse.

— Ne penses-tu pas que te voir heureuse influe aussi positivement sur leur mental ?

— Bien sûr que si ! Même sans te connaître, ils t'aiment déjà beaucoup.

— Voilà qui est agréable à entendre… Imagines-tu leur réaction quand nous leur apprendrons un jour que tu es enceinte ?

— C'est mon souhait le plus cher.

— Et le mien également.

À ce moment précis, Donetta aperçut, malgré son trouble, un ensemble de bâtiments, dont une écurie d'apparence ultramoderne qui pourrait probablement abriter une douzaine de chevaux. Elle tourna la tête pour regarder son mari.

— Enrico ?

— Je vois que tu as déjà deviné ma surprise, ironisa-t-il.

Quand il se gara, Donetta bondit hors de la voiture. Enrico la rattrapa et l'emmena à l'intérieur des écuries. Il stoppa devant une stalle, dans laquelle se tenait une magnifique jument brune et chocolat.

— Ma chère femme, voici Mahbouba. Cela signifie « bien-aimée » en arabe.

Donetta en avait le souffle coupé. Et le cœur prêt à exploser. Elle jeta les bras autour du cou de son incroyable mari.

— Tu ne peux pas savoir ce que cela signifie pour moi, chuchota-t-elle. Depuis que tu m'as parlé des Sanfratellano, je rêve d'en posséder un. Quand je suis venue assister à ton concours, j'avais prévu d'en acheter un. Puis tous mes plans ont été bouleversés. Elle est vraiment à moi ?

— Vraiment.

Elle s'approcha de son cheval, en lui parlant doucement et en lui frottant la tête et le cou. L'animal semblait apprécier.

— Tu es belle, Mahbouba.

Une soudaine envie la traversa. Elle se tourna vers Enrico.

— On peut aller faire un tour ?

— Allons-y, à cru. Cela nous rappellera des souvenirs… Mon cheval, Quatan, est un peu plus loin.

Avec l'aide d'Enrico, Donetta monta Mahbouba, à laquelle elle avait mis un mors. Puis ils se dirigèrent vers l'extrémité de l'écurie.

— Chaque jour avec toi est un miracle, dit-elle à son mari, émue.

Lorsqu'ils parvinrent devant la stalle de Quatan, un sublime étalon noir, Donetta ne put masquer son admiration.

— Il est magnifique !

— Je ne pensais pas pouvoir remplacer Rajah, mais Quatan est exceptionnel.

Leur promenade dura une bonne heure aller et retour. Donetta parla à sa jument, la caressa, fit tout pour qu'elles s'habituent l'une à l'autre. Ensuite, elle la fit boire et lui donna à manger, avant de la brosser.

— Elle est incroyable ! s'exclama-t-elle, enthousiaste.

— Tu penses la garder, alors ?

Elle rit.

— Ce matin, tu m'as offert ton royaume. Maintenant, tu me présentes cette merveille. Tu fais de moi une femme comblée, Enrico…

Sur la route du retour vers le palais, Donetta eut soudain une idée de cadeau pour Enrico. Elle allait trouver le nom de l'artiste qui avait réalisé la peinture de Rajah que son mari aimait tant, puis lui commanderait un portrait de Quatan. Rassérénée par son idée, elle réfléchit à ce qu'elle pourrait bien lui cuisiner qui lui ferait plaisir pour le dîner.

Donetta était aux anges, tournoyant dans les bras de son

mari – il avait mis de la musique et ils dansaient dans le salon. Enrico avait tellement aimé ses escalopes de veau panées qu'il lui avait fait promettre de lui préparer le dîner au moins deux fois par semaine. Une main posée au creux de ses reins, il l'entraînait doucement mais sûrement vers la chambre. Ils en franchissaient le seuil lorsque la sonnerie du portable d'Enrico perturba la magie du moment.

— Je ne suis là pour personne ! lança-t-il à l'adresse de l'appareil, qui continua pourtant à sonner.

— Décroche, le pressa Donetta.

— Je suis toujours en lune de miel, *esposa mia*.

— C'est peut-être important.

Il soupira.

— Tu as raison, mais je n'aime pas cette intrusion, maugréa-t-il en saisissant le téléphone. Oh ! c'est Lia.

À mesure que sa sœur lui parlait, le front d'Enrico se plissait davantage. Lorsqu'il raccrocha, il semblait réellement préoccupé.

— Ma mère a eu vent de mon discours de ce matin. Elle est furieuse et a convoqué une réunion d'urgence des membres les plus influents de mon gouvernement. Elle veut obtenir un vote du Parlement pour t'empêcher légalement de gérer les affaires du royaume.

— C'est fou ! s'écria Donetta, abasourdie par autant de violence. Tu m'avais prévenue qu'elle se battrait, mais de là à parler à tes ministres dans ton dos...

— Elle est allée trop loin. C'est bizarre, parce que cela ne lui ressemble pas d'agir de manière aussi fourbe. Je soupçonne qu'il se passe quelque chose, et je dois découvrir quoi. Je vais en parler à Giovanni.

— Attends, Enrico. Il faut d'abord qu'on parle, toi et moi. Avant de faire quoi que ce soit, je pense que tu devrais aller chez ta mère ce soir et essayer de résoudre cette crise avec elle, même si cela prend toute la nuit.

— Je suis trop en colère pour lui parler maintenant.

— Je pense qu'elle est guidée par la peur. Elle a peur pour ta vie et se sent menacée par ma présence. Elle doit croire que je t'influence et te manipule, que je tire les ficelles. Et elle ne me croit pas digne de toi.

— Elle se trompe !

— Elle t'aime et veut le meilleur pour toi. Et le meilleur, à ses yeux, c'est Valentina. Elle n'est pas prête pour une belle-fille comme moi, qui aime galoper à cheval dans la nature et camper. J'ai chamboulé son monde en un jour. Au lieu d'un somptueux mariage dans la cathédrale sous les yeux de tout le royaume, nous nous sommes mariés en catimini. À ses yeux, tout est ma faute. Je suis la cause de sa douleur. Tu dois passer du temps avec elle et apaiser ses craintes. Elle ignore que notre histoire ne date pas d'hier. Si elle le savait, elle comprendrait mieux pourquoi nous nous sommes mariés ainsi.

Donetta marqua une pause. Enrico semblait ébranlé par ses arguments. Il hocha lentement la tête, le regard pensif.

— Aide-la à comprendre pourquoi tu veux te focaliser sur la lutte contre la corruption. Fais-lui comprendre que tu as confiance en ta femme pour gérer les affaires courantes du royaume. Elle n'a aucune idée de mon dévouement. Je ferais n'importe quoi pour toi, pour t'aider, pour te soutenir. Au nom de notre amour, va la voir ce soir. Je t'en supplie.

— Très bien, je vais y aller. Ne m'attends pas, cela prendra sans doute longtemps, surtout si je dois organiser une riposte. J'espère ne pas avoir à en arriver là. Je suis désolé, Donetta.

— Ne t'inquiète pas pour moi.

— Elle n'a pas le droit de te faire du mal. Tu es ma femme, bon sang ! explosa-t-il.

— Ce n'est pas moi qui suis blessée.

Mais pour la première fois depuis son arrivée à Vallefiore, Enrico ne l'écoutait pas. Il quitta la chambre sans la serrer dans ses bras ou l'embrasser, ce qui était révélateur de la profondeur de son trouble.

À peine Enrico était-il parti que le téléphone fixe sonnait. Elle se précipita pour répondre.

— Donetta, c'est Lia. Je suis contente que tu aies répondu. Tu es seule ?

— Oui. Enrico est allé parler à votre mère.

— Parfait ! Puis-je venir te voir ? Je peux être là dans cinq minutes.

— Bien sûr. Je t'attends.

Donetta fit les cent pas jusqu'à ce qu'elle entende un coup frappé à la porte. Elle ouvrit à sa belle-sœur, puis toutes deux prirent place sur le canapé.

— Je suis désolée de m'imposer ainsi, mais j'ai appris quelque chose que je ne peux pas garder pour moi.

— Quoi ? demanda Donetta, oppressée.

— Tout à l'heure, dans le petit salon, j'ai entendu ma mère discuter avec le chef du gouvernement, Leopold. Elle parle de faire annuler votre mariage parce que, selon notre constitution, il n'était pas légal. Je ne sais pas si elle peut vraiment faire ça, mais elle va essayer. Par respect pour notre père, ils l'écouteront probablement.

Donetta se leva, agitée, nerveuse.

— Enrico m'avait prévenue qu'elle ne voudrait pas de notre mariage, mais je n'aurais jamais imaginé que cela aille aussi loin.

— Maman me surprend. Je l'ai entendue dire qu'il n'était pas trop tard, car Valentina épousera Enrico s'il redevient libre. Comme personne n'est encore au courant, elle espère que votre mariage pourra être annulé. Mais il faut que cela se fasse vite.

— Oh ! Lia ! s'écria-t-elle, au comble du désespoir. Je ne sais pas quoi faire !

— J'aimerais pouvoir vous aider, toi et ma mère. Je suis sûre qu'elle parle d'un divorce avec Enrico en ce moment même dans le salon. Je ne l'ai jamais vue dans un tel état de rage. C'est horrible, parce que je pense que toi et Enrico êtes faits l'un pour l'autre.

À ces mots, Donetta eut un élan de tendresse pour sa belle-sœur. Elle se pencha pour l'étreindre, les larmes aux yeux.

— Merci de me dire ça et de nous défendre. Tu as ma gratitude éternelle. Je te suis aussi tellement reconnaissante pour cette sublime robe de mariée et toutes les belles choses qui l'accompagnaient. Tu es merveilleuse.

— Toi aussi. Enrico n'a jamais été aussi heureux. J'aimerais pouvoir calmer ma mère, mais il est impossible de la raisonner en ce moment, et la maladie de papa n'a pas aidé.

— Oui, elle porte beaucoup de poids sur les épaules, je suis d'accord. Et je sais qu'au fond c'est une belle personne, sinon elle n'aurait pas des enfants aussi merveilleux que vous. Merci d'être venue me prévenir. Quand Enrico reviendra, je serai prête.

— Je ferais mieux de partir pour qu'il ne me trouve pas ici.

Donetta raccompagna la jeune femme jusqu'à la porte.

— Merci encore d'être notre alliée, Lia.

Elle l'embrassa puis referma la porte derrière elle. Mais elle se rendit très vite compte qu'elle ne pouvait pas supporter d'attendre Enrico. Elle arrangea sa mise et quitta les appartements. Elle traversa le palais pour se rendre au salon où elle avait rencontré les parents d'Enrico, supposant qu'ils discuteraient ici.

Alors qu'elle s'approchait de la porte, elle entendit la voix de la reine :

— Il vaut mieux qu'elle quitte le pays, Enrico. Tu n'aurais jamais dû l'épouser.

Une flèche transperça le cœur de Donetta. La douleur était terrible. Mais elle avait entendu ce qu'elle avait à entendre...

Confortablement installée dans le siège en cuir blanc, Donetta regarda les lumières de Vallefiore en dessous d'elle, puis le jet s'enfonça dans la nuit en direction de Domodossola.

Elle refusait de se mettre en travers du chemin d'Enrico, d'être un fardeau. Il devait devenir roi. Son pays avait besoin de lui. Elle aurait aimé le soutenir, rester à ses côtés, mais il valait mieux qu'il ait la chance de monter sur le trône et de régner, même si cela signifiait qu'elle ne pouvait pas rester sa femme.

Elle était donc partie.

À peine de retour dans leurs appartements, elle avait fait décoller le jet royal pour qu'il vienne la chercher. Elle l'attendrait sur le tarmac. Quelques minutes plus tard, elle s'était glissée hors des appartements avec ses deux valises, priant pour qu'Enrico ne la surprenne pas en train de s'enfuir. Les gardes en faction devant le palais l'avaient vue monter dans le taxi qu'elle avait appelé, mais ils n'iraient pas déranger le prince héritier pour si peu. Et quand ils témoigneraient, elle serait déjà loin...

Donetta ravala un sanglot. *Tu as pris la bonne décision.* Elle était dévastée, certes, Enrico ne pourrait avoir gain de cause avec sa mère. Celle-ci avait vécu trop longtemps avec certains principes, certaines valeurs, elle ne pourrait pas changer maintenant. Or elle ne pouvait pas mettre en péril l'avenir d'Enrico ni celui de son royaume par égoïsme, juste parce qu'elle l'aimait.

Oh ! oui, je t'aime tellement...

Lorsque l'avion commença sa descente, Enrico ne lui avait pas téléphoné. Peut-être n'avait-il pas encore appris qu'elle avait quitté le palais... Le soleil ne s'était pas encore levé, mais elle téléphona quand même à Fausta, qui répondit d'une voix ensommeillée. Mais elle se réveilla aussitôt que Donetta lui eut expliqué où elle se trouvait.

— Quoi ? Tu es revenue ? Tu as quitté Enrico ? s'exclama sa sœur, horrifiée.

— Ce n'est pas ce que tu penses. Tu peux venir me chercher ? On parlera sur le trajet.

— J'arrive !

Donetta boucla sa ceinture, en se demandant comment elle présenterait la situation à ses parents. Elle prit une grande inspiration en se répétant qu'elle avait fait le bon choix, comme pour s'en convaincre...

10

Après avoir quitté l'aile de ses parents, à l'issue d'une longue et dérangeante conversation avec sa mère et Leopold, Enrico se hâta vers l'autre partie du palais pour rejoindre Donetta. Il avait besoin de lui parler. À mi-chemin, à peine avait-il rallumé son téléphone qu'il reçut un appel de son cousin.

— Donetta a quitté le palais au milieu de la nuit dans un taxi, lui apprit Giovanni sans préambule.

Non ! Il sentit une sueur glacée lui couler le long de l'échine.

— Le jet royal de Domodossola est venu la chercher, continua Giovanni. Elle a été récupérée à l'aéroport par la princesse Fausta.

Enrico chancela. Il s'appuya au mur.

— Je n'aurais jamais dû la quitter pour essayer de raisonner Leopold et ma mère. Ça n'a rien donné.

— Attends-moi, je viens te voir pour que nous parlions en tête à tête loin des oreilles indiscrètes.

Quand son cousin fit irruption dans ses appartements, Enrico était à l'agonie.

— Je n'aurais jamais dû dire à Donetta qu'elle partagerait le trône avec moi, Gio. Leopold m'a affirmé que, si je persistais, le gouvernement ne me suivrait pas. Ce pourrait être la fin de mon règne avant même qu'il ait commencé, mais surtout jeter notre pays dans le chaos le plus total.

— Tu dois renoncer, Enrico. Ces vieux conservateurs ne sont pas prêts pour le monde moderne, mais notre pays a besoin de toi à sa tête.

— Ce n'est pourtant pas comme si j'avais proposé de changer les règles de succession ! s'emporta-t-il en faisant les cent pas dans le salon. Nous ne sommes plus à l'Âge de pierre, bon sang !

— Ne pas changer les règles a permis à la monarchie de rester forte.

— Si forte qu'elle veut broyer ma femme ! Ma mère insiste pour que je divorce, ce qui est hors de question. Donetta m'a épousé après que je lui ai fait la promesse qu'elle serait reine à part entière. C'est quelque chose qu'elle a voulu toute sa vie, m'as-tu rapporté. Elle est restée célibataire dans l'espoir de faire changer les lois de Domodossola et de devenir reine de son pays. Quand elle a compris que ce serait impossible, elle a saisi la chance que je lui ai offerte. Elle m'a fait suffisamment confiance pour quitter Arnaud. Même si je ne lui ai pas menti, me voici incapable de tenir ma promesse. Or je l'aime trop pour la perdre.

— Comment puis-je t'aider ?

— Tu veux bien t'envoler pour Domodossola au plus vite et la ramener ?

— Tu ne veux pas y aller toi-même ?

— J'ai quelques idées pour la convaincre que je ne peux pas vivre sans elle. Je dois tout organiser. Quand tu arriveras à l'aéroport, conduis-la jusqu'à la route qui mène à la cascade où nous avons passé notre lune de miel.

— Au fait, la tente est toujours là-bas, lui apprit son cousin. J'ai oublié de la faire démonter. Maintenant, je suis content de cette négligence !

— Pas tant que moi, Gio ! s'exclama Enrico, ravi de cette nouvelle.

Donetta et Fausta se réfugièrent dans la chambre de cette dernière. Enrico n'avait toujours pas tenté de la contacter. Il devait pourtant à présent être informé de son retour à Domodossola. Elles poursuivirent la discussion amorcée dans la limousine qui les avait ramenées de l'aéroport.

— J'aime tellement Enrico que je ne peux pas supporter d'être coincée entre lui et sa mère. C'est un cauchemar, Fausta. Je lui accorderai le divorce si c'est ce qu'il faut faire.

Donetta se mit à sangloter. Sa sœur la réconforta. Elles étaient enlacées lorsque son téléphone sonna. Elles se regardèrent, et Donetta sut qu'elles pensaient la même chose : c'était sans doute Enrico.

Elle sortit le portable de son sac à main et vérifia l'identité de l'appelant.

— C'est Giovanni, annonça-t-elle.

— Mets le haut-parleur, demanda Fausta, l'air anxieux.

— Giovanni ? Je suppose que tu sais que je viens d'arriver à Domodossola.

— Oui, je suis au courant.

— Ma sœur Fausta est avec moi. Enrico va bien ? Je... J'espérais que c'était lui qui appelait.

Il poussa un profond soupir.

— J'ai une meilleure idée. J'atterris à Domodossola d'ici une heure. Je viens pour te ramener, à la demande d'Enrico. Rejoins-moi.

— Mais, Giovanni...

— L'heure n'est plus à la discussion, Donetta.

Il raccrocha. Elle regarda Fausta, perplexe. Sa sœur souriait.

— Tu as abandonné ton mari et on dirait que ça n'a rien arrangé. Et il te court après, en plus ! Si j'étais toi, je prendrais une douche rapide, je mangerais un morceau et je retournerais à l'aéroport avec mes bagages.

— J'ai peur, Fausta.

— Aie confiance. Si tu ne retrouves pas Giovanni, je crains que ton mari n'envoie des renforts et que ça devienne plus compliqué que tu ne l'avais imaginé. Tu imagines les gros titres des journaux ? « Le prince héritier de Vallefiore kidnappe sa femme ! »

Donetta éclata de rire, ce qui compte tenu de la situation était un miracle...

Juché sur son étalon au-dessus de la petite route de montagne, Enrico guettait l'arrivée de Giovanni. Il avait en main les rênes de la jument de Donetta, qui se tenait placidement à côté de lui.

Plus tôt ce matin, il avait, avec l'aide de ses sœurs, convaincu leur mère d'accepter son mariage avec Donetta. Toutefois, il n'était toujours pas question qu'elle gouverne à égalité avec lui. Ce moment viendrait, Enrico serait patient.

Son cœur bondit lorsqu'il vit la voiture bleue émerger d'un virage. Giovanni le vit et s'arrêta sur le côté de la route. Donetta sortit de la voiture. Enrico fit un signe amical à Giovanni, qui repartit.

— Dieu merci, tu es revenue ! Mais je ne te reproche pas de vouloir t'enfuir, *amata*. Mahbouba aussi semble contente de te revoir. Allons faire un tour.

Il la regarda monter en selle avec une grâce incroyable. Ils mirent leurs montures au pas.

— Dis-moi quelque chose, *bellissima*. Pourquoi n'as-tu pas attendu mon retour, hier soir ?

Elle parut étonnée par sa question.

— C'est évident, non ? Je voulais apaiser la tension avec ta mère et j'ai décidé que la seule chose à faire était de m'éloigner du palais. J'ai pensé qu'il valait mieux te laisser de l'espace pour régler les choses avec elle.

— Je ne supporterais pas que tu me quittes, Donetta.

— Mais ta mère me méprise !

— Ma mère n'est pas ton problème. Notre mariage est tout ce dont nous devons nous soucier. Pourquoi m'as-tu épousé ?

— Je dois vraiment répondre à ça ? demanda-t-elle, le front plissé.

— Oui, s'il te plaît.

— Parce que je t'ai aimé dès notre première rencontre. Quand tu m'as proposé le mariage, j'ai failli mourir de bonheur.

Enrico hocha la tête, mais il avait besoin de certitudes.

— Donc cela n'avait rien à voir avec le fait que je t'ai proposé de devenir reine à part entière ?

Quoi ? S'ils n'avaient pas été à cheval, Donetta aurait pu gifler Enrico pour cette allusion insultante.

— Bien sûr que non ! Je voulais être ta femme, point final ! C'est la seule raison pour laquelle j'ai accepté. Comment peux-tu penser cela de moi ? C'est dégradant !

— Parce qu'une amie de Giovanni, qui se trouve être une amie de ta sœur Fausta, lui a dit que tu n'avais jamais eu l'intention de te marier. Parce que tu voulais devenir reine de Domodossola.

Donetta laissa échapper un cri étranglé.

— Ce ne serait pas Mia Giancarlo, par hasard ?

— C'est elle, si. Après t'avoir vue à Madrid, j'ai dit à mon cousin que je t'aimais et que je voulais t'épouser. Il m'a dit que je n'avais aucune chance parce que tu restais célibataire dans l'espoir de régner. Quand j'ai entendu cela, j'ai juré de trouver un moyen de t'épouser.

Le cœur de Donetta battait si fort que c'en était douloureux.

— C'est juste pour cette raison que tu m'as promis de me faire reine ?

— Quand j'ai compris que tu rentrais à Domodossola pour épouser Arnaud, j'étais dévasté. J'ai quand même refusé d'abandonner. Alors j'ai abattu cette carte.

— Oh ! Enrico...

Maintenant, elle comprenait pourquoi il avait parlé de ses qualités de leader. Fausta avait raison : Enrico avait tout tenté pour lui montrer qu'il l'aimait !

— Dis-moi la vérité, *amata*. Es-tu blessée de ne pas pouvoir être la reine que tu imaginais devenir en m'épousant ?

Ils avaient atteint le campement. Donetta frémit de bonheur en voyant que la tente qui avait abrité leur lune de miel était toujours là. Elle descendit de cheval et l'attacha à un arbre.

— J'ai abandonné le rêve d'être reine voilà longtemps. C'était un fantasme stupide de jeune fille. Quand tu m'as dit que je régnerais sur un pied d'égalité avec toi, j'ai eu du mal à le croire. Mais j'étais tellement ravie que tu veuilles m'épouser que j'étais heureuse de faire tout ce que je pouvais pour t'aider.

Enrico la prit dans ses bras.

— Ce malentendu est ma faute. Je n'aurais jamais dû prêter foi à ces ragots.

— Mia a un frère qui a eu le béguin pour moi. Je pense que Fausta a raconté mon rêve de petite fille à Mia pour qu'elle fasse comprendre à son frère qu'il ne devait nourrir aucun espoir.

— Je suis tellement soulagé d'entendre cette histoire, mon amour !

— Ta mère doit comprendre que je n'ai jamais essayé de te manipuler. La seule chose qui m'intéresse, c'est de t'aimer et d'aimer nos bébés si nous avons la chance d'en avoir.

— Tu vas conquérir l'affection et le respect de ma mère, Donetta, s'exclama Enrico, enthousiaste. J'en suis certain !

— Et quand je dirai à mes parents que tu as essayé de réaliser mon rêve d'enfant, ils t'aimeront d'autant plus.

À ces mots, il la souleva de terre et la porta à l'intérieur de la tente.

Pendant les deux heures qui suivirent, ils essayèrent sans succès d'apaiser leur désir, renouvelant leurs vœux amoureux dans l'harmonie des corps.

— Promets-moi que tu ne me quitteras plus jamais, demanda-t-il, son torse ciselé luisant de sueur.

— Je te le promets.

— Bien que je veuille passer une autre longue lune de miel avec toi, nous devons retourner au palais. Ma mère doit savoir que rien ne pourra détruire notre mariage.

— Je veux que tu saches que personne ne t'aimera jamais autant que je t'aime, Enrico, dit Donetta d'un ton grave. J'ai besoin de faire savoir à la reine Teodora ce que je ressens.

De retour au palais, Donetta se doucha et se prépara à l'entrevue avec la reine. Enrico n'avait pas annoncé à sa mère qu'elle serait là, espérant que l'effet de surprise jouerait en leur faveur. Giovanni les accompagnerait.

Lorsque tous trois pénétrèrent dans le petit salon des

appartements royaux, la reine était déjà assise, vêtue d'un joli ensemble bleu. Ses yeux étincelèrent de colère lorsqu'elle vit Donetta et Giovanni entrer dans la pièce avec son fils.

— Votre Majesté, la salua Donetta avec une révérence.

La reine Teodora crispa les mâchoires. Ils s'installèrent autour de la table.

— J'ai entendu dire que vous aviez pris l'avion pour Domodossola pendant la nuit.

— C'est exact.

— Mais je l'ai ramenée, expliqua Giovanni. La situation dramatique nécessitait des mesures drastiques afin de rétablir la paix et la compréhension.

Donetta retenait son souffle. Enrico lui tenait la main. Giovanni raconta alors toute l'histoire à sa tante, depuis la première rencontre de Donetta et d'Enrico en passant par leurs retrouvailles à Madrid, la demande en mariage d'Enrico, les promesses qu'il lui avait faites et les on-dit quant à l'ambition de Donetta.

— Quand Enrico a fait son discours devant les ministres, il honorait la parole donnée à Donetta. Elle n'a jamais exigé de régner avec lui.

L'expression de la reine était perplexe, à présent. Donetta prit le relais et expliqua son rêve d'enfant d'être un jour reine de Domodossola, et la manière dont cela avait été interprété et déformé par une amie de sa sœur – pour d'honorables raisons, toutefois.

— C'était un rêve insensé, auquel j'ai renoncé depuis, expliqua Donetta. Je n'aimais pas Arnaud, mais je me suis fait une raison. J'avais toujours aimé Enrico, mais j'étais lasse d'attendre en vain un signe de sa part.

Enrico narra alors l'épisode du concours hippique de Saracène et de ses conséquences pour tous les deux.

— Vous ne pouvez pas imaginer ma joie lorsque Enrico m'a avoué qu'il m'aimait, Majesté ! s'écria Donetta. J'ai dit à Arnaud que c'était fini entre nous. Je savais que je n'aimerais jamais personne d'autre que votre fils.

La reine se recula sur sa chaise, l'air pensif.

— Voilà qui explique pourquoi mon fils n'a jamais pu s'intéresser à Valentina, murmura-t-elle comme pour elle-même. Ce que je ne comprends pas, c'est pourquoi tu ne nous as rien dit, à ton père et à moi.

— Je n'ai rien dit non plus à mes parents, intervint Donetta. Je l'aurais fait s'il avait continué à m'écrire et à me voir.

La mère d'Enrico posa sur elle un regard triste.

— Mon mari se débattait avec la maladie, à l'époque. Quand Enrico est rentré à la maison après son diplôme et a pris le relais, c'était une aubaine pour moi. Je comprends maintenant que je me suis trop appuyée sur lui ; le royaume et moi exigions tellement de lui qu'il n'avait plus une seconde de liberté.

Donetta lui sourit.

— Je veux que vous sachiez que je n'ai pas pour objectif de diriger votre pays avec Enrico. Si bon vous semble, vous pouvez leur transmettre ce message. Être la femme d'Enrico suffit à mon bonheur, même s'il serait plus complet si un jour vous m'acceptiez dans votre famille. Il vous aime, votre mari et vous, plus que vous ne le pensez.

La reine prit une grande inspiration et se redressa.

— Il est évident qu'il a trouvé l'amour de sa vie. J'espère qu'un jour vous pourrez me pardonner pour la manière déplaisante avec laquelle je vous ai traitée.

— Il n'y a rien à pardonner. Ma plus grande inquiétude est qu'Enrico ne me pardonne jamais d'être partie.

— Bien sûr que je te pardonne, dit Enrico, qui l'embrassa sur la joue. Et ma gratitude envers Giovanni pour nous avoir aidés ne connaît aucune limite !

La reine Teodora tapota le bras de son neveu.

— Je l'aime comme mon propre fils depuis que ses parents ont perdu la vie dans un accident d'avion. Ce garçon est un ange !

— Je veux bien vous croire ! Je l'aime déjà beaucoup.

— Maman, pourquoi n'irions-nous pas voir papa, tous les deux ? Donetta, on se retrouve aux appartements ?

Elle se leva, de même que Giovanni.

— Merci de m'avoir écoutée, Majesté.

La reine lui sourit.

— Appelez-moi Teodora.

Dans le couloir, Giovanni se tourna vers Donetta, l'air joyeux.

— J'espère que tu comprends que ma tante vient de t'accueillir dans la famille !

— J'en suis encore toute retournée.

— On ne le remarque pas forcément tout de suite, mais elle a un cœur d'or. Je crois qu'elle avait un faible pour Valentina, mais on dirait que tu l'as remplacée en tête de liste !

Donetta rit de bon cœur.

— Et toi, tu as déjà été intéressé par Valentina ?

— Non, mais j'ai repéré une femme voici quelques années. Hélas, c'est sans espoir...

— Je la connais ? demanda Donetta, excitée.

— Je crois, oui... C'est ta sœur.

— Fausta ? s'écria-t-elle en ouvrant de grands yeux.

— Je l'ai rencontrée à Paris. J'ai renoncé à essayer de la séduire quand j'ai appris qu'elle rêvait d'épouser un roturier.

Comme ce serait chouette d'avoir Giovanni comme beau-frère ! songea Donetta.

— Fausta est heureuse d'appartenir à une famille royale. Mais elle pense que, si elle épouse quelqu'un qui n'est pas de notre milieu, leur mariage sera si intéressant et extravagant qu'ils resteront amoureux toute leur vie.

— Son esprit semble aussi fascinant que le tien !

— Nous sommes pourtant très différentes. Quand nous étions petites, maman nous lisait des contes de fées. Ensuite, nous en discutions pendant des heures, mes sœurs et moi. Lanza préférait *Cendrillon* et rêvait d'une vie parfaite. Fausta aimait *Le Bal des douze princesses*, parce qu'un soldat intelligent était bien plus excitant et dangereux qu'un prince maudit.

Giovanni rit.

— Et toi, quel était ton préféré ?

— Je n'en avais pas. Il me manquait toujours quelque chose.

Alors j'ai écrit mon propre conte, sur une reine bienveillante qui dirigeait seule son pays.

Donetta s'arrêta devant la porte de ses appartements. Elle étreignit Giovanni.

— Merci, Gio. En épousant Enrico, j'ai gagné un frère. Tu peux nous demander tout ce que tu veux.

— Je saurai m'en souvenir, dit-il en riant.

La vie avec Enrico était tellement excitante ! À peine de retour dans les appartements, il avait proposé à Donetta de retourner au campement en Jaguar. Elle avait accepté avec enthousiasme.

Dans le ciel, les nuages se rassemblaient. Donetta ne serait pas surprise qu'un orage éclate avant la nuit. Quand ils atteignirent la cascade, il y avait encore un peu de soleil. Ils enfilèrent leurs maillots, se baignèrent puis s'installèrent sur le sable. Il s'était passé tellement de choses depuis qu'Enrico avait quitté les appartements la veille au soir qu'elle avait du mal à le croire.

Il se pencha sur elle pour lui donner un long et sensuel baiser.

— Cet après-midi, nous en avons fait du chemin, non ?

— C'est incroyable ! Ta mère m'a dit de l'appeler par son prénom !

— Je savais que ce n'était qu'une question de temps.

— Dis-moi, tu pensais vraiment que me faire miroiter que j'allais devenir reine était un argument pour que je te dise oui ?

Enrico poussa un profond soupir.

— Je n'allais pas prendre le risque de te perdre si cela pouvait faire pencher la balance en ma faveur.

— Quand tu m'as embrassée la première fois, mon cœur de seize ans savait que je voulais t'épouser. Si tu m'avais demandé de te rendre visite à Cambridge, j'aurais sauté dans un avion et je ne serais jamais rentrée chez moi.

— Donetta...

— C'est vrai. Hier, quand tu m'as présentée à ton gouvernement, ça a été une révélation pour moi. Quand j'étais plus jeune et naïve, je pensais que la modification des règles de succession à Domodossola serait un jeu d'enfant, qu'il suffirait que mon père l'exige. Or, pendant ton discours, j'ai vu combien tes ministres étaient choqués, consternés même. Et j'ai compris qu'on ne pouvait pas changer d'un claquement de doigts une loi qui dirigeait un pays depuis des siècles sans provoquer une guerre civile. Je te suis reconnaissante d'avoir essayé de le faire pour moi. Mais tout ce que je souhaite, c'est être avec toi quand tu as besoin de moi. Je t'aiderai toujours, mais c'est toi le roi. Ton peuple t'aime et te respecte. La seule raison pour laquelle je t'ai épousé, c'est parce que je t'aime. Alors je te propose que nous repartions de zéro, *amore mio*.

Bouleversé, Enrico ne savait pas quoi dire. Il n'avait pas de mots, seulement de l'amour à prodiguer à la femme de sa vie. Il emmena Donetta à l'intérieur et la suivit sur le lit, où il entreprit de la caresser jusqu'à ce qu'elle gémisse de plaisir. Sa femme douce et passionnée fit preuve de tant de passion que, lorsqu'il émergea de leur cocon de sensualité quelques heures plus tard, la pluie tombait.

— Merci, Giovanni, de m'avoir rendu la femme que j'aime, murmura-t-il.

— Il est génial ! s'exclama Donetta. Nous devons faire quelque chose pour lui.

— Demain, je lui donnerai un mois de vacances. Nous avons un appartement à Londres, et des amis qu'il apprécie.

— Des filles aussi, j'espère.

— Bien sûr. Il en a rencontré une qu'il aimait bien, là-bas.. Il faudrait que je puisse le reconnecter avec elle.

— Je suis d'accord, dit Donetta en riant.

Son rire était le plus beau son qu'Enrico avait jamais entendu.

11

Trois mois plus tard

Donetta terminait de se préparer dans le salon lorsqu'on frappa à la porte. Lanza et Fausta entrèrent sans attendre son invitation.

— Oh !

Toutes deux écarquillèrent les yeux, béates d'admiration.

— Ta robe de couronnement est la perfection même ! s'écria Lanza.

— C'est celle dans laquelle je me suis mariée. Enrico m'a demandé de la porter, mais nous avons ajouté une traîne.

— Tu ressembles à Cendrillon au bal.

La référence fit sourire Donetta, lui rappelant une conversation avec Giovanni.

— Sais-tu à quel point je t'envie, Lanza ? Tu es adorable, enceinte. Je parie que Stefano ne peut pas garder ses mains loin de ton ventre.

— Quelle journée ! enchaîna Fausta. Tu es vraiment incroyable, Donetta. Enrico sera sans voix quand il te verra. Tu sais que tu ressembles à une reine ?

Les trois sœurs rirent de concert à cette blague qu'elles seules pouvaient comprendre.

— Je ne sais pas si je ressemble à une reine, mais Enrico a vraiment la stature d'un roi. Il est si beau dans son costume de cérémonie ! Je suis vraiment reconnaissante à sa mère d'avoir autorisé son couronnement.

Lanza la regarda avec inquiétude.

— Est-ce parce que l'état de son père empire ?

— Il continue à décliner, mais je crois surtout que la reine Teodora essaie de se rattraper après avoir si mal traité son fils aux premiers temps de notre mariage.

— Je suppose que tout va bien maintenant, hasarda Fausta en souriant.

— Les choses ne pourraient aller mieux !

Lanza regarda sa montre.

— Nous ferions mieux de descendre à la limousine, Donetta. Ton mari t'attendra à la cathédrale.

Fausta se dirigea vers la porte et l'ouvrit.

— Allez ! En route ! Quand je pense que tu ne voulais pas te marier..., acheva-t-elle en secouant la tête, les yeux au ciel.

— Je n'arrive pas à croire que j'ai été aussi stupide ! Et puisqu'on en parle, as-tu commencé à reconsidérer ton idée d'épouser un roturier ?

— Pourquoi cette question ?

— Je ne sais pas. Ne faites pas attention à ce que je dis. Je suis si heureuse que j'en perds la tête, acheva-t-elle en riant.

Tandis qu'elle en franchissait les portes au bras de son père, Donetta fut frappée par la solennelle beauté de la cathédrale, qui vibrait au son de l'orgue et des chœurs. Le roi Victor de Domodossola portait sa tenue de cérémonie et ses décorations, altier et élégant, comme toujours. Elle avait craint que les festivités ne le fatiguent, mais il semblait résister à merveille.

En remontant l'allée vers le cardinal debout près de l'autel, Donetta prenait peu à peu conscience de l'importance de ce moment, même si une partie d'elle-même observait la scène de l'extérieur et la trouvait presque surréaliste.

Les familles étaient assises sur des sièges de chœur sculptés face à l'allée centrale, sauf le roi Nuncio, assis dans son fauteuil roulant. À son côté, la reine Teodora portait une robe couleur crème. Puis les sœurs d'Enrico, leurs maris et le prince Giovanni.

La mère de Donetta portait une mousseline de soie bleue. Ses sœurs étaient vêtues de robes couleur lavande. Lanza était assise près de son mari, le superbe Stefano Casale, roi d'Umbriano.

Son père aida Donetta à gravir les quelques marches et à s'installer dans l'un des deux fauteuils qui faisaient face à l'assemblée. Puis il prit place à côté de sa mère.

Enrico entra par une porte latérale et la rejoignit. Il était vêtu de son costume de cérémonie bleu marine avec des épaulettes dorées, ceint de son écharpe bleu clair. Si Donetta avait été du genre à s'évanouir devant la perfection masculine, elle serait tombée à ses pieds dans un tas de dentelle blanche. Enrico était si splendide qu'elle pouvait à peine respirer.

Aujourd'hui, son mari était proclamé roi. Quelle chance elle avait d'être son épouse ! Aucune femme ne pouvait être aussi follement amoureuse qu'elle. Elle lui appartenait de toute son âme – et son corps aussi lui appartenait, comme le lui rappelaient les frissons qui couraient sur sa peau…

Les yeux noirs d'Enrico rencontrèrent les siens et lui sourirent. Il savait exactement ce qui se passait dans ses pensées les plus intimes, et elle rougit.

Comme dans tout ce qu'il faisait, Enrico avait été réfléchi : il avait demandé au cardinal d'organiser une cérémonie assez courte, à cause de l'état de santé des deux rois. L'homme d'Église, vieil ami de sa famille, avait accédé à sa demande. Le discours sur l'onction royale fut assez bref, tout comme le sermon. Il y eut des moments de prière et de recueillement, et des chants magnifiques.

Lorsque enfin le cardinal saisit la couronne et la posa sur la tête d'Enrico, Donetta en fut bouleversée. Son mari rayonnait d'une force et d'une bonté intérieures envoûtantes. Il lui prit la main et l'attira près de lui. Alors, le cardinal les bénit tous les deux. Puis l'orgue se fit entendre, majestueux, avant que les cloches ne se mettent à sonner à la volée.

Sous les regards admiratifs, ils remontèrent l'allée centrale, puis sortirent sur le perron de la cathédrale. Une calèche les attendait. Ils s'y installèrent. Elle allait les emmener au palais, où un cocktail attendait les invités dans l'immense salle de réception. Donetta se tourna vers leurs familles qui étaient sorties de la cathédrale à leur suite. Tous avaient été bienveillants et emplis d'amour, aujourd'hui. Et le fait que la reine Teodora ait autorisé le couronnement de son fils faisait que Donetta l'aimait plus que jamais.

La réception du couronnement commença par des discours et des hommages de leurs proches. Les sœurs d'Enrico se distinguèrent dans cet exercice, mais la palme revint selon Donetta à Fausta et à Giovanni. Ils s'étaient assis côte à côte, et se levèrent en même temps. À tour de rôle, ils racontèrent des anecdotes sur Enrico et elle qui amusèrent beaucoup l'assemblée.

— À mon cousin et ami Enrico, conclut Giovanni, que je n'ai jamais vu aussi heureux de ma vie. Avant, chaque fois qu'il avait un rendez-vous avec une fille, je lui demandais s'il allait la revoir, mais il me répondait qu'il n'était pas intéressé. Je ne comprenais pas ce qui n'allait pas jusqu'à ce qu'il me parle enfin de Donetta. Et puis nous avons organisé un concours équestre ici pour la faire venir. En fait, c'était un piège, Donetta !

— Ça explique tout, s'écria Fausta. À Donetta ! Comme vous l'avez tous remarqué, elle est rayonnante. Quand elle est rentrée de ce Vallefiore, je n'avais jamais vu quelqu'un d'aussi heureux. Tout ça parce que Enrico l'avait emmenée en pique-nique. Ce qui me fait penser au visage lumineux de Lanza quand elle est revenue de son dernier voyage en Argentine et nous a annoncé qu'elle et Stefano attendaient un bébé.

Tout le monde applaudit à cette nouvelle. Associer à cet événement l'annonce officielle de la grossesse de sa petite sœur en fit un jour encore plus spécial pour Donetta.

Son père porta le dernier toast.

— À ma fille bien-aimée Donetta. Je ne pourrais pas être plus d'accord avec ta sœur. Je ne t'ai jamais vue aussi heureuse, ce qui veut dire que tu as rencontré l'homme qu'il te fallait,

Enrico. Puisses-tu toujours ressentir cette même joie à travers les années et connaître le bonheur que j'ai eu avec ma femme.

Son toast fit couler des larmes sur les joues de Donetta et de sa mère. Elle jeta un regard à celle d'Enrico. Combien cela devait être difficile pour elle à cause de la maladie de son mari ! Enrico devait penser la même chose. Il serra le bras de Donetta avant de la quitter pour aller embrasser sa mère et son père.

Sa dévotion envers eux renforçait l'amour que Donetta éprouvait pour lui, un amour d'une puissance qu'elle n'avait jamais imaginé pouvoir éprouver. Plus tard dans la soirée, ils s'éclipsèrent et regagnèrent leurs appartements pour jouir enfin d'un peu de solitude.

À peine la porte refermée, Enrico l'embrassa à perdre haleine. Son baiser fut long et intense.

— Dépêchons-nous de nous changer. J'ai une surprise pour toi.

— Tu en fais déjà trop, murmura Donetta contre ses lèvres.

— Ce n'est pas grand-chose, mais je pense que tu vas apprécier. Enfile une tenue décontractée.

— J'adore la vie avec toi ! s'écria-t-elle en riant.

Elle se changea en se demandant ce qu'Enrico avait bien pu prévoir. Une promenade à cheval ?

En quelques minutes, ils furent tous les deux prêts. Il avait revêtu un pantalon cargo et un polo. Il était toujours aussi sexy…

— Avant de partir, j'ai deux surprises pour toi, lui annonça Donetta.

Il sourit, les yeux brillants d'excitation.

— Ah bon ?

— Il y en a une ici. Viens dans le salon.

Elle lui prit la main et le fit sortir de leur chambre.

— Regarde sur le mur du fond.

Ses beaux yeux noirs s'écarquillèrent. Il s'approcha de son cadeau sans lâcher la main de Donetta. Il semblait hypnotisé par la peinture qui représentait son dernier cheval. Elle avait espéré lui offrir quelque chose qu'il pourrait garder et aimer toute sa vie ; son pari semblait réussi si elle en croyait la vigueur avec laquelle il la serra dans ses bras.

— C'est fabuleux, lâcha-t-il d'une voix émue. Je t'adore, *bellissima*.

Après un long baiser, ils quittèrent les appartements et descendirent l'escalier. Enrico les emmena jusqu'à sa Jaguar. Avait-il prévu de les conduire de nouveau au campement, sous les chutes d'eau ?

Elle eut vite la réponse à ses interrogations quand, après s'être dirigé vers le lac, Enrico gara sa voiture de sport devant un ponton au bout duquel était amarré un voilier. Donetta poussa un cri de surprise en découvrant le nom du bateau.

— Tu l'as appelé *Luna* !

— À l'époque où j'ai acheté ce voilier, je ne pensais déjà qu'à toi. Mais je ne voulais pas dévoiler mon secret et l'appeler *Donetta*. Alors je lui ai donné le nom de ton cheval. Le jour où tu as gagné ce championnat sur Luna, j'avais déjà remarqué que tu étais quelqu'un de spécial. Je suis terriblement excité de dormir à bord avec ma femme, qui était autrefois la jeune fille aux cheveux comme une cascade dorée qui hantait mes nuits.

Elle se jeta dans ses bras, débordante d'amour. Puis ils gagnèrent l'extrémité du ponton, et Enrico l'aida à monter à bord. Le soleil était sur le point de disparaître sous l'horizon. Donetta regarda son merveilleux mari droit dans les yeux.

— Maintenant, il est temps de te parler de mon deuxième cadeau. Je n'ai pas encore vu de médecin, mais j'ai fait un test, et…

— Tu es enceinte ? s'exclama-t-il, radieux, l'air exalté.

— Ce ne sera pas amusant de se demander si nous allons avoir un garçon avec ma couleur de cheveux ou une fille avec tes yeux, non ? Tu feras le père le plus merveilleux du monde, mon amour.

Enrico la serra dans ses bras, apparemment trop ému pour parler. Ils restèrent longtemps enlacés, emplis de la même certitude que leur avenir serait féerique, tissé d'un amour indestructible et éternel.

REBECCA WINTERS

Le secret d'un roi

INTÉGRALE
PRINCESSES ET MARIÉES

Traduction française de
ERWAN LARHER

SAGAS

HARLEQUIN

Titre original :
HOW TO PROPOSE TO A PRINCESS

Ce roman a déjà été publié en 2021.

1

À l'hôpital des Trois Croix, dans la capitale du royaume de Domodossola, les consultations du Dr Nico Barsotti finissaient à 16 h 30 en semaine. Pourtant, il ne referma la porte derrière son dernier patient qu'à 17 h 30. Et sa journée n'était pas terminée : avant de manger un morceau en ville sur le chemin du retour, Nico devait rendre visite à Tommaso, son petit malade de neuf ans.

Il traversa l'hôpital jusqu'à l'aile opposée et gagna l'étage du service pédiatrique. La veille au soir, Tommaso avait subi une rupture de l'appendice. Il avait été opéré par un chirurgien, mais Nico était son médecin et devait étudier ses dernières analyses. La porte de la chambre du garçonnet était ouverte. Nico allait entrer lorsqu'il se figea, stupéfait.

Une femme d'une vingtaine d'années, dont la longue chevelure dorée cascadait sur les épaules, était assise sur une chaise à côté du lit et racontait une histoire à Tommaso. Elle portait la blouse bleu clair des volontaires sur une robe bleu foncé. Nico était hypnotisé par son charmant profil.

Il se rapprocha et découvrit qu'elle lisait un livre très populaire dont le héros était un chien errant. Le sourire de Tommaso signifiait qu'il en profitait. Qui ne serait pas fasciné par la voix de cette femme ? Elle lisait avec le charme et la vivacité d'une grande conteuse.

Il attendit qu'elle ait terminé pour passer de l'autre côté du lit. Son regard magnétique rencontra le sien – elle avait des yeux d'un bleu cristallin. Nico savait qu'il avait déjà vu ce beau visage avant, mais où ? Cette sublime blonde lui rappelait une célébrité. Une actrice ? Non. Ce fut lorsqu'elle lui décocha un sourire éblouissant qu'il se souvint où il l'avait vue...

Le mois précédent, elle avait mangé à la cafétéria de l'hôpital avec Mia Giancarlo, une des infirmières. Elle portait un chemisier et une jupe en soie imprimée qui mettaient en valeur sa silhouette délicieusement féminine. Cette image était restée dans l'esprit de Nico, qui guettait depuis ce jour-là, dans les couloirs et les espaces de détente, la réapparition de l'amie de Mia.

— Regarde qui est là, Tommaso, dit-elle. Le Dr Barsotti.

Le garçon tourna la tête vers Nico, les yeux brillants d'excitation.

— *Dottore* !

— Salut, Tommaso. Je vois que tu es en bonne compagnie !

— Fausta m'a fait la lecture !

Nico fronça les sourcils. Fausta ? Ce prénom lui disait quelque chose... *Santo cielo !* Il faillit lâcher un cri lorsque l'évidence l'éblouit : la princesse Fausta Rossiano, en chair et en os. Pour masquer son trouble, il entreprit d'examiner Tommaso.

— Tu en as de la chance, de recevoir la visite d'une vraie princesse !

— C'est moi qui ai de la chance, corrigea Fausta.

Les trois filles du roi Victor, souverain du petit royaume de Domodossola, coincé entre la France, la Suisse et l'Italie, étaient connues dans le monde entier pour leur beauté. Ces dernières années, deux mariages royaux avaient été célébrés, ceux de Lanza et Donetta. Il y avait des spéculations constantes dans les magazines people sur le fait que la troisième princesse, tout aussi sublime que ses sœurs, allait épouser un prince dans un avenir proche.

Il n'était pas surpris que la seule princesse encore célibataire de la famille royale fasse du bénévolat, car c'était une tradition chez les Rossiano.

— Quand est-ce que je vais pouvoir rentrer chez moi ? fit la petite voix de Tommaso.

— Tu vas beaucoup mieux, ce soir, expliqua Nico. Je te libérerai probablement demain matin.

— Pas avant ? protesta le garçonnet. Je vais bien, maintenant.

— Nous devons faire ce que dit le Dr Barsotti ! lança le père de Tommaso en entrant dans la chambre, accompagné de sa femme.

Tommaso ne mesurait pas sa chance d'avoir des parents aimants. Nico avait grandi dans un orphelinat dirigé par les religieuses. Pendant des années, il avait essayé en vain de retrouver ses parents et ses origines.

Le couple salua respectueusement la princesse Fausta et la remercia. Elle se glissa discrètement hors de la pièce. Nico donna rapidement des instructions aux parents de Tommaso, puis sortit à son tour pour tâcher de la rattraper. Mais elle n'était plus dans le couloir.

Il s'approcha d'une infirmière de garde.

— Quand la princesse Fausta a-t-elle commencé à faire la lecture aux enfants ? demanda-t-il.

La jeune femme lui sourit.

— Elle est bénévole à l'hôpital depuis plusieurs mois, dans le service gériatrie. Cette semaine, elle a été affectée en pédiatrie. Jusqu'à présent, tous les patients sont ravis. Elle a un vrai feeling avec eux.

— Quand sera-t-elle de nouveau là ?

— Demain. Pour l'instant, elle vient dans l'équipe de l'après-midi quatre fois par semaine.

Après avoir remercié l'infirmière, Nico quitta l'hôpital, heureux à la perspective de revoir Fausta le lendemain.

Pendant le trajet de retour au palais, dans la limousine, Fausta ne put s'empêcher de repenser aux moments passés dans la chambre de Tommaso en compagnie du Dr Barsotti. Au cours des deux derniers mois écoulés, elle l'avait vu plusieurs fois de loin à la cafétéria de l'hôpital, mais ils ne s'étaient jamais parlé.

Après que Dego Spinella, son amour d'enfance, lui avait brisé le cœur quatre ans auparavant, elle s'était résignée : jamais elle ne serait attirée par un autre homme. Tano, le père de Dego, était le chauffeur attitré de son père. Avec sa femme et ses deux enfants, ils vivaient dans une maison sur le domaine royal. Ses sœurs et elles avaient toujours joué avec Dego, qui avait l'âge de Fausta. En grandissant, leur amitié s'était transformée en amour.

Ils avaient prévu d'aller ensemble à l'université de Domodossola, puis de se marier. Mais son rêve se brisa lorsqu'un jour, juste avant la rentrée scolaire, le roi lui dit que Dego partait étudier à Rome : pour remercier Tano de sa loyauté à son service, il avait prévu de payer le logement et les frais de scolarité du fils de son chauffeur.

Paniquée, Fausta téléphona à Dego.

— Pourquoi n'as-tu pas refusé l'offre de mon père ? s'écria-t-elle, désespérée. C'est tout ce que tu avais à faire pour que nous puissions être ensemble !

— Comment aurais-je pu refuser sa gentillesse, Fausta ? Comme le dit papa, c'est une chance unique pour moi. Ma famille a peu d'argent. Mais nous resterons en contact et une fois diplômés nous ferons des projets d'avenir.

Quel avenir ? Tu m'as poignardée au cœur, Dego.

Le roi ne l'avait pas forcé à aller étudier en Italie. Dego avait eu le choix, et il ne s'était pas battu pour leur amour.

— *Cara* ? reprit Dego tandis qu'elle restait silencieuse. Dis-moi que tu comprends. Je t'aime, tu vas me manquer, mais ton père est si bon pour notre famille. Et c'est le *roi*.

— Je comprends mieux que tu ne l'imagines.

Oui, et elle était née fille d'un roi plutôt que d'un roturier comme elle l'aurait préféré… Mais grandir en compagnie de Dego avait été idyllique. Il n'était pas de sang royal, et ils s'entendaient si bien ! Ils avaient souvent été proches de faire l'amour, mais avaient décidé d'attendre leurs fiançailles. Fausta avait toujours pensé qu'un mariage entre eux serait la conclusion naturelle d'un amour durable. Elle avait rêvé d'une vie simple avec lui, dans une maison où ils auraient élevé leurs enfants. Son père savait qu'elle était amoureuse de Dego et il n'approuvait pas cette idylle. Cependant, il n'aurait jamais empêché leur union.

La volonté de Dego d'aller à Rome sans même lui demander de venir avec lui était pire qu'une trahison. Fausta croyait que leur amour était tout pour lui, mais rien n'aurait pu être plus éloigné de la vérité. Elle avait vécu dans un monde imaginaire.

Les appels téléphoniques et les lettres s'étaient espacés au fil des ans, tuant les sentiments à petit feu. Et puis Fausta avait appris que Dego avait épousé une Italienne. De son côté, elle n'avait eu aucune relation. Ses parents espéraient qu'elle finirait par épouser un prince de sang, mais cela n'arriverait jamais. Un jour, elle trouverait un homme qui ne se laisserait pas acheter comme Dego l'avait subtilement été, un mari attentif qui n'aurait d'autre devoir que de rentrer à la maison à la fin de la journée pour retrouver sa famille.

Ses pensées revinrent au Dr Barsotti.

À la seconde où elle avait posé les yeux sur le médecin aux yeux bleu nuit et aux cheveux bruns, son image avait rempli ses pensées. Grand, athlétique, charismatique : elle n'avait jamais rencontré un homme aussi séduisant.

Une fois dans ses appartements, au palais, elle téléphona à Mia, sa meilleure amie, infirmière à l'hôpital, pour lui raconter sa première journée en pédiatrie.

— Tu as vu le Dr Barsotti ? lui demanda Mia. C'est le plus beau célibataire de l'hôpital !

Fausta serra son téléphone portable un peu plus fort.

— Il est venu voir le petit Tommaso pendant que je lui faisais la lecture.

— Il a dû être surpris de se retrouver nez à nez avec la princesse Fausta Rossiano !

— Il ne semblait pas se soucier de moi. On aurait dit que j'étais transparente.

— Ne sois pas ridicule ! Tu es la fille du roi Victor, c'est pourquoi il est resté sur la réserve. Felipe aussi est intimidé par toi.

Le Dr Felipe Peletti, petit ami de Mia, était un collègue et ami de Nico Barsotti.

— Je sais, soupira Mia. Les hommes ne me voient pas comme une femme, mais comme une princesse.

Fausta n'avait jamais eu ce problème avec Mia. Elles s'étaient rencontrées au lycée, étaient devenues les meilleures amies du monde et n'avaient aucun secret l'une pour l'autre. Elle était l'une des rares personnes en dehors de son cercle habituel – tous des aristocrates et des gens de la haute société – qui la traitait *normalement*, comme une égale. Fausta l'aimait aussi pour cela. Elle lui donna rendez-vous pour le déjeuner du lendemain et raccrocha.

Lorsque Nico entra dans la chambre de la petite Gina, à la fin de sa journée de consultations, il y trouva la princesse Fausta. Sa présence le remplit de joie. Elle portait une jupe et un chemisier d'un orange très doux sous sa blouse.

— Regarde qui voilà, Gina ! Le Dr Barsotti.

La fillette eut l'air effrayée. Elle s'accrochait à un animal en peluche qui lui sembla nouveau.

— Tu vas me faire une piqûre ?

Nico secoua la tête.

— Non. Je suis juste venu voir comment tu allais, dit-il en commençant à l'examiner.

— Sa maman revient tout de suite, dit la princesse, avec un sourire envoûtant.

— Est-ce que je vais mourir ? demanda Gina.

— Bien sûr que non ! s'exclama Fausta Rossiano.

— Demain matin, tu pourras rentrer chez toi, compléta Nico.

Un faible sourire illumina le visage de la fillette.

— Regarde, dit-elle en tendant sa peluche, Fausta m'a apporté ce lagotto. C'est un chien de chasse. Je l'aime.

La compassion et la générosité de la princesse impressionnaient de plus en plus Nico.

— J'aimerais être malade juste pour qu'elle m'en apporte un comme le tien !

— Je dois pouvoir être capable d'arranger quelque chose, dit la jeune femme sans même le regarder.

Elle se leva, car la mère de Gina entrait dans la pièce.

— J'ai adoré passer du temps avec toi, Gina. Si tu fais ce que le Dr Barsotti te dit, tout va bien se passer.

— Tu dois partir ? geignit la fillette.

— Je dois voir un autre patient, mais je penserai fort à toi.

— Merci pour le chien.

— De rien.

— Que Dieu vous garde, Altesse, chuchota sa mère.

Comme la veille, Fausta Rossiano se glissa hors de la pièce avant que Nico ne puisse l'arrêter. Après avoir quitté Gina et sa mère, il s'installa à l'accueil et répondit à ses messages. Au bout de vingt minutes, il vit enfin la princesse apparaître au bout du couloir et marcher vers lui. À la seconde où leurs regards se croisèrent, il réalisa à quel point il avait eu envie de la revoir.

Il n'avait jamais été aussi attiré par une femme. Et c'était un problème : elle était destinée à un homme de haute lignée.

— C'était gentil de faire un cadeau à Gina.

— J'ai apporté une peluche à chaque enfant. Mais c'est vous qui l'avez guérie de sa peur. Il est évident que vous savez y faire avec les enfants.

— Vous aussi, répliqua-t-il, avant de se jeter à l'eau : Combien de temps encore êtes-vous en service ?

— J'ai terminé. *Buonasera*, docteur Barsotti.

Elle s'éloigna. Nico ne put s'empêcher d'admirer le balancement de ses hanches et ses longues jambes fines. Il la suivit.

— Princesse ?

Elle se retourna. Ses yeux bleus s'illuminèrent.

— Oui ?

— Je vais à la cafétéria manger un morceau. Voulez-vous vous joindre à moi ? À moins que vous ne soyez attendue...

— Non, personne ne m'attend. En fait, j'allais à la cafétéria, moi aussi. Pour travailler. Mais d'abord, je dois récupérer mon ordinateur portable dans le vestiaire. Si vous êtes d'accord, je vous rejoins dans cinq minutes.

— Parfait !

Nico prit un café et un sandwich, et trouva une table un peu isolée. Toutes les têtes se tournèrent quand la jeune femme entra à son tour : princesse ou non, sa beauté attirait l'attention. Elle n'en semblait pas consciente et gagna le comptoir. Elle revint elle aussi avec un café et un sandwich. Elle posa son ordinateur sur une chaise libre à côté d'elle et, à peine assise, mordit à pleines dents dans son sandwich.

— Pardonnez-moi, je suis affamée.

Ils se sustentèrent en silence quelques instants.

— Cet après-midi, je suis passée voir Tommaso avec un chien en peluche, mais il n'était pas là. De toute évidence, vous l'avez libéré.

Nico fit un signe de tête en buvant une gorgée de café.

— Si vous me le donnez, je le lui offrirai quand il viendra pour sa visite de contrôle. Ça lui fera plaisir.

— Je vous le donnerai tout à l'heure. Il est dans mon casier.

— J'ai une meilleure idée. Vous le déposerez demain à l'accueil de la pédiatrie. Et à la fin de votre service, si vous êtes libre, on pourra de nouveau manger ensemble ici.

Les lèvres de la jeune femme se recourbèrent en un de ces sourires qui touchaient Nico au cœur.

— Cela me plairait beaucoup.

Une douce chaleur l'envahit, son pouls s'accéléra. Comment pouvait-elle vouloir être avec lui alors qu'elle pouvait avoir tous les hommes qu'elle désirait ? se demanda-t-il.

— *Bene*. Alors, dites-moi, quel genre de travail faites-vous sur votre ordinateur après avoir été bénévole ici la moitié de la journée ?

— J'aide à collecter des fonds pour les œuvres caritatives de Lanza, ma petite sœur.

— C'est une noble cause.

Nico trouvait remarquable qu'elle s'occupe de tant de choses. S'il n'avait pas un prêt à rembourser et s'il n'avait pas payé des détectives pour retrouver la trace de ses parents, il aurait fait un don. Il termina son sandwich et se leva.

— Je vous laisse à votre travail et je vous dis à demain.

— Je suis déjà impatiente, *dottore*.

Il espérait qu'elle n'était pas ironique, parce que lui l'était vraiment, impatient.

— *Buonasera*, Altesse.

Fausta se dirigeait vers la cafétéria, le cœur battant. Pourquoi la perspective de revoir Nico Barsotti lui faisait-elle autant d'effet ? Lorsqu'elle le vit dans un costume léger, assis à la même table que la veille en train de boire un café, elle songea que c'était peut-être parce qu'il était superbe...

Posé sur une chaise à côté de lui, installé comme si lui aussi était au restaurant, se trouvait le chien en peluche qu'elle avait apporté pour Tommaso. Le regard de Fausta rencontra celui, d'un bleu profond, du médecin, et tous deux éclatèrent de rire. Elle aimait son esprit facétieux.

— Qu'est-ce qu'ils servent ce soir ? lui demanda-t-elle en s'installant en face de lui.

— Je n'ai pas regardé, avoua-t-il, avant de prendre une grande inspiration. Si je vous proposais de manger avec moi, mais ailleurs, que diriez-vous ?

Elle pencha la tête, et Nico vit ses cheveux dorés lui balayer les épaules avec grâce.

— Êtes-vous en train de m'inviter à dîner, docteur ?

Son adrénaline monta en flèche.

— Oui.

Pourquoi pas ? C'était probablement la chance de sa vie de pouvoir passer une soirée avec cette magnifique princesse.

— J'adorerais !

Cette réponse le stupéfia. Cela signifiait-il qu'elle n'avait vraiment personne dans sa vie ?

— Il n'y a pas de prince dans le paysage ?

— Nico, je subis en permanence la pression de mes parents, qui voudraient en effet me voir épouser un prince. Surtout maintenant que mes deux sœurs sont mariées. Il y aura toujours des ragots dans certains magazines, mais je vous jure qu'il n'y a pas de prince dans ma vie et qu'il n'y en aura jamais !

Elle avait prononcé cette dernière phrase avec tant de conviction que Nico sut aussitôt qu'elle était sincère. Avant qu'il ne puisse dire autre chose, elle reprit :

— Y a-t-il une femme dans la vôtre ?

— J'ai des rendez-vous de temps à autre, rien de plus.

Fausta lui sourit.

— Maintenant que nous avons réglé cette question, où m'emmenez-vous ? Je ne sais pas pour vous, mais moi je meurs de faim !

— Chez Babbo ?

Elle aimait beaucoup cet élégant restaurant de spécialités italiennes, qui avait l'avantage d'être tout à côté de l'hôpital. Elle accepta avec enthousiasme.

Pendant le trajet, elle se sentit sur un petit nuage. Comme une femme ordinaire, elle allait dîner avec un homme, un homme sublime pour ne rien gâcher, et qui semblait apprécier sa compagnie. C'était la vie normale dont elle avait toujours rêvé. La façon dont les femmes qu'ils croisaient regardaient Nico disait combien toutes auraient donné n'importe quoi pour être à sa place.

Chez Babbo, on les installa dans une alcôve discrète. Tous deux commandèrent des lasagnes et commencèrent à bavarder de leur journée respective, puis de tout et de rien.

— Le monde a tellement besoin de médecins comme vous ! s'exclama soudain Fausta au moment où le serveur leur apportait les cafés. Mon père compte sur le sien. Nous lui sommes tous redevables.

Nico fronça les sourcils.

— Quelque chose ne va pas avec votre père ?

— Il a le cœur fatigué. Depuis quelque temps, mon beau-frère, le prince Stefano, l'aide de plus en plus.

— Je suis désolé...

— Je n'aurais pas dû vous en parler, soupira-t-elle. Personne en dehors de la famille n'est dans la confidence.

— Ne vous inquiétez pas. Avec moi, votre secret est bien gardé.

— Je le sais.

Elle avait perdu sa confiance dans les hommes quatre ans auparavant, mais elle sentait qu'elle pouvait l'accorder à ce spécimen qui lui coupait le souffle et savait si bien rassurer ses patients.

— Avez-vous trouvé de nouveaux donateurs pour votre sœur, aujourd'hui ?

Fausta le remercia *in petto* d'avoir changé de sujet.

— Non. Mais je suis persévérante. Et optimiste : ça ira mieux demain !

Le téléphone de Nico vibra sur la table. Il jeta un coup d'œil à l'écran.

— Désolé, je dois répondre. C'est l'hôpital.

Après une brève conversation, il raccrocha, la mine dépitée.

— Un patient à examiner d'urgence. J'y retourne. Pardon de devoir partir. Quelqu'un peut vous ramener chez vous ?

— Ne vous en faites pas pour moi, dit Fausta, touchée par sa prévenance. Un chauffeur du palais va venir me chercher.

Il se leva. Fausta l'imita.

— Malheureusement, je suis en séminaire à partir de demain pour tout le week-end. Mais si vous êtes libre dimanche soir, j'aimerais vous revoir.

— Moi aussi, j'aimerais. À quelle heure ?

— Six heures et demie, cela vous convient ?

— Parfait ! Quand vous arriverez au palais, faites le tour par l'entrée de gauche. Je vous attendrai. Merci pour le dîner de ce soir.

— C'est moi qui vous remercie. Je préférerais rester, mais le devoir m'appelle.

— Ne vous excusez pas.

Fausta devinait que Nico était réellement déçu de devoir la quitter. Elle l'était elle aussi, et dimanche lui semblait si loin ! Une éternité.

2

Nico resta éveillé la moitié de la nuit. Il voyait les incroyables yeux bleu clair de Fausta qui le fixaient, l'envoûtaient, il entendait ses mots qui lui disaient qu'elle voulait le revoir. Il lui était difficile de le croire, et pourtant...

Les femmes avec lesquelles il sortait à l'occasion ne lui arrivaient pas à la cheville, qu'il s'agisse de leur bienveillance, de leur gentillesse ou de leur beauté. Elle était unique, ce qui lui donnait envie de mieux la connaître. Beaucoup mieux...

Après deux jours de séminaire qui lui avaient paru durer mille ans, le dimanche soir arriva enfin. En approchant du palais royal, excité comme un adolescent au soir de son premier rendez-vous, il suivit les instructions de Fausta. Il l'aperçut debout à côté d'un garde, à l'extérieur des grilles. Seigneur ! Elle l'attendait donc bel et bien...

Elle portait un fin chemisier vaporeux et une jupe d'un mauve délicat. Nico se gara et descendit pour lui ouvrir la portière. Lorsqu'il regagna son siège, un parfum fleuri avait empli l'habitacle.

— Attachez votre ceinture, Altesse.

— Je le ferai si vous me faites une faveur : appelez-moi Fausta.

— Vous êtes sûre ?

Elle laissa échapper un doux rire.

— Oui. Et puis-je vous appeler Nico ?

— Hum... Laissez-moi y réfléchir, plaisanta-t-il. Comment

demandez-vous aux patients de vous appeler ? Du moins quand ils ne vous reconnaissent pas.

— Je me présente toujours comme Fausta. Même si mon nom complet est Vittoria Eugenia Fausta Rossiano, ajouta-t-elle en riant.

— Comment en êtes-vous venue à être bénévole à l'hôpital ? lança Nico en s'immisçant dans le trafic.

— Lorsque mon amie Mia, qui travaille à l'hôpital, m'a parlé d'un nouveau programme de volontariat, j'ai sauté sur l'occasion. J'aime écouter les personnes âgées parler de leur passé ou lire des histoires aux enfants malades.

— Vous aimez les enfants ? demanda Nico, admiratif de son naturel, de sa simplicité et de son dévouement.

— Oh oui ! s'exclama-t-elle, les yeux brillants. Lanza a un adorable petit garçon, Ridolfo. Mon neveu a huit mois, et je lui fais déjà la lecture. Quant à ma sœur aînée, Donetta, elle est mariée au roi Enrico de Vallefiore et attend un enfant. J'ai hâte d'avoir une nièce ou un autre neveu !

— Je vous ai entendue lire pour Tommaso. Vous l'avez rendu heureux.

— C'est moi qui étais heureuse. Il m'a posé beaucoup de questions sur Pompéi quand je lui ai dit que j'y étais allée. C'est un garçon intelligent.

— Je suis d'accord. Au début, vous a-t-il reconnue ?

— S'il l'a fait, il n'a rien laissé paraître. Les enfants sont merveilleux. Ils n'ont pas d'a priori.

— Je pense qu'il est difficile pour la plupart des adultes de se comporter normalement quand ils rencontrent un membre de la famille royale.

— Il ne devrait pas en être ainsi. Du jour où je m'en suis rendu compte, je me suis battue contre cela. J'aurais voulu être une roturière, mais je ne peux pas changer ma naissance. Alors je tâche autant que possible de vivre ma vie comme une personne ordinaire.

Cette révélation surprit Nico. Elle dut le lire sur son visage, car elle poursuivit :

— Vous ne savez pas à quel point il est difficile de grandir avec un père jamais là quand vous avez besoin de lui parler. Il me fallait presque prendre rendez-vous pour le voir. Je ne souhaite à personne de naître dans une famille royale !

— Eh bien, nous allons dîner comme deux quidams, Altesse, la taquina-t-il en souriant. Qu'est-ce que vous aimez ?

— Surprenez-moi ! J'aimerais voir où le renommé Dr Nico Barsotti dîne après une journée épuisante.

Le regard de Fausta posé sur son profil comme une caresse, Nico se dirigea vers la vieille ville et ses étroites rues pavées. Il n'avait aucune chance de vivre une relation amoureuse avec la princesse Fausta Rossiano, même si elle n'avait personne dans sa vie et semblait heureuse de partager sa compagnie. Le roi et la reine finiraient par obtenir gain de cause, et elle épouserait un prince, comme ses sœurs.

— Il y a un petit restaurant au coin de la rue qui sert un de mes plats préférés, dit-il après s'être garé et avoir coupé le contact. Avez-vous déjà mangé du *maialino allo spiedo* ?

Ses yeux scintillaient comme des diamants bleus.

— Du cochon de lait rôti ? Bien sûr !

— Mais ici, c'est une recette toscane. Vous allez vous régaler !

— Je vous fais confiance.

Nico aida sa passagère à sortir de la voiture. Les passants la dévisageaient, mais elle ne semblait pas s'en soucier. Les hommes surtout ne pouvaient pas la quitter des yeux. Sans doute auraient-ils souhaité être à la place de Nico lorsqu'il lui tint la porte de Chez Prospero, une petite auberge à l'éclairage tamisé.

Lorsqu'il aperçut Nico, le propriétaire se précipita vers lui avec un large sourire, le regard rivé sur Fausta.

— *Dottore*, ma vue est-elle en train de me trahir ? chuchota-t-il.

Nico rit.

— Non, *amico mio*. Je te présente la princesse Fausta Rossiano. Fausta, voici mon ami Prospero Gallo.

— *Benvenuto*, Votre Altesse ! s'exclama le restaurateur, rayonnant. Je n'ai jamais été aussi honoré.

— Appelez-moi Fausta, *signor* Gallo. Et c'est moi qui suis honorée : Nico m'a dit que vous cuisiniez le meilleur cochon rôti de Domodossola.

Son ami semblait soudainement à court de mots, et Nico comprit que le compliment l'avait touché. Il les conduisit à sa meilleure table, au fond du restaurant, dans un coin. Ils s'assirent.

— Pas besoin de menu, Prospero, dit-il. Juste un peu de vin blanc et les *rigotoni alla carbonara* de ta femme pour accompagner le *maialino allo spiedo*.

Prospero s'éclipsa.

— Il est charmant, déclara Fausta. Un de vos anciens patients ?

— Non. Lorsque j'ai emménagé à Domodossola, il y a dix-huit mois, je me suis renseigné pour savoir quels restaurants servaient du porc rôti. J'ai essayé plusieurs endroits, qui m'ont déçu. Puis je suis venu chez Prospero.

Le serveur apporta une bouteille de vin et leur servit un verre chacun. Fausta but une gorgée. Le spectacle de ses lèvres humides fit naître une foule d'idées déplacées dans le cerveau de Nico, qui se demandait quel goût aurait sa bouche s'il l'embrassait. Son attirance instantanée pour elle grandissait sans cesse.

— Pourquoi ce plat est-il si spécial pour vous ?

Il but un peu de vin à son tour.

— Leur recette me rappelle les années que j'ai vécues à Biella.

— Biella, en Italie ?

— Vous y êtes allée ?

— Une fois, il y a des années, avec ma mère et mes sœurs. *Mamma* aimait cet endroit parce que c'est une région vallonnée avec de vieux châteaux qu'elle avait visités enfant. Je me souviens avoir marché dans des rues étroites et escarpées jusqu'à la citadelle.

— Je l'ai fait plusieurs fois, dit Nico en souriant, heureux de ce souvenir commun.

— Vous êtes italien ?

L'arrivée de Prospero interrompit leur échange avant que Nico ait pu répondre. Il déposa leurs plats sur la table.

— *Buon appetito*, Votre Altesse.

— Fausta ! le reprit-elle. *Grazie, signor.* Ça a l'air délicieux.

Le repas se déroula dans une ambiance détendue, presque complice. Nico était subjugué par Fausta. Tout en elle lui plaisait : la forme de son visage, de sa bouche, la manière dont ses yeux pétillaient, sa conversation, son humour, son sens de la repartie. Il ne voulait pas que cette soirée se termine.

Il lui parla de sa jeunesse dans une ferme, où de ses douze à ses dix-huit ans il s'était occupé des cochons avant et après l'école. Fausta et lui avaient la même passion pour les animaux.

— Et les petits de toutes les espèces sont tellement adorables ! s'exclama-t-elle.

Nico trouvait surtout qu'*elle* était adorable. Il comprit qu'il tombait amoureux d'elle.

— Je suis surprise que vous ne soyez pas devenu vétérinaire.

Nico prit le temps de terminer son verre de vin avant de lui répondre :

— Il y a eu une autre expérience, plus tôt dans ma vie, qui m'a incité à me lancer dans la pédiatrie, mais je ne regretterai jamais mon séjour dans cette ferme.

— Je pense en effet que c'était une chance.

C'est de vous avoir en face de moi qui est une chance, songea-t-il, surpris et flatté de constater que son intérêt pour lui ne semblait pas feint.

— Vous retournez à Biella de temps en temps ?

— Environ tous les deux mois depuis que j'ai emménagé ici. Je rends visite à des amis.

— Et à votre famille ? Où vit-elle ?

Nico soupira. La question, inévitable, le ramenait à tout ce qui les séparait ; et qu'il avait oublié le temps de ce dîner.

— Je cherche la réponse à cette question depuis longtemps.

— Je ne comprends pas...

Il but une gorgée de café.

— En fait, je n'ai aucune idée de ma véritable nationalité. Je me souviens avoir demandé à quelqu'un où était ma maman parce qu'il y avait un tableau de l'Enfant Jésus et de la Vierge Marie dans la grande salle. Je devais avoir cinq ans. « Dieu seul le sait, *figlio mio*, m'a répondu une dame vêtue de noir en me tapotant la joue. Tant que tu es ici, nous t'appellerons Nico. » Plus tard, j'ai appris que j'avais été placé chez les religieuses à l'âge de deux ans. L'orphelinat Sainte-Agathe se trouve dans un village près de Biella.

Nico lisait de la compassion dans le regard de Fausta, rivé au sien.

— Je vous en ai dit plus que je n'en ai révélé à quiconque depuis des années. Vous avez cette rare qualité de savoir écouter. Je ne suis pas surpris que vous ayez été engagée comme bénévole, ajouta-t-il en souriant. Et maintenant, désirez-vous un dessert ?

— Non, merci, chuchota-t-elle, visiblement émue par ce qu'il lui avait dit de lui.

Sa sensibilité et son empathie le touchaient et la rendaient encore plus désirable. Cela déclenchait des signaux d'alarme dans sa tête : il serait idiot de s'impliquer davantage, même si la sublime princesse semblait réceptive. Rien ne serait jamais possible entre eux. Elle était la fille d'un roi et d'une reine.

— Alors je vais vous ramener au palais pour que votre garde du corps assis près de l'entrée puisse quitter son service.

Un orphelin...

Et dire qu'elle s'était plainte du manque d'attention de son père, alors que Nico n'avait jamais connu le sien et avait grandi dans un orphelinat !

Fausta se rendait compte qu'elle était déjà folle de ce bel homme, de ce médecin au corps athlétique et au cœur tendre. Elle aurait tellement aimé qu'il l'emmène dans un endroit où ils pourraient être seuls pour parler davantage.

Nico l'avait étonnée et bouleversée en évoquant son passé, mais elle n'avait fait qu'effleurer la surface. Elle avait encore tant de questions à lui poser !

Hélas, il la traitait de nouveau comme une princesse, ce qui mettait de la distance entre eux alors que c'était la dernière chose qu'elle désirait. Cette soirée avait été magique ; devoir rentrer au palais était une torture...

Dans la rue, Nico lui prit la main. Cette preuve d'intimité fit fuser dans ses veines le désir ardent de se rapprocher de lui. Si elle l'invitait dans ses appartements, l'éconduirait-il, de peur de dépasser les bornes ? Elle lui avait pourtant dit qu'il n'y avait pas d'homme dans sa vie...

Lorsque Nico s'engagea dans la rue qui longeait le côté du palais royal, Fausta n'était toujours pas prête à lui dire bonne nuit. Il se gara devant l'entrée latérale.

— À la maison et saine et sauve !

Fausta pria pour qu'il reste dans la voiture et lui parle un peu. Mais il sortit et fit le tour du véhicule pour lui ouvrir la portière. Leurs bras se frôlèrent lorsqu'elle descendit. Elle frissonna de tout son corps.

— Tu veux entrer ?

Mon Dieu, tu l'as invité ! Et tu l'as tutoyé ! Son cœur battait si fort qu'il avait fait vibrer sa voix. *Pourvu qu'il dise oui...*

— Merci, mais j'ai bien peur d'avoir encore du travail qui m'attend à la maison.

Ne réagis pas, Fausta.

— Oui, bien sûr... Merci beaucoup pour ce dîner que je n'oublierai jamais.

— Moi non plus. Et... je me demandais si tu aimerais aller voir un film avec moi mardi soir ? Nous pourrions manger un morceau en chemin.

Sa question prit Fausta au dépourvu, puis les émotions se bousculèrent en elle. Une invitation ? Et il l'avait tutoyée, lui aussi ? Sa déception n'était plus qu'un lointain souvenir.

— Avec plaisir ! Je ne suis pas allée au cinéma depuis des lustres.

— Moi non plus.

Il lui proposa d'échanger leurs numéros de portable, ce qu'elle accepta avec empressement.

— *Buona notte*, Fausta.

— *Alla prossima*, Nico.

Fausta se dirigea vers l'entrée. Un garde du palais lui ouvrit la porte. Elle se dirigea vers ses appartements, le cœur en fête. Son invitation à prolonger la soirée avait échoué, mais Nico voulait tout de même la revoir.

Elle chantonnait dans la salle de bains en se préparant à aller au lit lorsque son téléphone portable sonna. Elle vérifia l'identité de l'appelant et décrocha.

— Mia ! s'exclama-t-elle, excitée.

— Waouh ! Tu as l'air heureuse.

— Je le suis. Nico et moi sommes allés dîner ce soir et mardi nous allons au cinéma.

— Attends ! Redis-moi ça doucement.

Elle raconta à son amie les événements de ces derniers jours – la cafétéria de l'hôpital, les repas chez Babbo et Prospero, les échanges avec Nico. Elle omit toutefois d'évoquer le passé du si sexy médecin : cela ne regardait pas Mia.

— Le dîner est passé trop vite ! Il m'a reconduite au palais, mais n'a pas voulu entrer. Il m'a dit qu'il avait encore du travail. J'ai eu peur d'avoir tout gâché en me montrant trop insistante, mais il m'a proposé d'aller au cinéma avec lui.

— On dirait bien qu'il est accro ! s'écria Mia en riant.

Tout comme Fausta. Tellement accro qu'elle savait qu'elle n'arriverait jamais à dormir.

— Ce soir, il a découvert qu'il m'attirait. J'ai dû passer pour une désespérée, se lamenta-t-elle.

— Non, je pense que sa réaction est compréhensible. Il ne pouvait tout simplement pas imaginer que la princesse Fausta l'invite chez elle.

— Je ne veux pas entendre ça ! répliqua-t-elle, avant de soupirer : C'est un homme tellement incroyable, Mia. Et être avec lui ce soir m'a permis de comprendre la vacuité de mon existence surprotégée de membre de la famille royale.

— Ne dis pas de bêtises.

— Je suis sincère. La femme qui gagnera son cœur sera la plus chanceuse du monde.

— Dis-toi bien que pour lui, tu es la femme la plus fascinante au monde.

— Tu crois ?

— Je sais.

Si seulement c'était vrai..., songea Fausta.

— Merci d'être mon amie, Mia. On essaye de se voir demain ?

— Super ! Bonne nuit, Fausta.

— *Ciao*, Mia.

Fausta raccrocha. Elle était heureuse à la perspective de voir sa meilleure amie, mais elle avait surtout hâte d'être mardi soir...

3

Depuis le dîner avec Fausta le dimanche soir, Nico était perturbé. Mais il ne voulait en parler à personne, pas même à son ami Felipe.

Les femmes avec lesquelles il sortait ne connaissaient rien de son passé. Cependant, Fausta l'avait tellement mis en confiance qu'il s'était ouvert comme jamais. Était-ce parce qu'il savait que rien n'était possible entre eux ? Et pourtant, elle l'avait invité chez elle… Cela l'avait presque choqué. Il aurait voulu se rapprocher d'elle ce soir-là et savait qu'elle ne lui aurait pas demandé d'entrer si elle ne l'avait pas voulu aussi. Or cela n'aurait pas été une bonne idée, car il la désirait comme un homme peut désirer une femme.

Petit à petit, il attisait les flammes avec une princesse royale dont la vie avait été planifiée dès la naissance. Et malgré son évidente sincérité lorsqu'elle affirmait qu'elle aurait préféré être une femme normale, Nico ne se sentait pas digne d'elle. Sans compter que la vie lui avait appris le réalisme. Le roi et la reine avaient des projets matrimoniaux pour leur fille, Nico ne pouvait donc rien espérer de plus qu'une aventure. Qu'il serait impossible de garder secrète. Or il ne voulait pas de ce type de scandale dans sa vie.

De plus, il ne serait pas juste de continuer à la voir alors qu'il ne resterait peut-être pas longtemps à Domodossola. Tout dépendait de l'avancée des recherches concernant ses parents, et il attendait des nouvelles bientôt. Pour cette raison, il n'avait pas acheté de maison et ne s'était pas installé dans le royaume. Même si Domodossola n'était qu'à deux heures de Biella, à la frontière nord-ouest de l'Italie, rien n'indiquait que ses parents avaient vécu dans cette région. S'il les retrouvait et que les deux acceptaient de le rencontrer, ou même un seul, il pourrait être amené à déménager. Il nourrissait l'espoir de ces retrouvailles depuis des années et ne voulait pas impliquer une femme dans un futur aussi incertain que le sien.

Nico avait toutes ces données en tête lorsque Fausta et lui sortirent du cinéma. Elle était magnifique dans une robe d'été imprimée.

— Allons chercher de la glace au coin de la rue avant que je te ramène au palais.

Leurs corps se frôlaient tandis qu'ils se frayaient un chemin à travers la foule. Par cette chaude et belle nuit du début de l'été, Nico mourait d'envie de trouver un coin tranquille pour embrasser sa princesse jusqu'à satiété. Jusqu'à présent, il n'avait pas osé la toucher ; s'il commençait, il ne s'arrêterait jamais.

Ils choisirent tous les deux une glace à la fraise, qu'ils mangèrent en retournant vers la voiture de Nico. Ils commentèrent le film d'action qu'ils venaient de voir et qu'ils n'avaient pas trouvé aussi bon que la critique le prétendait. Mais ils s'en fichaient : ce qui comptait pour eux était d'avoir passé un moment ensemble.

Sur le chemin du palais, Nico pensait déjà à la prochaine fois qu'ils se verraient. Il ne pouvait pas imaginer sa vie sans voir Fausta tous les jours.

— Tu veux bien m'attendre cinq minutes ? demanda-t-elle lorsqu'il s'arrêta sur le côté du palais. J'ai quelque chose à te donner.

Elle avait quelque chose pour lui ? Nico n'en revenait pas. Avant qu'il ait eu le temps de répondre, elle avait jailli hors de la voiture et était entrée dans le palais. Quelques instants plus tard, elle était de retour. Elle ouvrit la porte du côté passager et plaça sur le siège un grand chien en peluche, le même qu'elle avait donné à la petite Gina à l'hôpital. Elle boucla la ceinture de sécurité autour du lagotto.

— Tu m'as dit que tu en voulais un. Il s'appelle Giorgio. Ainsi, tu auras quelqu'un à qui parler sur le chemin du retour. *Buona notte*, Nico.

Il éclata de rire. Fausta referma la portière et disparut à l'intérieur du palais. Sa personnalité hors du commun le séduisait chaque minute un peu plus. Il aurait voulu pouvoir la ramener chez lui et jeter la clé.

Tu es dans le pétrin, mon garçon...

La nuit avait été longue, peuplée d'images de Fausta qui avaient empêché Nico de dormir, et la journée lui avait également paru interminable. Mais enfin il allait retrouver sa princesse !

Elle l'attendait dans le hall de l'hôpital, rayonnante, vêtue d'un haut jaune et d'une jupe imprimée. Il aimait son apparence. Il aimait tout ce qui la concernait. Ses cheveux brillaient comme de l'or dans les rayons du soleil.

— Bonjour ! Comment va Giorgio ? lui demanda-t-elle.

— Nous sommes devenus très amis. J'en ai fait mon chien de garde pendant que je suis au travail.

— Je suis contente qu'il te plaise.

— C'est surtout la femme qui me l'a donné qui me plaît.

Il entendit le souffle de Fausta se bloquer, mais elle se ressaisit aussitôt.

— J'ai apporté un pique-nique. J'ai pensé que nous pourrions manger sur la pelouse derrière l'hôpital.

— J'aime ce genre de surprise.

— Donne-moi une seconde. J'ai mis le sac dans le réfrigérateur de la salle des infirmières.

Nico ressentit une montée d'adrénaline tandis qu'elle s'éloignait. Cette femme le captivait. Lorsqu'elle revint, elle portait une couverture à carreaux et un grand panier, qu'il lui prit des mains. Ils gagnèrent l'arrière de l'hôpital. La fin de journée était chaude. Ils choisirent une place et étendirent la couverture. Puis ils commencèrent à grignoter.

— D'où vient ce repas ? s'enquit Nico. Il est fabuleux.

— J'ai demandé à Jeanne, l'un des chefs du palais, de me le préparer.

— Pas étonnant que je n'aie jamais mangé une telle charcuterie avant ! Alors, quel est ton programme cette semaine ?

— Demain, je dois retourner au palais à 15 heures. Mon père reçoit des dignitaires étrangers pour la soirée. Il tient à ce que je sois là.

Dans l'aréopage se trouverait peut-être un prince que son père voulait qu'elle rencontre, mais Nico se dit qu'il devait cesser de s'en faire, sinon il deviendrait fou.

— Vendredi matin, reprit-elle, j'ai rendez-vous avec le directeur de la compagnie de téléphonie mobile Tocelli. J'espère qu'il va contribuer à financer une aile de la nouvelle maison pour vétérans sur laquelle travaille ma sœur. Et toi ?

— Pas de séminaires pendant plusieurs mois, *grazie a Dio*.

Elle rit doucement. L'envie de la prendre dans ses bras et de l'embrasser était devenue douloureuse : il ne pourrait pas tenir beaucoup plus longtemps malgré sa volonté de ne pas brusquer les choses.

— Et samedi, poursuivit-il, tu as des projets ?

Fausta avait commencé à ranger les reliefs de leur pique-nique. Il entreprit de l'aider.

— Ça dépend, dit-elle avec un sourire séduisant qui fit battre son cœur.

— Je me demandais si tu aimerais m'accompagner à Biella. Je te ferais visiter la ferme où j'ai travaillé.

— Oh ! oui ! Et je verrai plein de mignons petits cochons ! s'exclama-t-elle, de la joie dans ses iris bleus.

— Super ! Je passerai te prendre à 9 heures, si ce n'est pas trop tôt pour toi.

Fausta acquiesça. Nico se disait qu'il n'avait jamais été aussi heureux dans sa vie.

Dans son rétroviseur, Nico distinguait tandis qu'il s'engageait sur l'autoroute la voiture qui les suivait. La princesse Fausta

Rossiano était surveillée en permanence, mais il s'en moquait. Il avait envie de chanter, de crier son bonheur d'être avec elle.

— Ta famille sait-elle que tu es avec moi ? lança-t-il.

— Sans doute.

Nico n'était pas dupe : ils savaient probablement tout de lui à l'heure actuelle. Mais de cela aussi il se fichait.

Fausta portait un jean et un pull vert à manches longues qui révélaient la féminité et les courbes de sa silhouette terriblement séduisante. Aux pieds, elle avait des bottines de marche et n'avait pas oublié de prendre une veste. Même son odeur de fleurs sauvages disait qu'elle était prête pour une journée à la campagne !

C'était une belle matinée de juin. Seuls quelques nuages blancs flânaient dans le ciel. La nature était verte et luxuriante, les arbres en fleurs.

— Je suis si heureuse d'être loin de la ville, soupira Fausta.

— Moi aussi ! J'aime l'hôpital, mais ça fait du bien d'en sortir un peu !

— Tu m'as dit que l'orphelinat dans lequel tu as grandi n'était pas loin de Biella, n'est-ce pas ? Pourquoi ne pas y aller ?

Nico se raidit.

— Tu veux aller à Mottalciata ?

— Cela fait partie de ton enfance, de toi. On pourrait au moins passer devant.

— Si tu veux, nous irons là-bas en premier. Cet endroit, puis la ferme Barsotti, à côté de Biella, ont constitué mon seul monde jusqu'à ce que j'aille à l'université de Turin.

— L'université a dû être un sacré changement pour toi.

Il hocha la tête.

— Quand je n'étudiais pas, je marchais des heures durant, je m'émerveillais de tout. Ah ! nous sommes arrivés, annonça-t-il en se garant devant une église romane. L'orphelinat occupe une partie du couvent.

— Te serait-il difficile d'y entrer ? J'aimerais voir où tu as grandi.

— Pas difficile, mais j'imagine que tout a changé. Je n'y

suis jamais retourné. Et le simple fait d'être dans ce village des années après fait remonter des souvenirs à la surface.

Une expression alarmée figea les traits de Fausta.

— Si ça fait trop mal, on devrait repartir.

— Non, je ne souffre pas. À cette époque de ma vie, j'ai grandi désorienté. Tant d'enfants sans père ni mère... J'étais empli de questions : où étaient nos familles ? Où était la mienne ? Mes parents ne voulaient-ils pas de moi ?

Les yeux bleus de Fausta s'embuèrent.

— Nous n'avons pas besoin d'entrer.

— Je le veux. Après t'avoir parlé de mon passé, l'autre soir, et maintenant que nous sommes devant, j'en ressens le besoin.

— Tu préfères y aller seul ?

— Sans toi, je ne serais pas venu jusqu'ici.

L'intensité des paroles de Nico faisait trembler Fausta. Elle sortit de la voiture avant Nico. Ensemble, ils entrèrent dans le grand bâtiment en pierre de taille. Elle suivit Nico, qui semblait savoir où aller. Il toqua à la porte ouverte d'un bureau. Une vieille religieuse âgée, tout de noir vêtue, le salua.

— *Buon giorno, signor.* Puis-je vous aider ?

— Je m'appelle Nico Barsotti. Voici mon amie, la *signorina* Rossiano.

Fausta se réjouit qu'il n'ait pas utilisé son titre de princesse.

— De deux à douze ans, j'ai passé ma vie ici, reprit Nico. Il y a un an, j'ai appris par un ami que la mère supérieure qui dirigeait Sainte-Agathe à mon époque était décédée. Je suis désolé de l'avoir appris trop tard, j'aurais voulu la remercier. Les sœurs ont été très bonnes avec moi.

La religieuse lui sourit.

— Je suis sûre qu'elle vous entend, *signor.*

— Serait-il possible de montrer la salle commune à mon amie ?

— Bien sûr. Les enfants sont au réfectoire, en ce moment.

— *Grazie.*

Nico la guida jusqu'à une double porte, qu'il ouvrit. La salle était très vaste. Le grand et beau tableau de la Vierge à l'Enfant dont il lui avait parlé occupait une partie du mur du fond. Il y avait un piano droit, des étagères avec des jouets et des livres bien usés, des fauteuils, trois canapés. En voyant cet endroit, Fausta eut l'idée de faire un don à l'orphelinat.

Nico demeura un long moment face à la peinture. Fausta devinait qu'il remontait le temps.

— En fait, rien n'a changé, ici.

C'était là qu'il avait passé sa tendre enfance – qui n'avait pas dû être si tendre que cela, pensa Fausta. Elle avait mal pour lui.

— Je prierai pour que les orphelins qui grandissent ici soient heureux, et qu'ils réussissent aussi bien que toi.

Nico ne répondit rien, mais lui serra le bras. Ils se comprenaient. Ils étaient connectés l'un à l'autre. C'était du moins ce qu'elle ressentait au plus profond d'elle-même.

Après avoir salué la religieuse qui les avait accueillis, ils regagnèrent la voiture. Fausta craignait que cette visite ne hante Nico, mais, une fois derrière le volant, il posa sur elle un regard bleu foncé plus pétillant que nostalgique.

— Il y avait un vieux médecin qui venait de Biella quand l'un d'entre nous était malade. Il me semblait être un magicien qui pouvait tout réparer, tout guérir. Chaque fois qu'il se présentait, je le suivais et lui posais des questions. Je me disais que c'était merveilleux si je pouvais faire quelque chose comme ça un jour.

Fausta comprit que Nico évoquait l'homme qui avait fait naître sa vocation. Elle en eut la gorge serrée.

— Est-il toujours en vie ?

— Hélas non…

Il démarra. Le trajet jusqu'à la ferme fut court et enchanteur, au milieu d'un paysage bucolique. Fausta était songeuse, traversée d'émotions puissantes. Nico l'avait laissée entrer dans sa vie, lui avait permis de voir sous la surface ; il ne saurait jamais ce que cela signifiait pour elle.

La grande propriété semblait bien entretenue. Nico partit à la recherche d'Angelo, le fermier. Lorsque Fausta le vit revenir avec un vieil homme moustachu et souriant, elle s'avança vers eux.

— Fausta, je te présente Angelo Barsotti, l'homme qui a transformé ma vie après m'avoir fait sortir de l'orphelinat. Je leur dois tout, à sa femme et à lui. Aujourd'hui, elle rend visite à leur fille qui vient d'avoir un bébé, tu ne pourras donc pas la rencontrer.

— Nico a chanté vos louanges, *signor* Barsotti. Je suis très heureuse de vous rencontrer.

— Nico était un bon garçon et un travailleur acharné.

— C'est un excellent médecin maintenant, mais il est évident que c'est en partie grâce à ces années passées avec vous.

Nico, qui semblait gêné que l'on parle ainsi de lui, demanda à Angelo s'ils pouvaient voir les porcelets qu'une de ses truies venait d'avoir. Le fermier les mena jusqu'à une stalle dans laquelle la maman était couchée dans la paille. Sept adorables bébés tachetés s'ébattaient autour d'elle. Fausta était enchantée.

— Oh ! Regarde, Nico ! Ne sont-ils pas adorables ? Puis-je en tenir un dans mes bras, *signor* Barsotti ?

— Bien sûr !

Fausta se pencha par-dessus la clôture et attrapa un porcelet.

— Oh ! Tu es tellement doux ! s'extasia-t-elle.

Elle commença à faire des petits grognements, et toute la portée l'imita. Elle éclata de rire, bientôt suivie par Nico et Angelo. Son regard rencontra celui de Nico. C'était un moment de pure joie qu'elle n'oublierait jamais.

Au bout d'une minute, elle reposa le petit animal près de sa mère.

— Si je pouvais, je les emmènerais tous chez moi ! s'exclama-t-elle.

Ils se dirigèrent vers le bâtiment principal. Fausta gagna les toilettes pour se rafraîchir, puis sortit afin de laisser les deux hommes en tête à tête. Elle prit un soda dans la voiture et le but en observant Angelo et Nico discuter et rire derrière les vitres. Elle était bouleversée d'avoir rencontré l'homme qui avait donné à Nico un vrai foyer et une famille jusqu'à ses dix-huit ans. Sa femme et lui étaient des gens remarquables.

— Tu as marqué des points, avec Angelo, dit Nico, le regard rivé sur la route.

— Il est si gentil ! Je comprends pourquoi tu aimes lui rendre visite. Dis-moi, comment se fait-il que tu portes son nom de famille, mais ne le présentes jamais comme ton père adoptif ? Tu n'es pas obligé de répondre si ma question est trop indiscrète ! ajouta-t-elle précipitamment.

— Ils avaient déjà quatre enfants, mais voulaient m'adopter malgré tout. Je leur ai dit que je préférais n'appartenir à personne parce que je voulais retrouver mes parents biologiques. Au fond de moi, je ne me sentais pas digne d'être aimé alors que mes propres parents n'avaient pas voulu de moi. De toute façon, tout le monde pensait qu'Angelo et sa femme m'avaient adopté et le nom m'est resté. Je ne te blâmerai pas si tu penses que c'est étrange et ingrat de ma part, mais je leur ai assuré que je travaillerais trois fois plus dur à la ferme jusqu'à ce que je puisse partir, à dix-huit ans. Je leur envoie de l'argent depuis que je suis devenu médecin.

Fausta était abasourdie par les paroles de Nico. Quelle force de caractère ! Peu d'enfants auraient refusé l'opportunité d'être adoptés puis auraient soutenu financièrement leur famille d'accueil.

— Je ne trouve pas cela étrange. C'est juste incroyable de constater que très jeune, tu étais déjà farouchement indépendant.

Elle avait encore des dizaines de questions à lui poser, mais ce n'était pas le moment.

— Nous allons rendre visite à Enzo et Pippa. Je les ai prévenus, ils nous attendent. Enzo a été mon sauveur et mon mentor.

— Sauveur ?

— C'est le propriétaire de la ferme et des terres qu'exploite Angelo. Celui-ci est venu à l'orphelinat pour trouver un garçon qu'il pourrait former et qui aiderait à la ferme. Il m'a choisi et a reçu une permission spéciale pour me laisser vivre avec sa famille à la ferme et aller à l'école avec ses enfants. Mais cela n'aurait pas été possible sans l'accord d'Enzo. Lui et moi avons noué au fil des ans une véritable amitié. J'ai appris plus tard qu'un de ses petits-fils était décédé à douze ans, l'âge que j'avais en arrivant à la ferme.

— C'est très touchant.

— Il m'emmenait parfois chez lui pour goûter ou dîner. Sa femme et lui ont remarqué que j'étais bon à l'école. À ma majorité, ils ont payé pour que j'aille à l'université et à l'école de médecine de Turin. Ils ont un médecin de famille, mais je lui ai fait la promesse que je serais leur médecin personnel pour la vie.

Fausta commençait à y voir clair dans le parcours de Nico. Elle ne l'en admirait que plus. Et elle aimait sa loyauté, une qualité qui se faisait trop rare, songea-t-elle tandis que la voiture, après avoir traversé Biella, empruntait une route sinueuse au flanc de contreforts luxuriants. Lorsqu'un imposant *castello* apparut à travers les arbres, Fausta ne put retenir une exclamation admirative.

— Mais... je suis déjà venue ici !

Nico s'arrêta dans la cour et coupa le moteur. Il se tourna vers elle, sourcils froncés.

— Tu m'as dit que tu avais visité Biella...

— Nous sommes venues ici ! Je me souviens de ce château. J'avais environ dix ans. Donetta était ravie parce que le propriétaire avait de beaux chevaux et nous a laissées monter. Ma sœur est une championne d'équitation. Elle a une chambre pleine de trophées.

— C'est vrai qu'Enzo est un grand amateur de chevaux, déclara Nico. Allons le voir.

À peine Nico lui avait-il ouvert la portière qu'un homme aux cheveux blancs sortit pour les accueillir.

— Nicolo ! lança-t-il, avant de l'étreindre avec tendresse.

L'affection entre les deux hommes était visible. Quand Enzo se tourna vers elle, l'étonnement marqua ses traits.

— Quand tu m'as dit que tu amenais quelqu'un avec toi, je ne savais pas que tu parlais de la princesse Fausta Rossiano !

Le vieil homme lui souriait, à présent.

— La dernière fois que je vous ai vues, vous et vos sœurs, vous étiez des gamines. Cela devait être il y a quinze ans. Votre sœur chevauchait d'une façon inoubliable !

— Je viens de dire à Nico que je me souvenais être venue ici. Vous êtes le duc Enzo Frascatti. Vous êtes un bon ami du prince Lorenzo, le cousin de mon père !

Nico la fixa, les yeux écarquillés de surprise.

— En effet. Lorenzo et moi sommes d'excellents amis. C'est lui qui m'a conseillé d'acheter un étalon sanfratellano des écuries du roi de Vallefiore. Dire que ta sœur est désormais la femme du nouveau roi ! Le monde est petit, ma chère.

— Je suis ravie de vous revoir, affirma Fausta.

— Pas tant que moi ! C'est un jour à marquer d'une pierre blanche. Allons, entrez ! Un bon déjeuner nous attend. Pippa, ma femme, est en fauteuil roulant et ne va pas très bien, mais elle attend toujours avec impatience les visites de notre Nicolo.

Nico prit sa sacoche de médecin puis ils suivirent Enzo à l'intérieur jusqu'à la salle à manger principale du somptueux *castello*. La duchesse était assise à table, dans son fauteuil roulant.

— Bonjour, Pippa ! Vous vous souvenez de la princesse Fausta ? C'est la personne que j'ai amenée avec moi aujourd'hui.

La vieille femme aux cheveux blancs étudia Fausta de son regard terni par l'âge.

— Vous étiez une petite fille délicate qui aimait les animaux. Vous êtes devenue une très belle femme.

Fausta rougit.

— Merci, madame la duchesse. C'est si gentil à vous de nous recevoir pour le déjeuner.

— Ne dites pas de bêtises, mon petit ! Nico est comme un fils pour nous. Pourquoi ne pas vous asseoir, que nous puissions parler ?

Tous prirent place autour de la table magnifiquement dressée. Le personnel commença le service. Le duc leva son verre de vin.

— C'est un jour très heureux. Je voudrais porter un toast à notre Nicolo et à Fausta. À votre santé !

Ils trinquèrent et burent une gorgée.

— Quand notre petit-fils est mort, Nico est entré dans nos vies et ne nous a apporté que du bonheur, expliqua la duchesse. Vous a-t-il dit que nous voulions l'adopter ? Tout le monde l'aimait. Mais il était si têtu ! Il ne voulait pas en entendre parler.

Fausta connaissait la vraie raison : Nico se sentait indigne d'être aimé. Or s'il y avait bien sur terre un homme qui méritait l'amour, c'était lui...

4

Cette rencontre ne se déroulait pas comme Nico l'avait prévu. Fausta s'entendait parfaitement avec Enzo et Pippa : ils étaient du même monde. Né de parents inconnus, Nico était redevable aux religieuses de l'orphelinat, à Angelo et à Enzo de lui avoir permis de s'épanouir. Il était devenu médecin et gagnait confortablement sa vie, mais cela ne suffirait pas pour le père de Fausta, qui la destinait à un prince.

Le déjeuner fut gai, cependant. Après le café, il fit un rapide bilan de santé à Enzo et Pippa, puis Fausta et lui reprirent la route de Domodossola, toujours suivis par la voiture de son garde du corps.

— Qu'est-ce qui est arrivé à Pippa ? demanda Fausta.

— L'année dernière, elle est tombée dans la douche et s'est cassé la hanche. La chute l'a blessée aux deux genoux et elle souffre beaucoup.

— Heureusement que tu es là pour eux ! Ils t'aiment beaucoup.

— C'est réciproque. Leurs enfants sont mariés et vivent à proximité. Ils les emmènent à Turin pour qu'ils puissent voir un spécialiste quand c'est nécessaire.

— Ce sont des gens charmants.

— Je sais qu'ils ont apprécié ta compagnie. Tu as remarqué la façon dont Enzo rayonnait quand il t'a aperçue ?

— Angelo est si gentil, lui aussi ! Ils t'ont fait une place dans leur cœur, c'est merveilleux ce qu'ils ont fait pour toi. Leur générosité donne confiance en l'espèce humaine.

— La tête qu'il avait quand il a vu une princesse prendre un de ses porcelets dans ses bras comme si c'était un bébé !

Ils éclatèrent tous les deux de rire à ce souvenir.

L'extraordinaire femme assise à côté de lui s'adaptait à toutes les situations, où qu'il l'emmène, qu'importe qui il lui présentait. Cette journée avait été magique, hors du temps. Il aimait partager de longs moments avec elle et souhaitait que cela dure pour toujours. Il ne pouvait plus se voiler la face : il n'avait jamais été amoureux, mais, maintenant qu'il avait rencontré Fausta, il savait qu'il était tombé amoureux d'elle.

Cela s'était passé si vite qu'il n'arrivait pas à y croire.

Pourtant, se l'avouer ne faisait que mettre encore plus la lumière sur ce qui les séparait. Fausta Rossiano était de sang royal, et cela les empêcherait d'avancer ensemble.

Avant qu'elle ne descende de la voiture, il devait lui dire ce qu'il avait en tête. Elle devait comprendre que la visite chez Pippa et Enzo avait mis en évidence un problème qu'il ne pouvait plus ignorer. Il s'arrêta sur le côté du palais et coupa le moteur. Fausta posa sur lui un regard inquiet.

— Tu es resté silencieux durant toute la fin du trajet. Je sens que quelque chose te chiffonne. Je t'inviterais volontiers à entrer pour en parler, mais comme je sais que tu refuseras encore, je ne le ferai pas.

— Fausta, je...

— J'ai vu l'expression de ton visage quand tu as compris que le cousin de mon père avait un lien avec Enzo, l'interrompit-elle. Je sais ce que tu vas dire. Bientôt, mon père apprendra que toi et moi avons passé une journée entière ensemble et avons rendu visite à Enzo.

Nico secoua la tête, frustré, empêtré dans des émotions contradictoires.

— Tu peux me dire ce que tu voudras, je ne serai jamais sur la liste que dresse un roi des prétendants possibles pour sa fille.

— Non, en effet. Mais cela n'a pas de sens pour moi. Je t'ai dit que j'aspirais à une vie normale.

— Malgré tout, tu comprends pourquoi je suis réticent à

l'idée de passer plus de temps avec toi alors que nous savons tous les deux que tes parents verraient cela d'un mauvais œil.

Elle baissa la tête.

— Je comprends plus que tu ne le penses. Merci pour cette belle journée, dont je me souviendrai toute ma vie. Quand nous nous verrons à l'hôpital, nous nous saluerons de loin.

Avec une rapidité qui prit Nico au dépourvu, elle sortit de sa voiture en lançant par-dessus son épaule, dans un souffle :

— *Addio*, Nico.

— Fausta, attends !

Elle avait presque atteint la porte du palais quand Nico la rattrapa. Elle pivota vers lui, les traits tendus.

— Pourquoi prolonges-tu ce moment alors que tu as peur d'être avec moi ?

— Peur ? répéta-t-il, le souffle coupé.

— Je me trompe ?

Il laissa échapper un soupir exaspéré.

— Ce n'est pas de la peur ! *Per l'amore di Dio*, reviens dans la voiture et laisse-moi t'expliquer.

Le silence qui s'étira fit monter son angoisse. Allait-elle le planter là, désespéré, suppliant ? Elle expira longuement et l'expression de son visage se radoucit.

— Juste quelques minutes, alors.

— *Grazie*, murmura-t-il.

Après avoir ouvert la portière à Fausta, Nico s'installa de nouveau derrière le volant.

— Alors, qu'as-tu à me dire que je ne sais déjà ? demanda-t-elle d'un ton froid.

— Un jour, Angelo est venu me retrouver dans l'enclos où je nourrissais les cochons. Il m'a dit que le propriétaire voulait rencontrer ceux qui travaillaient sur sa terre et qu'il ne connaissait pas. J'ignorais alors qu'Angelo n'était qu'un exploitant. Il m'a expliqué que le duc Enzo Frascatti était un grand homme, dont la famille descendait d'un ancien roi d'Italie. Il avait engagé Angelo pour gérer son élevage de porcs. C'était un honneur pour lui, donc je devais traiter le duc comme le saint qu'il était à ses yeux.

— Cela t'a-t-il effrayé ?

— Non, mais ça m'a rendu nerveux. Je ne voulais rien dire de mal, de peur...

— ... De commettre un péché ? compléta-t-elle en souriant. J'ai vu la croix sur le mur dans le bureau d'Angelo, et j'imagine que les religieuses t'ont un peu... influencé.

Nico hocha la tête. Fausta comprenait beaucoup de choses.

— Quand Enzo a commencé à me parler, il s'est mis à pleurer. Je pensais avoir fait quelque chose de mal, jusqu'à ce qu'il me dise que je ressemblais à son petit-fils qui s'était noyé. Il m'a ensuite demandé s'il pouvait continuer à venir me voir. Personne ne s'était jamais intéressé à moi de cette façon. Avec Angelo, c'était différent parce que je travaillais pour lui dans le cadre d'un arrangement de type commercial. Il ne cherchait pas un autre fils.

— Mais il voulait t'adopter.

— Je sais, et je n'oublierai jamais. Angelo est vraiment comme un père pour moi. Quant à Enzo, c'est lui qui a parlé à mes professeurs, à l'école du village, et s'est intéressé à tout ce que je faisais. Un jour, j'ai été invité au *castello*. Je sais aujourd'hui qu'Angelo n'a pas aimé, mais il n'a pas eu d'autre choix que d'accepter.

— Je parie qu'il t'a donné quelques conseils, supposa Fausta.

— Oui. Il m'a dit que c'était un grand privilège ; que je ne devais m'attendre à rien, seulement montrer de la gratitude.

— C'est alors que tu as compris qu'il existe une frontière entre les roturiers et les aristocrates, frontière que tu ne pouvais pas espérer franchir.

— Exactement. Tu peux imaginer ce qu'Angelo a dû ressentir aujourd'hui lorsqu'il s'est retrouvé face à la princesse Rossiano !

— Il a très bien géré son choc. Tout comme toi quand tu as découvert que j'étais déjà allée dans le château d'Enzo.

— Quand j'ai vu le *castello* pour la première fois, jeune

adolescent, j'ai été estomaqué. J'y ai été invité à plusieurs reprises, par la suite. Puis, un jour, Enzo m'a dit que mes notes étaient si bonnes qu'il m'envoyait à l'université de Turin. J'avais hâte d'y aller. J'ai été bouleversé par sa générosité.

— Angelo a dû être abasourdi, murmura Fausta.

— Il n'était pas content. J'avoue que j'ai été surpris qu'il ne veuille pas que je profite de la bourse. Il a dit que j'étais trop orgueilleux, que jamais je n'appartiendrais au monde du duc. Il a été un peu blessé quand il a su qu'Enzo avait parlé de moi au prince Lorenzo, et que ce dernier s'était arrangé pour me trouver un poste à l'hôpital de Domodossola.

— Ah ! Voilà comment tu es arrivé dans mon pays !

— Je suis tellement redevable à Enzo ! Mais je sais que cette frontière invisible dont m'avait parlé Angelo existe bel et bien...

Fausta poussa un profond soupir.

— C'est vrai. Je l'ai découvert à mes dépens il y a quatre ans.

— Que veux-tu dire ?

— Pardonne-moi si je t'ai accusé d'avoir peur. C'est à cause d'une expérience qui a changé ma façon de voir le monde.

— Raconte-moi, dit Nico. Je veux tout savoir.

— Dego était mon ami d'enfance, le fils de Tano, le chauffeur de mon père. Toute la famille vit sur le domaine royal. En grandissant, mon amitié avec Dego s'est transformée en amour. Nous étions enthousiastes à la perspective d'aller ensemble à l'université de Domodossola et de nous marier un jour. Or mon père a offert de payer les frais de scolarité et d'hébergement de Dego à Rome, en remerciement des services rendus par sa famille à la nôtre.

Un gémissement échappa à Nico : il devinait la suite de l'histoire.

— Tano et Dego ont chanté les louanges de mon père pour ce qu'il avait fait. Personne n'a compris qu'il aurait aussi bien pu m'arracher le cœur. Mes sœurs m'avaient prévenue que papa trouverait un moyen de nous séparer, Dego et moi, mais je n'ai jamais voulu croire qu'il ferait une chose aussi terrible. Dego a rencontré une Italienne à Rome et l'a épousée.

Nico avait été aveugle de penser que Fausta menait une vie parfaite : elle avait aimé, avait été trahie, avait souffert. Ce qui lui importait le plus, au-delà du chagrin qu'il ressentait pour elle, c'était qu'elle avait été amoureuse *d'un roturier*.

— Je suis vraiment désolé.

Elle leva les yeux vers lui.

— C'est du passé. Quand j'ai surmonté la première vague de douleur, j'étais furieuse contre Dego parce qu'il ne s'était pas battu pour moi. Dans ma naïveté, je pensais qu'il m'aimait tellement qu'il trouverait un moyen pour que nous restions ensemble. Je l'ai détesté d'avoir eu peur. Avec le temps, j'ai compris que s'il m'avait vraiment aimée, il serait resté à Domodossola et m'aurait épousée. Mon père ne se serait pas opposé à notre mariage si Dego avait insisté. À ce moment-là, j'ai cessé de vivre dans un monde imaginaire.

Nico se frotta la joue, pensif.

— J'entends tout ce que tu dis, commença-t-il. Et surtout que ton père n'a pas cessé de faire pression pour que tu épouses quelqu'un qu'il a choisi pour toi.

Elle leva le menton, fière, provocante, le regard flamboyant.

— Il peut faire pression jusqu'au Jugement dernier, je ferai ce que je veux.

— Je n'en doute pas. Mais si tu le défies, il pourrait te couper les vivres, et je ne suis pas sûr qu'une princesse y soit préparée.

— Quand ce jour viendra, j'aviserai. Et comme je comprends désormais mieux ce que tu ressens, je ne te mettrai pas dans une position délicate. Je ne veux pas que tu éprouves plus de culpabilité que tu en éprouves déjà.

Nico lui prit la main.

— Non, tu ne comprends pas ce que je ressens, répliqua-t-il d'une voix rauque. La culpabilité n'a rien à voir avec ça. La réalité est que c'est *moi* qui ne veux pas te mettre dans une position délicate.

Elle le fixa dans les yeux.

— Veux-tu être avec moi, Nico ?

— Tu sais que oui.

— Moi aussi. Tu le ressens, n'est-ce pas ? murmura-t-elle d'une voix haletante.

— Oui.

Il lui caressa la joue.

— Si tu n'as rien de prévu lundi soir, j'aimerais t'inviter à dîner. Où tu veux. J'aimerais voir comment la princesse Fausta se mêle aux roturiers.

Ses yeux d'un bleu électrique s'illuminèrent.

— Tope là !

Ils se tapèrent dans la main. Nico garda celle de la princesse de son cœur quelques secondes dans la sienne, puis elle la retira et sortit de la voiture.

Le cœur de Nico battait la chamade.

De retour dans son appartement, Nico prit une douche. Ensuite, il s'installa devant son ordinateur et lut ses messages professionnels. Il répondit aux plus urgents, qui concernaient certains de ses patients. Puis il se replongea dans le dossier de ses parents. Il payait des enquêteurs pour découvrir comment et pourquoi il s'était retrouvé dans un orphelinat à l'âge de deux ans. Ils avaient trouvé des indices, des pistes, et l'année précédente, Enzo et lui avaient parcouru le nord-ouest de l'Italie, certaines régions de France, de Suisse et Domodossola. Leur périple n'avait rien donné.

Frustré, Nico avait engagé d'autres enquêteurs pour couvrir le nord-est de l'Italie, certaines parties de l'Autriche, de Slovénie et du petit pays voisin de La Valazzura. Si ces recherches n'aboutissaient pas à quelque chose de concret, il serait obligé de chercher plus au sud de l'Italie.

Il alla ensuite se préparer un en-cas dans la cuisine, puis gagna le salon pour regarder la rediffusion d'un match de football entre son équipe favorite, le Torino, et la Fiorentina. Pourtant, il ne parvint pas à s'intéresser vraiment à la partie. Sa conversation avec Fausta lui remplissait l'esprit.

Juste avant la fin du match, son téléphone sonna. Il saisit l'appareil et décrocha machinalement.

— Nico ?

Cette voix ne pouvait appartenir qu'à une seule personne... Le pouls de Nico accéléra.

— Fausta ! Tout va bien ?

— Maintenant, oui.

— Ne me mens pas : y a-t-il un souci ?

Nico se doutait que la nouvelle de leur escapade en Italie était parvenue aux oreilles du roi. Avait-il fait la morale à sa fille ?

— En fait, j'ai passé une journée tellement merveilleuse que je n'arrive pas à me calmer. Alors j'ai pensé que je pourrais te déranger. Qu'est-ce que tu fais ?

— Je viens de regarder un match de foot assez ennuyeux, et pour ne rien arranger mon équipe préférée a perdu. Ton appel me sauve d'une grave dépression, plaisanta-t-il. Après notre conversation dans la voiture, si tu m'avais invité dans ton appartement ce soir, je n'aurais pas refusé.

— Et tu me dis ça maintenant ! s'exclama-t-elle avec un petit rire enchanteur.

Sa réponse totalement inattendue emplit Nico d'une félicité comme jamais il n'en avait ressenti. Fausta le surprenait sans cesse.

— Ça te dérange si je te prends la tête une minute ?

— Je t'écoute.

— Je n'ai pas réussi à me faire une idée pendant la visite de l'orphelinat. Combien d'enfants accueille-t-il ?

Il ne s'attendait pas à cette question.

— Entre trente et trente-cinq.

— Je veux faire un don significatif. Je me rends compte que l'endroit a besoin de toutes sortes de fournitures, mais je pense aussi à des cadeaux pour chaque enfant.

Touché au-delà des mots par la nature généreuse de Fausta, Nico s'allongea sur le canapé. La visite de Sainte-Agathe lui avait soufflé l'idée d'y donner un coup de main chaque fois qu'il viendrait s'occuper d'Enzo et de Pippa. Mais la possibilité que les enquêteurs trouvent sa mère ou son père l'avait empêché de prendre un engagement qu'il ne pourrait peut-être pas tenir.

— D'après toi, reprit-elle, qu'est-ce qui pourrait faire plaisir aux enfants ?

Nico prit une grande respiration.

— Je vais y réfléchir et je te le dirai lundi soir. As-tu décidé où tu voulais dîner ?

— Oui. Un restaurant dans le quartier de l'université. Je suis sûre que tu aimeras. Bon, je vais raccrocher et te laisser respirer. À lundi.

Sa main se crispa sur le téléphone. Il n'était pas certain d'avoir envie de raccrocher...

— Fausta ?

— *Sì* ?

— Merci pour l'appel.

— Tu es un médecin très occupé. Je te promets de ne pas prendre l'habitude de te déranger. *Buona notte.*

5

Le Domo Grill était toujours bondé. Comme tous les soirs, un groupe jouait sur la petite estrade et faisait danser les clients. Fausta y avait passé de nombreuses soirées avec ses amis. Elle connaissait le propriétaire et la plupart des membres du personnel. Depuis le premier soir, ils la traitaient comme une jeune femme lambda et avaient su la mettre à l'aise.

— Si ce n'est pas la *deliziosa* Fausta ! s'exclama le serveur venu prendre leur commande. Je vois que vous avez amené un nouvel admirateur chanceux. Quand est-ce que ce sera mon tour ?

— *Buonasera*, Fabbio. Nous prendrons deux club- sandwichs au poulet et au parmesan avec du provolone fondu. Et deux bières, répondit-elle en souriant au malicieux serveur.

Lorsque Fabbio se fut éloigné, Nico se tourna vers elle.

— Je crois qu'il était sérieux !

— Peut-être, répondit-elle en riant, mais je sais qu'il a une femme et un bébé à la maison. Fabbio paye ses études en exerçant deux métiers. Je lui laisserai un gros pourboire.

Nico la dévisageait avec un petit sourire, le regard espiègle.

— Tu veux danser ? demanda-t-il.

Fausta avait délibérément choisi cet endroit pour que Nico et elle puissent se rapprocher. Elle avait hâte d'être dans ses bras.

— Je pensais que tu ne le proposerais jamais ! le taquina-t-elle.

Ils se levèrent et se dirigèrent vers la piste de danse bondée. Fausta nota que les femmes ne pouvaient pas s'empêcher de regarder Nico, magnifique dans sa chemise en soie et son pantalon parfaitement coupé. Aucun des hommes présents ne pouvait rivaliser avec lui. Il passa les bras autour de sa taille et la rapprocha de lui. Seigneur… Elle attendait ce moment depuis si longtemps ! Après le départ de Dego, quatre ans auparavant, elle pensait qu'elle n'aurait jamais de désir pour un homme.

Fausta ferma les yeux et se gorgea du délicieux parfum boisé. Ils se déplaçaient en rythme au milieu des autres danseurs. Elle avait posé la tête contre son cou, sentait sa paume qui pressait avec délicatesse le bas de son dos comme si elle lui était précieuse : c'était le paradis.

Elle savait qu'elle était tombée profondément amoureuse de Nico. À ses yeux, il représentait l'homme parfait et sa flamme grandissait chaque seconde un peu plus.

Nico finit par les faire danser jusqu'à leur table. Ils s'assirent et commencèrent à manger.

— C'est délicieux, déclara Nico. Je n'arrive pas à croire que je n'ai pas mis les pieds ici avant ce soir.

— Si tu avais fréquenté l'université de Domodossola, tu connaîtrais cet endroit.

Fausta était comblée de constater que Nico appréciait l'ambiance et la nourriture du Domo Grill.

— As-tu réfléchi à la manière dont je pourrais aider l'orphelinat ?

— Après t'avoir tenue dans mes bras, j'avoue que c'est la dernière de mes préoccupations…

Fausta sentit ses joues s'enflammer sous le compliment.

— Je pense qu'équiper l'orphelinat avec quelques ordinateurs ne serait pas du luxe, reprit Nico. Et ce serait vraiment utile pour les gamins. Ils pourraient travailler, mais aussi jouer.

— Si j'en achète dix, cela ferait environ un ordinateur pour trois pensionnaires. Qu'en penses-tu ?

— J'aurais tout donné pour en avoir un quand je vivais là-bas.

— Bien. Alors, c'est décidé. Je vais aussi acheter dix bureaux spéciaux et dix imprimantes. Je vais faire en sorte que des informaticiens installent tous les logiciels nécessaires et dispensent une formation aux enfants.

Le regard pénétrant de Nico se vrilla au sien.

— Tu vas révolutionner la vie de l'orphelinat !

— En plus de s'amuser, ils auront accès à la technologie. Cela les aidera dans la vie.

— Tu es une femme extraordinaire, Fausta.

— Pourquoi dis-tu cela ?

— Il est évident que tu aimes les enfants, mais c'est vraiment généreux de faire quelque chose pour améliorer leur quotidien.

— Je ne tiens pas la comparaison avec toi et ta gentillesse.

Il secoua la tête.

— On ne parle pas de moi, là.

— Moi, si. Qui que soient tes parents, ils ont engendré un enfant très spécial. Angelo et Enzo l'ont deviné, et ils avaient raison.

Nico ricana, moqueur.

— C'est vrai ! s'écria Fausta. Angelo t'a choisi parmi tous les enfants de l'orphelinat pour travailler avec lui. Enzo s'est lié d'amitié avec toi, tous les deux ont voulu t'adopter. Tu as une aura qui te distingue des autres.

Nico resta silencieux un long moment, l'air grave.

— Je ne sais pas quoi répondre à cela, dit-il enfin, sinon que je te proposerais bien d'aller faire un tour en voiture et profiter de cette belle soirée ensemble.

Fausta sourit, le cœur en fête. Elle avait hâte d'être seule avec Nico. Danser dans ses bras n'avait fait qu'augmenter son désir de se rapprocher de lui.

— Je suis prête.

Nico se gara au bout du belvédère. Le point de vue sur la ville illuminée étalée en dessous était superbe. Il éteignit le moteur et se tourna vers Fausta.

— Si je fais ce que j'ai envie de faire, j'ai peur de ne pas pouvoir m'arrêter, dit-il.

— Si tu ne fais pas ce que je meurs d'envie que tu fasses, je ne pourrai pas le supporter.

Alors, Nico se pencha vers elle dans le même temps qu'elle approchait son visage du sien, puis posa les lèvres sur les siennes. Fausta crut qu'elle allait défaillir : c'était si exquis, si doux, si intense ! Elle gémit de désir contre sa bouche. Elle avait besoin de lui comme elle avait besoin d'oxygène. Elle enroula les bras autour de son cou et elle s'accrocha à lui tandis que leur baiser s'approfondissait.

Lorsque leurs lèvres se descellèrent, Nico déposa de délicieux baisers sur son visage. C'était mieux que tout ce qu'elle avait imaginé.

— J'en ai envie depuis notre première rencontre, avoua-t-il.

— Et moi avant même que nous nous rencontrions...

— C'est très poétique.

Elle éclata de rire.

— Oh non, c'est très réaliste, au contraire ! Après avoir été engagée comme bénévole, je t'ai vu plusieurs fois à la cafétéria avant même que tu ne saches que j'existais. Mia m'a dit qui tu étais. À partir de là, j'ai espéré que nous nous rencontrerions.

— Moi aussi je t'avais vue et je n'ai jamais pu te chasser de mon esprit.

— Quand tu es entré dans la chambre de Tommaso, j'ai failli avoir une crise cardiaque tellement j'étais exaltée !

— Tu n'étais pas la seule, susurra-t-il, avant de l'embrasser avec passion. Tu es la plus belle chose qui soit entrée dans ma vie, Fausta. J'ai peur que tu ne commences à y prendre une place beaucoup trop importante.

— Nico, ne vois-tu pas que c'est aussi ce que je ressens ?

Une fois de plus, il l'embrassa, lui faisant tourner la tête. Soudain, il s'écarta d'elle et regarda vers la lunette arrière de la voiture, sourcils froncés.

— Quelqu'un s'est arrêté derrière nous. Je pense que c'est un de tes gardes du corps, mais j'ai l'impression qu'il prend des photos.

Fausta se figea, paniquée. Ne pouvaient-ils pas la laisser tranquille ? Elle les maudit intérieurement, furieuse. Nico avait déjà réagi en remettant le contact. Il démarra dans un grand crissement de pneus.

Elle comprit très vite qu'il se dirigeait vers le palais, mais n'essaya pas de l'arrêter. Il n'avait pas l'habitude d'être surveillé, elle ne pouvait pas lui reprocher sa frustration.

— Tu es libre vendredi soir ? demanda-t-il.

Le cœur de Fausta battait avec force.

— Je vais faire en sorte de l'être.

— Alors je passerai te prendre à 6 heures et je t'emmènerai chez moi. Je cuisinerai pour nous deux.

Cette proposition enchantait Fausta. L'appartement de Nico était le seul endroit où elle pourrait être vraiment seule avec lui. Lorsqu'il s'arrêta devant l'entrée latérale du palais, il ne coupa pas le contact.

— Tu devrais filer. Inutile de nous donner encore en spectacle.

Elle regarda par-dessus son épaule et vit des phares qui approchaient.

— Tu as raison.

Nico se pencha pour lui donner un baiser affamé, puis elle se glissa hors de la voiture. En regagnant ses appartements, elle se réjouit que Nico ait pris la décision de se battre pour elle. Elle savait qu'il était exceptionnel, et il le prouvait !

Le lendemain, Nico eut une journée exténuante et pas une minute à lui. À tel point qu'il ne put voir Fausta avant qu'elle ne quitte son service. De retour chez lui, il lui téléphona, mais elle ne répondit pas. Il laissa un message sur sa boîte vocale en lui expliquant qu'il était désolé de l'avoir manquée à cause de complications dans son emploi du temps. Elle le rappela plus tard, s'excusant de ne pas avoir pu le faire avant. Ils bavardèrent un moment. Ils parlèrent de Mia et Felipe, qui prévoyaient de se marier. Quelle chance pour Felipe de pouvoir épouser la femme de ses rêves sans aucune complication, songea Nico.

Malheureusement, une relation durable avec Fausta n'était pas réaliste. Il le savait au fond de son âme et ne pouvait pas continuer à faire semblant de croire que quelque chose pourrait arriver entre eux. Dès le lendemain soir, il devrait se résoudre à conclure cette histoire sans avenir.

Il se coucha d'humeur morose. Au milieu de la nuit, il se réveilla en sueur. Il avait conscience qu'il mettait Fausta en porte-à-faux avec sa famille chaque fois qu'ils étaient ensemble. Elle voulait un homme qui se battrait pour elle, mais quel prix était-elle prête à payer ? S'il lui demandait de l'épouser, serait-elle capable le cas échéant de faire le sacrifice ultime de se couper de sa famille ? Elle affirmait que son père était un homme raisonnable, capable de la comprendre et de la soutenir dans ses choix, mais jusqu'à présent, elle ne l'avait pas encore vraiment testé.

La famille était sacro-sainte pour Nico et semblait l'être pour Fausta et les siens. Nico ne voulait pas qu'elle soit contrainte de tout abandonner, y compris ses prérogatives de fille du roi, pour être avec un homme que ses parents n'approuveraient jamais. Il était torturé à l'idée de ne plus voir Fausta à l'avenir, mais il ne voyait pas comment ils pourraient être ensemble.

Une autre préoccupation plus immédiate était à l'origine de ses tourments : il ne cesserait jamais d'essayer de retrouver ses parents. Nico venait de quelque part, comme tout le monde, et sentait dans ses tripes qu'il se rapprochait de la découverte de ses origines.

Incapable de retrouver le sommeil, il se leva et se prépara un grand pot de café. Devant son ordinateur, il planifia ses prochaines recherches par zones géographiques jusqu'à ce qu'il soit temps de se préparer à partir travailler.

Il quitterait le bureau assez tôt pour se dépêcher de rentrer chez lui cuisiner le dîner.

— Mmm… Ça sent délicieusement bon ! s'exclama Fausta.

Nico venait de la faire entrer dans son appartement, dont il referma la porte.

— C'est ma propre version du gratin de *manicotti*, un des

rares plats que la femme d'Angelo m'a appris à faire pendant que je vivais avec eux. Mais la *panfocaccia* vient de la boulangerie du coin.

Elle rit.

— Je suis déçue : je pensais que tu avais passé toute la journée à cuisiner.

Maintenant qu'ils étaient seuls, Fausta attendait avec impatience et fébrilité que Nico la prenne dans ses bras. Elle n'avait que cela en tête. Tout son être le réclamait, et une douce chaleur irradiait déjà son ventre à cette perspective. Or Nico se contenta de lui faire visiter les lieux, qui se composaient d'une chambre à coucher spartiate, d'un petit salon et d'une cuisine équipée, avec une table carrée pour deux personnes. Il l'avait déjà dressée.

— Mon appartement est probablement plus petit que le vestiaire du service pédiatrie. J'espère que tu ne souffres pas de claustrophobie.

— Non, ne t'inquiète pas. Et tout est confortable et très bien agencé.

— C'est impersonnel, mais pour le moment je n'ai pas besoin de plus. Je passe le plus clair de mon temps à l'hôpital.

Après lui avoir tiré une chaise pour qu'elle s'asseye, Nico fit le service sur le plan de travail et apporta leurs assiettes à la table. Son comportement distant la laissait perplexe. Il n'avait même pas essayé de l'embrasser. Quelque chose devait le déranger. Peut-être qu'un emploi du temps surchargé n'était pas la vraie raison pour laquelle il n'était pas venu la voir jeudi à l'hôpital...

Elle commençait à se sentir anxieuse.

— Si j'en crois mes papilles, pas besoin d'une immense cuisine pour préparer un festin. Ce gratin est fabuleux !

— Merci.

Ils mangèrent en silence durant quelques minutes, puis Fausta n'y tint plus. Elle devait savoir.

— Je... je te trouve différent, aujourd'hui, commença-t-elle d'une voix hésitante. Qu'est-ce qui a changé depuis mercredi soir ? Je ne crois pas que cela ait un rapport avec le fait que je suis une princesse, ou que mon garde du corps nous ait suivis.

Nico prit une grande inspiration et changea de position sur sa chaise. Il la fixa droit dans les yeux.

— Tu as raison. La vérité, c'est que je n'ai pas été complètement honnête avec toi.

Son cœur manqua un battement, et l'angoisse forma une boule dans sa gorge.

— À quel sujet ?

— À propos de ma vie.

Fausta serra les mains sous la table, à s'en faire entrer les ongles dans les paumes.

— Je ne comprends pas…

— En fait, j'ai toujours considéré que mon séjour à Domodossola serait temporaire.

Elle fronça les sourcils.

— Pourquoi ? Tu es un médecin reconnu, ici.

— C'est peut-être vrai, mais depuis que j'ai gagné mon premier salaire, je cherche activement mes parents.

— Tu es sérieux ? demanda-t-elle en cillant, étonnée par cette révélation.

— Oui. Je prie pour avoir la chance de les retrouver et de faire partie de leur vie. Et si je n'en retrouve qu'un, je serai heureux aussi.

— Tu veux dire que pendant toutes ces années, tu n'as jamais cessé de vouloir les rencontrer ?

— Oui. Quand nous avons lié connaissance, tu m'as demandé quelle était ma nationalité. J'aurais alors dû te dire que j'avais l'intention de m'enraciner dans le pays où mes parents sont nés, où ma mère m'a donné naissance. C'est mon but dans la vie.

— Mon Dieu…, murmura Fausta, émue. Je comprends soudain que la vie a dû être très dure pour toi si tu ressens un tel vide sans eux.

Il approuva d'un signe de tête.

— Tu ne peux pas imaginer à quel point. Chaque matin, je me lève en espérant que ce sera le jour qui m'apportera des nouvelles de mes parents, que j'aurai les réponses que j'attends depuis des années. Tellement de questions sans réponse me trottent dans la tête ! Dans quel pays habitent-ils ? À la ville ou à la campagne ? Qui était mon père ? Comment mes parents se sont-ils rencontrés ? Étaient-ils de la même nationalité ? Sont-ils tous deux encore en vie ? Étaient-ils mariés ou ont-ils simplement couché ensemble ? Ma mère est-elle une mère célibataire qui a été abandonnée ?

— Oh ! Nico…, souffla Fausta, bouleversée à présent.

— J'en reviens sans cesse à l'hypothèse que ma mère a pu être une de ces adolescentes pauvres contraintes d'abandonner leur bébé lorsque le père les a délaissées. C'est le motif le plus plausible à mes yeux pour expliquer mon placement en orphelinat. Si j'ai raison, je veux la retrouver, l'aider, m'occuper d'elle.

Les yeux de Fausta s'embuèrent. Le récit de Nico était déchirant et prouvait quel homme sensible il était.

— Mon cœur saigne pour toi, Nico, avoua-t-elle. Comment as-tu su par où commencer ?

— J'avais deux indices. La mère supérieure m'a dit que quand je suis arrivé à Sainte-Agathe, à l'âge de deux ans, je comprenais quelques mots d'italien. Cela signifie qu'au moins un de mes parents parle cette langue.

— Et le deuxième ?

— Elle m'a donné la date exacte de mon arrivée, en même temps que cinq autres bambins. Pourquoi six bébés portant les mêmes vêtements passe-partout auraient-ils été abandonnés le même jour ?

— C'est tout ce que tu avais pour démarrer tes recherches ?

— Oui. Pire que de chercher une aiguille dans une botte de foin, n'est-ce pas ? Payer les enquêteurs me coûte très cher. C'est la raison pour laquelle je vis dans cet appartement modeste. Je consacre mon argent à ma quête, et j'en envoie aussi à Angelo.

— Où as-tu cherché jusqu'à présent ?

— Je suis venu à Domodossola parce que je pensais que c'était un bon endroit à partir duquel rayonner dans les régions italophones. Votre petit pays est frontalier de l'Italie et n'est qu'à deux heures de l'orphelinat. Mes parents auraient pu vivre ici, ou entre ici et Biella. Mais les recherches autour n'ont rien donné, ni autour de Turin. Alors nous explorons d'autres pistes, dans le nord-est de l'Italie, certaines régions d'Autriche, de Slovénie et à La Valazzura.

— Tu ne serais jamais venu à Domodossola si tu n'avais pas cherché tes parents...

— Non.

— Alors nous ne nous serions jamais rencontrés, soupira Fausta, que cette pensée attristait.

— Je ne peux pas l'imaginer, moi non plus, dit-il d'une voix douce en lui prenant la main.

Ce geste complice lui redonna espoir, mais Nico le doucha bien vite en se levant pour servir le café.

— Je refuse d'abandonner, reprit-il. Je veux épuiser toutes les possibilités.

— Tu es vraiment un homme étonnant.

— Parce que je veux savoir d'où je viens ?

— Non. Parce que tu ne laisses rien ni personne s'opposer à ta volonté.

Il porta à ses lèvres sa tasse de café. Fausta l'imita.

— Angelo pense que je suis fou de continuer à dépenser mon temps et mon argent à chercher mes parents. L'autre jour, il m'a dit que je ne parviendrais jamais à les retrouver, que je devais accepter ma situation.

— Parce qu'il ne connaît pas le fond de ton cœur.

— Tu as raison. Je n'abandonnerai jamais. Enzo continue à m'encourager et m'a soutenu financièrement. Si je devais découvrir que je suis né à Domodossola, qu'un de mes parents, ou les deux, vivait encore ici, j'y passerais le reste de mes jours. Or cela semble de moins en moins probable.

— Mais c'est encore possible ! s'écria Fausta.

— C'est vrai, concéda Nico. Ce que je veux que tu comprennes, c'est qu'une fois que j'aurai repris contact avec mon histoire et ma famille, peu importe quand, peu importe qui ils sont, peu importe où ils vivent, je quitterai Domodossola pour être auprès d'eux. Partant de là, ce n'est peut-être pas une bonne idée de continuer à nous voir.

Fausta retint un cri de douleur. Elle avait l'impression que Nico lui avait enfoncé un poignard dans le cœur. À la façon dont ses yeux bleu nuit la dévisageaient, elle savait qu'il pensait chaque mot qu'il venait de prononcer.

— Je… Pourquoi ? bredouilla-t-elle, perdue.

— S'il te plaît, ne me regarde pas comme ça, Fausta. J'ignore où je serai la semaine prochaine, dans un mois, dans un an, cinq ans, dix ans ! Mon argent sert à payer des enquêteurs. Je vis au jour le jour, suspendu aux pistes sur lesquelles ils me mettent, aux informations qu'ils collectent. Je ne peux demander à personne de partager cette vie avec moi.

Elle se pencha en avant.

— Pourquoi ne peux-tu pas continuer à vivre ici, afin que nous puissions être ensemble ? Pourquoi est-il impératif que tu te déracines à la seconde où tu apprendras quelque chose de tes origines ? Si tu retrouves la trace de tes parents, ne pourras-tu pas leur rendre visite, ou les aider à venir ici pour être près de toi ? Il est possible de trouver des solutions sans mettre ta vie sens dessus dessous. Ni la mienne…, ajouta-t-elle d'une voix plus basse, après une hésitation.

Nico ne répondit pas. Il soupira et se leva.

— Passons dans le salon, nous serons plus à l'aise. Je dois t'expliquer que je ne veux pas te forcer à vivre dans les limbes en attendant le jour.

Sonnée, Fausta quitta la cuisine et s'assit au bout du canapé. À son grand regret, il s'installa sur une chaise en face d'elle les mains serrées entre ses genoux. Elle avait l'impression de vivre un cauchemar.

— Qu'est-ce que tu ne me dis pas d'autre, Nico ? attaqua-t-elle.

— J'ai appris quelque chose sur moi-même quand j'ai fait mon internat. Une partie de l'année, j'ai été en psychiatrie. Je l'avais demandé, non seulement pour avoir à l'avenir une meilleure approche de mes patients, mais aussi pour trouver ce qui me faisait avancer.

— Je peux comprendre cela, murmura-t-elle.

— J'ai eu de longues discussions après les heures de travail avec le professeur Neri, le directeur du service psychiatrique. Il m'a appris que pour un enfant, le déracinement du cocon familial, la rupture du premier attachement émotionnel pouvait avoir des conséquences catastrophiques. Selon lui, un orphelinat, même si ceux qui le dirigent sont bien intentionnés, ne peut pas donner la même protection, le même sentiment de sécurité que la cellule familiale.

— Cela me semble évident, en effet, commenta Fausta, qui ressentait une puissante empathie avec Nico.

— Il est presque toujours impossible de maintenir une continuité affective en raison du nombre d'enfants, des changements de personnel, du fait que les orphelins n'ont pas toujours affaire aux mêmes encadrants. De plus, dans un orphelinat religieux, les règles sont souvent strictes, la socialisation est moins marquée, les émotions moins présentes. Un enfant comme moi avait des difficultés à établir des relations, même avec les autres enfants. Je voulais la sécurité dont j'avais été brutalement privé.

— Alors pourquoi as-tu refusé d'être adopté ? Cela t'aurait donné de la sécurité, non ?

— Le Dr Neri m'a dit que mon sentiment précoce d'abandon m'avait interdit de faire confiance à autrui. Il avait l'impression que j'avais été plus traumatisé que les autres orphelins. Je ne pouvais pas répondre normalement à une main qui se tendait. Tout ce que je voulais, c'était mes parents. Personne d'autre. J'ai grandi et j'ai peu à peu appris à m'occuper d'Angelo et d'Enzo, mais je n'ai jamais cessé d'avoir besoin de mes parents biologiques. Leur perte m'a rendu plus prudent, voire craintif vis-à-vis des étrangers, et m'a incité à éviter le contact ou les marques d'affection. Angelo et Enzo sont devenus des repères pour moi, mais j'avais déjà subi trop de dommages. Trouver mes parents et mes racines est donc devenu la principale force motrice de ma vie.

Fausta luttait contre les larmes qui lui piquaient les paupières.

— Et si tu ne les trouvais jamais ? Et si...

— ... S'ils étaient morts ? termina-t-il à sa place. Le Dr Neri m'a suggéré de me faire aider par un confrère pour accepter cette éventualité. Si je n'obtiens pas de réponses, je devrai malgré tout profiter de la vie.

Fausta était d'accord.

— Tu as suivi son conseil ?

— Non, je n'ai pas eu le temps. À peine diplômé, je suis venu à Domodossola pour passer un entretien d'embauche à l'hôpital. Depuis, je croule sous le travail.

Ses yeux se perdirent un instant dans le vague, puis se fixèrent sur elle.

— Ici, au lieu de rencontrer mes parents, j'ai fait la connaissance de la fille du roi et de la reine de Domodossola, rien de moins. Mais si je passe plus de temps avec toi, je compromets, je mets ton avenir en péril.

Elle releva fièrement le menton.

— Et si j'étais une femme du peuple ?

— Mais tu n'en es pas une, Fausta ! Je ne peux écrire cette histoire que seul. Je suis susceptible de quitter Domodossola à tout moment. Et en fonction des circonstances, il se peut que je ne revienne jamais. Toi, ta vie est ici. Tu es princesse du royaume de Domodossola.

— Si seulement tu savais comme je préférerais ne pas l'être !

— Fausta, te rencontrer a été la chose la plus merveilleuse de ma vie. Mais je me sens coupable de ne pas avoir été totalement honnête avec toi au sujet de mon avenir. Tu mérites tellement plus !

— Je ne mérite rien ! s'emporta-t-elle. Tout ce que je veux, c'est être avec toi. C'est si difficile à comprendre ?

Il se passa la main dans les cheveux, l'air absent.

— Je veux être avec toi, moi aussi, mais j'ai peur que nous

nous investissions davantage. Si nous cessons de nous voir maintenant, au moins, personne ne souffrira.

Personne ne souffrira ?! Alors que je suis éperdument amoureuse de toi ?! Folle de douleur, elle se leva. Son cœur saignait plus que jamais. Chaque mot de Nico avait enfoncé le poignard un peu plus profondément. Il fallait que de la glace coule dans ses veines pour que Nico lui tienne un tel discours. Elle n'aurait jamais cru cela possible.

— Tu pourrais vraiment t'éloigner de tes patients ? le provoqua-t-elle. Et le mariage de Felipe ? Tu ne dois pas être son témoin ? Je ne parle même pas d'Enzo et Pippa, que tu t'es engagé à suivre.

Sa combativité dut faire mouche, car les traits de Nico se durcirent.

— J'ai l'intention de tout mener à bien tant que je suis encore là.

Déstabilisée par ce qu'elle venait d'entendre, Fausta ouvrit son sac à main et sortit son portable tant qu'elle en était encore capable. Elle voulait appeler son chauffeur, mais Nico lui prit l'appareil des mains et raccrocha. Il avait lu dans ses pensées. Le frôlement de leurs peaux envoya des vagues de désir à travers elle.

— C'est moi qui te ramène, asséna-t-il d'un ton dur qui la dissuada de répliquer.

— Alors je voudrais partir tout de suite.

Fausta prit ses affaires et sortit de l'appartement. Elle lutta pour ne pas s'effondrer tandis qu'ils se dirigeaient vers le parking. Nico l'aida à monter dans la voiture. Après avoir fermé la portière, il se mit au volant.

— Je n'aurais jamais dû faire le premier pas, dit-il après avoir pris la direction du palais, au nord de la ville. Je savais que je jouais avec le feu. Je n'ose plus te toucher, et tu sais désormais pourquoi.

— Inutile de te justifier. Tu ne me dois aucune explication. Encore une fois, je me suis trompée sur un homme. Je ne crois pas à tes arguments pour justifier cette rupture, Nico, mais c'est ton affaire. Toi et moi avons été idiots de passer du temps ensemble.

La tension entre eux était palpable, le silence qui s'installa électrique. Lorsqu'ils arrivèrent au palais, elle tourna le visage vers lui.

— Sache que j'ai toujours l'intention de faire installer des ordinateurs à l'orphelinat.

— Fausta, je...

— S'il te plaît, ne dis rien, Nico, le coupa-t-elle. J'ai compris que tu t'étais engagé dans une quête et qu'elle tenait une place centrale dans ta vie. Étonnamment, moi aussi. Plus que jamais en fait.

En prononçant ces mots, elle prit une décision : elle ne pouvait pas rester à Domodossola tant que Nico y serait. À peine la voiture s'était-elle immobilisée que Fausta en descendit. Avant de refermer la portière, elle lui lança :

— J'espère de tout cœur qu'un jour ton rêve se réalisera. *Addio per sempre.*

6

Après avoir dit à Nico au revoir pour toujours, Fausta s'enferma dans ses appartements. Elle venait de finir de se rafraîchir lorsque son téléphone portable sonna. Au fond d'elle, Fausta pria pour que ce soit Nico. Elle sortit l'appareil de son sac à main. C'était sa sœur Lanza. Elle décrocha.

— Fausta ! Je suis contente que tu répondes.

— Je viens de rentrer chez moi.

— Je sais. Stefano et moi avions emmené Ridolfo voir papa et maman lorsque la sécurité leur a fait savoir que tu étais rentrée. Je crains que tu ne reçoives une petite visite dans quelques minutes, et je suis sûre que tu sais pourquoi...

Fausta avait avoué à sa sœur qu'elle sortait avec un médecin de l'hôpital, mais elle ne lui avait rien dit d'autre. À l'heure actuelle, Enzo avait dû raconter à Lorenzo qu'elle était venue au *castello* avec Nico. Donc la nouvelle était parvenue aux oreilles de son père. Sans compter les rapports des gardes du corps...

Fausta respira profondément. Elle était prête à accueillir ses parents.

— Merci de m'avoir prévenue, sœurette.

— De rien. Si tu veux parler plus tard, appelle-moi.

— Je le ferai.

— Souviens-toi que je suis de ton côté.

— Je t'aime, Lanza. Embrasse Ridolfo pour moi.

Après avoir raccroché, Fausta enfila une chemise de nuit et un peignoir. Elle n'avait pas le luxe de s'effondrer en sanglots avant d'avoir discuté avec ses parents. Heureusement, elle entendit peu de temps après toquer à sa porte. Elle alla ouvrir et les embrassa tous les deux.

— Lanza m'a dit que vous alliez passer me voir.

Ils entrèrent dans le salon et s'assirent sur le canapé. Elle prit place dans le fauteuil en face d'eux.

— Nous ne t'avons pas beaucoup vue, ces derniers temps, commença son père en lui souriant. Quand nous avons appris que tu étais rentrée, nous avons profité de l'occasion pour passer quelques minutes.

— Je suppose que tu as eu une discussion avec ton cousin Lorenzo, donc je devine pourquoi vous êtes là.

Ses parents se regardèrent, puis son père reprit la parole :

— Je dois admettre que nous avons été surpris d'apprendre que tu fréquentais depuis quelque temps un certain Dr Nicolo Barsotti, qui travaille à l'hôpital.

Sa mère se pencha en avant.

— Nous avons été encore plus surpris d'apprendre que tu es allée à Biella avec lui, enchaîna-t-elle d'un ton pincé, et que tu as passé du temps avec Enzo et Pippa. Nous aurions préféré apprendre cette... toquade de ta bouche plutôt que de celle de Lorenzo. Comment l'as-tu rencontré ?

— Comme vous le savez, je fais un peu de bénévolat à l'hôpital, quatre jours par semaine. En ce moment, je suis en pédiatrie. C'est là que nous avons fait connaissance.

Fausta avait opté pour la version simplifiée. Inutile d'en dire trop, surtout maintenant que tout était terminé, songea-t-elle avec un pincement au cœur.

— Je dirais que c'est plus qu'une *connaissance*, la corrigea son père. J'ai cru comprendre que tu as passé du temps dans son appartement en ville ce soir.

— Oui. Nico nous a préparé le dîner.

Le roi marqua sa contrariété d'un froncement de sourcils.

— Si la presse déterre l'histoire, la publicité ne sera pas bonne pour ton médecin. Lorenzo m'a dit qu'il l'avait aidé à se faire embaucher à l'hôpital, l'année dernière. Quant à toi, toute mention dans les médias pourrait influer négativement sur le type de mariage royal que nous aimerions te voir contracter.

La colère lui fit monter le rouge aux joues.

— Ne t'inquiète pas, papa : pour nous séparer, tu n'auras pas besoin de trouver un poste à Rome pour Nico ! Il n'accepterait jamais ton argent afin de sauver sa réputation ou la mienne.

Sa mère avait l'air peinée.

— Je ne peux pas croire que tu aies parlé à ton père de la sorte, Fausta Rossiano !

Elle se souvint soudain des problèmes cardiaques de son père. *Mon Dieu, quelle idiote !* C'était la première fois qu'elle oubliait son état de santé. Parce qu'elle souffrait. À cause de Nico.

— Je suis désolée, papa, je ne voulais pas te manquer de respect. J'espère que toute cette histoire ne vous a pas trop affligés. De toute façon, vous n'avez plus à vous en faire : dans la soirée, Nico et moi avons mis fin à notre relation.

Et je ne le verrai plus jamais, ajouta-t-elle intérieurement. Chaque soir, elle partirait de l'hôpital quinze minutes plus tôt que d'habitude pour s'échapper.

— *Mia figlia*, pourquoi continues-tu à refuser de rencontrer les prétendants convenables qui en ont manifesté l'envie ? Le prince Cesare, par exemple, est très désireux de passer du temps avec toi. Tu sais, tout ce que ta mère et moi voulons, c'est ton bonheur.

Son père la regardait avec tellement de tendresse que les larmes montèrent aux yeux de Fausta. Elle les contint et se leva lentement de son fauteuil.

— Je le sais, papa. Mais il faut que je sois attirée.

— Chérie, intervint sa mère, si tu donnes à certains d'entre eux l'occasion de te connaître et que tu daignes essayer de les connaître toi aussi, je suis certaine que tu en rencontreras un qui te volera ton cœur.

Si seulement ses parents savaient. Ce soir, son cœur avait déjà été arraché de son corps. Elle se sentait si désespérée et affligée qu'elle ne voulait plus qu'une chose : être seule. Et téléphoner à sa tante Ottavia pour partir d'ici...

— Si cela ne vous dérange pas, j'aimerais aller me coucher. J'ai mal à la tête. S'il vous plaît, pardonnez-moi.

Son père se leva le premier et l'embrassa.

— Ne sois pas fâchée contre moi, *dolcezza*.

— Je ne le suis pas. Tu dois savoir que jamais je ne cherche à vous faire de mal à toi et à maman.

Elle les accompagna à la porte.

— À demain. *Buona notte*.

Dès qu'ils furent partis, Fausta se précipita dans sa chambre et prit son téléphone portable. Tout son corps tremblait. Heureusement, sa tante répondit aussitôt.

— Fausta, ma chérie ! Je suis si contente de t'entendre !

— J'espère que tu seras toujours contente quand je t'aurai demandé si je peux venir demain à Rome et rester chez toi quelques jours.

— Rien ne me rendrait plus heureuse ! Je devine que quelque chose ne va pas, mais nous en discuterons quand tu seras là.

Des larmes commencèrent à couler sur les joues de Fausta.

— Tu me sauves la vie, *zia*. Je te ferai savoir mon heure d'arrivée dès que j'aurai pris mes dispositions. Merci. *Ti voglio bene*.

— Moi aussi, je t'aime, *tesoro*.

Fausta raccrocha. Elle allait devoir annoncer à l'hôpital qu'elle ne pourrait pas venir la semaine suivante. Elle trouverait un prétexte. Elle se jeta sur son lit, complètement vidée. Ce que Nico lui avait dit la torturait. Il refusait de lui donner son amour parce qu'il devait tracer seul son chemin dans la vie ? C'était horrible ! Elle avait envie de mourir. Elle doutait de parvenir à s'envoler dès le lendemain loin de l'homme qui avait changé son monde pour toujours.

Cette première journée de la semaine avait été épouvantable. Bien que mettre fin à sa relation avec Fausta ait été la bonne décision, Nico souffrait le martyre depuis qu'il l'avait ramenée au palais, vendredi soir. Une minute de plus dans son appartement et il l'aurait emmenée au lit.

Il venait de s'occuper de son dernier patient lorsque son téléphone portable sonna. Il savait déjà que ce n'était pas un appel de Fausta. Elle n'avait pas cherché à le joindre du week-end, sans doute à cause de la manière brutale dont il avait rompu avec elle. Il se languissait d'elle, mais n'osait plus essayer de la croiser à l'hôpital. Sinon, son discours selon lequel ils ne pouvaient plus être ensemble n'aurait servi à rien.

Il jeta un coup d'œil à son écran et fronça les sourcils : l'appel émanait d'Enzo. Quelque chose devait aller de travers pour qu'il téléphone si peu de temps après sa dernière visite à Biella.

— Enzo ?

— Je suis content que tu me répondes, *mio ragazzo*. Je sais que tu es très occupé, je vais donc faire vite : peux-tu venir au *castello* demain ? Je ne te le demanderais pas si ce n'était pas de la plus haute importance.

Nico serra son portable, soudain anxieux.

— Est-ce que Pippa est de nouveau tombée ? s'alarma-t-il. Ou as-tu des difficultés à respirer ? Dis-moi la vérité !

— Calme-toi. Nous allons très bien, ce n'est pas une urgence médicale. Nous devons seulement parler.

Cet appel était-il lié au fait qu'Enzo avait discuté avec son ami le prince Lorenzo ? Le roi ne pouvait plus ignorer que Fausta et lui étaient sortis ensemble. Enzo désirait peut-être l'avertir que cela créait des complications – c'était l'explication la plus logique. Mais vendredi soir Nico avait réglé le problème. Il avait une longueur d'avance sur son ami.

— Enzo, pourquoi ne pas me dire ce qu'il se passe de si grave ?

— Non, non ! Je dois te voir en personne. Est-ce que quelqu'un peut te remplacer pour la journée ?

Mais pourquoi, bon sang ! ? avait envie de hurler Nico, désemparé. Enzo était étonnamment mystérieux et insistant. Cela ne lui ressemblait guère… Mais, après tout ce que le vieil aristocrate avait fait pour lui au fil des ans, il ne pouvait pas refuser.

— Oui, bien sûr. Je serai là à la première heure demain matin.

— *Grazie*, Nicolo.

Enzo raccrocha avant même que Nico puisse dire au revoir.

Curieux et intrigué par l'appel inattendu d'Enzo, il se précipita à la réception.

— Dina ? J'ai une urgence et je devrai m'absenter du bureau jusqu'à mercredi. Pourriez-vous appeler les patients prévus pour demain et décaler leurs rendez-vous ? Si l'un d'entre eux doit être vu immédiatement, demandez à l'infirmière du Dr Silvio de l'intégrer à son planning.

Nico savait que cela ne dérangerait pas son collègue : ils ne manquaient pas de s'entraider en cas de besoin.

— Je m'en occupe, *dottore*.

Il remercia sa secrétaire et quitta l'hôpital. Après avoir dîné sur le pouce dans un fast-food, il fit quelques courses et rentra chez lui. Il vérifia ses messages avant de se coucher. L'étrange requête d'Enzo était survenue à un moment où Nico était vulnérable. Sans ce coup de téléphone, il se serait peut-être retrouvé à marcher vers le service pédiatrique pour apercevoir Fausta. Son pacte avec lui-même était si fragile qu'il aurait volé en éclats à la seconde où il aurait vu sa princesse de cœur...

Il finit par se coucher, mais le sommeil le fuit. Ses pensées revenaient sans cesse vers Fausta, et son regard sur Giorgio, posé sur sa commode. La vue de la peluche offerte par Fausta était si pénible qu'il se leva pour la ranger dans le placard. Il finit par s'endormir, et des cauchemars l'assaillirent aussitôt.

À 5 heures du matin, Nico se leva. Il se doucha et se rasa avant de prendre la route pour Biella. Il avait emporté sa trousse médicale, au cas où.

Pendant le trajet, il revécut la journée passée à la campagne avec Fausta. Les souvenirs inoubliables de leur visite à l'orphelinat et à la ferme d'Angelo avivèrent sa nostalgie : sa princesse lui manquait.

À sept heures et demie du matin, il arriva au *castello*, la tête farcie de questions. Une limousine aux vitres teintées était garée dans la cour. Il se passait quelque chose...

Nico s'attendait à ce qu'Enzo soit parti faire sa promenade

à cheval du matin. Il fit le tour par l'arrière pour se rendre aux écuries. Sans surprise, il vit son mentor sortir d'une stalle, accompagné d'un homme élégant, distingué et bien habillé que Nico n'avait jamais vu auparavant. Ses cheveux noirs et sa barbe bien taillée étaient parsemés de fils d'argent. Il était de taille moyenne et devait avoir une soixantaine d'années.

Enzo se précipita vers lui.

— Nicolo, tu arrives plus tôt que je ne l'avais prévu !

— Ne te plains pas : après ton appel, j'ai failli venir directement.

Nico ne plaisantait qu'à demi... Pendant qu'il étreignait Enzo, il pouvait sentir les yeux gris acier de l'inconnu rivés sur lui. Lorsqu'il croisa son regard, Nico y lut une sorte d'incrédulité. Un sentiment étrange s'empara de lui.

— Qu'en pensez-vous, *signor* Bruno ? lança Enzo en se tournant vers son visiteur.

Celui-ci étudiait Nico avec attention, le dévisageait, prenait du recul comme pour juger sa stature, sa silhouette. *Bizarre...* , songea Nico, mal à l'aise.

— La ressemblance est troublante, *signor* Frascatti. Il ne peut y avoir d'erreur. Je n'ai pas besoin d'un test ADN pour savoir que c'est lui, incontestablement.

L'homme parlait italien avec un léger accent slovène. Que voulait-il dire par « C'est lui » ? Nico, en quête d'éclaircissements, se tourna vers Enzo.

— Nicolo, je te présente le *signor* Basil Bruno, chef des services secrets de La Valazzura. *Signor* Bruno, voici le Dr Nicolo Barsotti.

Nico était de plus en plus perplexe. Quel genre d'affaires Enzo traitait-il avec cet homme ? Il avait au moins la réponse à une de ses interrogations : La Valazzura se situait à la frontière de l'Italie et de la Slovénie, ce qui expliquait l'accent de Basil Bruno.

— Comment allez-vous ? lui demanda ce dernier.

Nico lui serra la main.

— Vous n'avez pas idée à quel point je suis heureux de vous rencontrer enfin, Dr Barsotti, reprit l'homme. Je suis ici en mission officielle pour mon pays.

— Je crois que j'ai manqué beaucoup d'épisodes, répliqua-t-il, le front plissé. Si vous pouviez me faire un résumé…

— J'ai cru comprendre que vous cherchiez vos parents depuis que vous avez été en âge de demander à la mère supérieure de l'orphelinat Sainte-Agathe où se trouvait votre maman.

Le cœur de Nico commença à cogner contre ses côtes. À part ses enquêteurs, Enzo et Fausta, personne ne connaissait cette information…

— Cela me fait de la peine, mais pendant toutes ces années, votre héritage devait rester un secret absolu. Il en allait de votre vie.

Quoi ? Nico n'était pas sûr de comprendre les paroles de Basil Bruno, mais qu'il lui parle de sa famille le remplissait d'une folle excitation.

— Est-ce que… Mes parents, sont-ils vivants ? bredouilla-t-il, dans un état second, entre hébétude et fièvre.

— Non. Je suis désolé de devoir vous dire que ce n'est pas le cas. Votre mère, Nedda Corelli, vivait seule avec vous loin de la capitale, dans le village de Mesecino, près de la frontière slovène. Vous veniez d'avoir deux ans quand elle est décédée.

Quelque chose se brisa en Nico. La nouvelle le secouait jusqu'au plus profond de lui-même. Ainsi, la femme qui l'avait mis au monde et qui l'avait élevé pendant ses deux premières années était partie… Il apprenait au même moment son nom et la nouvelle de sa mort. Le choc était violent, la douleur dans sa poitrine presque insoutenable. Dans ses rêves il avait imaginé des retrouvailles qui lui auraient permis de rattraper le temps perdu. Tout s'effondrait…

— Et mon père ? réussit-il à demander d'une voix rauque.

— Il est mort il y a dix jours, à Azzura, la capitale de La Valazzura. Il avait passé les six mois précédents entre son lit et l'hôpital à cause de problèmes cardiaques.

Nico suffoquait, hagard. Seulement dix jours auparavant, son père était en vie ? Un terrible sentiment d'injustice l'envahit.

— Maintenant qu'il n'est plus, je peux enfin vous faire sortir de votre cachette.

Bon sang ! Que racontait cet homme ? Nico commençait à perdre patience.

— Êtes-vous sûr que je suis la bonne personne, celle à qui vous devez dire cela ?

— Sans aucun doute. Mais commençons par le début. Hier, je suis venu en avion pour rencontrer le duc Frascatti.

Nico lui coupa la parole et interpella Enzo.

— Depuis combien de temps es-tu dans la confidence ?

— Je ne savais rien jusqu'à hier soir, Nicolo.

— Le duc était dans l'ignorance de la situation, comme tout le monde, expliqua Basil Bruno. Par mes sources, je sais depuis des années que vous êtes en relation. Hier soir, nous avons passé des heures à parler de vous et de la manière remarquable avec laquelle vous avez mené votre existence jusqu'à aujourd'hui.

Nico secoua la tête et interrompit de nouveau le chef des services secrets de La Valazzura.

— Pardonnez-moi, mais où voulez-vous en venir ? Et je doute encore être la personne que vous évoquez.

— Qui ne serait pas incrédule ? Cependant, j'ai montré au duc Frascatti tous les documents nécessaires et il peut se porter garant de moi.

Un chaud soleil avait commencé à réchauffer le paysage, pourtant Nico frissonna.

— J'ai une confiance aveugle en Enzo. Je suis donc prêt à vous écouter.

— J'en suis heureux. Je vais par conséquent avoir le grand honneur de vous éclairer sur vos origines et votre héritage. Mais peut-être serions-nous plus à l'aise assis à l'intérieur pour bavarder ? Cela prendra un certain temps.

Nico ne bougea pas d'un pouce et croisa les bras sur son torse.

— Qui suis-je, *signor* Bruno ?

L'homme lui sourit.

— Vous êtes très direct, on dirait ! En cela, vous ressemblez vraiment à votre père, qui était mon ami proche. C'en est troublant, d'ailleurs. Vous avez été légalement baptisé Massimo par votre mère, un prénom qui vous va bien puisqu'il signifie « Le plus grand ». Vous étiez son trésor et la joie de sa vie.

Nico tressaillit, ému par ces paroles.

— Pour répondre à votre question, vous êtes le fils illégitime, mais seul enfant vivant de Carlo Umberto Fernando di Savoia, roi de La Valazzura.

Le monde bascula sur son axe. Nico chancelait, K-O. debout.

Le roi Carlo était son père ?

Il se souvint avoir appris la mort du roi aux informations. Non, il devait être en train d'halluciner... Il jeta un coup d'œil à Enzo. Le sourire qui illuminait le visage de son ami était sans équivoque.

— Tu es bel et bien le fils du roi Carlo. D'après une photo qu'on m'a montrée, tu ressembles tellement à lui quand il avait une vingtaine d'années que j'ai cru avoir la berlue !

— C'est vrai, affirma Basil Bruno, avant de lui tendre une petite photo en noir et blanc. Tenez. Vous pouvez la garder.

D'une main tremblante, Nico la saisit. Après avoir regardé l'homme pris en pied sur l'image, son souffle se bloqua. Enzo avait dit la vérité : le roi Carlo et lui étaient sans doute père et fils. Même taille, même silhouette, même port de tête, même forme de visage.

Nico se racla la gorge.

— Avez-vous aussi une photo de ma mère ?

— Oui. Celle-ci également vous pouvez la garder.

Nico contempla alors une belle jeune femme aux cheveux blond foncé, vêtue d'une jupe et d'un pull. Il comprenait l'attirance qu'avait pu éprouver son père pour elle.

— Vous avez certains de ses traits de visage. C'est difficile à voir sur cette photo, mais ses yeux étaient brun clair. Les vôtres sont bleu foncé, comme ceux de votre père.

Il décelait en effet certaines ressemblances entre sa supposée mère et lui. Incroyable !

— Ma mère avait-elle du sang royal ?

— Non. C'était une roturière.

Comme moi. La nouvelle de sa prestigieuse ascendance n'avait rien changé : Nico se sentait toujours comme un homme du peuple, un homme simple et ordinaire. Pendant vingt-cinq ans, il avait plus que tout au monde désiré rencontrer ses deux géniteurs. Son père, un roi, un homme marié, avait eu une liaison avec une roturière. Nico en était le fruit. Il avait encore besoin de temps pour digérer la stupéfiante nouvelle...

— Sa Majesté est morte en laissant sur le trône sa femme nullipare, la reine Liliane. Une fois les funérailles terminées, je suis venu directement ici avec son consentement pour vous parler.

Nico ne parvenait plus à prononcer un mot, paralysé. La main ferme d'Enzo se posa sur son épaule.

— Rentrons, Nicolo. Tu viens de recevoir le choc de ta vie.

Comme un zombie, Nico suivit les deux hommes à l'intérieur du château. Ils s'installèrent dans le grand salon du rez-de-chaussée. Pippa les y rejoignit. Elle fit avancer son fauteuil roulant jusqu'au canapé, à côté de Nico.

— Nous avons toujours su qu'il y avait quelque chose d'exceptionnel chez toi, commença-t-elle, les larmes aux yeux. Angelo nous avait dit la même chose après t'avoir observé à l'orphelinat. La mère supérieure m'a affirmé que tu avais été placé là par Dieu pour une bonne raison et qu'un jour tout serait révélé. Ce jour est enfin arrivé, et nous ne pourrions pas être plus heureux pour toi. Tu es le fils d'un grand roi. Tout s'est enfin mis en place.

— Pippa..., bredouilla-t-il, bouleversé par ses paroles.

Il ne put en dire plus, trop accablé pour penser et pour parler. Après avoir étudié une fois de plus les photos, il les mit dans la poche de sa chemise.

— J'ai beaucoup à vous raconter, dit Basil Bruno. J'ai cru comprendre que vous n'aviez jamais voyagé à La Valazzura. Le nom de notre beau pays vient de ses nombreux lacs bleus qui se cachent dans les montagnes couvertes de pins. Au XVe siècle, c'était une enclave libre et autonome, représentée à la diète impériale, subordonnée uniquement à l'empereur du Saint Empire romain.

Incapable de rester assis, Nico se leva et commença à faire les cent pas, décidé à essayer de comprendre ce qu'il entendait.

— Notre pays parle italien et un peu slovène. Il a subi une guerre civile déclenchée par le cousin de votre père il y a presque trente ans. Giuseppe Umberto, aujourd'hui âgé de soixante-trois ans, a tenté à plusieurs reprises de provoquer un coup d'État qui ferait tomber le roi Carlo. Il n'a jamais réussi, mais ses actes factieux ont coûté des milliers de vies. On a également plusieurs fois tenté d'assassiner votre père. Pendant une courte période, au début de la rébellion, votre père a eu une maîtresse, à un moment où son mariage avec la reine traversait une mauvaise passe. Le roi et la reine ne pouvaient pas avoir d'enfants. La reine Liliane voulait adopter, mais Carlo voulait un enfant de son propre sang. Et vous êtes né.

Nico ferma les yeux pendant un long moment, paupières serrées.

— Le roi et la reine se sont encore plus éloignés l'un de l'autre à cause de son infidélité. Lorsque Carlo a appris que Nedda était enceinte, il l'a installée à Mesecino, à l'autre bout du pays, et a subvenu à ses besoins. Il ne voulait pas humilier la reine, qu'il aimait malgré leurs problèmes, toutefois il désirait protéger Nedda et vous, le seul fils qu'il aurait jamais. Quand la guerre a éclaté, Carlo m'a supplié de vous emmener tous les deux hors du pays, loin du danger. Malheureusement, elle a été gravement blessée. Elle est morte à l'hôpital avant. Je l'ai fait enterrer à Mesecino, puis je vous ai conduit à l'orphelinat ici, en Italie.

— Mon père savait-il que j'étais encore en vie ?

— Non. Je n'ai pas osé le lui dire, sinon il aurait insisté pour que je vous ramène au palais. L'endroit n'était pas sûr à ce moment-là. La reine n'aurait jamais pu s'occuper de vous, et vous auriez pu être tous les deux assassinés par les partisans de Giuseppe.

La réalité que Nico écoutait se déployer était plus étrange

et forte qu'une fiction, et c'était son histoire. Il était captivé, à présent, tout comme Enzo et Pippa.

— Beaucoup de gens avaient fui la capitale, les familles étaient séparées, de nombreux enfants se retrouvaient seuls. J'ai décidé de prendre avec vous cinq autres orphelins. Tous ont été adoptés. Mais apparemment vous ne vouliez appartenir à personne d'autre que vos parents naturels.

— Comme vous l'avez constaté, Nicolo a toujours suivi sa propre voie.

Le visiteur éclata de rire.

— Tout comme son père ! Vous devez comprendre que le roi a été une cible pendant des années. Son malfaisant cousin voulait le pouvoir. Il s'est ébruité que votre père avait une maîtresse et un bébé. Pour cette raison, personne ne devait savoir où vous étiez caché. Ni l'évêché de Turin ni la mère supérieure n'ont jamais su que Sainte-Agathe hébergeait le fils du roi Carlo.

— Et la reine ? demanda Nico.

— Curieusement, elle n'a jamais eu vent de rien, elle non plus. Aujourd'hui, notre Premier ministre réclame un nouveau roi. De son côté, Giuseppe veut désespérément accéder au trône et continue à semer le désordre dans le royaume. Il est très ambitieux et n'a pas l'amour du pays, mais il dirige sa propre armée. Dès que les funérailles de votre père ont été terminées, j'ai pris la reine à part et lui ai dit que vous étiez vivant.

— Je suis l'enfant de l'amour qu'elle n'a jamais pu porter, gémit Nico. Comme elle doit me mépriser !

— Loin de là ! Comme tout le monde, Liliane croyait que vous étiez mort avec votre mère. Apprendre qu'il y avait une part de Carlo vivante en vous a été un choc énorme. Leur inaptitude à avoir des enfants a causé de réels problèmes dans leur mariage. Je suis sûr que la douleur de son infidélité restera gravée en elle, mais elle croyait en lui comme souverain et elle croit en la monarchie. Votre père était aimé de son peuple, et Liliane le sait. Peu importe son amertume : si le fils du roi Carlo est à la hauteur de la tâche, s'il a les mêmes remarquables gènes, elle le sentira. Si elle pense que vous êtes apte à prendre la place de votre père, après que le Parlement vous a guidé et aidé à apprendre à gouverner, son opinion pèsera lourd ; car elle est également vénérée par la population de La Valazzura.

Nico poussa un long soupir. Tout cela était tellement soudain, tellement inattendu, tellement… énorme !

— Je suis désolé, mais je ne vois pas comment elle pourrait ressentir autre chose que le ressentiment le plus féroce à mon égard. Je ne serais pas surpris qu'elle souhaite me savoir mort.

— Vous le découvrirez si vous décidez de la rencontrer.

— *Cara Dio !* La reine connaissait-elle ma mère ?

— Elle l'a rencontrée une fois.

— Je ne peux pas imaginer que cette situation puisse engendrer quoi que ce soit de positif…, murmura Nico.

— Vous auriez préféré que je ne contacte pas le duc ? Vous auriez préféré ne rien savoir ?

Nico serra les dents. Sa mâchoire se crispa.

— Je ne sais pas si j'ai une réponse à cette question, déclara-t-il.

— Une nouvelle fois, votre honnêteté et votre franchise me rappellent votre père. Me ferez-vous le grand honneur de revenir à La Valazzura avec moi aujourd'hui, Votre Altesse ? Ne souriez pas, c'est ce que vous êtes pour moi à présent, même si vous n'êtes qu'un prince héritier pas encore couronné. J'ai déjà pris des dispositions pour vos gardes du corps.

De toutes les possibilités que Nico avait envisagées lorsqu'il imaginait ou fantasmait ses origines, aucune ne s'était approchée d'un tel scénario.

— Le jet royal attend à l'aéroport de Turin. Chaque seconde d'hésitation profite au cousin de votre père, qui tente de monter un nouveau coup d'État. L'arrivée providentielle du fils du roi Carlo pourrait changer la donne.

— Comment la reine peut-elle être d'accord avec un tel plan ?

Basil Bruno plissa les yeux, l'air plus grave que jamais.

— Il vous faut savoir que Carlo a pleuré la perte de son petit Massimo chaque jour de sa vie. Il était là à votre naissance et vous a aimé dès la première seconde. S'il était vivant, il vous suppliérait de prendre sa succession, de faire fructifier son héritage. Vous êtes le seul homme sur terre capable de le faire.

Moi ? Le fils illégitime ? Un médecin sans compétences pour gouverner ? Aux côtés d'une reine en deuil humiliée de manière cruelle par mon père ?

Nico tremblait de tous ses membres. Comment tout cela avait-il pu arriver ?

— Le duc m'a dit combien vous avez désiré connaître vos parents. Or vous avez la possibilité de rencontrer la personne qui connaissait votre père mieux que quiconque, moi excepté. Si rien ne ressort de votre visite et que vous souhaitez retourner à la vie que vous vous êtes construite, Liliane pourra au moins répondre aux nombreuses questions que vous avez gardées dans votre cœur durant toutes ces années.

Nico cessa de faire les cent pas. Quatre jours auparavant seulement, il avait dévoilé son âme à Fausta : « Je ne peux écrire cette histoire que seul. Je suis susceptible de quitter Domodossola à tout moment. Et en fonction des circonstances, il se peut que je ne revienne jamais. »

Après trois jours à Rome chez sa tante Ottavia, Fausta pouvait de nouveau mettre un pied devant l'autre. Celle-ci l'avait encouragée à donner suite à son idée d'offrir des ordinateurs à l'orphelinat. Faire quelque chose de positif pour ces enfants l'obligerait à mettre de côté son chagrin d'amour pendant un petit moment.

Fausta prit l'avion pour Turin afin de rencontrer des responsables à l'évêché. Ils se montrèrent ravis que la princesse Rossiano de Domodossola veuille faire un tel don à l'orphelinat de Sainte-Agathe et contactèrent la mère supérieure pour lui faire part de la bonne nouvelle.

Ensuite, Fausta s'envola pour Domodossola afin de mettre la logistique en place. Elle se démena tant que dès le lendemain tout était organisé. Un camion prit la route en même temps que Fausta. Arrivée à Mottalciata, elle réserva une chambre dans le meilleur hôtel du village.

La mère supérieure était enthousiaste. Elle fit installer les bureaux avec les ordinateurs et les imprimantes dans la grande salle commune. Cinq étaient placés à une extrémité, cinq à l'autre. Les deux techniciens dépêchés sur place s'occupèrent de brancher et câbler les éléments, puis d'installer les logiciels. Comme Fausta s'y entendait en informatique, elle avait prévu de rester au village aussi longtemps qu'il le faudrait pour travailler avec chaque élève. Elle ne partirait pas avant que chacun soit assez compétent pour se servir des ordinateurs sans aide.

Quand tout fut prêt, la mère supérieure emmena Fausta dans la grande salle à manger et la présenta aux enfants, qui finissaient de dîner. Ils n'avaient aucune idée de qui elle était et ignoraient qu'elle avait offert les ordinateurs. C'était ce que Fausta voulait.

La religieuse tapa dans ses mains et le silence se fit.

— Les enfants, je vous présente la *signorina* Rossiano. C'est la personne qui va vous montrer comment utiliser les ordinateurs et les imprimantes qui nous ont été donnés.

Les enfants crièrent d'excitation. Il y en avait vingt-neuf, âgés de six à quatorze ans. En dévisageant chacun d'eux, elle imaginait Nico, qui avait mangé chaque jour pendant dix ans dans cette pièce. Son cœur se serra.

— Vous devrez apprendre à les utiliser par roulement, poursuivit la mère supérieure. Nous allons commencer avec Emilio, Eva, Nicoletta, Paolo, Sergio, Remo, Teresa, Guido, Maria et Nicolo.

Le simple fait d'entendre ce prénom accéléra le pouls de Fausta.

— Suivez la *signorina* Rossiano jusqu'à la salle commune. Une fois votre tour passé, d'autres camarades prendront votre place, jusqu'à ce que tout le monde ait eu sa chance avant l'heure du coucher.

Ce soir-là et les jours suivants, apprendre aux orphelins à travailler sur l'ordinateur se révéla source de joie pour Fausta.

Elle s'amusait follement et avait le sentiment d'être utile. Comme les enfants étaient en vacances d'été, elle pouvait travailler avec eux tout au long de la journée. Débrouillards et malins, souvent intelligents, la plupart apprenaient vite.

Le lundi suivant, elle comprit qu'ils n'auraient bientôt plus besoin d'elle. Cela la paniqua. Tant qu'elle était occupée, elle tenait Nico loin de ses pensées ; mais après ?

Fausta décida qu'une fois de retour à Domodossola, elle organiserait une collecte de fonds afin d'acheter des ordinateurs pour d'autres orphelinats. Cela deviendrait son cheval de bataille, distinct de celui de Lanza. La soif d'apprendre des enfants et leur intérêt pour les dernières technologies l'avaient convaincue que c'était une bonne cause à défendre.

Mais au fond d'elle-même, si elle savait que cela l'aiderait à surmonter sa douleur, elle savait aussi qu'elle ne se remettrait jamais de la perte de Nico. Qu'elle en souffrirait toute sa vie.

7

De retour à Domodossola après son voyage à La Valazzura, Nico se rendit directement à son bureau. Cette fois, c'était lui qui était suivi à distance par des gardes du corps.

Après une journée passée entre consultations et réorganisation de son planning – le Dr Silvio avait assuré le suivi de ses patients pendant ses quelques jours d'absence –, il se dirigea vers le service de pédiatrie pour essayer de voir Fausta. Il voulait qu'elle sache que la prière qu'elle avait faite pour lui avait été exaucée : sa longue quête pour retrouver ses parents était miraculeusement arrivée à son terme.

Il venait de renaître dans un nouveau monde, pour lequel il n'avait aucune affinité. Or il n'y avait qu'une seule personne à qui il pouvait parler du tumulte qui l'agitait. Il avait besoin de Fausta.

Il apprit de la bouche d'une infirmière que la princesse avait mis entre parenthèses son activité de bénévole pour une durée indéterminée.

— C'est dommage, ajouta-t-elle, car elle était la préférée des enfants.

La culpabilité envahit Nico. Il remercia l'infirmière et quitta l'hôpital. Il s'arrêta dans un restaurant qu'il connaissait bien pour prendre un repas à emporter. En attendant, il téléphona à Fausta. Boîte vocale. Après lui avoir demandé de le rappeler au plus vite, il rentra chez lui et se prépara un café. Il serait peut-être debout jusqu'à tard dans la nuit à attendre des nouvelles de sa princesse et aurait besoin d'un stimulant. Mais peut-être avait-il causé trop de dégâts pour qu'elle le rappelle jamais...

Avant de quitter le palais royal d'Azzura, il avait fait une promesse solennelle au Premier ministre et à Basil : il se donnait un mois de réflexion pour décider si oui ou non il essayait de prendre la suite de son père. Sa décision dépendrait en grande partie de celle de la reine : elle devait sinon le soutenir du moins l'accepter. D'ici là, il allait entamer l'examen de conscience le plus poussé de sa vie. Mais il ne pouvait rien faire sans parler à Fausta.

Son téléphone sonna quelques minutes après 9 heures. Quand il vit qui l'appelait, il faillit faire une crise cardiaque.

— Fausta ?

— Quelle urgence peut bien te pousser à vouloir me parler alors que nous nous sommes fait nos adieux il y a plus d'une semaine ? demanda-t-elle d'un ton froid.

— Un bouleversement. Un tremblement de terre. J'ai essayé de te trouver à l'hôpital et on m'a dit que tu n'y viendrais plus jusqu'à nouvel ordre. Le service pédiatrique est en deuil : tu étais leur préférée.

— C'est très gentil de leur part de dire cela.

Aucun signe de réchauffement, nota Nico.

— C'est la vérité ! Tu es au palais ?

— Non, répondit-elle après un silence. Pourquoi ?

— Parce que j'ai besoin de te voir. Quand reviendras-tu ?

— Pas avant un certain temps.

— Où es-tu ?

— À Mottalciata.

— Quoi ? s'écria-t-il. Mais qu'est-ce que tu fais là-bas ?

— Je suis ici depuis près d'une semaine pour former les enfants à l'informatique.

— Dans lequel des deux hôtels du village es-tu descendue ?

Elle poussa un profond soupir.

— Nico...

— Je te trouverai. J'arrive tout de suite.

Il raccrocha et se rua hors de son appartement, après avoir jeté quelques affaires dans un sac.

Après deux heures de route, Nico choisit de commencer par le plus huppé des deux hôtels de Mottalciata. À peine s'était-il approché de la réception que Fausta, qui avait dû guetter son arrivée, émergeait de l'escalier, altière, élégante, gracieuse.

Il en eut le souffle coupé.

Auréolée de ses cheveux dorés, elle portait un pantalon beige et un T-shirt ras du cou à manches courtes couleur havane.

— Je me fiche qu'il soit près de minuit, attaqua Nico. Il faut que je te parle. On peut aller dans ma voiture ou dans ta chambre ?

Elle le toisa un long moment, les mains sur les hanches. Elle semblait nerveuse.

— Suis-moi.

En montant au deuxième étage, Nico dut s'interdire de tendre la main pour l'attirer contre lui. Sa chambre, la deuxième sur la droite, n'avait rien des suites luxueuses auxquelles elle devait être habituée. Si le propriétaire avait la moindre idée de qui elle était... Sa valise était ouverte au bout du lit. Par la porte de la salle de bains, il pouvait voir un peignoir suspendu. La chambre sentait légèrement son parfum fleuri.

— Assieds-toi, proposa Fausta.Elle lui indiqua une des chaises avant de s'asseoir sur l'autre et croisa les jambes avec grâce.

— Tu es magnifique, murmura-t-il.

— Toi aussi. J'ai eu peur en t'entendant parler d'une urgence, mais je me suis dit que tu n'aurais pas pu conduire jusqu'ici si tu avais eu un accident. J'ai travaillé avec des enfants toute la journée et je suis épuisée. Pourquoi ne pas me dire ce qui t'amène ici, que je puisse me coucher ? Au cas où tu aurais besoin d'une chambre, je ne pense pas que l'hôtel soit complet.

Nico lui raconta l'appel d'Enzo, sa visite chez ce dernier et la rencontre avec Basil Bruno, venu de La Valazzura pour le voir.

— Papa voulait y aller pour les funérailles du roi Carlo, un souverain qu'il admirait, intervint Fausta. Mais son médecin le lui a déconseillé.

Nico ne put s'empêcher de se demander si cette admiration influencerait le roi Victor lorsque la vérité se ferait jour à son sujet.

— Je suis désolé qu'il n'ait pas eu l'opportunité de faire ce voyage.

Et je suis encore plus désolé de ne pas l'avoir fait moi non plus.

Elle le regarda fixement de ses beaux yeux bleus.

— Tu ne m'as pas encore parlé de ton urgence.

— L'homme qui m'attendait chez Enzo, Basil Bruno, est le chef des services secrets du roi Carlo et de la reine Liliane.

Elle fronça délicatement les sourcils.

— Que voulait-il au duc Frascatti ?

— Il savait qu'Enzo était mon mentor.

Fausta se redressa sur sa chaise, comme si elle pressentait que Nico allait lui dire quelque chose d'important.

— Et ?

Le cœur de Nico battait très fort. Voilà, c'était le moment...

— C'est Basil Bruno qui m'a placé à l'orphelinat de Sainte-Agathe quand j'avais deux ans.

Un cri s'échappa des lèvres de Fausta. Elle avait les yeux écarquillés.

— Mon vrai prénom est Massimo. Au début de la guerre civile qui a éclaté à La Valazzura, j'ai été mis en sécurité. Parce que je suis le fils unique du roi Carlo Umberto Fernando di Savoia.

Pendant de longues secondes, le monde parut stopper sa course folle.

— Oh ! Nico..., haleta Fausta.

— Depuis presque une semaine, je suis à La Valazzura. J'en ai appris autant que possible sur la vie de mes parents et sur mon héritage. C'est toi que je voulais voir, mais tu n'étais pas à l'hôpital. Ça m'a tué d'apprendre que tu avais cessé de faire du bénévolat à cause de moi. Je n'ai jamais voulu te faire de mal.

— Rien de tout cela n'a d'importance, dit-elle en essuyant d'un revers de la main les larmes qui roulaient sur ses joues.

L'important, c'est de savoir que tu as obtenu les réponses à toutes tes questions. Il n'y a pas de plus beau cadeau. C'est fantastique ! Et qui aurait imaginé que tu es le fils du roi Carlo ?

— Certainement pas Angelo, plaisanta-t-il.

Fausta rit, tandis que de nouvelles larmes brouillaient son regard.

— Certes, je ne suis qu'un enfant illégitime...

Le sourire de Fausta s'effaça.

— Que veux-tu dire ?

— Le roi et la reine n'ont jamais pu avoir d'enfants. Mon père a trompé sa femme, à un moment où leur mariage battait de l'aile. Il a eu une liaison avec ma mère, une roturière qui s'appelait Nedda Corelli.

— Oh ! non..., gémit-elle. As-tu pu passer du temps avec elle ?

— Elle a été tuée pendant la guerre. J'avais deux ans. Pour ma sécurité, j'ai été emmené en secret à Mottalciata par Basil Bruno.

Fausta se leva de sa chaise et s'agenouilla devant lui.

— Je suis effondrée d'apprendre que tu ne pourras jamais rencontrer l'un ou l'autre parent. Aurais-tu finalement préféré ne rien savoir ? demanda-t-elle en lui prenant les mains.

— Basil m'a posé la même question. Je lui ai dit que je ne savais pas. Je ne sais toujours pas.

Elle lui lâcha les mains et se leva pour aller s'asseoir sur le bord du lit.

— C'est parce que tu portes le deuil de parents que tu n'as jamais connus.

— C'est plus que ça, Fausta. Chaque fois que la reine Liliane me regarde, elle voit cette horrible vérité qui la déchire : son mari a eu une liaison avec ma mère et je suis le fils qu'elle aurait dû avoir. C'est un scénario monstrueux.

— Je suis d'accord, déclara Fausta d'une voix douce, et je ne peux imaginer ni sa douleur ni la tienne. Mais si tu regardes un instant au-delà, tu sais désormais qui tu es et d'où tu viens. Tu n'auras pas à passer le reste de ta vie à te poser des questions et à attendre.

Nico hocha lentement la tête sans la lâcher du regard.

— C'est vrai.

— Tu sais, je suis allée à Rome pour rendre visite à ma tante Ottavia. Je l'adore ! Elle est apaisante, joyeuse et souvent de bon conseil. Alors que nous bavardions, j'ai commencé à réaliser qu'il était égoïste de ma part d'être blessée par ta décision de rompre. J'ai mieux saisis l'importance de tes recherches et la nécessité de devoir trouver tes origines pour mieux construire ton avenir. Toutes ces années, tu as fait un voyage qu'il fallait faire seul. Je comprends mieux cela maintenant. J'admets que je n'ai pas apprécié, mais j'ai refusé de me vautrer dans ma douleur et j'ai décidé de me concentrer sur l'aide à l'orphelinat.

Nico ne pouvait détacher son regard d'elle. Décidément, il n'existait pas deux femmes comme Fausta Rossiano.

— Alors tu ne m'en veux pas d'avoir essayé de te joindre ce soir ?

Son regard devint féroce et elle se pencha en avant comme si elle allait le mordre.

— Je ne t'aurais jamais pardonné si tu ne l'avais pas fait.

Nico était convaincu de la sincérité de Fausta : elle était son alliée

— Qu'est-ce qui va se passer, maintenant ?

— Maintenant que je sais mes parents morts et enterrés, je peux continuer à vivre ma vie de médecin à Domodossola.

— Moi, je crois qu'ils te mettent la pression pour que tu deviennes roi de La Valazzura.

Il eut un demi-sourire. Décidément, Fausta était une vraie princesse…

— J'ai été approché par Basil et le Premier ministre pour examiner cette opportunité, en effet.

— Ce n'est pas surprenant. Je me souviens des paroles de papa, il y a quelques jours, au petit déjeuner : il disait qu'il était tragique qu'il n'y ait pas de fils pour monter sur le trône de La Valazzura.

— Ton père avait raison. Malheureusement, le seul disponible est un bâtard, enfant de l'amour, mais fort peu qualifié pour diriger un pays.

Un sourire éclaira son beau visage.

— Je n'en suis pas sûre. Tu as été éleveur de porcs. Cela compte pour tous les agriculteurs qui ont besoin que leur roi comprenne ce qui nourrit ses citoyens.

— Sois sérieuse, Fausta !

— Je suis très sérieuse. Tu es médecin, à une époque où les soins de santé sont le principal souci de tous les chefs d'État sur terre. Personne ne peut en savoir plus que toi à ce sujet. D'ailleurs, qui pourrait mieux dicter les politiques d'immigration ou comprendre le sort des orphelins et des réfugiés de guerre qu'un roi qui a grandi dans un orphelinat et a dû se battre pour survivre ?

— Fausta...

— C'est vrai ! Plus j'y pense, moins je peux concevoir un homme dans le monde d'aujourd'hui qui serait plus à la hauteur des exigences de ton pays que toi.

Il s'esclaffa, bien qu'il soit profondément touché par les paroles de Fausta.

— Tu oublies la faction du gouvernement qui s'opposait à la politique de mon père. Un de ses cousins, Giuseppe Umberto, a été à l'origine de la guerre il y a trente ans et mène en ce moment une campagne pour être désigné roi par le Parlement.

— Il existera toujours un parti d'opposition. Ce Giuseppe sait-il que tu existes ?

— Je crains que ce soit le cas, à présent.

— Qu'en pense la reine ?

— Je n'en ai aucune idée. Je crois qu'elle n'a pas encore surmonté le choc de savoir que je suis en vie.

— Elle l'ignorait ?

— Elle savait qu'il y avait eu un enfant, mais elle pensait que j'étais mort. On ne lui a jamais dit que j'avais été mis en sécurité. Lorsque Basil m'a fait entrer au palais pour la rencontrer, j'ai cru qu'elle allait s'évanouir. Mon père et moi nous ressemblons beaucoup. Je vais te montrer.

Nico sortit quatre photos de sa poche et les lui donna. Deux d'entre elles étaient celles que Basil lui avait données ; les deux autres étaient des clichés de son père, l'un pris quand il était plus âgé, l'autre juste avant sa mort. Fausta poussa un petit cri de surprise.

— C'est incroyable ! Tu n'as pas besoin d'un test ADN. Pas étonnant que la reine soit entrée en état de choc. Et ta mère était tellement belle ! Quelque chose dans son regard me fait penser à toi. Comme c'est dur pour toi de n'avoir jamais eu la chance de les connaître.

Elle posa les photos sur le lit. Elle retenait visiblement ses larmes.

— Je ne sais pas quoi dire…, murmura-t-elle.

— J'ai bien peur que ce soit *mon* dilemme.

— Je comprends, dit-elle, empathique et compréhensive.

Nico eut soudain besoin de la serrer dans ses bras. Désespérément besoin. Il la rejoignit au bord du lit. Ils s'agrippèrent l'un à l'autre et s'embrassèrent à perdre haleine. Ce soir, il avait découvert qu'elle était son rocher.

— Tu m'as terriblement manqué, Nico.

— C'est réciproque…

Il ne pouvait pas se passer d'elle. Il avait besoin d'elle.

— Tu dois m'arrêter, Fausta. Il faut que je descende prendre une chambre. J'ai des gardes du corps, à présent. Si on ajoute les tiens, difficile d'être discrets.

Elle l'embrassa.

— Tu vas découvrir ce que c'est que d'être membre d'une famille royale. J'ai toujours détesté ça !

— Je crois que je commence à comprendre pourquoi, chuchota-t-il. C'est quand même le comble de l'ironie, non ?

Il dévora de nouveau ses lèvres sensuelles. Il dut faire appel à toute sa volonté pour s'écarter d'elle.

— Demain matin, je passerai dans ta chambre et nous

prendrons le petit déjeuner ensemble avant d'aller à Sainte-Agathe. Je veux voir la magie que tu y as insufflée.

Fausta le serra plus fort dans ses bras.

— Je ne veux pas que tu partes.

— Crois-tu que j'en ai envie ? répliqua-t-il d'une voix rauque de désir. Mais il y a trop de choses en jeu, à commencer par ta réputation.

Elle marqua sa désapprobation d'un claquement de langue et leva les yeux au ciel en le libérant de son étreinte.

— Je t'ai déjà dit que je ne me préoccupais pas de ce que voulaient mes parents.

— Mais moi, si.

— Tu penses déjà comme un roi, lui reprocha-t-elle en se renfrognant.

— Non. Je pense que toi et moi allons avoir beaucoup de choses à nous dire dans les trente prochains jours.

— Pourquoi trente jours ?

— C'est à ce moment-là que je devrai faire connaître ma décision à Basil Bruno et au Premier ministre.

— Je vois...

— La reine devra être d'accord, puis je serai présenté au vote du Parlement, qui votera. Giuseppe Umberto pourrait aussi remporter ce combat. D'ici là, toutes les options sont ouvertes.

Il se leva et se dirigea vers la porte.

— Maintenant, il faut que je parte avant de ne plus en avoir la force. Bonne nuit, Fausta.

Cela la réduisit en miettes de voir Nico quitter sa chambre d'hôtel, mais Fausta n'avait pas le choix. Et tant pis aussi pour sa frustration physique – les baisers de Nico, ses mains sur son corps avaient mis le feu sous sa peau.

Dans la salle de bains, en se préparant à aller se coucher, elle se demanda ce qu'il avait voulu dire par « toutes les options sont ouvertes ». Il n'y en avait que deux, non ? Soit il restait médecin à Domodossola, soit il embrassait son destin à La Valazzura.

Lorsqu'elle se coucha, elle se tourna et se retourna dans son lit, affreusement tourmentée. Lorsque Nico lui avait annoncé qu'il prenait la route pour la rejoindre, elle avait cru que c'était pour lui déclarer sa flamme et la demander en mariage. Elle avait imaginé qu'il avait changé de point de vue et que ce n'était pas grave s'il ne retrouvait pas ses parents, car il ne voulait pas continuer son voyage sans elle ; et si un jour il obtenait les informations qu'il cherchait, Fausta serait avec lui et l'avenir s'arrangerait de lui-même.

Elle avait eu le temps de se faire un film. Ensemble, ils luttaient contre l'opposition de ses parents et s'installaient dans une charmante maison avec un grand jardin pour y élever leurs enfants. Ils avaient une longue vie de bonheur à deux devant eux. Dans sa chambre d'hôtel, en attendant son arrivée, elle s'était préparée à lui dire qu'elle l'aimait plus que la vie elle-même. Qu'elle était folle de lui.

Rien ne s'était déroulé comme prévu...

Nico avait trouvé ses parents. Il était le fils et l'héritier du roi Carlo Umberto de La Valazzura. Seigneur, c'était tellement *incroyable* !

La part noble de l'âme de Nico voulait selon Fausta honorer son père en suivant ses traces. Dans cette optique, tout ce qui lui était arrivé dans sa vie jusqu'à l'irruption de Basil Bruno avait été une préparation. Elle devinait que dans le secret de son cœur, il avait déjà pris sa décision...

Mais son cœur à elle ne pouvait adhérer. Comment cela serait-il possible alors qu'elle aurait préféré ne pas être née dans une famille royale ? Sa vie de princesse ne lui avait procuré que peu de plaisir. Lors du couronnement d'Enrico, Fausta avait confirmé à Donetta qu'elle avait l'intention d'épouser un roturier et que rien ne la ferait changer d'avis. Sa sœur lui avait répondu : « Méfie-toi de tes désirs. » *Prémonition ?* se demanda-t-elle tandis qu'un frisson la traversait.

À présent, le roturier dont elle était tombée amoureuse était devenu fils de roi. Elle ne pouvait pas en être heureuse, ni pour lui ni pour elle-même. Nico serait toujours l'amour de sa vie, mais il n'était pas celui qu'elle pensait. Cela changeait tout. Et cela la rendait triste. Lorsqu'elle était tombée follement amoureuse de lui, elle ne s'imaginait pas que cela la ferait autant souffrir.

Elle essaya de se raisonner, de se débarrasser du chagrin qui la grignotait de l'intérieur. N'était-ce pas égoïste de sa part de se sentir déchirée de la sorte ? Nico avait atteint le but qu'il s'était fixé, à savoir découvrir qui il était et d'où il venait. Ne devrait-elle pas se réjouir pour lui ?

Elle s'endormit avec cette pensée en tête.

Lorsqu'ils arrivèrent à l'orphelinat, les enfants étaient en train de jouer dans la cour. Fausta suivit Nico dans la salle commune. Il était splendide avec son pantalon kaki et sa chemise en lin. Il poussa un sifflement admiratif en observant le nouvel aménagement de l'immense pièce.

— Alors, qu'en penses-tu ? lança-t-elle, anxieuse d'avoir son avis.

— La transformation est incroyable !

Un tableau sur roulettes présentait les travaux des enfants à partir de photos qu'ils avaient imprimées eux-mêmes. Chacun avait signé son œuvre. Nico les étudia, un sourire ému aux lèvres.

— Eh ! Voici un robot conçu par mon homonyme !

— Nicolo est un mignon petit rouquin de sept ans. Il est fou de tout ce qui touche à l'informatique et ne veut rien faire d'autre. Il deviendra peut-être un génie de la technologie.

Nico leva les yeux vers elle, l'enveloppant de chaleur.

— Et ce sera grâce à toi. Je suis impressionné. Tu es vraiment une merveille, Fausta.

Son pouls s'accéléra.

— C'était tellement amusant d'enseigner aux enfants ! Ils sont intelligents et apprennent rapidement. J'aurais dû devenir enseignante dans une école primaire.

Il s'approcha d'elle.

— Pourquoi ne pas l'avoir fait ?

— Ce n'est pas le genre de chose que les filles du roi Victor sont autorisées à faire.

— Oui, bien sûr... Combien de temps comptes-tu rester ici ?

— C'est mon dernier jour.

— Cet endroit s'effondrera sans toi !

Elle pouffa à sa plaisanterie.

— Oh ! non ! Les sœurs ont appris aussi et aideront les enfants.

— Ce ne sera pas pareil.

— Ils vont me manquer terriblement, mais pas longtemps.

— Que veux-tu dire ?

— Dès mon retour à Domodossola, je vais visiter les orphelinats du royaume. Je ne sais même pas combien il y en a. Ensuite, je vais mettre en place de nouvelles collectes de fonds pour acheter plus d'ordinateurs et d'imprimantes. Ce sera mon projet à partir de maintenant. Tous les enfants ont faim d'apprendre.

Soudain, un groupe d'enfants entra en courant dans la pièce et tous se précipitèrent vers les ordinateurs.

— Les enfants ? lança Fausta d'une voix forte pour couvrir le chahut. Avant de commencer, j'aimerais vous présenter le Dr Barsotti. Il a vécu lui aussi à Sainte-Agathe.

— Combien de temps ? demanda la petite Teresa.

— Dix ans, répondit Nico.

— Avez-vous été adopté ?

Cette question inattendue toucha Fausta au cœur. Elle ne pouvait qu'imaginer ce que Nico ressentait en cet instant.

— Non. Pourtant, j'avais plusieurs amis qui veillaient sur moi. Mais à mon époque, nous n'avons jamais eu d'ordinateurs ou de professeur comme la *signorina* Rossiano.

— Elle n'est pas nonne, déclara Sergio.

Nico sourit.

— C'est un bon ou un mauvais point ?

— Un bon ! Elle est amusante !

— Tu as raison. Votre professeur n'est pas seulement amusante : je n'ai jamais rencontré quelqu'un d'aussi doux et généreux.

Fausta baissa les yeux. Elle avait rougi comme une collégienne.

— Aujourd'hui, intervint-elle en lui décochant un regard malicieux, mon ami le Dr Barsotti va travailler avec nous. On commence ?

Ils s'attelèrent à la tâche. Nico se débrouillait comme un chef avec les enfants. Elle avait beaucoup de mal à ne pas le regarder sans cesse, et ils échangèrent quelques coups d'œil complices. Après deux heures avec ce premier groupe, elle leur annonça que cette leçon avait été la dernière. Les gamins manifestèrent tous leur déception. Certains avaient les larmes aux yeux.

— Mais je reviendrai vous voir dans un mois, leur promit-elle.

Elle était désormais liée à ces orphelins. Si elle l'avait pu, elle les aurait tous adoptés.

— Pourquoi tu dois partir ? demanda Maria du haut de ses huit ans.

— Je vais aider dans d'autres orphelinats.

Une des religieuses escorta les enfants hors de la salle, puis un autre groupe leur succéda devant les écrans. Nico et Fausta se remirent à la tâche jusqu'à 5 heures. Au moment où le dernier orphelin quittait la salle commune, elle se prit le visage dans les mains, submergée par l'émotion.

Nico vint derrière elle et l'entoura de ses bras. Il enfouit le visage dans ses cheveux.

— Je n'aurais manqué ce jour pour rien au monde. Tu as illuminé leur vie et ils ne t'oublieront jamais.

— Ils ont illuminé la mienne, murmura-t-elle en s'essuyant les yeux, avant de se retourner : Merci pour ton aide. Te voir travailler avec les enfants alors que tu as été l'un d'entre eux autrefois, c'était...

Nico la fit taire d'un baiser. C'était si sensuel, si passionné qu'elle en oublia où ils étaient. Elle aurait voulu que cela dure pour l'éternité.

— *Signorina* Rossiano ?

Ils s'écartèrent brusquement l'un de l'autre, comme s'ils avaient été pris en faute. Un peu honteuse et gênée, Fausta se tourna vers Maria, qui était revenue dans la pièce. La fillette aux longs cheveux noirs se précipita vers elle et l'enlaça en sanglotant.

— Je ne veux pas que tu partes !

— Je ne le veux pas non plus, mais je te reverrai avant la fin de l'été.

— Promis ?

— Promis.

Elle lui donna un baiser sur le front. Maria trottina hors de la pièce.

— Oh ! Nico..., soupira-t-elle, bouleversée.

Il passa le bras autour de ses épaules.

— Allons à l'hôtel nous rafraîchir. Puis nous irons dîner à Biella. Nous avons plein de choses à nous dire avant demain matin et notre retour à Domodossola.

8

Nico s'appuya au dossier de sa chaise pour boire une gorgée de vin pendant qu'il dévorait des yeux Fausta, dont le profil parfait était sublimé par la lueur des bougies. Aucune femme au monde n'était plus belle qu'elle.

— Je me souviens être passé devant ce restaurant à l'âge de quatorze ans, lorsque j'ai visité Biella pour la première fois. Des gens bien habillés étaient assis dans ce patio et mangeaient des plats dont je ne savais même pas qu'ils existaient. Ils semblaient ne pas se soucier du monde. Je ne pouvais concevoir leur mode de vie.

Fausta lui retourna un sourire triste.

— Et bientôt, d'autres adolescents de La Valazzura verront leur nouveau roi traverser la ville en calèche après son couronnement. Ils ne seront pas capables de concevoir ton monde à toi.

Ses paroles le troublèrent. Il posa son verre à moitié vide sur la table.

— Tu crois que j'ai déjà pris ma décision ?

— N'est-ce pas le cas ?

Fausta avait toujours été directe. C'était l'une des nombreuses qualités qu'il aimait chez elle.

— Tes parents ne sont peut-être plus en vie, mais ton héritage est toujours là. Il t'attend.

— Je n'en suis pas du tout sûr.

Les magnifiques yeux bleus de sa princesse l'étudièrent avec attention.

— Je me souviens que tu m'as dit que si tu découvrais que tes parents étaient de Domodossola, tu resterais. Mais que si tu les trouvais ailleurs, leur pays serait le tien. Je sais que tu pensais chacune de ces paroles.

Nico soupira.

— Je ne pensais pas qu'une autre femme serait tourmentée de me savoir en vie.

— Même si elle te croyait mort, la reine était au courant de toute l'affaire. À ce stade, tu dois bien avoir une petite idée de ce qu'elle ressent pour toi au fond d'elle.

— Ça n'aide pas que je ressemble autant à mon père. Essaye de te mettre à sa place.

Fausta parut réfléchir à ses paroles.

— Étaient-ils amoureux au début, ou était-ce un mariage arrangé ? demanda-t-elle.

— Leur mariage a été arrangé, mais ils sont tombés amoureux avec le temps. Basil m'a confirmé qu'il s'agissait d'une union heureuse, du moins jusqu'à ce qu'ils comprennent qu'il n'y aurait pas d'enfants.

Après un silence prolongé, Fausta se pencha en arrière.

— Si c'est vrai, et qu'il a eu une liaison…

Elle s'interrompit et secoua la tête, puis posa les avant-bras sur la table.

— Si cela m'était arrivé, cela m'aurait anéantie ainsi que tout l'amour que j'avais pour lui. Je serais partie et j'aurais demandé le divorce. J'ai peur de me connaître trop bien. Cela me détruirait de voir l'enfant de leur amour monter sur le trône alors que je n'avais pas pu avoir de bébé avec lui.

— C'est ce que je pensais que tu dirais.

Elle lui prit la main.

— Je suis désolée, Nico. Je ne voulais pas te faire de mal.

— Tu n'as fait que dire la vérité, Fausta, et c'est ce que je veux. Afin d'atténuer ma douleur, Basil et le Premier ministre m'ont décrit à satiété quel grand homme il était. Pourtant, faire subir cela à sa femme… Loin de moi l'idée de juger, mais…

— … Mais c'était ton père, compléta-t-elle avec une émotion

visiblement sincère. Tu voulais l'aimer tel qu'il était, quels que soient ses défauts. Il était l'homme que tu as idolâtré, consciemment ou non, sans rien savoir de lui.

— Tu me comprends mieux que je ne me comprends moi-même, on dirait... Mais il n'y a pas que mon père que j'avais paré d'innombrables vertus. Comment ma propre mère a-t-elle pu se résoudre à fréquenter un homme marié ?

— Tu crois qu'elle savait qu'il était le roi ?

Nico approuva d'un signe de tête.

— Liliane m'a tout raconté. Ils se disputaient parce qu'elle voulait adopter et il était catégorique : il ne voulait pas élever l'enfant de quelqu'un d'autre. Pendant cette période difficile, il est parti visiter plusieurs cimetières militaires à travers le pays afin d'honorer les héros tombés au combat. C'était en hiver, il a attrapé une grippe sévère et a dû être hospitalisé.

— Oh ! mon Dieu...

— Il a dû rester couché pendant près d'une semaine à Mesecino, où une jeune infirmière s'est occupée de lui. Aussitôt qu'elle l'a pu, Liliane a rejoint son royal époux. Mais, dès qu'elle est entrée dans sa chambre d'hôpital, elle a deviné que quelque chose s'était passé. Mon père était plus distant, et il est devenu évident que l'infirmière et lui avaient eu une aventure.

— Cette histoire est tellement tragique, chuchota Fausta.

Nico ne pouvait être que d'accord.

— Selon Liliane, leur liaison cachée a ensuite duré environ un an. Un jour, mon père lui a tout avoué, y compris le fait qu'il avait eu un petit garçon. À ce moment-là, la guerre avait déjà éclaté. Il a supplié Liliane de lui pardonner sa faiblesse, en lui affirmant qu'il l'aimait et l'aimerait toujours. Il a également promis qu'il ne reverrait jamais ma mère ni leur bébé. Il a pris des dispositions pour qu'on s'occupe de nous au mieux ; c'est Basil qui s'en est chargé. Mon père a tenu la promesse faite à Liliane, mais rien n'a plus jamais été pareil entre eux.

— Évidemment, il n'aurait pas pu en aller autrement, affirma Fausta, l'air dévasté. Alors qu'est-ce que tu dis, maintenant ?

Il termina son verre de vin.

— Basil et le Premier ministre veulent que je prenne ma place en tant qu'héritier présomptif du trône. Ils estiment que le Parlement serait derrière moi. La reine n'a pas voix au chapitre : elle ne peut légalement pas s'opposer à mon accession au trône. Mais je leur ai dit que si elle ne parvenait pas surmonter sa douleur, et je ne vois pas comment elle le pourrait, alors il n'y avait aucune chance que j'envisage de lui fendre à nouveau le cœur. Mon père l'a déjà fait une fois.

— Nico, s'il te plaît, ne laisse pas ce que j'ai dit t'influencer de quelque façon que ce soit.

— Ce n'est pas le cas. Liliane m'a parlé franchement et j'en ai été malade. J'ai quitté La Valazzura sur cette condition : je réfléchirai à l'opportunité de me présenter devant le Parlement seulement si Liliane elle-même m'annonce avant la fin des trente jours que cela ne la détruirait pas. Le palais royal est sa maison depuis qu'elle a quitté celui de son père, en Slovénie, pour se marier. Elle est une figure emblématique, peu importe qui monte sur le trône.

— Pauvre femme... Je souffre pour elle. Et je souffre pour toi. J'aimerais pouvoir t'enlever ta douleur.

— Tu l'as déjà fait en étant simplement toi. J'avais besoin de cette journée avec toi. J'ai maintenant hâte de retourner au travail tant que tu es libre tous les soirs et tous les week-ends pour que nous soyons ensemble. Une fois que tu auras dit la vérité à tes parents à mon sujet, ils pourraient même m'ajouter au dernier échelon de leur courte liste de prétendants convenables.

Si Nico avait imaginé qu'elle sourirait à sa plaisanterie, il s'était fourré le doigt dans l'œil.

— Ça te dérange si on retourne à l'hôtel ?

— Est-ce que j'ai dit quelque chose qu'il ne fallait pas ? demanda-t-il en la voyant se refermer comme une huître.

— Non, répondit-elle sans le regarder. Mais je préfère continuer cette conversation loin des oreilles indiscrètes.

Nico fit rapidement du regard le tour du patio. En effet, plusieurs personnes avaient probablement reconnu la princesse Fausta Rossiano.

— Je suppose que tu ne veux pas de dessert…, hasarda-t-il.
— Non, mais prends-en un si ça te fait plaisir.
— Je préfère être seul avec toi.
Il paya l'addition et ils quittèrent le restaurant sans que l'ambiance se soit réchauffée entre eux deux.

Le court trajet jusqu'à Mottalciata se déroula en silence. Sur le parking de l'hôtel, Nico se gara à côté de la voiture de Fausta et coupa le contact. Il se tourna vers elle.
— Pourquoi est-ce que cela t'a autant dérangée que je mentionne tes parents ?
— Je préfère ne pas en parler.
— Fausta, nous n'avons pas de secrets l'un pour l'autre. Je ne veux pas commencer maintenant.
Pour la première fois depuis de trop longues minutes, elle le regarda enfin dans les yeux. Ses yeux brillaient de larmes contenues.
— J'ai passé ma vie à regretter d'être membre de la famille royale, à souhaiter pouvoir être comme tous mes amis. Non seulement pour faire mes propres choix, sans la contrainte du protocole et des règles de mon milieu, mais aussi parce que je suis choquée par les inégalités sociales.
— Je suis conscient de ce que tu ressens, chuchota-t-il.
— Alors tu te rends probablement compte qu'il est très étrange pour moi de t'entendre dire que tu es peut-être devenu un « prétendant convenable » pour mes parents maintenant que tu as un arbre généalogique qui remonte à des centaines d'années. Aucun humain ne devrait avoir à se soucier d'être assez bien né pour pouvoir s'associer à un autre humain.
— Fausta…
Il l'attira à lui et embrassa les larmes sur ses joues.
— Je suis désolée d'être aussi bouleversée après ce charmant dîner, Nico. Pardonne-moi. Tant de choses me font souffrir. J'aimerais que tu puisses profiter de l'histoire d'amour de tes parents. Ils ont dû être attirés l'un par l'autre au point de

renoncer à leurs principes. Comme il a dû être difficile pour eux de se séparer ! Ton père n'a jamais pu te revoir.

Elle enfouit le visage dans son cou et pleura doucement.

— Je suppose qu'il a été encore plus difficile pour lui d'avouer la vérité à sa femme tout en continuant à gouverner, murmura Nico. Je suis heureux de n'avoir rien su jusqu'à aujourd'hui.

Elle leva la tête et le regarda dans les yeux.

— Dieu merci, tu as été mis en sécurité à temps ! Tes parents seraient si fiers de toi s'ils savaient quel homme extraordinaire tu es devenu. Peut-être le voient-ils, d'où ils sont...

— *Bellissima*, souffla Nico à son oreille.

Il l'étreignit plus fort. Fausta lui passa la main dans les cheveux.

— N'est-il pas étonnant qu'après toutes les recherches que tu as faites, c'est Basil qui soit venu te trouver avec des informations que soi-disant lui seul pouvait te fournir ? Sait-il si ta mère a encore de la famille en vie ? Tu as peut-être des oncles et des tantes qui pourraient t'en dire plus sur elle.

Il prit une profonde inspiration.

— Nous n'avons pas encore eu le temps d'aborder ce sujet. Pendant les cinq jours que j'ai passés à La Valazzura, le Premier ministre et Basil ont essayé de m'enfoncer dans le crâne cent ans de l'histoire de leur pays.

— Oh ! non ! s'exclama Fausta en riant. Et la famille de ton père ?

— À part le cousin félon dont je t'ai parlé, Giuseppe, tous les proches sont décédés à cause des ravages de la guerre.

— Je me rends compte que je suis fatigante avec mes questions, désolée.

— Au contraire, j'adore ça ! Sinon je n'aurais pas conduit jusqu'ici à la seconde à peine de retour à Domodossola. J'ai besoin que tu m'aides à donner un sens à tout cela. Retournons dans ta chambre. Nous avons toute la nuit pour être ensemble.

— Ce ne serait pas une bonne idée, et je ne parle pas de nos gardes du corps. Je ne me fais pas confiance, seule avec toi, alors il vaut mieux que nous parlions dans la voiture.

Nico faillit hurler sa frustration. Il ne voulait pas la laisser partir.

— Tu sais à quel point j'ai envie de toi ? Tu n'as pas idée de l'intensité de mon désir pour toi.

— Ton père a probablement dit la même chose à ta mère avant qu'ils ne perdent la tête. Et leurs vies en ont été bouleversées. Toi et moi ne pouvons pas nous permettre de faire la même chose.

— Mais cela n'a pas de sens ! riposta-t-il.

— Oh ! si. Tout peut arriver dans les trente prochains jours. Je suis convaincue que tu auras des nouvelles de la reine. Elle a aimé ton père, autrefois. Elle voudra que tu reviennes à La Valazzura et que tu ailles devant le Parlement, avec les nombreuses qualités qui ont fait de lui un grand roi que même mon propre père admirait.

— On dirait que tu as beaucoup plus la foi que moi…

— S'il te plaît, écoute-moi, Nico. Il serait tragique pour Basil Bruno et le Premier ministre de recevoir un message leur apprenant que la princesse Fausta Rossiano de Domodossola, encore célibataire, est la maîtresse du roi présomptif avant même que le trône ne soit à lui. La presse se déchaînerait et te mettrait en pièces.

— À toi de m'écouter, à présent, dit-il doucement en lui caressant la joue. Tu ne peux pas ignorer à quel point je suis amoureux de toi, si ?

— En fait, je l'ignore, répliqua Fausta avec un mouvement de recul, le visage inondé de larmes. Tu ne pouvais pas me dire ce que tu ressentais jusqu'à maintenant parce que tu n'osais pas dire ces mots à une princesse. Angelo t'a vraiment inculqué cette vision de la différence des classes : un roturier ne peut pas aimer une aristocrate. Tu as toujours eu le sentiment que tu ne méritais pas d'être avec moi. Et maintenant que tu sais d'où tu viens et que tu nous estimes égaux, tu as le droit de prononcer ces mots d'amour ?

— Fausta…

Il essaya de l'embrasser, mais elle se déroba.

— J'avais besoin de t'entendre dire que tu m'aimais quand nous étions dans ton appartement, avant que tu ne saches qui tu étais. J'aurais fait n'importe quoi pour toi. Mais tu ne pouvais pas dire les mots. C'est pourquoi une relation basée sur ce que nous avons eu jusqu'à présent ne repose pas sur grand-chose.

— Ne parle pas comme ça, *amore mio*, la supplia-t-il.

— Nico, nous avons volé des moments, nous avons toujours été en sursis. Tu as rompu avec moi en me disant que tu devais mener seul la quête de tes origines. La vraie raison, c'était que tu ne nous voyais pas finir ensemble. J'ai cru mourir. Le lendemain matin, j'ai eu du mal à réaliser que j'étais encore en vie.

Lorsqu'il voulut essuyer les larmes de ses joues, elle n'esquiva pas son geste.

— Tu ne sauras jamais ce que j'ai vécu de mon côté...

— Cela n'a plus d'importance, à présent. Lorsque tu partiras pour La Valazzura, et je sais que tu le feras, tu trouveras sur ton bureau une liste de princesses qui meurent d'envie de te rencontrer. Tu auras alors le temps et la liberté de trouver la femme qui te convient, celle qui gagnera ton cœur et te donnera des enfants.

— Tu es la femme qui a conquis mon cœur. Je veux des enfants avec toi et avec personne d'autre. Que je devienne roi ou que je reste médecin, il n'y a personne d'autre en ce monde pour moi que toi.

Elle secoua la tête.

— Je suis certaine que tu le penses, mais tu es suspendu en hauteur entre deux mondes. J'observe d'en bas et je souffre.

— *Mia amata*

Il lui prit le visage en coupe dans les mains et l'embrassa avec passion. Lorsqu'il s'écarta de Fausta, ses yeux brillaient et elle avait les joues rouges.

— Quel que soit le monde que je choisis, il me faut la réponse à une question.

Nico mit la main dans sa poche et en sortit une bague.

— Fausta Rossiano, veux-tu m'épouser ?

Le cœur de Nico battait à se rompre. Il s'efforça de dominer son émotion.

— C'est un diamant bleu, proche de la couleur de tes yeux. Je l'ai acheté après la journée que nous avons passée ensemble à la campagne. Voilà à quel point mon amour pour toi a été réel depuis le début.

Fausta semblait incrédule, perdue. Elle cligna plusieurs fois des yeux, comme si elle voulait s'assurer qu'elle ne rêvait pas. Un souffle s'échappa de ses lèvres. Nico voulut lui prendre la main gauche, mais elle ne le laissa pas faire.

— Je... je ne peux pas l'accepter, bégaya-t-elle.

— Au nom du ciel, pourquoi pas ? s'écria-t-il, au supplice. As-tu décidé que tu ne m'aimais pas ?

— Ne sois pas ridicule. Je suis amoureuse de toi. J'ai perdu la tête le premier soir où tu m'as emmenée dîner.

— Alors, pourquoi refuser cette bague ?

Elle jeta sa tête en arrière.

— Si le Dr Barsotti me demandait de passer le reste de ma vie avec lui, je la mettrais moi-même à mon doigt et ne l'enlèverais jamais. Mais tu n'es pas Nico Barsotti. Tu t'appelles Massimo Carlo Umberto, le futur roi de La Valazzura, et tu seras un souverain remarquable.

— Tu ne le sais pas ! gronda-t-il, fou de frustration. Bon sang, je ne sais même pas encore ce que je vais décider !

— C'est encore trop frais, mais fie-toi à mon sixième sens. Contrairement à toi, je sais qui je suis depuis que je suis toute petite : une princesse aimée qui devait rester assise pour les photos de la famille royale et attendre interminablement pour voir mon père quelques minutes. Je n'aimais pas cette vie et je ne l'aime toujours pas. Je veux épouser un homme qui mène une vie normale, comme le magnifique médecin dont je suis tombée amoureuse.

— Fausta...

D'un geste de la main, elle interrompit sa protestation.

— Lorsque tu nous as préparé le dîner dans ton appartement, je pensais que tu allais me déclarer ta flamme. J'avais imaginé notre vie ensemble. J'ai même été jusqu'à imaginer que si nous ne pouvions pas avoir d'enfant, nous irions à l'orphelinat et adopterions un petit Nicolo ou une petite Maria.

Elle pressa les lèvres contre les siennes et murmura contre sa bouche :

— Mes rêves me tiendront chaud quand je serai vieille. Dans des années, je me souviendrai que le grand roi de La Valazzura m'a demandée un jour de l'épouser.

Elle s'écarta de lui et ouvrit la portière.

— Et maintenant, je vais te dire bonne nuit et au revoir. N'essaye pas de me croiser dans l'hôtel ni de m'appeler. J'ai besoin d'être seule.

— Que dois-je faire, Enzo ?

Nico n'avait pas dormi de la nuit. Il s'était rendu au *castello* le lendemain matin, après avoir vu depuis la fenêtre de sa chambre Fausta quitter l'hôtel dans sa voiture. Son cœur était parti avec elle, le laissant à l'agonie.

Il venait d'expliquer la situation à son mentor aux cheveux blancs, qui le regardait d'un air grave.

— J'aimerais pouvoir t'aider. Le seul conseil que je puisse te donner est de ne pas prendre ta décision à la hâte ; parce que si c'est la mauvaise, tu vivras une vie de regrets.

— C'est ma plus grande crainte. Je n'ai qu'un mois avant de devoir agir d'une manière ou d'une autre. Il y a tant d'inconnues, Enzo. Fausta m'a apporté le plus grand bonheur que j'ai jamais connu. Il ne peut y avoir de joie dans ma vie sans elle. Elle illumine mon monde. Non, elle illumine le monde entier.

— Je suis bien d'accord ! intervint Pippa. Même quand elle était petite, elle avait un esprit et une vivacité d'esprit que nous avons immédiatement remarqués. D'après Lorenzo, elle a été une source d'inquiétude pour ses parents, car elle n'est pas aussi docile que ses sœurs. Elle n'a jamais très bien accepté le fait d'être membre de la famille royale. C'est un esprit libre.

Nico s'agrippait au dossier d'une chaise comme à une bouée, incapable de s'asseoir.

— Elle me l'a douloureusement fait comprendre hier soir en refusant la bague que je voulais lui offrir.

— Fausta est la fille de Victor, dit Enzo, et elle très sage malgré son jeune âge. Non seulement elle a prouvé qu'elle avait bon goût en tombant amoureuse de toi, mais elle a appris à ne pas se précipiter tête baissée. Donne-lui le temps d'assimiler ce que tu lui as dit.

— Si vous l'aviez entendue hier soir, vous sauriez qu'il n'y a aucun espoir.

— Il y a toujours de l'espoir quand il y a de l'amour, répliqua Pippa en souriant.

— Je prie pour que tu aies raison !

— N'oublie pas qu'elle s'est imaginé devenir l'épouse d'un médecin, au risque de rompre avec sa famille. Tu l'as obligée à prendre un grand virage.

— Un virage royal qu'elle n'aime pas, renchérit Enzo.

— Fausta a besoin de temps pour s'habituer au fait que tu pourrais devenir le roi d'un pays étranger pour vous deux.

— Ce que j'ai encore du mal à appréhender, affirma Nico.

— Je crois que sa peur n'a pas seulement pour origine la perspective de vivre une vie royale avec toi. Fausta a vu sa mère attendre, attendre, attendre et supplier pour chaque moment précieux d'intimité avec son mari. Elle-même devait presque prendre rendez-vous si elle voulait voir son père. Il n'est pas étonnant qu'en grandissant, elle ait commencé à se construire l'image idéale d'un mari qui serait à la maison tous les soirs à 18 heures, un homme qui accorderait du temps et de l'attention à ses enfants. Ce qui la terrifie le plus, c'est que vous aurez rarement du temps ensemble quand tu seras roi. Je ne peux pas blâmer Fausta de redouter ce scénario.

— Pippa a raison, *mio figlio*. Alors, sois patient tandis que Fausta envisage comment à la fois devenir reine et ne pas gâcher votre amour.

— Je l'aime plus que tout au monde, déclara lentement Nico.

Les paroles de ses amis l'avaient éclairé et réconforté.

— Quel est ton plan, à présent ? demanda Enzo.

— Retourner à l'hôpital. Le Dr Silvio a assuré mes gardes et mes consultations, je lui suis redevable. Et attendre des nouvelles de la reine Liliane.

— Si tu as besoin d'aide ou de conseils, tu sais où nous trouver, Nicolo, déclara le vieil aristocrate d'une voix émue et solennelle.

— Surtout, ne laisse pas Fausta seule, ajouta Pippa. Peu importe ce qu'elle t'a dit, crois-moi, elle ne veut pas que tu restes loin d'elle. Dans son cœur, le soleil se lève et se couche avec toi. Je l'ai vu quand vous étiez tous les deux ici.

— Je veux le croire, Pippa.

Il les embrassa tous les deux.

— Qu'est-ce que j'aurais fait sans vous ? reprit-il, la gorge nouée. Tout le temps où je cherchais mes parents, je vous avais. J'ai été béni. Dès que j'ai des nouvelles, je viens vous voir et nous discuterons. Prenez soin de vous parce que j'ai besoin de vous.

Il monta dans sa voiture. Avant de mettre le contact, il ferma les yeux et adressa une prière à la princesse de son cœur. *Ne m'abandonne pas, Fausta.* Per l'amor di Dio, *n'abandonne pas.*

9

Durant tout le trajet retour jusqu'à Domodossola, Fausta ne cessa pas de pleurer. En arrivant au palais, son chemisier était littéralement trempé de larmes, elle avait les yeux rouges et des traces noires de maquillage sur le visage. Un désastre !

Pendant qu'elle conduisait, huit SMS étaient arrivés sur son téléphone portable. L'adrénaline jaillit dans ses veines quand elle constata que quatre d'entre eux émanaient de Nico. Elle se coucha sur son lit, désespérée. Elle résista longtemps, mais finit par craquer et lut le premier message :

Je t'aime, Fausta. C'est arrivé quand je suis entré dans la chambre de Tommaso et que je t'ai entendue lui faire la lecture.

Oh ! non... Les larmes avaient recommencé à couler sur ses joues. Au point où elle en était, elle lut aussi le second :

Nous sommes faits l'un pour l'autre. Je l'ai ressenti lorsque nous avons visité l'orphelinat la première fois, et je sais que tu l'as ressenti aussi.

Elle se leva avant d'ouvrir le troisième SMS, de peur d'en être incapable après.

Je ne te dirai jamais au revoir, alors ne crois pas que tu vas te débarrasser de moi. Cela ne sera pas possible.

Fausta pressa le téléphone contre sa poitrine, chamboulée, angoissée. Les doigts tremblants, elle cliqua sur le dernier message arrivé.

Je le pensais quand je disais que tu étais la seule femme pour moi. La seule qui ait jamais parlé à mon cœur et à mon âme. Cela n'arrive qu'une seule fois dans une vie. Je te préviens, je n'abandonnerai pas.

Elle avait besoin d'aide, de soutien, sinon elle allait s'effondrer. *Lanza !* Elle appela sa sœur. Celle-ci venait de coucher Ridolfo pour sa sieste et lui dit qu'elle arrivait.

Cinq minutes plus tard, Lanza entrait sans même frapper. Fausta courut vers elle et la serra dans ses bras.

— Dis-moi ce qui ne va pas, sœurette. Tu avais l'air dans tous tes états, au téléphone.

— Je ne sais pas par où commencer...

— C'est à propos de Nico ?

Fausta hocha la tête. Elles s'installèrent sur le canapé du salon.

— Ce que je vais te dire ne doit pas sortir de cette pièce.

Lanza haussa les sourcils.

— C'est si grave que ça ?

— Ça l'est pour moi.

— Fausta, ne me fais pas languir ! Je suis sur des charbons ardents !

Elle prit une grande inspiration et se lança :

— Nico a grandi dans un orphelinat à partir de l'âge de deux ans. Il y a un peu plus d'une semaine, il a découvert d'où il venait et qui étaient ses parents. Sa mère était une jeune infirmière à Mesecino, une ville de La Valazzura. Elle est tombée amoureuse de l'un de ses patients et ils ont eu une liaison. Il s'avère que le vrai nom de Nico est Massimo Carlo Umberto Fernando, et qu'il est le fils unique du roi Carlo di Savoia.

Les yeux de Lanza s'élargirent. Elle resta quelques secondes bouche bée.

— Le roi Carlo qui est mort récemment ? Le Dr Barsotti est son fils ?

— Son fils illégitime. Le roi Carlo et sa femme, la reine Liliane, ne pouvaient pas avoir d'enfants. Nedda Corelli, la mère de Nico et maîtresse du roi, est morte pendant la guerre civile qui a déchiré le royaume alors que Nico n'avait que deux ans.

Lanza étouffa un cri de surprise. Fausta lui raconta l'histoire de Nico et lui expliqua que le Premier ministre et le chef des services secrets voulaient qu'il se présente devant le Parlement pour être désigné roi légitime de La Valazzura. Elle narra également les réticences du jeune médecin, qui se souciait de l'avis et du ressenti de la reine.

— Mon Dieu, Fausta ! Tout cela est incroyable ! Donc, si la reine l'adoube, le Dr Barsotti sera le prochain souverain de La Valazzura !

— Oui. Je pensais avoir trouvé l'homme dont j'avais rêvé toute ma vie. Au lieu de cela, j'ai trouvé le genre de fiancé que j'ai fui toute ma vie !

— Il t'a demandé de l'épouser ? s'enquit Lanza avec un regard scrutateur.

— Oui, mais seulement après avoir découvert qu'il était le fils du roi Carlo.

— Allons, Fausta, tu sais pourquoi ! Il n'a pas osé te demander de l'épouser, croyant que tu étais destinée à épouser un prince.

— As-tu la moindre idée de la colère dans laquelle cela me met ? Je lui ai dit que je ne pouvais pas l'épouser et j'ai refusé sa bague. Il m'a dit qu'il l'avait achetée après notre premier voyage à Biella, mais il ne m'a pas demandée en mariage à ce moment-là.

— Quoi ? Tu veux dire qu'il t'a acheté une bague avant de connaître ses origines ? C'est courageux de sa part. Tu es folle de l'avoir rejeté alors que tu es follement amoureuse de lui !

— Je ne veux pas épouser un prince, un duc, ni un roi ! Tu le sais, pourtant, non ?

— Oui, je suis au courant, merci, ironisa sa sœur en levant les yeux au ciel. Mais ce roi-là se trouve être l'homme que tu aimes ! C'est le destin, cette rencontre. Papa et maman seront ravis quand ils l'apprendront. Ils te donneront leur bénédiction, c'est certain. Papa tenait le père de Nico en haute estime.

— Cela ne changera rien à ma situation. Je resterai assise dans mon palais jusqu'à la fin de mes jours pendant que Nico dirigera le pays et s'efforcera de me consacrer quelques minutes par-ci par-là. Non, merci, je préfère le célibat.

— N'oublie pas qu'il y aura des enfants.

— N'oublie pas que Stefano te fait voyager avec lui quand il doit aller visiter ses mines d'or partout dans le monde. Je t'envie.

— Dis-moi, sœurette, quand tu as découvert que Nico était orphelin, cela t'a-t-il fait l'aimer plus ? Ou moins au contraire ?

— Je… Je ne sais pas comment répondre à cela, bredouilla Fausta, désarçonnée (où donc Lanza voulait-elle en venir ?). J'admets que je l'admirais pour avoir si bien réussi sa vie en partant de rien, mais je suis tombée amoureuse de lui sans rien savoir de son passé.

— Comme tu l'aimais sans rien savoir de son passé, tu l'as accepté tel qu'il était quand tu en as su un peu plus. Tu aimais un orphelin devenu un médecin très occupé. Maintenant que tu as découvert qu'il était le fils d'un roi, pourquoi cela fait-il une différence ? Il t'aime et veut que tu l'épouses. Votre amour n'est-il pas plus important que des spéculations sur votre vie à deux quand il sera roi ?

Fausta ne prit pas la peine de répondre à cette question toute rhétorique. Lanza était lancée et alignait les arguments grâce à son esprit brillant et logique.

— Si je me souviens bien, tu as toujours affirmé qu'épouser un roturier rendrait le mariage plus intéressant. Rappelle-toi que Nico a passé sa vie dans la peau d'un roturier. C'est ce que tu voulais, non ? Qu'il soit fils de roi – et d'une roturière, ne l'oublie pas – ne peut que pimenter votre histoire. Penses-y avant de chasser de ton existence le grand amour, celui qui n'arrive qu'une fois dans une vie.

Un frisson traversa le corps de Fausta. Nico lui avait écrit ces mêmes mots…

Lanza se leva et l'embrassa sur la joue.

— Je dois aller surveiller Ridolfo. Je t'aime, sœurette. Tout va s'arranger.

Dieu t'entende ! songea Fausta en refermant la porte derrière sa sœur.

Fausta arpentait son salon en réfléchissant à ce que Lanza lui avait dit.

Ce que sa sœur avait vraiment sous-entendu, c'était qu'elle était égoïste, qu'elle voulait que le monde se plie à sa volonté, que tout se déroule comme elle l'avait prévu, rêvé, imaginé. Elle attendait de Nico qu'il reste à Domodossola pour elle, alors que son destin l'appelait sur le trône de La Valazzura. L'orphelin était le fils d'un roi estimé par ses pairs et adoré par son peuple. Nico pouvait aussi faire aider son pays natal en essayant d'honorer cet héritage.

Pourtant, il avait eu le cran de l'aimer ! Il l'avait laissée entrer dans sa vie et lui avait raconté tous ses secrets. Il s'était battu pour elle. Il lui avait déclaré son amour et lui avait même acheté une bague qu'il pensait probablement ne pas être assez bien pour elle. Et qu'avait-elle fait ? Elle lui avait tout renvoyé au visage, son visage si inoubliable...

Lorsqu'elle se mettait à la place de Nico, elle comprenait qu'en le rejetant, elle lui avait fait le pire affront possible. Attendre autant de lui signifierait l'empêcher de suivre les traces de son père, entraver son destin.

Pendant le reste de la journée, Fausta fit un grand examen de conscience. Au soir, elle en avait fini avec les larmes et avait réalisé que la vie sans Nico n'était pas une vie.

Elle regarda sa montre. Il était probablement sur le chemin du retour de l'hôpital. Elle pourrait l'appeler, mais ce ne serait pas suffisant. Elle devait le voir en face et lui dire combien elle l'aimait, le supplier de lui pardonner la façon dont elle avait réagi. Il devait connaître les secrets de son cœur qu'elle lui avait jusque-là cachés.

Après avoir pris une douche et s'être habillée d'une robe blanche sans manches, elle quitta le palais et se rendit à l'autre bout de la capitale, chez Nico. En chemin, elle acheta de la nourriture chez son traiteur préféré. Elle trouva une place presque en face de l'entrée de l'immeuble et se gara. Dès qu'elle le verrait arriver, elle le suivrait à l'intérieur. Fausta était malade d'excitation, gagnée par la fièvre à l'idée de retrouver son si sexy médecin.

Une fois ses bras autour de lui, elle ne le lâcherait plus jamais…

Le dernier patient de Nico ne sortit de son cabinet qu'à six heures et quart. Il devait répondre à la demi-douzaine de messages qu'il avait reçus, mais il décida de ne le faire qu'après être rentré chez lui. Il avait envoyé des SMS à Fausta pendant le trajet jusqu'à Domodossola, mais il ne s'attendait pas à avoir de ses nouvelles. Néanmoins, il continuerait à suivre les conseils de Pippa et ne laisserait pas sa princesse tranquille.

Il avait prévu de se rendre en voiture au palais le lendemain soir et d'appeler Fausta jusqu'à ce qu'elle réponde. Il y réfléchissait encore en atteignant le parking de son immeuble, dans lequel il s'engouffra.

À peine était-il entré dans la cuisine pour se servir un verre d'eau froide qu'il entendit frapper à la porte. Il plissa le front. Qui cela pouvait-il bien être ? Felipe ?

Il faillit tomber à la renverse lorsqu'il découvrit Fausta sur son palier, dans cette robe blanche à fines bretelles, un sac en papier à la main. Il n'avait jamais vu une femme aussi époustouflante. Ses yeux bleus se rivèrent aux siens, anxieux.

— Nico… Pardonne-moi de faire irruption comme ça chez toi. Je… J'étais assise dans ma voiture et j'attendais que tu rentres. J'ai apporté le dîner, si tu veux, mais si tu préfères rester seul, je…

— Viens, dit-il en l'attirant à l'intérieur.

Il la débarrassa de son sac à main, de la nourriture, puis la souleva et la porta sur le canapé. Il l'y coucha et s'allongea près d'elle. Alors, il l'embrassa.

Nico perdit toute notion du temps et de l'environnement. Le feu qui couvait depuis des semaines devint brasier. Les baisers de Fausta attisaient les flammes : sa retenue avait disparu.

— Je t'aime plus que tu ne le sauras jamais, Nico. Je veux

être ta femme, s'écria-t-elle, haletante. Pardonne-moi d'avoir été si cruelle.

— Cruelle ?

— Oui. J'ai honte de la façon dont je t'ai traité. J'ai toujours mal vécu ma condition de princesse et j'ai laissé ce malaise gâcher notre relation.

— Qu'est-ce qui t'a fait changer depuis hier soir ?

— Lanza. Aujourd'hui, elle m'a posé quelques questions essentielles qui m'ont fait réaliser à quel point j'avais été égoïste.

Nico éclata de rire.

— Je n'ai jamais connu quelqu'un de moins égoïste que toi.

Elle bougea dans ses bras pour pouvoir le regarder dans les yeux.

— C'est parce que tu ne me connais pas vraiment. Depuis que je t'ai rencontré, j'exige que tout se déroule selon mes plans. J'ai détesté découvrir que tu étais le fils d'un roi. Je ne pensais pas à toi et à ton bonheur d'avoir retrouvé tes parents, tes racines, je ne pensais qu'à la façon dont cette nouvelle m'affectait. Je désirais l'homme fictif dont j'avais rêvé toute ma vie. Un roturier menant une vie ordinaire avec lequel vivre heureuse dans une petite maison avec un jardin pour nos enfants. La première fois que je t'ai vu, j'ai su que tu étais l'homme de mes rêves et j'ai entrepris de te capturer.

— Tu as atteint ton objectif, rigola-t-il avant de l'embrasser.

— Je n'arrive pas à croire que je n'ai pas accepté la bague quand tu m'as demandé de t'épouser, reprit Fausta, les larmes aux yeux. J'étais tellement engluée dans ma vision pitoyable de la vie royale que j'ai gâché ce qui aurait dû être le moment le plus magique de notre vie. Je ne sais pas pourquoi tu ne m'as pas claqué la porte au nez, ce soir.

Il lui parsema la gorge de baisers.

— J'ai une confession à te faire. Je suis allé voir Enzo et Pippa. Ils m'ont dit que je devais te donner du temps. J'ai décidé de suivre leur conseil.

— Ils sont sages. Tout comme Lanza. J'aurais préféré ne pas avoir besoin d'elle pour me réveiller et comprendre combien j'ai été stupide. Oh ! Nico ! S'il te plaît, dis-moi qu'il n'est pas trop tard ! s'écria-t-elle en lui nouant les bras autour du cou. Je t'aime de chaque atome de mon corps. Je me fiche de ce que tu fais dans la vie tant que je suis avec toi. Nous deux, ça va marcher !

Ému, le cœur gonflé d'amour, Nico sortit l'anneau de sa poche et le fit glisser à l'annulaire de la main gauche de sa princesse.

— Tu es à moi maintenant, *bellissima*. Pas de retour en arrière possible.

— Je ne veux pas retourner en arrière.

Moi non plus, songea Nico en lui donnant un baiser sensuel.

Lorsque son téléphone portable sonna, Nico poussa un soupir dépité. C'était probablement l'hôpital.

— Il faut que tu répondes, murmura Fausta contre ses lèvres, alanguie.

— J'ai bien peur que oui.

Nico s'arracha à la douce étreinte de sa princesse et se leva pour répondre. Il tremblait encore de désir pour elle – difficile de ne pas remarquer dans quel état elle le mettait… Elle se leva à son tour et emporta le sac de nourriture dans la cuisine. Appuyé au chambranle de la porte, il l'observa préparer le dîner. Voir Fausta s'agiter dans sa cuisine l'emplissait de joie.

Dès qu'il eut raccroché, ils passèrent à table.

— Je me sens tellement chanceux !

— Moi aussi. Depuis le soir où tu m'as proposé de me reconduire chez moi après l'hôpital, mes pieds ne touchent plus le sol.

— Je connais ce sentiment.

Le repas terminé, ils se jetèrent dans les bras l'un de l'autre et s'embrassèrent avec passion.

— J'ai envie de toi, Fausta. Alors je pense qu'on devrait se marier. Maintenant. Quand le moment sera venu de décider du cours de ma vie, je veux que nous soyons mari et femme afin de pouvoir prendre la décision ensemble. Je ne veux rien faire sans toi.

Elle gémit contre sa bouche.

— Je ressens la même chose.

— Que penses-tu de demain ? Naturellement, j'aimerais avoir la bénédiction de tes parents. Pourquoi ne pas les appeler maintenant et leur dire ce que nous avons décidé ?

Elle cilla, l'air affolé soudain.

— Nico, sois sérieux !

— Tu penses que je ne le suis pas ?

— Se marier aussi vite est impossible !

— Pas du tout ! Enzo s'en chargera. En tant que duc du Piémont, il a le pouvoir de demander à un prêtre de nous marier dans la chapelle du *castello*. Il l'a déjà fait. Qu'en dis-tu ?

Elle le dévisagea avec un soupçon d'anxiété. Nico lui embrassa le bout du nez.

— Et maintenant, qui a peur ? la taquina-t-il.

— Si j'ai peur, c'est pour ton futur. Tout est indécis en ce qui concerne la décision de la reine. Si nous faisons cela, ne penses-tu pas qu'il faudrait l'avertir ?

— En ce qui concerne l'amour de ma vie, ça ne regarde personne d'autre que moi, je n'ai pas besoin de permission. Au diable le protocole ! Oui ou non es-tu prête à faire le grand saut avec moi, *tesora* ?

À la façon dont ses yeux s'illuminèrent, Nico comprit que la réponse était positive.

— Tu crois vraiment qu'Enzo peut tout arranger pour demain ?

— Tout ce que j'ai à faire, c'est de l'appeler. La décision t'appartient. Et tes parents, alors ?

— Je pense qu'il serait préférable de les appeler *après*.

— Es-tu sûre ? Je ne veux pas que tu fasses quelque chose qui pourrait abîmer à jamais tes relations avec eux.

— Mes parents seront ravis quand ils apprendront que j'ai épousé le fils du roi Carlo.

— Mais tu leur refuses le plaisir d'assister à la cérémonie.

Elle pouffa.

— Je préfère éviter le faste. Et honnêtement, je sais que mes parents seront si heureux que j'aie épousé un prince qu'ils s'en remettront.

— Même si je suis illégitime ?

— Cela ne les inquiétera pas. S'ils savaient la vérité, je peux t'assurer que tu serais le premier nom sur leur liste de prétendants convenables !

Nico éclata de rire. Il n'était pas heureux, il était au-delà du bonheur. Mais à présent ils devaient se séparer. C'était difficile, mais ils n'avaient pas le choix.

— Je te raccompagne à ta voiture.

Ils quittèrent l'appartement. Au moment d'ouvrir sa portière, Fausta se retourna vers lui.

— Tu ne me donnes pas un dernier baiser ?

— Je n'ose pas, *bellissima*. C'est déjà un miracle que je te laisse t'en aller, je préfère ne pas tenter le diable. À partir de demain, notre vie sera une autre histoire matin, midi et soir.

Elle rougit sous l'allusion.

— Comment vas-tu faire, avec l'hôpital ?

— Laisse-moi m'en occuper. Sois prête à 6 heures demain matin, je passerai te chercher. J'emporterai ma trousse de médecin. Nos gardes du corps penseront que je faisais une simple visite à Enzo et Pippa. Personne ne saura que quelque chose s'est passé. Ce sera notre secret, au moins pour un temps.

— Je t'aime tellement, Nico ! murmura-t-elle tandis qu'une larme coulait sur sa joue. Je ne veux pas te quitter.

Il se retint pour ne pas la prendre dans ses bras. Elle dut le sentir, car elle s'assit derrière le volant et referma la portière. Il regarda ses feux arrière disparaître au bout de la rue puis remonta chez lui.

Après avoir prévenu qu'il ne viendrait pas à l'hôpital avant 13 heures le lendemain et demandé que ses rendez-vous du matin soient reportés, il appela Enzo.

— Nicolo ? Qu'est-ce qui se passe ?

— Je vais parfaitement bien. Et j'espère que toi aussi, parce que je me marie demain matin et que j'ai besoin de ton aide !

Le vieil homme rit.

— Je suis heureux d'entendre que tu as suivi le conseil de Pippa. Mais pas le mien, on dirait !

— Je suis amoureux et je ne peux pas attendre, Enzo.

— Alors je ne vais pas attendre non plus pour téléphoner au père Pietro. À quelle heure serez-vous là ?

— Nous arriverons au *castello* vers 8 heures. Toi et Pippa serez nos témoins, si vous êtes d'accord. Aussitôt nos vœux prononcés, nous devrons retourner à Domodossola pour que personne ne se doute de rien, surtout pas les parents de Fausta. C'est sa décision.

— Ça lui ressemble. Cette fille sait ce qu'elle veut. Combien de temps pensez-vous que votre mariage restera secret ?

— Seulement jusqu'à ce qu'elle le dise à ses parents. J'ai suivi ton conseil et pesé ma décision. Je veux que Fausta soit ma femme et qu'ensemble nous choisissions de rester à Domodossola ou de partir pour La Valazzura le moment venu.

— Bravo, *figlio mio* ! s'enthousiasma Enzo.

— Une fois de plus, tu me sauves la vie, Enzo.

— Tu as sauvé la mienne le jour où Pippa et moi avons décidé que tu nous avais été envoyé à la place de notre petit-fils.

L'émotion était si forte que Nico ne pouvait plus parler.

— Ce sera notre joie de te voir marié à l'adorable Fausta. D'après ce que je sais d'elle, elle sera une épouse parfaite, comme Pippa l'a toujours été pour moi.

— Je ne pouvais pas rêver mieux que ces paroles et ta bénédiction, Enzo. *Ci vediamo domani.*

Lorsque Fausta sortit du palais, à six heures moins cinq, vêtue d'un jean et d'un haut en coton rose à manches courtes, Nico était déjà là. Elle monta dans sa voiture.

— Tu as bien dormi ?

— J'étais si excitée que je n'ai pas fermé l'œil de la nuit.

— Tu es quand même magnifique.

— Merci, répliqua-t-elle en riant. Je suis contente que tu aimes ma robe de mariée. C'est une création originale de Fausta.

Sa plaisanterie étira les lèvres sensuelles de Nico en un sourire sexy.

— J'ai de la nourriture et du café sur le siège arrière, si tu as un petit creux.

— Génial ! s'exclama-t-elle en saisissant le sac et la thermos. Je sens que tu vas être un mari génial !

— Dis-moi ça dans cinquante ans et je te croirai.

Il posa les yeux sur sa main gauche.

— Où est ta bague ?

— Dans mon sac à main. Hélas, je n'en ai pas pour toi. Je voulais demander de l'aide à Lanza, mais je n'ai pas osé.

— Ne t'inquiète pas. Enzo va trouver quelque chose.

Fausta versa du café dans la tasse et la lui donna. Elle ne pouvait pas s'empêcher de fixer son fiancé. Il était à couper le souffle dans sa veste beige sur une chemise blanche.

— Qu'a dit Enzo quand tu l'as appelé ?

— Lui et Pippa sont enchantés.

— Ils ne pensent pas que nous sommes fous ?

— Je n'ai pas dit ça, mais ils sont heureux pour nous.

— J'espère qu'il ne dira rien à Lorenzo.

— Il n'en fera rien, répliqua-t-il en lui rendant la tasse.

Fausta lui tendit alors un croissant et en prit un pour elle. Ils mangèrent en silence durant quelques minutes.

— Tu es toujours certaine de vouloir le faire ? lança soudain Nico d'un ton grave.

— Comment peux-tu me demander ça ? Je suis tellement amoureuse de toi que c'est indécent.

— Nous sommes deux, alors. Sais-tu que lorsque je t'ai vue à la cafétéria avec Mia, j'ai pensé que tu étais une star parce que ton visage me semblait familier ? Ta beauté, tout ce qui émanait de toi m'a ensorcelé. Ensuite, quand je t'ai vue dans la chambre de Tommaso, je n'en croyais pas mes yeux. Et quand il t'a appelée Fausta, mon cœur a failli lâcher parce que c'est à ce moment-là que j'ai reconnu la princesse Rossiano. Le temps que je retrouve mes esprits, tu étais partie. J'étais hanté par toi, bien décidé à ne pas te laisser t'échapper à nouveau lorsque je te recroiserais.

Fausta fut touchée par la sincérité de Nico. L'intensité de sa voix profonde la bouleversait jusqu'au fond de l'âme.

— Mais je ne voulais pas m'échapper ! Tu es l'homme le plus incroyable qui soit entré dans ma vie. Quand tu as refusé mon invitation à venir chez moi, j'ai dit à Mia que j'avais fait une énorme erreur. J'ai eu peur de ne pas avoir été à la hauteur. Je craignais que tu ne me trouves pas assez intéressante. Plus que jamais, je détestais faire partie de la famille royale. J'avais peur que tu ne reviennes pas. C'était une torture !

— Pour moi aussi ! Pendant que nous mangions chez Prospero, je savais que j'avais rencontré la femme de ma vie. J'étais l'homme le plus heureux du monde, jusqu'à ce que je te ramène au palais. C'était la ligne de démarcation entre nous. Pendant la soirée, j'avais oublié. Quand tu m'as proposé d'entrer...

— ... Toutes les leçons qu'Angelo t'a inculquées se sont mises en travers de ton chemin, compléta Fausta. Et moi j'étais désemparée, je ne savais pas comment réagir.

— Tu m'avais déjà envoûté corps et âme. Et maintenant, tu es sur le point de devenir ma femme. Quoi qu'il arrive, je te jure que je t'aimerai toujours, Fausta.

Enzo sortit sur le perron, tout sourire. Il serra Nico dans ses bras avant de se tourner vers Fausta.

— Pile à l'heure pour votre propre mariage ! Félicitations, Fausta, dit-il avant de lui donner une chaleureuse accolade. Puisque votre emploi du temps est serré, allons à la chapelle. Pippa nous y attend, et le père Pietro ne devrait plus tarder.

Ils empruntèrent plusieurs couloirs ornés de portraits et de tapisseries jusqu'à la petite chapelle. Des bougies allumées étaient disposées un peu partout, créant une atmosphère féerique. Une lumière dansante éclairait les statues et les sculptures, faisait chatoyer les vitraux. Fausta était éblouie.

Pippa était assise dans son fauteuil roulant près de l'autel.

Tandis qu'Enzo prenait Nico à part, elle attrapa la main de Fausta et l'entraîna vers elle pour lui embrasser la joue.

— Vous allez épouser un véritable prince, mais vous le savez déjà.

— C'est le prince de mon cœur.

— C'est une personne étonnante et un homme merveilleux. Je sais que vous allez être très heureux tous les deux.

— Merci d'avoir organisé cela pour nous, Pippa.

— Nous nous sommes toujours demandé si nous aurions la chance de vivre ce jour. Nicolo semblait si déterminé à retrouver ses parents que je craignais qu'il ne trouve jamais le véritable amour. Mais quand je vous ai vue, ce que j'ai lu dans vos yeux m'a dit tout ce que je voulais savoir.

— Il est ma vie, déclara Fausta, la gorge nouée par l'émotion.

Pippa lui remit une bague en or.

— C'est l'alliance que j'ai donnée à Enzo. Il veut que vous la donniez à Nico pour la cérémonie.

— Je ne peux pas ! protesta Fausta.

— Si, vous pouvez. Cela représente beaucoup pour mon mari. Il aime Nico comme un fils.

— Vous êtes tellement incroyables, tous les deux...

Au moment où elle rangeait l'alliance dans sa poche, le prêtre entra. Il était jeune et plutôt beau garçon. Il sembla surpris par sa tenue.

— Père Pietro, permettez-moi de vous présenter la princesse Fausta Rossiano de Domodossola.

— *Principessa*. Je comprends que cela doit être une cérémonie secrète et rapide. Je ferai de mon mieux.

— Vous êtes très aimable de nous rendre ce service, surtout de si bon matin.

Enzo et Nico se dirigèrent vers eux.

— Mon Père, dit Enzo, j'aimerais vous présenter le Dr Nicolo Barsotti. Comment désirez-vous procéder ?

— Si vous voulez bien vous asseoir près de votre femme, je

vais demander aux fiancés de se tenir devant moi. Dr Barsotti, prenez la main droite de la princesse Rossiano, s'il vous plaît.

Nico lui prit la main. Fausta avait du mal à croire qu'elle était vraiment en train de vivre ce moment. Son cœur battait si vite et si fort qu'elle crut qu'il allait exploser.

10

— Nico, Fausta, le mariage est le plus important de tous les liens terrestres. On y entre avec respect, réflexion et sans jamais oublier sa nature sacrée. Votre mariage doit être fondé sur la force de votre amour, la force de la foi en l'autre et en Dieu.

Fausta y souscrivait du plus profond de son âme.

— L'amour est patient, gentil, jamais jaloux ni envieux, jamais vantard ni fier. L'amour n'est jamais hautain, grossier ou égoïste.

Elle avait été égoïste, mais ne le serait plus jamais, se promit-elle.

— L'amour ne se réjouit jamais de l'injustice, mais se réjouit lorsque la vérité l'emporte.

La vérité l'avait enfin emporté, et Nico connaissait désormais ses origines. Il avait attendu cela toute sa vie. Cette révélation l'avait apaisé et libéré.

— Si vous aimez quelqu'un, reprit le prêtre, vous lui serez fidèle en toutes circonstances. Vous croirez toujours en cette personne, attendrez toujours le meilleur d'elle et la défendrez par tous les moyens. Sachant cela, Nicolo, voulez-vous prendre Fausta comme épouse légitime ?

— Oui, répondit-il de sa voix grave, légèrement tremblante cependant.

Le prêtre se tourna vers Fausta.

— Et vous, Fausta, voulez-vous prendre Nicolo comme époux légitime ?

— Oui, de tout mon cœur.

Un petit sourire éclaira le visage du prêtre.

— Vous allez maintenant échanger vos alliances.

Nico sortit la bague en diamant de sa poche et la passa au doigt de Fausta. Alors, elle plaça l'alliance d'Enzo à son annulaire. S'il fut surpris, il n'en laissa rien paraître.

— Dans la mesure où vous vous êtes donné ces gages d'amour permanent devant témoins, par la puissance dont l'Église m'a investi, je vous déclare mari et femme. Ce que Dieu a uni, que personne ne le sépare. Au nom du Père, du Fils et du Saint-Esprit. Amen. Nicolo, vous pouvez embrasser votre épouse.

Fausta leva la tête vers Nico, dont les yeux brûlaient de désir. Il lui donna un baiser possessif qui fit vibrer chaque cellule de son corps. Elle y répondit avec passion, pour lui montrer ce qu'il représentait pour elle – tout.

— Mes rêves les plus fous se sont réalisés, chuchota-t-il. Nous avons deux heures avant de devoir rentrer. Viens avec moi.

Ils remercièrent le prêtre, embrassèrent Enzo et Pippa puis Nico entraîna Fausta hors de la chapelle. Elle le suivit jusqu'au deuxième étage. Il ouvrit une porte et elle découvrit une immense chambre décorée avec goût d'un mobilier ancien. Nico la prit dans ses bras pour franchir le seuil, referma la porte d'un coup de talon et la déposa sur le lit.

— *Mia moglie*, susurra Nico en s'allongeant contre elle.

Oui, elle était vraiment sa femme, à présent. Elle pouvait donc se comporter comme telle... Alors elle le déshabilla avec frénésie, maladresse aussi car il en faisait de même avec elle et ils s'embrassaient et se caressaient en même temps, avides de se découvrir.

— C'est presque un péché d'être aussi belle que tu l'es, déclara-t-il en frôlant ses seins aux mamelons durcis. Aime-moi, Fausta.

— C'est ce que je désire depuis que j'ai posé les yeux sur toi, *amore mio*. Ne cesse jamais de m'aimer.

Fausta avait fantasmé se retrouver nue contre le corps musclé et si viril de Nico. Elle avait imaginé sa peau, son odeur, ses caresses. Elle l'avait même imaginé en elle. Toutefois, ce n'était rien en comparaison de ce qu'elle ressentit durant les deux heures de folle passion qu'ils partagèrent. Cet homme incroyable, cet amant attentionné lui donnait le sentiment d'être aimée et immortelle. Leurs délicieux et sensuels ébats connurent un apogée foudroyant, une extase qui laissa Fausta essoufflée et alanguie.

Mon Dieu, c'est le paradis...

Elle avait la tête posée sur le torse de Nico lorsque le téléphone de la chambre sonna. Nico ne décrocha pas. Ils savaient tous les deux que c'était Enzo, qui leur rappelait qu'ils devaient partir pour Domodossola si Nico voulait respecter ses rendez-vous à l'hôpital.

— Nous devons nous lever, murmura-t-elle contre les lèvres de son mari.

— Pas encore, *squisita*.

Sa bouche commença à se promener dans son cou, sur sa poitrine, tandis que sa main descendait le long de son ventre. À ce moment, le téléphone sonna une seconde fois. Fausta profita de la surprise de Nico pour se glisser hors du lit. Elle gagna la salle de bains, où elle se doucha avant de se rhabiller. Nico la rejoignit. Dès qu'ils furent tous les deux prêts, ils quittèrent la chambre. Sur le palier, ils échangèrent un long baiser.

— Il faudra le faire durer jusqu'à ce soir...

Pippa et Enzo les attendaient dans le grand salon. Nico rendit son alliance à son ami. Fausta remit la bague en diamant dans sa poche. Ils s'étreignirent à tour de rôle.

— C'est le plus beau jour de notre vie, affirma Fausta. Et c'est à vous que nous le devons. Merci.

— Vous voir aussi amoureux est pour nous une pure joie, déclara Pippa en s'approchant d'elle. J'ai un cadeau pour vous. Ouvrez-le chez vous.

— Vous n'auriez pas dû !

— Quand vous l'ouvrirez, vous ne penserez plus la même chose.

Fausta embrassa à nouveau la duchesse et mit le petit sac dans son sac à main.

— Que l'aventure commence ! leur lança Enzo lorsqu'ils sortirent du salon.

— On est bien partis pour l'aventure, dit Nico en démarrant sa voiture. Je n'oublierai jamais ce jour, ni le fait qu'Enzo t'a laissée mettre son alliance à mon doigt.

— Il t'aime comme un fils.

— Lui et Pippa nous ont permis de devenir mari et femme, aujourd'hui. Êtes-vous heureuse, *signora* Barsotti ?

— Je pense que tu connais la réponse à cette question. J'adore mon nouveau nom ! s'exclama-t-elle avec émotion.

La voiture avala les kilomètres à toute allure en direction de Domodossola.

— Après le travail, je viendrai directement à l'appartement. Et alors nous aurons la nuit devant nous, ajouta-t-il avec un regard gourmand.

— Tu vas probablement terminer tard ta journée. J'aurai besoin d'une clé pour pouvoir apporter quelques affaires et préparer le dîner.

— Je ne suis pas sûr de pouvoir manger. Un coup d'œil sur toi et tout le reste me sortira de la tête.

Nico ne respectait pas vraiment la limitation de vitesse. Ils approchaient de la ville. Fausta regarda sa montre.

— Si tu es censé être à l'hôpital à 13 heures, ne me ramène pas au palais. Ça prendrait trop de temps. Je vais rentrer avec toi et appeler mon chauffeur. En plus, ça semblera plus normal puisque j'y vais souvent pour voir Mia.

— Vas-tu lui parler de nous ?

— Je ne dirai rien à personne avant que toi et moi décidions d'ébruiter la nouvelle.

— Tes parents doivent être informés en premier.

— Je suis d'accord. Nous en parlerons ce soir.

Peu après, Nico se gara à sa place sur le parking des médecins. Une fois à l'intérieur de l'hôpital, il retira une clé de son porte-clés et la lui donna.

— À ce soir, *tesora*.

Pendant qu'il s'éloignait, elle rangea la clé dans son sac à main et en sortit son téléphone. Quinze minutes plus tard, elle prenait place à l'arrière de la limousine. Confortablement installée sur la banquette en cuir, elle repensa à cette folle matinée. Elle était la femme de Nico ! Des images de leurs deux heures torrides lui revinrent. Une vague de chaleur inonda le cœur de sa féminité. Elle n'aurait jamais pensé que le sexe puisse être aussi incroyable...

Elle pencha la tête en arrière et ferma les yeux, rêvant de la nuit à venir. Si la mère de Nico avait été aussi amoureuse de son père, Fausta ne pouvait pas imaginer la douleur qu'ils avaient endurée en se séparant. Elle se jura que cela n'arriverait jamais à Nico et elle.

Comme l'avait dit le prêtre : « Ce que Dieu a uni, que personne ne le sépare. »

À sept heures et demie, Nico sortait enfin de son bureau, après un après-midi chargé comme jamais, lorsque Felipe s'approcha. Les deux amis se donnèrent l'accolade.

— Je suis content de te revoir, *amico*. Si on allait boire une bière ? J'aimerais te parler de mon mariage.

Nico grimaça. Il détestait avoir à mentir à son ami, mais il n'avait pas le choix.

— J'adorerais, Felipe, mais j'ai une visite à domicile. Pouvons-nous remettre ça à demain ? Vers cinq heures et demie ?

— Bien sûr. Ton patient est très malade ?

— Très, en effet.

Je suis le patient et je dois voir Fausta sinon je meurs...

— Bon courage, alors. Et à demain !

Nico n'avait jamais été aussi impatient de rentrer chez lui. Fausta avait laissé la porte déverrouillée. À peine entré, il fut frappé par une délicieuse odeur de nourriture. Il trouva sa femme dans la cuisine dans un déshabillé en dentelle blanche incroyablement sexy. Elle lui décocha un sourire séduisant qui le fit fondre.

— Notre dîner est prêt. Pourquoi ne pas te rafraîchir et te joindre à moi pour notre premier repas de couple marié ?

Elle avait dressé la table, ornée d'un vase de roses blanches, et rempli deux verres de vin rouge.

— Je reviens tout de suite, réussit-il à répondre, des images érotiques plein la tête.

Il se rendit rapidement dans la salle de bains, se lava les mains et le visage puis enfila une tenue plus confortable.

— Assieds-toi, *amato*, lui proposa-t-elle lorsqu'il revint dans la cuisine. Et ouvre ton cadeau.

Il repéra alors une petite boîte posée contre son verre. Il l'ouvrit et en sortit une bague en or.

— Nous la ferons graver plus tard. Essaye-la pour voir si elle te va.

Son cœur battait la chamade lorsqu'il passa l'anneau à son annulaire. La taille était parfaite.

— Tu es à moi, maintenant, lança Fausta d'un ton espiègle. Et je t'aimerai pour toujours.

Pour toujours...

— En attendant que tu retrouves la voix, reprit-elle, je vais servir ce délicieux cochon rôti de chez Prospero.

Elle garnit leurs assiettes et s'assit face à lui. Nico s'imprégnait de sa beauté, de sa grâce. De son amour. Elle leva son verre. La bague en diamant bleu était de nouveau à son doigt.

— À l'époux qui a donné un sens à ma vie !

Son ton était sérieux, cette fois-ci, et des larmes perlaient à ses paupières.

Nico leva lui aussi son verre.

— À la femme qui a fait sentir à un orphelin qu'il était un roi et qui a littéralement transformé ma vie.

Ils firent tinter leurs verres et burent une gorgée. Puis ils commencèrent à manger. Nico était en apesanteur, heureux comme jamais il ne l'avait été.

— Ce cochon rôti est devenu mon repas préféré. Chaque

chose que je découvre de toi me rend plus amoureuse. Tu as dû voir que Pippa m'offrait un cadeau, juste avant notre départ du château. C'était de petites photos de toi prises depuis tes douze ans. Je les ai regardées pendant des heures. Elle savait ce qu'elles signifieraient pour moi. Quel garçon adorable tu étais ! Je vais les faire encadrer.

Elle le regarda droit dans les yeux avant de poursuivre :

— Ce soir, je passe commande pour un bébé qui te ressemble.

— J'en ai déjà livré un plus tôt dans la journée, une princesse enchanteresse aux cheveux d'or et aux yeux bleu saphir, mais sache que je suis impatient de te satisfaire !

Il se leva de table et la guida jusqu'à la chambre. Fausta l'avait déjà investie, lui apportant une touche féminine. Un vrai nid d'amour ! Giorgio était sorti du placard et était assis sur la chaise. Submergé par l'émotion, il serra sa princesse contre lui.

— J'ai besoin de toi, *squisita*. Je veux t'aimer et ne jamais te laisser partir.

La vibration d'un téléphone tira Nico de son sommeil. Il avait l'impression de s'être endormi seulement quelques minutes plus tôt. La nuit avait été ardente, échevelée, intense. Mais si c'était l'hôpital...

— C'est mon téléphone, Nico. Rendors-toi.

Trop tard. Il vit à son réveil qu'il était cinq heures et demie. Qui pouvait bien appeler Fausta à l'aube ?

La conversation dura à peine une minute – un monologue plutôt, car elle se contenta d'écouter, assise au bord du lit, dos tourné à lui.

— Que se passe-t-il, mon amour ? demanda-t-il dès qu'elle eut raccroché.

— Tu ne devines pas ? répliqua-t-elle d'une voix blanche.

— Notre secret est éventé ?

— Oui. Mes gardes du corps ont vu le prêtre quitter le *castello*. Ils l'ont rattrapé et lui ont dit qu'ils étaient là sur ordre du roi.

Lanza voulait m'avertir que nos parents sont maintenant au courant.

— Mon premier rendez-vous est à 9 heures. Nous devons leur parler avant. Et pas au téléphone. Je veux qu'ils sachent à quel point je t'aime.

Elle serra contre lui son magnifique corps nu.

— Tout va bien se passer, Nico. Je te le promets.

— Je ne m'inquiète pas pour moi, *tesoro*, mais pour toi.

— Ne t'inquiète pas pour moi, puisque je t'ai.

— Maman, papa, commença Fausta. J'aimerais vous présenter mon mari, le Dr Nico Barsotti, qui est médecin à l'hôpital des Trois Croix.

Ses parents les avaient attendus dans un des salons du palais. Elle les avait prévenus de leur arrivée une demi-heure avant. Nico s'inclina devant eux.

— Majestés. C'est un grand honneur de vous rencontrer enfin.

Avec sa grande taille, sa solide carrure et ses cheveux noirs, il était sublime en costume cravate. Elle l'aimait tellement qu'elle en avait des frissons. Son père et sa mère, altiers et élégants, étaient sans doute intimidants pour lui, mais il n'en laissait rien paraître. Et puis elle savait pouvoir compter sur leur gentillesse. Ils avaient déjà été confrontés à des situations difficiles lors du mariage de ses sœurs.

— Comment allez-vous, docteur Barsotti ? Pourquoi ne pas vous asseoir, tous les deux ?

Elle prit la main de son mari et ils s'assirent sur la causeuse en face de ses parents.

— Lanza nous a téléphoné très tôt ce matin, expliqua Fausta. Nous imaginions que la nouvelle allait se répandre, mais nous espérions avoir l'occasion de vous l'apprendre avant. Comme il est trop tard pour cela, nous voulons que vous sachiez pourquoi nous ne sommes pas venus vous voir plus tôt. Nico a une histoire étonnante à raconter. Je vais le laisser vous la relater.

Son extraordinaire mari commença alors son récit. Au fil

des révélations, les visages tout d'abord sombres de ses parents se transformèrent sous le coup de la surprise, de l'incrédulité, de l'émerveillement.

— Vous ressemblez vraiment au roi Carlo, c'est vrai. Je n'ai aucun mal à croire que vous soyez son fils. C'est triste que vous n'ayez pas pu le rencontrer. Votre père était un souverain remarquable, qui a gouverné dans les circonstances très difficiles de la guerre civile. J'aurais assisté à ses funérailles si j'en avais été physiquement capable.

Sa mère semblait émue, elle aussi.

— Vous n'avez jamais pu rencontrer non plus votre mère. J'en suis vraiment désolée.

— Merci, Votre Altesse. En ce qui concerne la reine Liliane, je ne sais pas ce qui va se passer. Fausta et moi voulions nous marier avant que je n'aie à prendre une décision, mais nous ne savons pas quelle sera cette décision tant qu'elle ne m'aura pas contacté.

Fausta sentit se poser sur elle le regard de son père. Ses yeux souriaient.

— Tu as toujours su ce que tu voulais. Es-tu toujours en colère contre moi parce que j'ai envoyé Dego en Italie, il y a quelques années ?

— C'est drôle que tu me demandes ça, papa. Hier soir, alors que je préparais notre dîner à l'appartement, je me suis retrouvée à te remercier de m'avoir préservée pour Nico. Il est ma vie, conclut-elle d'une voix tremblante.

— C'est ainsi que ce doit être, *figlia mia*.

— Je voulais vraiment que vous soyez tous les deux à la cérémonie, mais la folie d'un mariage royal, ce n'est pas pour moi.

Son père acquiesça d'un signe de tête.

— Je suis reconnaissant à Enzo et Pippa, dit-il.

— Ils ont été comme des parents pour moi, dit Nico. Je leur dois tellement que je ne pourrai jamais les rembourser. Peut-être que le jour viendra où vous nous pardonnerez de nous être mariés en cachette.

— C'était ma faute ! s'écria Fausta. Nico voulait vous le dire, mais...

— ... Mais tu voulais le faire à ta façon, enchaîna sa mère en souriant. Tu as toujours agi ainsi. Et maintenant, tu as épousé l'homme qui t'a chamboulée. Nous ne pourrions pas être plus heureux. Bienvenue dans la famille, Nico. Médecin ou roi, vous rendez notre fille plus heureuse que jamais.

— C'est moi le plus heureux. Fausta est un cadeau, que je chérirai tous les jours de ma vie.

Fausta se leva d'un bond.

— J'aimerais parler plus longtemps, mais Nico doit aller à l'hôpital.

Ses parents se levèrent à leur tour et étreignirent Nico. Fausta était aux anges.

Felipe et Nico s'installèrent à une table de leur pub favori. Les écrans de télévision disséminés en hauteur dans l'établissement diffusaient l'actualité sportive. Les deux amis évoquèrent le déroulement du mariage de Felipe. Nico était témoin, il assisterait à un dîner de répétition la veille.

Lorsque Felipe retourna au bar commander une deuxième tournée, Nico se prépara à lui annoncer son propre mariage. Au moment où son ami s'asseyait, le programme sportif s'interrompit pour un flash spécial.

Dernières nouvelles du palais royal. Lors d'une cérémonie de mariage secrète, la princesse Fausta Rossiano, vingt-cinq ans, fille cadette du roi Victor et de la reine Ginata, vient d'épouser un médecin, le Dr Nico Barsotti. Nous développerons cette information dans notre prochain journal.

Felipe cria si fort que tout le pub l'entendit. Un sourire barrait son visage.

— Espèce de petit cachottier ! Je savais qu'il se passait quelque chose. Comment se fait-il que j'aie dû l'apprendre à la télé ?

Nico baissa la tête, contrit.

— Tu aurais été la première personne à qui je l'aurais dit,

mais Fausta et moi n'avions toujours pas parlé à ses parents. Nous l'avons fait ce matin, au palais, et j'allais te l'annoncer. Comme je suis certain qu'ils n'ont pas communiqué cette nouvelle à la presse, il y a eu une fuite.

Ce qui signifiait que Basil et la reine Liliane en avaient aussi entendu parler...

— Où vous êtes-vous mariés ? Quand ?

Nico raconta à nouveau toute l'histoire. Felipe semblait abasourdi.

— *Santo cielo !* Au fil des ans, tu as cherché tes parents, alors que tu étais le fils du roi Carlo ? Et maintenant, tu es l'héritier du trône de La Valazzura ? C'est la chose la plus incroyable que j'aie jamais entendue !

— Je ne réalise pas encore. Si je n'avais pas Fausta avec moi..., ajouta-t-il avant de boire une gorgée de bière.

— Me détesteras-tu si je te dis que j'espère que tu resteras à Domodossola ? Mia adore Fausta. Ça ferait un vide terrible si vous partiez.

Les mots de son ami firent du bien à Nico.

— Comment pourrais-je te détester alors que tu es ce qui se rapproche le plus d'un frère pour moi ? Tu sais, j'adore mon boulot. Je ne suis pas sûr de vouloir y renoncer. Mais, quoi qu'il arrive, je te promets que nous serons là pour ton mariage. Je suis honoré d'être ton témoin.

— Je peux tout dire à Mia ?

— Elle est probablement déjà au courant.

— Mais pas de ton histoire. Allez, je suis sûr que tu meurs d'envie de retrouver ta femme. Après tout, vous êtes toujours en lune de miel !

Après une étreinte chaleureuse, Nico abandonna son ami près de sa voiture et regagna la sienne. En arrivant devant la porte de son appartement, il ne pensait déjà plus à la fuite dans les médias. Il n'avait que Fausta en tête et hâte de se perdre dans ses bras.

Il la trouva assise dans le salon, dans une tenue décontractée. Elle avait l'air inquiète. Nico comprit pourquoi en constatant qu'elle n'était pas seule : Basil Bruno était installé dans le fauteuil en face d'elle.

11

Revenu de sa surprise, Nico salua le chef des services secrets et s'assit à côté de Fausta sur le canapé.

— Je suppose que vous avez entendu la nouvelle de notre mariage.

Basil acquiesça d'un signe de tête.

— C'est un vrai problème pour la reine Liliane. Elle m'a envoyé ici pour vous parler en personne. Peut-être que votre épouse devrait vous expliquer, je lui ai tout dit.

Nico se tourna vers elle.

— La reine veut que tu sois le prochain roi. Et elle pense que sa jeune cousine, la princesse Anne de Slovénie, fera une épouse parfaite pour toi.

— Quoi ? ! s'écria Nico. Mais c'est absurde !

— Non, ce n'est pas absurde, mon amour. Un mariage permettra de maintenir les liens étroits entre vos deux pays ; n'oubliez pas que la reine est slovène. Elle exige donc que notre mariage soit dissous. Pour le bien de ton royaume, tu devrais l'écouter. Je suis un obstacle. Nous ne sommes mariés que depuis deux jours, nous pouvons en finir aussi vite.

Nico bondit, furieux.

— Quand j'ai rencontré, la reine, il n'a jamais été question de mon état matrimonial, et elle n'a posé aucune condition.

— Il faut croire que les règles ont changé, dit Basil.

— Alors qu'elle sait que je viens d'épouser la femme de ma

vie, elle me demande de sang-froid de divorcer pour accéder au trône ?

Basil se leva, comme toujours très calme.

— Elle sait qu'il sera plus risqué de vous présenter devant le Parlement tout juste marié à la fille d'un roi étranger. Nous sommes un petit pays un peu paranoïaque, vous savez.

Nico ne croyait pas à ces prétextes. Selon lui, la reine n'avait toujours pas pardonné à son père l'humiliation qu'il lui avait fait subir. Elle se vengeait à présent sur lui, le fruit de cette humiliation. Cela lui donnait sans doute un peu de satisfaction malsaine d'imaginer Nico en plein dilemme : divorcer de la femme qu'il aimait pour épouser une inconnue ou renoncer au trône. S'il divorçait de Fausta, elle aurait le sentiment d'avoir pris sa revanche.

— Merci d'être venu jusqu'ici porter le message de la reine, Basil. Vous pouvez lui dire qu'aucun trône terrestre n'est plus important pour moi qu'un mariage céleste. J'ai l'intention de vivre avec Fausta pour l'éternité.

Basil l'étudia pendant de longues secondes, l'air admiratif.

— Vous feriez un roi remarquable. Votre cousin ne pourra jamais remplacer votre père, mais vous, oui.

À Azzura, Giuseppe, le cousin du défunt roi, frappait aux portes du palais. Ce n'était plus son problème.

— Merci pour le vote de confiance, ironisa Nico.

— Je transmettrai votre décision à la reine.

Leur visiteur s'inclina devant eux et quitta l'appartement. Dès la porte refermée, Nico se tourna vers sa merveilleuse épouse. Cependant, elle se tenait à distance, fermée.

— *Bellissima*, l'attente est terminée ! Notre nouvelle vie est devant nous. Que dirais-tu de fêter ça au lit ?

Fausta fit un nouveau pas en arrière.

— Nous devons d'abord parler.

— Il n'y a rien à dire. Nous restons à Domodossola pour le reste de notre vie.

— Nico, la reine Liliane veut que tu deviennes roi, que tu

reprennes le flambeau de ton père. C'est ce qu'il aurait voulu s'il était encore en vie.

— Sauf qu'elle n'était pas honnête avec moi et qu'elle avait son propre agenda secret !

— On peut divorcer.

Il plissa les yeux avant de répliquer d'un ton sec :

— Je vais faire comme si je n'avais rien entendu.

— Tu dois m'écouter ! Toute ta vie, tu as été en quête de ton identité. Et voilà, c'est fait. Il y a eu plein de petits miracles le long du chemin qui me prouvent que ton destin est de devenir roi de La Valazzura.

Les paroles de Fausta le dégoûtaient et le blessaient. Il avait pensé qu'elle le soutiendrait, elle l'abandonnait au contraire.

— Est-ce que notre amour signifie si peu pour toi qu'un seul mot de la reine te trouve prête à le détruire ?

— Non ! se récria-t-elle. Je ne me suis pas bien exprimée. Je...

— Tu as été parfaitement claire, la coupa-t-il, glacial. Que je devienne roi, *quel que soit le prix à payer*, est plus important pour toi que je ne le suis. Combien de fois avons-nous parlé de la différence de classe sociale entre nous ? Je commence à voir qu'il y a vraiment un gouffre qui sépare nos pensées. Angelo avait raison.

Fausta semblait au comble du désespoir. Des larmes coulaient sur ses joues pâles.

— S'il te plaît, laisse-moi m'expliquer ! le supplia-t-elle.

— Inutile. Tu es une aristocrate. Tu marches au son du tambour, en rang. La reine Liliane ordonne, la princesse Fausta obéit. Et sort son épée pour défendre la raison d'État. Et *nous* ? Y a-t-il seulement un *nous*, pour toi ? Sans doute pas, puisque notre mariage pèse de si peu de poids face à une cause supérieure.

— Une cause supérieure, oui ! Parce que tu es un homme formidable, extraordinaire, destiné à de plus grandes choses que la plupart des hommes sur cette terre. Tu as entendu Basil. Moi j'ai vu la manière dont il te regardait, te parlait. Il te respecte, tu ne peux pas le nier.

— Je ne nie rien. Mais je commence à me demander

comment tu peux envisager de faire un tel sacrifice. À moins, poursuivit-il d'un ton inquisiteur, que notre amour fasse pâle figure au regard de celui que tu avais pour Dego. Est-ce de cela qu'il s'agit ? Ce matin, ton père t'a demandé si tu lui avais pardonné d'avoir envoyé Dego en Italie. Je trouve incroyable qu'après tout ce temps, son nom soit encore évoqué. C'est lui que tu ne pourras jamais oublier ? Est-ce pour cela que tu peux envisager de me laisser partir ?

— Non, *amore mio*. Tu as tout faux.

Nico se dirigea vers la chambre, le cœur en lambeaux, la colère au ventre.

— Rien de ce que tu pourras dire ne soulagera ma douleur. Sois prudente au volant en rentrant chez toi.

— Je ne pars pas ! affirma-t-elle en le suivant dans la chambre. C'est ma maison, ici.

— Non. Nous n'avons peut-être pas encore signé de papiers, mais je me sens déjà divorcé.

— Mais tu ne comprends vraiment rien ! s'emporta-t-elle soudain. J'ai dit cela uniquement parce que je ne veux pas être celle qui t'empêche d'atteindre ton véritable but dans la vie !

— Je pensais que nous allions prendre toutes nos décisions ensemble ! Je ne sais pas du tout quel est mon véritable but dans la vie, si ce n'est d'être ton mari et le père de nos enfants. Je croyais que c'était ce que tu voulais.

— C'est le cas. Sinon je ne serais pas ta femme. Mais j'étais avec toi le jour où nous sommes allés à Biella visiter l'orphelinat. Tu t'es ouvert à moi. J'ai rencontré ceux qui t'aimaient. Tu es un homme unique qui a des qualités incroyables dont le monde a besoin.

— Des besoins auxquels ma propre femme peut renoncer pour le caprice d'une reine ?

— Comment peux-tu affirmer que c'est un caprice ?

— Elle a trouvé un moyen de se venger de mon père en prenant une décision dont elle savait qu'elle allait me déchirer. Mais la seule personne qui m'a déchiré, c'est toi. Je vais sortir un moment, mais je reviendrai.

— S'il te plaît, ne pars pas…

— Donne-moi juste un peu de temps.

Nico l'entendit l'appeler, mais sa douleur était trop profonde. Il ne revint pas sur ses pas.

Nico, Nico.

À deux heures et demie du matin, il n'était toujours pas rentré. Fausta faisait les cent pas, l'âme déchiquetée. Quand elle entendit son téléphone faire *ding !* elle se rua dessus.

Je suis au bureau. Je ne rentrerai pas avant la fin de ma journée de travail.

C'était le message d'un Nico qu'elle ne connaissait pas. Et c'était elle qui lui avait fait ça…

Elle s'allongea sur le lit, triste au-delà des larmes. Les pensées tournaient en boucle dans sa tête. Elle repensa à leur conversation et se rappela qu'il pensait qu'elle aimait toujours Dego. Il ne pouvait pas être jaloux de lui ! Elle aurait dû réagir, le détromper.

Plus elle creusait pour trouver des réponses, plus elle comprenait que le Nico orphelin n'avait jamais rien possédé. Et n'avait jamais voulu appartenir à personne d'autre que ses parents. Tout ce qu'il avait reçu en grandissant lui avait été donné par des étrangers bienveillants. Puis il avait gagné sa première paye de médecin. Et même à compter de ce moment-là, il avait envoyé de l'argent à Angelo.

Toute sa vie avait été un combat pour survivre. Puis il l'avait rencontrée, et un autre type de combat avait débuté. Il avait dû surmonter un grand obstacle pour l'épouser, celui de la différence de milieu social, qu'il croyait insurmontable. À peine s'étaient-ils mariés qu'était arrivée la proposition de la reine. Et qu'avait fait Fausta ? Elle avait rejeté l'amour de Nico. Alors que c'était la dernière chose qu'elle avait voulu faire…

Seigneur ! Évoquer un divorce après les deux jours incroyables qu'ils venaient de partager était si cruel qu'elle ne pouvait pas croire qu'elle l'avait fait. Elle devait réparer les dégâts avant qu'il soit trop tard.

À 8 heures précises, elle téléphona au secrétariat du Dr Barsotti en se présentant à la secrétaire comme Eugenia Santi. Elle évoqua un problème typiquement féminin et demanda si le médecin pourrait la recevoir en urgence aujourd'hui. Son interlocutrice lui proposa de venir en fin d'après-midi, sans garantie que le Dr Barsotti pourrait s'occuper d'elle. Fausta la remercia, programma son réveil et essaya de se reposer un peu.

Après s'être douchée et lavé les cheveux, Fausta enfila une robe bleue et jaune avec des manches à volants. Elle mit des boucles d'oreilles bleues, un soupçon de parfum et partit pour l'hôpital.

Son cœur battait si fort lorsqu'elle entra dans le cabinet de Nico qu'elle avait peur que les patients assis dans la salle d'attente puissent l'entendre. Elle se présenta à la réception.

— J'ai peur qu'il y ait un peu d'attente, *signora* Santi.

— Ça n'a pas d'importance tant que je peux voir le Dr Barsotti.

Au bout d'une heure, la réceptionniste lui annonça qu'elle pouvait entrer. Fausta prit une grande inspiration pour se donner du courage. Elle mourait de peur, mais ressentait également une puissante excitation.

Tapissé de livres, décoré simplement, mais avec goût, le bureau de Nico était impressionnant. Le regard rivé à l'écran de son ordinateur, l'homme de sa vie portait une blouse blanche qui le rendait encore plus sexy.

Lorsqu'il leva le regard sur elle, l'expression de son visage la récompensa de tous les efforts qu'elle avait déployés pour le surprendre. Ses yeux la dévoraient.

— J'ai dit à ta réceptionniste que j'avais un problème typiquement féminin, attaqua-t-elle avant qu'il ne puisse dire un mot. Mais j'ai menti, parce que c'est un problème cardiaque. Le pire qui soit, si douloureux qu'aucune pilule ni opération ne peuvent le soigner. C'est à cause de mon mari. Je l'ai tellement blessé que je ne sais pas comment le reconquérir. À ce stade, la douleur est insupportable. S'il vous plaît, dites-moi que vous pouvez m'aider ! Peut-être que si je vous explique, vous pourrez me donner des conseils.

Fausta commença à aller et venir devant le bureau de Nico, d'une démarche lente et légèrement suggestive.

— Il a dû se battre sans relâche toute sa vie. Il s'est battu pour moi, aussi. Mais quand mon tour est venu de me battre pour lui, je lui ai dit que je ne me mettrais pas en travers de son chemin s'il voulait *plus*. Ou *mieux*. Ce n'était pas la chose à dire. Tout ce qu'il voulait, c'était moi et il l'a prouvé à maintes reprises.

Elle s'arrêta devant le bureau, se pencha en avant et posa ses deux mains à plat dessus. Elle nota avec jubilation que le regard de Nico s'était aventuré dans son décolleté.

— *Dottore*, comment puis-je lui prouver que tout ce à quoi j'aspire dans cette existence est son amour ? Comment puis-je le convaincre que ce que j'ai ressenti dans mon adolescence pour un autre garçon n'était qu'un premier amour, un béguin sans importance ? Je ne connaissais pas le sens du mot « amour » avant de rencontrer mon mari. Si je ne reçois pas d'aide rapidement, je ne survivrai pas.

L'expression de Nico était de marbre lorsqu'il appela sa réceptionniste pour lui dire de rentrer chez elle, que les consultations étaient fermées.

— Si vous voulez bien entrer dans la salle d'examen, je vais écouter votre cœur et nous allons partir de là.

Retenant son souffle, Fausta le suivit dans la pièce contiguë.

— Laissez-moi vous aider à vous asseoir sur la table d'examen.

Il mit les mains autour de ses hanches et la souleva comme si elle ne pesait rien. Leurs corps se frôlèrent, lui envoyant un frisson dans tous les nerfs. Il prit son stéthoscope et écouta battre son cœur. Sa joue légèrement râpeuse était pressée contre son cou. Il avait une odeur divine.

— Vous avez raison, reprit-il. Beaucoup de dégâts ont été commis. Votre cœur bat beaucoup trop fort. Il faut vous allonger.

Une onde de chaleur envahit Fausta. Nico lui emprisonna

les bras. Ses yeux étaient comme des lasers qui scrutaient son visage.

— Je plains votre mari. Vous êtes si belle ! Il doit souffrir chaque fois qu'il vous laisse sortir en public. Mon conseil est que vous rentriez chez vous et que vous lui fassiez l'amour. Ne le laissez jamais partir, même après l'avoir convaincu que vous l'aimez comme il vous aime.

— Je vous le promets, chuchota-t-elle. Embrassez-moi, Dr Barsotti, ou je crois que je vais m'évanouir de désir.

— Non, on ne s'évanouit pas dans mon cabinet.

Lorsqu'il posa les lèvres sur les siennes, des larmes perlèrent aux cils de Fausta. Son mari lui avait pardonné. Elle ne pouvait rien demander de plus à la vie.

— J'ai eu des nouvelles, *bellissima*, murmura-t-il contre ses lèvres. Cet après-midi, j'ai reçu un appel de Basil. Quand il a fait son rapport à la reine, elle lui a avoué qu'elle m'avait seulement testé pour voir si j'étais un homme respectable. Parce qu'elle a compris que je t'aimais plus que tout et que je ne t'abandonnerais pas pour un trône, elle veut que je prenne l'avion pour La Valazzura avec toi. Elle souhaite rencontrer la femme qui était prête à se sacrifier pour moi. Elle pense que cela fait de toi la reine parfaite. Je suppose que je dois reconsidérer la situation.

— Je crois que je vais *vraiment* m'évanouir.

Il rit.

— Accroche-toi. Quelle que soit notre décision, le monde est là, dehors, et il nous attend.

Épilogue

La petite salle à manger du palais royal était éclairée à la bougie. Un parfum de roses remplissait la pièce. Le dîner avait été organisé par la mère de Fausta pour accueillir Nico dans la famille. Jeanne, la chef, avait préparé du cochon rôti, le plat préféré de Nico.

Fausta ressentait un mélange d'excitation et de joie infinie. Autour de la table, outre leurs parents, étaient réunis Lanza, Donetta et leurs maris. Nico et elle étaient assis côte à côte. Elle avait mangé des centaines de fois à cette table, mais ce soir tout était différent. Pour la première fois, elle ne se sentait plus en conflit avec son appartenance à la famille royale. Au contraire, elle était fière et heureuse d'en faire partie. Tomber amoureuse de Nico avait changé son point de vue sur la vie.

De la pointe de son couteau, son père fit tinter son verre en cristal. Il se leva.

— Quel spectacle magnifique ! Nos trois filles mariées à des hommes qu'elles aiment et qui les aiment. Des hommes formidables, généreux, que Ginata et moi aimons profondément.

Fausta sourit à son mari, qui pressait sa cuisse contre la sienne.

— Nico, puisque c'est le prénom sous lequel nous vous avons rencontré, bienvenu dans notre famille, poursuivit son père. Quel que soit le chemin que Fausta et vous choisirez de prendre, que vous restiez le Dr Barsotti à Domodossola ou deveniez le roi Massimo à La Valazzura, nous vous soutiendrons et vous souhaiterons toujours le meilleur. Notre Fausta a exaucé son vœu d'épouser un roturier. Nos prières ont également été exaucées puisqu'il te rend heureuse. Et qu'il soit le fils du roi Carlo, un souverain que j'ai toujours admiré, n'est que la cerise sur le gâteau.

La tablée éclata de rire. Les yeux de Fausta se remplirent de larmes – émotion, joie et amusement mêlés.

— Ginata et moi sommes comblés, et désormais impatients de profiter de nos petits-enfants : Ridolfo et ceux qui vont suivre. Nous avons donc décidé qu'il était temps pour moi de renoncer à la Couronne au profit de Stefano. Comme vous le savez, mon gendre, le mari de Lanza, est mon roc depuis mes petits soucis de santé.

Tout le monde se leva et félicita chaleureusement Stefano. Au milieu des cris de joie et des hourras, celui-ci embrassa Lanza.

— Si Nico décide de monter sur le trône, poursuivit le roi Victor, alors nous irons tous à Azzura pour assister à son couronnement, que le médecin m'en donne la permission ou non !

— Papa ! s'écrièrent en chœur les trois sœurs, effrayées.

— Ne vous inquiétez pas, intervint leur mère. Il a été le chef toutes ces années, mais maintenant qu'il se retire, c'est à mon tour de faire la loi, et je ne le quitterai pas des yeux ! Nous n'irons nulle part. Le cas échéant, nous regarderons le couronnement de Nico à la télévision.

Fausta et ses sœurs s'approchèrent de leurs parents pour les serrer dans leurs bras. Comme c'était bon, cet amour qui circulait entre eux !

Quand elle se retourna, elle vit que les trois hommes bavardaient tranquillement à l'autre bout de la pièce. Fausta était ravie que Nico se lie déjà avec ses beaux-frères. Il tourna la tête et leurs regards se croisèrent, puis se rivèrent l'un à l'autre. Ils avaient tous les deux trouvé la paix, comprit-elle soudain.

Fausta eut l'impression qu'une lumière d'une blancheur aveuglante emplissait la pièce. Il n'y avait plus que son fabuleux mari et elle. Ensemble. Pour toujours.